BROEDER GRIMM

CRAIG RUSSELL

BROEDER GRIMM

DE FONTEIN

Van Craig Russell verscheen eveneens bij Uitgeverij De Fontein:
Adelaarsbloed

Oorspronkelijke titel: *Brother Grimm*
Oorspronkelijke uitgever: Hutchinson, The Random House Group Ltd, Londen
Copyright @ 2006 Craig Russell
Copyright @ 2006 voor deze uitgave:
Uitgeverij De Fontein, Postbus 1, 3740 AA Baarn
Vertaling: Pieter Janssens
Omslagontwerp: Studio Eric Wondergem
Omslagillustratie: Getty Images
Zetwerk: V3-Services, Baarn
ISBN 90 261 2197 0
NUR 332

www.uitgeverijdefontein.nl
www.craigrussell.com

Voor Wendy

Dankbetuiging

Ik heb veel plezier beleefd aan het weven van dit duistere web. Ik wil graag iedereen bedanken die me erbij heeft geholpen en de ervaring nóg leuker heeft gemaakt:

Op de allereerste plaats mijn vrouw, Wendy, die van meet af aan enthousiast was over *Brother Grimm* en wier steun en opmerkingen bij de eerste versie ertoe bijdroegen dat het een beter boek werd. Mijn kinderen, Jonathan en Sophie, mijn moeder, Helen, een liefhebster van thrillers, en mijn zus Marion. Bijzondere dank ben ik verschuldigd aan Bea Black en Colin Black, aan Alice Aird en Tony Burke, en aan Holger en Lotte Unger voor hun vriendschap, steun en waardevolle adviezen.

Enorm dankbaar ben ik mijn agent, Carole Blake, wier energie, betrokkenheid en doorzettingsvermogen de Jan Fabel-reeks tot een internationaal succes hebben gemaakt, en Oli Munson en David Eddy van Blake Friedman Literary Agency. Paul Sidey, mijn redacteur, is altijd een groot voorvechter van mijn werk geweest en ik bedank hem voor alle tijd, inspanning en aandacht die hij in dit boek heeft gestoken. Dank ook aan mijn boekhouders, Larry Sellyn en Elaine Dyers, die me gedurende mijn schrijversloopbaan zulke belangrijke adviezen en steun hebben gegeven.

Veel dank ben ik ook nu weer verschuldigd aan de uitmuntende dr. Bernd Rullkötter, mijn Duitse vertaler, die nauw met me heeft samengewerkt aan zowel de Engelse als de Duitse versie van *Brother Grimm*. Bedankt, Bernd, voor je inzet en voor al je hulp.

Een speciale vermelding verdienen de volgende mensen die gratis en geestdriftig hun hulp aanboden:

Diepe dankbaarheid ben ik verschuldigd aan: *Erste Hauptkommissarin* Ulrike Sweden van de Polizei Hamburg voor het lezen van de eerste versie en het corrigeren van technische onnauwkeurigheden en voor alle informatie, hulp en contacten die ze bood; de journaliste Anja Sieg, die mijn manuscript las om er zeker van te zijn dat de Oost-Friese details klopten en een heleboel andere waardevolle opmerkingen maakte; dr. Anja Lowitt, die de eerste versie eveneens las en van commentaar voorzag; Dirk Brandenburg en Birte Hell, beide van de afdeling Moordzaken van de Hamburgse recherche; Peter Baustian van het bureau Davidwache en Robert Golz van het Hamburgse hoofdbureau van politie; Katrin Frahm, mijn leraar Duits, die geweldig werk heeft verricht om mijn Duits op een hoger peil te brengen; Dagmar Förtsch van GSL Language Services (en honorair consul van de Duitse Bondsrepubliek in Glasgow) voor haar enthousiaste steun en hulp; Udo Röbel, oud-hoofdredacteur van *BILD* en nu zelf crime-auteur, voor zijn enthousiasme en vriendschap; Menso Heyl, hoofdredacteur van het *Hamburger Abendblatt*, voor zijn belangstelling voor mijn werk en zijn dagelijkse luchtpostbrieven om me op de hoogte te houden van de gebeurtenissen in Hamburg.

En heel bijzondere dank aan mijn Duitse uitgever, Marco Schneiders, voor zijn enthousiasme voor en betrokkenheid bij mijn werk.

In bedank iedereen bij mijn uitgevers in het Verenigd Koninkrijk, Duitsland en overal ter wereld die een positieve bijdrage heeft geleverd aan de Jan Fabel-reeks.

En natuurlijk alle inwoners van Hamburg: *Ich bedanke mich herzlich.*

Meer informatie over Craig Russell en zijn boeken is te vinden op www.craigrussell.com.

1

Fabel streelde zacht haar wang met zijn in een handschoen gestoken hand. Een idioot gebaar, waarschijnlijk zelfs een ongepast gebaar, maar een dat hem op de een of andere manier noodzakelijk leek. Hij zag dat zijn vinger trilde toen hij de welving van haar wang volgde. Hij voelde iets straks en paniekerigs in zijn borst toen hij zich realiseerde hoe sterk ze hem aan zijn dochter Gabi deed denken. Hij glimlachte, een kleine, strakke, geforceerde glimlach, en voelde zijn lippen trillen, alsof zijn gezichtsspieren verkrampten door de inspanning. Ze keek naar hem omhoog met haar grote ogen. Starre, azuurblauwe ogen.

De paniek in Fabel groeide. Hij wilde zijn armen om haar heen slaan en haar zeggen dat alles goed zou komen. Maar hij kon het niet en het zóu niet goed komen. Haar starre, onwrikbare, azuurblauwe ogen bleven op hem gericht.

Fabel voelde de aanwezigheid van Maria Klee naast zich. Hij trok zijn hand terug en kwam overeind uit zijn hurkende positie.

'Hoe oud?' vroeg hij, zonder zich om te draaien naar Maria, maar met zijn ogen op die van het meisje gericht.

'Moeilijk te zeggen. Vijftien, zestien, schat ik. We hebben nog geen naam.'

De ochtendwind waaide wat van het fijne zand van het strand van Blankenese op en wervelde het rond als drank in een glas. Er waaiden enkele korrels in de ogen van het meisje en ze zetten zich vast op het oogwit, maar ze knipperde nog steeds niet met haar ogen. Fabel voelde dat hij het niet langer kon aanzien en scheurde zijn blik los. Hij stopte zijn handen diep in de zakken van zijn jas en keerde zijn hoofd af, naar de rood-wit gestreepte spil van de vuurtoren van Blankenese, alleen maar om zijn blik te vullen met iets anders dan de aanblik van een vermoord meisje. Hij wendde zich weer tot Maria. Hij staarde in haar lichte, blauwgrijze ogen met de openhartige blik die niet veel verried over de persoon erachter. Die suggereerde juist soms een kilte, een gebrek aan gevoel, tenzij je haar goed kende. Fabel zuchtte alsof een intense pijn of treurnis de lucht uit zijn lichaam had gedreven.

'Soms weet ik niet of ik dit nog kan, Maria.'

'Ik weet wat je bedoelt,' zei ze met een blik op het meisje.

'Nee... ik meen het, Maria. Ik doe dit werk nu bijna mijn halve leven en soms heb ik het gevoel dat ik mijn buik er meer dan vol van heb... Jezus, Maria... Ze lijkt zo op Gabi...'

'Waarom laat je het niet aan mij over?' zei Maria. 'In elk geval voorlopig. Ik organiseer het forensisch onderzoek wel.'

Fabel schudde zijn hoofd. Hij moest blijven. Hij moest kijken. Hij moest pijn lijden. Fabels blik werd weer naar het meisje getrokken. Haar ogen, haar haren, haar gezicht. Hij zou zich elk detail herinneren. Dit gezicht, te jong voor de dood, zou in de galerij van zijn herinneringen blijven, samen met al die andere gezichten – sommige jong, sommige oud, allemaal dood – uit jaren van moordonderzoeken. Niet voor het eerst voelde Fabel afkeer van de gedwongen eenzijdige verstandhouding tussen hem en deze mensen. Hij wist dat hij dit meisje de komende weken en maanden zou leren kennen; hij zou met haar ouders praten, haar familie, haar vriendinnen, hij zou haar gewoonten leren kennen, de muziek waar ze van hield, de hobby's die ze had. Daarna zou hij dieper graven, hij zou haar beste vriendinnen diepe geheimen ontfutselen, hij zou het dagboek lezen dat ze voor de wereld verborgen had gehouden, hij zou delen in de gedachten die ze niet had willen delen, hij zou de jongensnamen lezen die ze stiekem had neergekrabbeld. Hij zou zich een volledig beeld vormen van de hoop en de dromen, de geest en de persoonlijkheid van het meisje dat ooit achter die azuurblauwe ogen had gewoond.

Fabel zou dit meisje door en door leren kennen. Zij zou hém echter nooit leren kennen. Zijn bewustzijn van haar begon met de totale vernietiging van haar bewustzijn van wat ook. Haar dood. Het was Fabels werk de dood te kennen.

Ze staarde nog steeds naar hem omhoog vanaf het zand. Haar kleren waren oud; geen vodden, maar kleurloos en versleten. Een flodderig t-shirt met een verbleekt patroon op de voorkant en een verbleekte spijkerbroek. Toen de kleren nieuw waren, waren ze goedkoop geweest.

Ze lag in het zand met haar benen half onder zich getrokken, haar handen gevouwen in haar schoot. Het was alsof ze op haar knieën in het zand had gezeten en was omgevallen, verstard in haar houding. Maar ze was niet hier gestorven. Daar was Fabel zeker van. Wat hij niet zeker wist, was of haar houding een toevallige schikking van ledematen was of een weloverwogen pose, aangebracht door degene die haar hier had achtergelaten.

Fabel werd uit zijn wrange overpeinzingen gerukt door de nadering van Brauner, het hoofd van het forensisch team. Brauner liep over het houten, op bakstenen rustende plankier dat hij had neergelegd als enige weg van en naar de plaats delict. Fabel begroette hem met een grimmig knikje.

'Wat hebben we, Holger?' vroeg Fabel.

'Niet veel,' zei Brauner somber. 'Het zand is droog en fijn en de wind blaast het in het rond. Hij blaast eventuele sporen letterlijk weg. Ik geloof niet dat dit de primaire locatie is... Jij wel?'

Fabel schudde zijn hoofd. Brauner keek met een somber gezicht naar het lichaam van het meisje. Fabel wist dat Brauner eveneens een dochter had en hij wist dat achter de droefenis op Brauners gezicht dezelfde doffe pijn zat die hij ook voelde. Brauner haalde diep adem.

'We zullen een volledig onderzoek doen voordat we haar doorgeven aan Möller voor de autopsie.'

Fabel keek zwijgend toe terwijl de in witte overall gestoken forensisch specialisten van *Spurensicherung* de locatie onderzochten. Als oud-Egyptische balsemers die een mummie inwikkelen hielden de *SpuSi*-technici zich met het lichaam bezig. Ze bedekten elke vierkante centimeter met strookjes plakband, die stuk voor stuk werden gefotografeerd en vervolgens op een vel polytheen overgebracht.

Toen de locatie eenmaal onderzocht was, werd het lichaam van het meisje voorzichtig opgetild en in de vinyl lijkenzak gelegd, op een brancard getild en door twee mortuariumassistenten half rijdend, half dragend over het rulle zand vervoerd. Fabel hield zijn blik op de lijkenzak gericht, een wazige vlek tegen de lichte kleuren van het zand, de stenen en de uniformen van de mortuariumassistenten, tot hij uit het zicht verdween. Toen draaide hij zich om en keek over het schone, blonde zand naar de slanke vuurtoren van Blankenese, over de Elbe heen naar de verre, groene oevers van het Alte Land omhoog naar de gemanicuurde groene terrassen van Blankenese met zijn elegante, dure villa's.

Het viel Fabel in dat hij nog nooit zoiets troosteloos had gezien.

2

De hoofdverpleegkundige sloeg hem gade vanaf de gang. Ze voelde een loden sensatie samensmelten in haar hart terwijl ze dat deed. Hij zat, niet wetend dat hij bekeken werd, naar voren gebogen op de stoel naast het bed, met
zijn hand op de grijswitte, gerimpelde landkaart van het voorhoofd van de
oude vrouw. Af en toe gleed zijn hand teder en langzaam door het zilvergrijze haar en al die tijd sprak hij in haar oor, een zacht, sussend gemompel dat
alleen de oude vrouw kon horen. De hoofdverpleegkundige werd zich ervan
bewust dat een van haar ondergeschikten achter haar stond. Ook de tweede verpleegkundige glimlachte met een wrang medeleven bij het zien van de
zoon van middelbare leeftijd en de bejaarde moeder, opgesloten in hun eigen, exclusieve universum. De hoofdzuster wees met een kleine beweging
van haar kin naar het tafereel.

'Hij slaat geen dag over...' Ze glimlachte vreugdeloos. 'Die van mij zal het
een rotzorg zijn als ik zo oud ben, dat geef ik je op een briefje.'

De andere verpleegkundige lachte even veelzeggend. De twee vrouwen
keken enkele ogenblikken zwijgend toe en namen het beeld in zich op, elk
verdiept in hun eigen, lichtelijk beangstigende gedachten aan hun eigen verre toekomst.

'Verstaat ze iets van wat hij tegen haar zegt?' vroeg de tweede verpleegkundige na een ogenblik.

'Ik zou niet weten waarom niet. De beroerte heeft haar nagenoeg verlamd
en haar spraakvermogen aangetast, maar voorzover we weten zijn al haar
andere zintuigen nog in orde.'

'God... Ik was net zo lief dood. Stel je voor, gevangen in je eigen lichaam.'

'Ze heeft in elk geval hem nog,' zei de hoofdverpleegkundige. 'Hij brengt
elke dag een boek mee, leest haar voor en blijft dan urenlang zomaar wat zitten, streelt haar haren en praat zachtjes met haar. Dat heeft ze in elk geval.'

De andere verpleegkundige knikte en slaakte een lange, verdrietige zucht.

In de kamer waren de oude vrouw en haar zoon zich er geen van beiden van bewust dat ze werden gadegeslagen. Zij lag roerloos, niet in staat zich te bewegen, op haar rug; haar wat deftige profiel van een hoog, gewelfd voorhoofd en gebogen neus was naar haar zoon gekeerd, die voorovergebogen op de stoel naast het bed zat. Af en toe droop er een straaltje speeksel uit de hoek van haar dunne lippen en dan depte de zorgzame zoon het weg met een opgevouwen zakdoek. Hij streek haar haren nog eens weg van haar voorhoofd en boog zich weer naar voren, zodat zijn lippen haar oor bijna raakten en zijn adem de zilveren haren bij haar slaap in beweging bracht terwijl hij zacht en teder praatte.

'Ik heb de dokter vandaag weer gesproken, moeder. Hij vertelde dat je toestand stabiel is. Dat is fijn, is het niet, *Mutti*?' Hij wachtte niet op het antwoord waarvan hij wist dat ze het niet kon geven. 'In elk geval, de dokter zegt dat je na je zware beroerte een aantal zogenaamde repeterende beroertes hebt gehad... Heel kleine beroertes die de schade hebben aangericht. Hij zei ook dat die nu voorbij zijn en dat het niet erger wordt, als ik er maar voor zorg dat je je medicijnen krijgt.' Hij zweeg even en ademde langzaam uit. 'Dat betekent dat ik thuis voor je zou kunnen zorgen. De dokter was er in het begin niet erg happig op. Maar je vindt het niet leuk als vreemden voor je zorgen, hè, *Mutti*? Dat heb ik de dokter verteld. Ik heb hem verteld dat je veel beter af zou zijn bij mij, bij je zoon, thuis. Ik heb hem verteld dat ik verzorging voor je zou kunnen regelen wanneer ik naar mijn werk ga en de rest van de tijd... Nou ja, de rest van de tijd zou je mij hebben om voor je te zorgen, nietwaar? Ik heb hem verteld dat de wijkverpleegkundige ons kan bezoeken in het gezellige flatje dat ik heb gekocht. Volgens de dokter kan ik je misschien tegen het eind van de maand mee naar huis nemen. Is dat niet heerlijk?'

Hij liet de gedachte bezinken. Hij liet zijn blik over de fletse grijze ogen glijden die traag bewogen in het roerloze hoofd. Als er enige emotie achter die ogen was, kon die niet doorbreken om gelezen te worden. Hij kwam nog dichterbij, schoof de stoel gretig nog verder naar het bed, zodat hij piepte op de geboende ziekenhuisvloer. 'We weten natuurlijk allebei dat het anders zal gaan dan ik de dokter heb verteld, nietwaar moeder?' De stem bleef teder en sussend. 'Maar ja, ik kan de dokter moeilijk over het andere huis vertellen... óns huis. Of dat ik je in werkelijkheid dagen aan één stuk in je eigen poep zal laten liggen, of wel soms? Of dat ik urenlang zal onderzoeken hoeveel pijn je nog kunt voelen. Nee, nee, dat kan ik niet doen, toch, *Mutti*?' Hij slaakte een korte, kinderlijke lach. 'Ik denk niet dat de dokter er erg happig op zou zijn dat ik je mee naar huis zou nemen als hij dat wist, hè? Maar wees maar niet bang, ik zal het hem niet vertellen als jij het ook niet vertelt... Maar dat kún je natuurlijk niet, hè? Zie je, moeder, God heeft je gekneveld en gebonden. Het is een teken. Een teken voor mij.'

Het hoofd van de oude vrouw bleef onbeweeglijk, maar er biggelde een traan uit haar ooghoek naar de rimpels in de huid aan haar slaap. Hij liet zijn stem nog verder dalen en legde er een samenzweerderige klank in. 'Jij en ik zullen samen zijn. Alleen. En we kunnen over vroeger praten. Over vroeger in ons grote, oude huis. Over toen ik een kind was. Toen ik zwak was en jij sterk.' Zijn stem was nu een sissen, een venijnig fluisteren in het oor van de oude vrouw. 'Ik heb het weer gedaan, *Mutti*. Weer een. Net als drie jaar geleden. Maar ditmaal, doordat God je in de gevangenis van je eigen afschuwelijke lichaam heeft opgesloten, kun je je er niet mee bemoeien. Ditmaal kun je me niet tegenhouden en zal ik er steeds mee doorgaan. Het zal ons geheimpje zijn. Je zult er aan het eind bij zijn, moeder, dat beloof ik je. Maar dit is pas het begin...'

De twee verpleegkundigen op de gang, die geen van beiden konden vermoeden wat er tussen zoon en moeder was voorgevallen, draaiden weg van de ziekenkamer en het meelijwekkende tafereel daarbinnen van een aflopend leven en een rotsvaste kinderlijke toewijding. Daarmee wendden ze hun blik op een beklagenswaardiger leven definitief af en ze keerden terug naar de dagelijkse beslommeringen van werkroosters, statussen en het rondbrengen van medicijnen.

3

De tintelende, stralende kou van de ochtend had plaatsgemaakt voor een vochtige, natriumkleurige lucht die zich traag een weg had gebaand vanaf de Noordzee. Een motregen bespatte de ramen van Fabels kantoor en het was alsof alle leven en kleur uit zijn uitzicht over het Winterhuder Stadtpark waren gezogen.

Er zaten twee mensen tegenover Fabel aan het bureau: Maria en een gedrongen, hard uitziende man van midden vijftig, wiens schedel door het zwarte en grijze stekelhaar heen glom.

Inspecteur Werner Meyer werkte al langer met Fabel samen dan ieder ander van het team. Lager in rang, maar ouder in jaren was Werner Meyer meer dan Fabels collega: hij was zijn vriend en vaak zijn mentor. Werner had dezelfde rang als Maria Klee en samen vormden ze Fabels naaste helpers in het team. Werner echter was Fabels tweede man. Hij had veel meer praktijkervaring als politieman dan Maria, hoewel die op de universiteit, waar ze rechten had gestudeerd, en later op de politieacademie een hoogvlieger was geweest. Ondanks zijn harde uiterlijk en zijn indrukwekkende gestalte werd Werners aanpak van het politiewerk gekenmerkt door een methodische grondigheid en aandacht voor details. Werner werkte volgens het boekje en hij had zijn chef vaak in toom gehouden wanneer die te ver was afgedwaald op een van zijn 'intuïtieve' wegen. Hij had zich altijd als Fabels partner beschouwd en het had enige tijd en een aantal dramatische gebeurtenissen gevergd voordat hij eraan gewend was met Maria samen te werken.

Maar het had gewerkt. Fabel had ze gekoppeld vanwege hun verschillen, omdat ze verschillende generaties van rechercheurs vertegenwoordigden en omdat ze een contrasterende combinatie waren van ervaring en kennis, theorie en praktijk. Maar datgene waardoor ze echt als team werkten, was wat ze gemeen hadden: een totale en standvastige toewijding aan hun werk als rechercheur op de afdeling Moordzaken.

Het was de gebruikelijke voorbespreking geweest. Moordonderzoek kende twee gedaanten: er was de sensationele jacht, wanneer een lijk kort na de dood werd gevonden of wanneer er een sterk en duidelijk spoor van bewijzen kon worden gevolgd, en er was het koude spoor: dan had de moordenaar zich al in tijd, plaats en forensische aanwezigheid van de moord verwijderd en had de politie slechts puzzelstukjes om aan elkaar te leggen, een proces dat tijd en moeite kostte. De moord op het meisje op het strand was een koud spoor, de gedaante was wazig, vormloos. Het zou veel tijd en een heleboel onderzoeksinspanningen vergen voordat ze er een vaste vorm aan konden geven. De bijeenkomst die middag was dan ook kenmerkend geweest voor eerste besprekingen: ze hadden de schamele feiten waarover ze beschikten de revue laten passeren en een schema opgesteld voor latere bijeenkomsten om de verwachte forensische en autopsierapporten te bekijken. Het lichaam zelf zou het uitgangspunt zijn; niet langer een persoon, maar een verzameling fysieke informatie over tijd, manier en plaats van overlijden. En, op moleculair niveau, zouden het DNA en andere gegevens die het opleverde het begin zijn van het identificatieproces. Het grootste deel van de bijeenkomst hadden ze gewijd aan het toewijzen van middelen voor de diverse onderzoekstaken, waarvan de eerste eruit bestond dat zowat iedereen op de identificatie van het dode meisje werd gezet. Het dode meisje. Fabel had het vaste voornemen haar identiteit te ontdekken. Het was echter ook het moment waar hij het meest tegenop zag: wanneer het lichaam een persoon werd en het dossiernummer een naam.

Na de moord vroeg Fabel Maria nog even te blijven. Werner knikte veelbetekenend naar zijn baas en slaagde er zo in de pijnlijkheid van de situatie nog sterker te benadrukken. Dus zat Maria Klee, gekleed in een dure zwarte blouse en een grijze broek, haar benen over elkaar geslagen en haar vingers verstrengeld om haar knie, passief en enigszins formeel te wachten tot haar superieur het woord nam. Haar houding was er zoals altijd een van terughoudendheid, geslotenheid, zelfbeheersing, en haar blauwgrijze ogen bleven passief onder de vragende welving van haar wenkbrauwen. Alles aan Maria Klee straalde zelfvertrouwen, zelfbeheersing en gezag uit. Maar nu was er iets tussen Fabel en Maria dat pijnlijk was. Ze was inmiddels alweer een maand aan het werk, maar dit was hun eerste grote zaak sinds haar terugkeer en Fabel wilde dat ze zouden zeggen wat onuitgesproken was gebleven. De omstandigheden hadden Fabel een unieke intimiteit opgedrongen. Een intimiteit sterker dan indien ze met elkaar naar bed zouden zijn geweest. Negen maanden eerder waren ze enkele minuten alleen geweest, onder een sterrenhemel op een verlaten akker in het Alte Land op de zuidoever van de Elbe. Hun ademhaling had zich vermengd en de zelfverzekerde Maria Klee was veranderd in een klein meisje door haar heel reële en begrijpelijke angst dat ze zou sterven. Fabel had haar hoofd gewiegd en voortdurend oogcontact met haar gehouden, al die tijd sussend tegen haar gepraat, haar niet toegestaan weg te drijven in een slaap waaruit ze niet zou ontwaken, haar geen moment toegestaan haar blik van de zijne los te maken en hem niet te richten op het afzichtelijke heft van een breed mes dat onder haar ribbenkast uit haar stak. Het was de ergste nacht in Fabels loopbaan geweest. Ze hadden de gevaarlijkste psychopaat ingesloten met wie Fabel ooit te maken had gehad, een monster dat verantwoordelijk was voor een reeks bijzonder wrede rituele moorden. Het onderzoek had twee politiemannen het leven gekost, één van Fabels team, een intelligente jonge agent, Paul Lindeman, en een geüniformeerde *SchuPo* van het plaatselijke bureau. De laatste die de vluchtende psychopaat tegen het lijf was gelopen was Maria geweest. Toen had hij in plaats van haar te doden, haar een potentieel fatale verwonding toegebracht, wetend dat Fabel zou moeten kiezen tussen het voortzetten van de achtervolging of het redden van het leven van zijn rechercheur. Fabel had de enig mogelijke keus gemaakt.

Nu hadden Fabel en Maria littekens van verschillende aard. Fabel had nooit eerder in het kader van zijn werk een rechercheur verloren. Die nacht was hij er twee kwijtgeraakt en op een haar na een derde. Maria had enorm veel bloed verloren en was bijna gestorven op de operatietafel. Daarna waren er twee spannende weken op intensive care geweest, waarin Maria had verbleven in dat precaire niemandsland tussen bewustzijn en bewusteloosheid, tussen leven en dood. Dat was gevolgd door een zeven maanden durende terugkeer naar volledige genezing en gezondheid. Fabel wist dat Maria de laatste twee weken van haar herstel in de sportschool had doorgebracht, waar ze niet alleen haar fysieke kracht had herwonnen, maar ook iets van de ijzeren vastberadenheid die haar had gekarakteriseerd als een efficiënte, vastbesloten politievrouw. Nu zat ze tegenover Fabel, de oude Maria met haar spijkerharde, onwrikbare blik en haar vingers om haar knie gestrengeld. Maar terwijl Fabel haar stoere lichaamstaal in zich opnam, merkte hij niettemin dat hij erdoorheen keek, naar een nacht waarin hij haar ijskoude hand had vastgehouden en had geluisterd naar haar korte ademstoten terwijl ze hem met een kinderlijk stemmetje smeekte haar niet te laten sterven. Het was iets waarlangs ze een weg moesten vinden.

'Je weet waarom ik met je wil praten, is het niet, Maria?'

'Nee, chef... Gaat het over deze zaak?' Maar de ernstige grijsblauwe blik verried een aarzeling en ze deed alsof ze een onzichtbaar stofje van haar vlekkeloze broek veegde.

'Volgens mij weet je het best, Maria. Ik moet weten dat je klaar bent voor een echte zaak.'

Maria wilde protesteren, maar Fabel legde haar met een handgebaar het zwijgen op.

'Luister, Maria, ik zal er niet omheen draaien. Ik zou ook niets kunnen zeggen en je een taak geven in de marge van elk onderzoek dat zich aandient tot ik zeker weet dat je er klaar voor bent. Maar zo werk ik niet. Dat weet je.' Fabel boog zich naar voren en zette zijn ellebogen op het bureau. 'Ik sla je te hoog aan om je zo respectloos te behandelen. Maar ik sla je ook te hoog aan om je welzijn op langere termijn, en je effectiviteit binnen het team, in gevaar te brengen door je naar de voorgrond te schuiven bij een onderzoek waar je niet klaar voor bent.'

'Ik ben er klaar voor.' In Maria's stem knisperde een ijzige koelheid. 'Ik heb alles gedaan wat ik moest doen. Ik zou niet aan het werk zijn gegaan als ik dacht dat ik de effectiviteit van het team zou ondermijnen.'

'Verdomme, Maria, ik daag je niet uit, ik twijfel niet aan je bekwaamheid...' Fabel beantwoordde haar blik met dezelfde openheid. 'Ik was je die avond bijna kwijt, Maria. Ik verloor Paul en ik verloor jou bijna. Ik heb je laten zakken. Ik heb het team laten zakken. Het is mijn verantwoordelijkheid om me ervan te vergewissen dat alles goed met je is.'

Maria's ijzige gelaatsuitdrukking begon te ontdooien. 'Het was niet jouw schuld, chef. In het begin dacht ik dat het aan mij lag. Dat ik niet snel genoeg had gereageerd, of niet op de juiste manier. Maar hij was iets wat we nooit eerder waren tegengekomen. Hij was een uniek soort kwaad. Ik weet dat het hoogst onwaarschijnlijk is dat ik zo iemand... zoiets... ooit nog eens zal tegenkomen.'

'En wat vind je ervan dat hij nog steeds op vrije voeten is?' zei Fabel en hij had er onmiddellijk spijt van. Het was een gedachte die hem menige slapeloze nacht had bezorgd.

'Hij is inmiddels ver van Hamburg,' zei Maria. 'Waarschijnlijk ver buiten Duitsland of zelfs Europa. Maar als dat niet zo is en we vinden zijn spoor weer, dan ben ik er klaar voor.'

Fabel wist dat ze meende wat ze zei. Hij wist niet of ze er klaar voor was om de Adelaarsbloed-moordenaar opnieuw onder ogen te komen. Nu of ooit. Hij hield zijn gedachte voor zich.

'Het is geen schande om gas terug te nemen, Maria.'

Ze glimlachte op een manier die Fabel nooit eerder had gezien, het eerste teken dat er inderdaad iets was veranderd in Maria. 'Ik verzeker je, Jan, ik voel me prima.' Het was de eerste keer dat ze op kantoor zijn voornaam gebruikte. De allereerste keer was geweest toen ze ergens tussen leven en dood in het lange gras van een veld in het Alte Land lag.

Fabel glimlachte. 'Fijn dat je er weer bent, Maria.'

Maria wilde iets zeggen toen Anna Wolff op de deur klopte en zonder op een uitnodiging te wachten binnenkwam.

'Sorry dat ik stoor,' zei Anna, 'maar ik heb de technische recherche net aan de lijn gehad. Er is iets wat we meteen moeten zien.'

Holger Brauner zag er niet uit als een wetenschapper, zelfs niet als een academicus. Hij was een man van gemiddelde lengte met zandkleurig haar en het ruige uiterlijk van een buitenmens. Fabel wist dat Holger in zijn jeugd sportman was geweest en zijn sterke, stoere postuur had behouden. Fabel werkte al tien jaar samen met het hoofd van de technische recherche en hun wederzijdse professionele respect had zich ontwikkeld tot een hechte vriendschap. Brauner was in dienst van LKA3, de afdeling van het Hamburgse *Landeskriminalamt* die verantwoordelijk was voor alle vormen van forensisch onderzoek. Hij werkte een groot deel van zijn tijd op het Instituut voor Gerechtelijke Geneeskunde, maar had tevens een kantoor bij het forensisch laboratorium op het hoofdbureau. Toen Fabel Brauners kantoor binnenkwam, stond deze over zijn bureau gebogen en onderzocht iets door wat leek op een combinatie van een lamp en een vergrootglas die aan een scharnierende arm was bevestigd. Toen Brauner opkeek begroette hij Fabel niet met zijn gebruikelijke brede grijns. In plaats daarvan wenkte hij Fabel naderbij.

'Onze moordenaar communiceert met ons,' zei hij grimmig en hij overhandigde Fabel een paar operatiehandschoenen. Brauner deed een stap terug om Fabel in staat te stellen het voorwerp op het bureau te onderzoeken. Op een klein stukje plastic lag een rechthoekig stukje geel papier van circa tien bij vijf centimeter. Brauner had een doorzichtig stuk plexiglas op het briefje gelegd om te voorkomen dat het vervuild werd. Het handschrift, in rode inkt, was nauw, regelmatig, netjes en heel klein.

'Dit vonden we in de vuist van het meisje. Ik vermoed dat het op haar handpalm is gelegd en dat de vingers er daarna omheen zijn gevouwen, na de dood maar voordat de lijkstijfheid intrad.'

Hoewel het handschrift kriebelig was, was het met het blote oog leesbaar, maar Fabel onderzocht het briefje door Brauners loeplamp. Door de lens werd het geschrevene meer dan woorden op een papier; elke kleine rode stok werd een zwierig lint over een korrelig geel landschap. Hij schoof de loep weg en las de boodschap.

Nu ben ik gevonden. Mijn naam is Paula Ehlers. Ik woon aan de Buschberger Weg, Harksheide, Norderstedt. Ik ben ondergronds geweest en nu is het tijd dat ik weer naar huis ga.

Fabel richtte zich op. 'Wanneer heb je dit gevonden?'

'We hebben het lichaam vanmorgen naar Butenfeld gebracht, zodat doctor Möller de autopsie kan doen.' Butenfeld was de naam van de straat in Eppendorf waar het instituut was gevestigd en was politie-steno geworden voor het mortuarium daar. 'We waren met het gebruikelijke onderzoek van het lichaam vóór de autopsie bezig toen we dit in haar hand vonden. Zoals je weet verpakken we de handen en voeten in afzonderlijke zakken om te voorkomen dat er tijdens het vervoer forensisch bewijsmateriaal verloren gaat, maar dit briefje was zelfs na het verdwijnen van de lijkstijfheid in haar hand-palm achtergebleven.'

Fabel las het briefje opnieuw. Hij kreeg een stroperig, vaag misselijkma-kend gevoel in zijn buik. *Paula.* Nu had ze een naam. De azuurblauwe ogen die naar hem omhoog hadden gekeken waren van *Paula* geweest. Hij haalde een notitieboekje uit zijn zak en schreef de naam en het adres op. Fabel twij-felde er niet aan dat het de moordenaar en niet het slachtoffer was geweest die deze boodschap had geschreven. Fabel kon zich niet voorstellen dat, als de moordenaar het slachtoffer had gedwongen het te schrijven, ze zich vol-doende had kunnen beheersen om zo keurig en precies de letters op papier te krijgen. Hij draaide zich om naar Brauner.

'"*Ik ben ondergronds geweest...*" Betekent dat dat ze ergens begraven is ge-weest en daarna opgegraven en op het strand van Blankenese gedumpt?'

'Daar dacht ik aan toen ik het briefje las... Maar nee, ik kan met zekerheid zeggen dat dit lichaam niet begraven is geweest. Trouwens, afgaande op de lijkbleekheid en het verdwijnen van de rigor mortis schat ik dat ze nog maar iets langer dan een dag dood is. Misschien is het een verwijzing naar opslui-ting in een kelder of zoiets voor haar dood. We onderzoeken haar kleren op stof of ander vuil dat een idee zou kunnen geven over de omgeving waar ze de laatste vierentwintig uur gevangen is gehouden.'

'Klinkt redelijk,' zei Fabel. 'Heb je verder nog iets gevonden?'

'Nee.' Brauner pakte een dossiermap van zijn bureau en bladerde erin. 'Doctor Möller zal je uiteraard alle pathologische details geven, maar vol-gens onze eerste bevindingen was het strand niet de primaire locatie. Het slachtoffer is ergens anders vermoord en later naar het strand gebracht en vervolgens gedumpt.'

'Nee, Holger...' In gedachten zag Fabel de beelden van het strand opnieuw voor zich. 'Niet gedumpt. *Geposeerd.* Het zit me al sinds vanmorgen dwars. Ze zag eruit alsof ze rustte. Of wachtte. Het lichaam is niet willekeurig ach-tergelaten. Het was een soort verklaring... Maar ik weet niet wat de bedoe-ling ervan was.'

Brauner overdacht Fabels woorden. 'Het zal wel,' zei hij ten slotte. 'Ik moet toegeven dat ik het anders zie. Ik ben het met je eens dat ze met enige zorg is achtergelaten. Maar ik zie geen weloverwogen pose. Misschien had hij wroeging over zijn daad. Of misschien is hij zo psychotisch dat hij niet echt begrijpt dat ze dood is.'

Fabel glimlachte. 'Je kunt gelijk hebben. Trouwens, sorry, wat zei je...?'

Brauner keek weer in het dossier. 'Er valt verder weinig over te zeggen. De kleren van het meisje waren niet van goede kwaliteit en tamelijk oud. En wat meer zegt, ze waren niet schoon... Ik zou zeggen dat ze dezelfde kleren, en onderkleding, minstens drie of vier dagen voor haar dood heeft gedragen.'

'Is ze verkracht?'

'Tja, je weet dat Möller me levend zou villen als ik op zijn bevindingen vooruitloop – en eerlijk gezegd kan alleen hij je daar definitief uitsluitsel over geven – maar nee... Ik heb geen sporen van een seksueel trauma op haar lichaam gezien. Ik heb zelfs helemaal geen sporen van geweld gezien, afgezien dan van iets wat wijst op wurging rondom haar nek. En er waren geen sporen op haar kleren.'

'Bedankt, Holger,' zei Fabel. 'Ik neem aan dat je de soort papier en inkt die voor het briefje zijn gebruikt onderzoekt?'

'Ja. Ik heb het al bekeken op een watermerk. Niets. Ik zal je het gewicht en type enzovoort kunnen geven, maar het zal even duren voordat we een bepaald merk kunnen noemen.' Brauner zoog de lucht tussen zijn tanden door naar binnen. 'Ik heb zo'n voorgevoel dat we te maken hebben met in massa gefabriceerd, veelvoorkomend papier, wat betekent dat het moeilijk naar een bepaalde winkel te traceren zal zijn.'

'Het betekent ook dat onze vriend erover nagedacht heeft en zijn sporen uitwist,' zuchtte Fabel en hij gaf Brauner een klap op zijn schouder. 'Zie wat je doen kunt, Holger. Terwijl jij je met het medium bezighoudt, hou ik me bezig met de boodschap... Kun je wat fotokopieën naar Moordzaken laten sturen? Liefst drie keer vergroot?'

'Geen punt, Jan.'

'En zorg dat je een kopie krijgt van het autopsieverslag dat Möller me stuurt.' Fabel wist dat Möllers agressieve manier van doen Brauner nog erger irriteerde dan hem. 'Voor het geval er iets in staat wat je relevant lijkt...'

Toen Fabel terugkwam op de afdeling Moordzaken bleef hij bij het bureau van Anna Wolff staan. Hij gaf haar de naam en het adres die op het briefje stonden dat de moordenaar het meisje in de hand had gedrukt. Anna's glimlach verdween toen ze het briefje las.

'Is dit het dode meisje?'

'Dat moet je voor me uitzoeken,' zei Fabel grimmig. 'De moordenaar heeft een briefje in de hand van het slachtoffer gestopt. Volgens dat briefje is dit de identiteit van het meisje.'

'Ik ga er meteen mee aan de slag, chef.'

Toen Fabel zijn kantoor betrad deed hij de deur achter zich dicht. Hij ging achter zijn bureau zitten en keek door de glazen scheidingswand tussen hem en de kantoortuin van de afdeling Moordzaken. Hij had nooit echt aan het nieuwe hoofdbureau kunnen wennen; het oude hoofdbureau, in Beim Strohhause bij de Berliner Tor, was hem veel beter bevallen. Maar er veranderde veel binnen de Hamburgse politie. En de meeste van die veranderingen spraken Fabel niet erg aan. Ze zaten nu in een splinternieuw gebouw dat als een vijf verdiepingen hoge ster uitstraalde boven een centraal atrium. Het was niet allemaal zo soepel gegaan als gepland. Oorspronkelijk was het atrium een waterpartij geweest, die het verblijf van wolken muggen was geworden. Toen het hoofdbureau daarna geteisterd werd door spinnen die zich vergastten aan het feestmaal bij de vijver, werd besloten de vijver te dempen met grind. En er was nog meer veranderd: de kleur van de uniformen van de *SchuPo*-afdeling van de Hamburgse politie was van het mosterdkleurig en groen dat standaard was voor alle politiekorpsen in Duitsland gewijzigd in blauw en wit. Maar de verandering waar Fabel de meeste moeite mee had was de militarisering van delen van Hamburgse politie: de MIC's, de speciaal bewapende surveillance-eenheden van het Mobiel Interventie Commando, waren een noodzakelijk kwaad, hadden Fabels superieuren hem verzekerd. Fabel had zelf weleens een beroep gedaan op MIC-eenheden voor ondersteuning, vooral na zijn ervaring met het verliezen van iemand van zijn eigen team, maar hij had ernstige bedenkingen over de houding van sommige MIC-agenten.

Fabel sloeg zijn team door de scheidingswand gade. Dit was de machine die in stelling zou worden gebracht voor de jacht op de moordenaar van Paula. Dit waren de mensen die in verschillende richtingen op pad zouden worden gestuurd om de hun toegewezen taken uit te voeren, met als enige doel samen het ultieme moment van de oplossing te bereiken. Aan Fabel de taak het overzicht te bewaren, verder te kijken dan de details. Het was zijn oordeel, zijn schikking van de afzonderlijke onderzoekselementen, dat zou bepalen of ze de moordenaar van Paula wel of niet zouden vinden. Het was een verantwoordelijkheid waarbij hij probeerde niet stil te staan, want als hij dat deed vond hij haar bijna ondraaglijk. Op zulke momenten twijfelde hij aan de keuzes die hij had gemaakt. Zou het zo slecht geweest zijn als hij genoegen had genomen met een leven als academicus aan een of andere universiteit in de provincie? Of als leraar Engels of geschiedenis aan een school in Ostfriesland? Misschien zou, als hij dat gedaan had, zijn huwelijk met Renate het hebben overleefd. Misschien zou hij elke nacht doorgeslapen hebben zonder over doden te dromen.

Anna Wolff klopte op de deur en kwam binnen. Haar mooie gezicht met de donkere ogen en de te rode lippen werd verduisterd door een sombere blik. Ze knikte ernstig in reactie op Fabels onuitgesproken vraag.

'Ja. Paula Ehlers is op weg van huis naar school vermist. Ik heb de database doorzocht en daarna met de politie van Norderstedt gesproken. Ook haar leeftijd klopt. Maar er is iets wat absoluut niet klopt.'

'Wat?'

'Zoals ik zei, haar leeftijd zou kloppen met die van het dode meisje... op dit moment. Paula Ehlers werd drie jaar geleden vermist, toen ze dertien was.'

4

WOENSDAG 17 MAART, 19.50 UUR:
NORDERSTEDT, TEN NOORDEN VAN HAMBURG

Normaliter was er ongeveer een halfuur voor nodig om van het bureau naar Norderstedt te rijden, maar Fabel en Anna Wolff stopten onderweg om iets te eten. De *Rasthof* was nagenoeg verlaten, op een paar chauffeurs na die, nam Fabel aan, bij de truck en de grote bestelbus hoorden die buiten stonden. De chauffeurs zaten samen aan een tafel en aten zich zwijgend en somber door een berg voedsel heen. Fabel keek gedachteloos naar de twee bestuurders, beide met de hangbuik die hoorde bij de futloze middelbare leeftijd. Maar toen hij ze gepasseerd was had hij gezien dat een van de chauffeurs niet ouder kon zijn dan eind twintig of begin dertig. Het had iets deprimerends, zo'n verspilde jeugd. Fabel dacht aan wat Anna en hem te wachten stond, aan een leven en een jeugd die niet verspild waren, maar gestolen, waarbij een gezin gebroken en ontredderd achterbleef. Van alle dingen waarmee hij als moordrechercheur te maken kreeg, waren het de gezinnen van de vermisten die hem het diepst raakten. Vooral als de vermiste een kind was. Zulke huishoudens gaven altijd een gevoel van onvolledigheid, van onopgelostheid. Meestal resteerde er alleen maar wachten, wachten tot de echtgenoot, wachten tot de vrouw, de zoon of de dochter thuiskwam. Of tot iemand een eind maakte aan het wachten door hun te vertellen dat de vermiste nu de dode was. Iemand zoals Fabel.

Fabel en Anna Wolff namen een tafel achter in het café, zo ver mogelijk van de chauffeurs vandaan, waar hun gesprek niet kon worden afgeluisterd. Anna bestelde een hotdog en koffie, Fabel nam een open sandwich en een kop koffie. Toen ze zaten legde Anna de dossiermap die ze uit de auto had meegenomen op de tafel en draaide hem om, zodat Fabel hem kon lezen.

'Paula Ehlers. Ze was dertien toen ze verdween – ze werd in feite vermist daags na haar dertiende verjaardag – zodat ze nu zestien zou zijn. Zoals op het briefje stond woonde ze aan de Buschberger Weg, in de wijk Harksheide van Norderstedt. Ze woonde slechts tien minuten lopen van school en volgens het rapport van de recherche van Norderstedt verdween ze op een bepaald punt tijdens die wandeling van tien minuten.'

Fabel opende het dossier. Het gezicht dat vanaf de foto naar hem lachte was dat van een sproetig, glimlachend kind. Een kind. Fabel fronste zijn wenkbrauwen. Hij dacht aan het lichaam op het strand, aan het gezicht dat hem uitdrukkingsloos had aangekeken vanaf het koude zand. Hij vergeleek de Paula van vóór de puberteit met die van erna. De gezichten hadden dezelfde vorm, maar de ogen leken anders. Was het gewoon het verschil tussen de tweeslachtigheid van de jeugd en de bijna-volwassenheid van een zestienjarige? Waren de veranderingen in het gezicht geëtst door drie jaar god weet wat voor ellende? De ogen. Hij had zo lang in de ogen van het dode meisje gekeken terwijl ze, dood maar als het ware levend, op het strand van Blankenese lag. Het waren de ogen die Fabel niet loslieten.

Anna nam een hap voordat ze verderging. Terwijl ze sprak tikte ze met de vinger van één hand op het dossier terwijl ze de andere voor haar mond hield, alsof ze de map wilde beschermen tegen kruimels.

'De politie van Norderstedt heeft al het nodige gedaan. Ze hebben zelfs haar wandeling naar huis gereconstrueerd. Toen ze haar na een maand nog steeds niet hadden gevonden, gaven ze haar zaak een dubbele status als vermissing en mogelijk moord.'

Fabel bladerde door de rest van het materiaal. Brauner had een stuk of zes vergrote fotokopieën van het briefje gestuurd. Een ervan hing nu op het informatiebord in het grote kantoor van de afdeling Moordzaken, een andere zat in het dossier dat Fabel voor zich had.

'Na een jaar heropenden ze de zaak,' ging Anna verder. 'Ze hielden iedereen aan die op de dag dat Anna een jaar geleden was verdwenen door de buurt liep of reed en ondervroegen ze. Opnieuw niets, ondanks hun inspanningen. Het onderzoek werd geleid door een zekere inspecteur Klatt van de recherche van Norderstedt. Ik heb hem vanmiddag gebeld... Hij heeft zich in wezen ter beschikking gesteld, heeft zelfs zijn privéadres gegeven voor als we hem willen bellen nadat we met de Ehlers hebben gesproken. Volgens Klatt waren er helemaal geen echte aanwijzingen, hoewel hij zei dat hij een van Paula's leraren heel goed onder de loep heeft genomen...' Anna draaide het dossier weer half naar zich toe en bladerde het rapport door dat de politie van Norderstedt naar het hoofdbureau had gefaxt. 'Ja... een zekere Fendrich. Klatt gaf toe dat hij geen aanwijzingen tegen Fendrich had, afgezien van een ongemakkelijk gevoel over de relatie tussen Fendrich en Paula.'

Fabel staarde naar het sproetige gezicht op de foto. 'Maar ze was pas dertien...'

Anna trok een 'je zou beter moeten weten'-gezicht. Fabel zuchtte; het was een naïeve, zelfs stomme opmerking. Na meer dan tien jaar aan het hoofd van een afdeling Moordzaken zou weinig van alles waartoe mensen in staat waren hem nog moeten verbazen... De mogelijkheid dat een pedofiele leraar gefixeerd raakte op een van zijn pupillen al helemaal niet.

'Maar Klatt kon niets concreets vinden om zijn verdenkingen te onderbouwen?' vroeg Fabel. Anna had opnieuw een hap genomen en schudde haar hoofd.

'Hij heeft hem meer dan eens ondervraagd.' Anna praatte door haar eten heen en hield haar vingertoppen opnieuw voor haar lippen. 'Maar Fendrich begon heisa te maken over intimidatie. Klatt moest terugkrabbelen. Om eerlijk te zijn wat Fendrich betreft: ik krijg de indruk dat er, bij gebrek aan andere aanknopingspunten, heel wat naar strohalmen is gegrepen.'

Fabel keek door het raam naar het dubbele beeld van de verlichte parkeerplaats en zijn eigen, donker weerkaatste, gezicht. Er stopte een Mercedes waar een stel van in de dertig uit stapte. De man opende het achterportier en een meisje van een jaar of tien stapte uit en pakte automatisch de hand van haar vader. Het was een instinctief gewoontegebaar, de aangeboren verwachting van kinderen dat ze beschermd zullen worden. Fabel keerde zich weer tot Anna.

'Ik ben er niet van overtuigd dat het hetzelfde meisje is.'

'Wat?'

'Ik zeg niet dat het niet zo is. Ik ben er alleen niet zeker van. Er zijn verschillen. Vooral de ogen.'

Anna leunde achterover en kneep haar lippen op elkaar. 'Dan is het verdomd toevallig, chef. Als het Paula Ehlers niet is, is het iemand die verdomd veel op haar lijkt. En iemand die haar naam en adres in haar hand had. Zoals ik zeg, verdomd toevallig... en als er één ding is waarin ik geleerd heb niet te geloven, is het toeval.'

'Ik weet het. Zoals ik al zei, er klopt alleen maar iets niet.'

De B433 loopt op zijn weg naar het noorden, naar Sleeswijk-Holstein en Denemarken, dwars door Norderstedt. Harksheide ligt ten noorden van het centrum en de Buschberger Weg rechts van de B433. Fabel zag het politiebureau van Harksheide links van hen liggen kort voordat ze de afslag naar de Buschberger Weg bereikten. Hij zag ook dat de school waarop Paula had gezeten iets verderop aan de hoofdweg lag, eveneens links. Paula zou deze drukke doorgaande weg hebben moeten oversteken om thuis te komen en had hem misschien een eind gevolgd. Hier was ze ontvoerd. Aan de ene kant of aan de andere; hoogstwaarschijnlijk langs de rijbaan in de richting van Hamburg.

Het was zoals Fabel had verwacht. Er hing een duistere spanning in het gezin Ehlers, iets tussen hoop en vrees. Het huis was een doodgewone woning, een bungalow met een steil, rood pannendak, het type huis dat je ziet van Nederland tot aan de Baltische kust, van Hamburg tot de noordpunt van het Deense Jutland. Eromheen lag een keurige, welvoorziene maar fantasieloze tuin.

Mevrouw Ehlers was begin veertig. Haar haren waren kennelijk even blond geweest als die van haar dochter, maar de decennia hadden de zweem van glans gedoofd. Ze had het bleke Noord-Europese uiterlijk van een Sleeswijk-Holsteiner, de bevolking van Duitslands slanke, noordelijke hals: lichtblauwe ogen en een huid die voortijdig was verouderd door de zon. Haar echtgenoot was een ernstig kijkende man die Fabel rond de vijftig schatte. Hij was lang en een tikkeltje te mager, *schlaksig*, zoals ze in Noord-Duitsland zeggen. Hij was eveneens blond, maar nog een tint donkerder dan zijn vrouw. Zijn ogen waren donkerder blauw, met schaduwen van kringen tegen de donkere huid. Terwijl ze zich voorstelden vergeleek Fabel de mensen tegenover hem met de beelden in zijn herinnering: het echtpaar Ehlers, het meisje op de foto in het dossier, het meisje in het zand. Opnieuw knaagde er iets in hem, een nauwelijks waarneembare inconsistentie.

'Hebt u onze kleine meid gevonden?' Mevrouw Ehlers' ogen tastten Fabels gezicht af met een aandrang en een intensiteit die hij bijna ondraaglijk vond.

'Ik weet het niet, mevrouw Ehlers. Het is mogelijk. Maar we hebben u of meneer Ehlers nodig voor een positieve identificatie van het lichaam.'

'Dus er is een kans dat het Paula niet is?' Er klonk een zweem van uitdaging in Ehlers' stem. Fabel ving in zijn ooghoek Anna's blik op.

'Ik neem aan van wel, meneer Ehlers, maar er zijn volop aanwijzingen dat het heel goed Paula kan zijn. Het slachtoffer is langer dan Paula toen ze vermist werd, maar het lengteverschil ligt ruimschoots binnen de marges van groei die je over de afgelopen drie jaar zou mogen verwachten. En er waren aanwijzingen die haar leken te verbinden met dit adres.' Fabel wilde hun niet vertellen dat de moordenaar zijn slachtoffer een etiket had meegegeven.

'Hoe is ze gestorven?' vroeg mevrouw Ehlers.

'Ik denk niet dat we daar nader op in moeten gaan voordat we zeker weten dat het Paula is,' zei Fabel. De wanhoop in de blik van mevrouw Ehlers leek intenser te worden. Haar onderlip trilde. Fabel liet zich vermurwen. 'Het slachtoffer dat we vonden was gewurgd.'

Het lichaam van mevrouw Ehlers werd verscheurd door stille snikken. Anna deed een stap naar voren en sloeg een arm om haar schouder, maar mevrouw Ehlers maakte zich los. Er viel een pijnlijke stilte. Fabel merkte dat zijn blik door de kamer gleed. Aan de muur hing een grote, ingelijste foto. Hij was kennelijk met een gewoon toestel gemaakt en verder vergroot dan goed was. Het beeld was korrelig en het meisje in het midden van de foto keek je met door de flits rode pupillen aan. Het was Paula Ehlers; ze glimlachte naar de camera vanachter een grote verjaardagstaart die was versierd met het getal dertien. Fabel voelde een rilling toen hij zich realiseerde dat ze hem aankeek vanaf de dag voordat ze haar familie was ontrukt.

'Wanneer kunnen we haar zien?' vroeg meneer Ehlers.

'We hebben met de plaatselijke politie afgesproken dat u vanavond wordt opgehaald, als het schikt.' Het was Anna die antwoordde. 'We zien u daar. U wordt rond halftien met een auto opgehaald. Ik weet dat het laat is...'

Meneer Ehlers viel haar in de rede. 'Dat geeft niet. We zullen klaarstaan.'

Toen ze weer naar de auto liepen voelde Fabel een gespannenheid in Anna's bewegingen. En ze was stil.

'Gaat het?' vroeg hij.

'Niet echt.' Ze keek om naar het trieste kleine huis met zijn verzorgde tuin en zijn rode dak. 'Dat was moeilijk. Ik snap niet dat ze het zo lang hebben uitgehouden. Al dat wachten. Al die hoop. Ze vertrouwden erop dat wij hun kleine meid zouden vinden en als we dat doen, kunnen we haar niet eens levend terugbrengen.'

Fabel piepte het alarm uit en de sloten open en wachtte met antwoorden tot ze alle twee in de auto zaten. 'Ik ben bang dat het nu eenmaal zo gaat. Een goede afloop hoort in een film thuis, niet in het echte leven.'

'Maar het leek wel alsof ze ons haatten.'

'Dat doen ze ook,' zei Fabel berustend. 'En wie zal het ze kwalijk nemen? Zoals je al zei, we werden geacht haar levend terug te brengen, niet te komen vertellen dat we haar lichaam ergens hebben gevonden, achtergelaten. Ze vertrouwden erop dat wij voor een goede afloop zouden zorgen.' Fabel startte de motor. 'Hoe dan ook, laten we ons op de zaak concentreren. Het wordt tijd dat we inspecteur Klatt erbij halen.'

Eigenlijk heeft Norderstedt een gespleten persoonlijkheid. Het hoort bij Groot-Hamburg, de telefoonnummers hebben er hetzelfde kengetal als Hamburg en toen Fabel en Anna via Fuhlbüttel en Langenhorn naar Norderstedt reden, leek het een ononderbroken stedelijk gebied. Toch had de Hamburgse politie hier geen jurisdictie; het is de deelstaatpolitie van Sleeswijk-Holstein die in Norderstedt opereert. Maar gezien de nabijheid en de elkaar voortdurend overlappende zaken heeft de politie van Norderstedt meer contact met die van Hamburg dan met het eigen korps op het vriendelijke platteland en de kleine steden van Sleeswijk-Holstein. Anna had tevoren gebeld en afgesproken dat inspecteur Klatt hen zou treffen op de politiepost Norderstedt-centrum in de Rathausallee.

Toen ze bij de politiepost arriveerden werden ze niet zoals verwacht naar het hoofdbureau van de recherche gebracht. Een jonge vrouwelijke agent in uniform ging hen voor naar een grimmig uitziende verhoorkamer zonder ramen. De vrouwelijke *SchuPo* vroeg of ze koffie wilden, waarop ze alle twee ja zeiden. Anna keek mistroostig het vertrek rond en toen de agent weg was keken zij en Fabel elkaar veelbetekenend aan.

'Nu weet ik hoe het is om verdachte te zijn,' zei Anna.

Fabel glimlachte ironisch. 'Precies. Denk je dat we iets te horen zullen krijgen?'

Anna kreeg geen kans om te antwoorden; de deur van de verhoorkamer zwaaide open en een man van begin dertig kwam binnen. Hij was tamelijk klein, maar stevig gebouwd en hij had een groot, vriendelijk, maar weinig karaktervol gezicht, omringd door donker haar en een stoppelbaard. Hij glimlachte breed naar de twee Hamburgse rechercheurs en stelde zich voor als inspecteur Klatt. Hij legde het dossier dat hij onder zijn arm had op tafel en bood Anna en Fabel een stoel aan.

'Sorry dat we hier zijn weggestopt,' zei Klatt. 'Ik vrees dat het niet mijn vaste stek is. Ik ben eigenlijk gestationeerd op de post Europaallee, maar ik dacht dat dit voor jullie makkelijker te vinden zou zijn. Ze verlenen me een gunst... maar ik vrees dat de accommodatie wat bescheidener is dan ik had verwacht.' Hij ging zitten. Zijn joviale gelaatstrekken werden verdrongen door een somberder uitdrukking. 'Ik geloof dat jullie Paula hebben gevonden...'

'In feite, inspecteur Klatt, zullen we het pas zeker weten als de ouders het lichaam positief geïdentificeerd hebben... Maar ja, daar lijkt het wel op.'

'Het is altijd slechts een kwestie van tijd geweest.' Er lag een berustende droefheid op Klatts brede gezicht. 'Maar je hoopt altijd dat dit degene is die je levend terug zult brengen.'

Fabel knikte. Klatts gevoelens weerspiegelden de zijne. Het enige verschil was dat Klatt een kans had: over het algemeen had hij met de levenden te maken. Fabels werk als rechercheur van de afdeling Moordzaken betekende echter dat er iemand dood moest gaan voordat hij erbij werd betrokken. Een vluchtig moment lang vroeg Fabel zich af hoe het zou zijn om naar een algemene recherche-afdeling te worden overgeplaatst.

'Dacht u dat er een kans was dat u haar levend zou vinden?' vroeg Anna.

Klatt dacht even na. 'Nee, ik denk het niet. U kent de statistieken. Als we ze niet binnen de eerste vierentwintig uur vinden, is de kans groot dat ze nooit terugkomen. Maar Paula was mijn eerste vermiste kind. Ik raakte erbij betrokken. Misschien te betrokken. Het was afschuwelijk een familie te zien die zoveel verdriet had.'

'Was ze enig kind?' vroeg Anna.

'Nee, ze had een broer... Edmund. Een oudere broer.'

'We hebben hem niet gezien bij de Ehlers thuis,' zei Fabel.

'Nee. Hij is een jaar of drie ouder. Hij is nu negentien of twintig. Hij vervult zijn dienstplicht in de Bundeswehr.'

'Ik neem aan dat u hem grondig hebt nagetrokken.' Fabel stelde iets vast, geen vraag. Als er een moord is gepleegd, behoort de naaste familie van het slachtoffer tot de eerste potentiële verdachten. Fabel vermeed zorgvuldig te suggereren dat Klatt zijn vak niet verstond. Als Klatt geïrriteerd was, liet hij het niet merken.

'Uiteraard. We hebben een volledig overzicht van zijn doen en laten die dag. Allemaal bevestigd. En we hebben het telkens opnieuw doorgenomen. Wat meer zegt, hij was oprecht bezorgd over zijn zus. Zo goed kan geen mens toneelspelen.'

Nou en of, dacht Fabel. Hij had talloze oprecht verdrietige geliefden, vrienden of familieleden van een slachtoffer gezien die de moordenaar bleken te zijn. Maar hij twijfelde er niet aan dat Klatt Paula Ehlers familie grondig had onderzocht.

'Maar u verdacht Paula's leraar...' Anna checkte haar eigen exemplaar van het dossier.

'Fendrich. Hij was Paula's leraar Duits. Ik zou niet zo ver willen gaan te zeggen dat hij een verdachte was... Er was alleen iets aan hem wat niet klopte. Maar ook hij ging vrijuit wat een alibi betrof.'

Klatt nam het rapport met Fabel en Anna door. Het was duidelijk dat grote delen van zijn onderzoek in Klatts hersenen waren gegrift. Fabel wist hoe het was om zo'n zaak te hebben: nachten waarin hij wanhopig naar slaap had gehunkerd, maar gedoemd was geweest om naar het donkere plafond te staren; onbeantwoorde vragen in zijn hoofd dat kolkte van beelden van de dode, de verdrietigen en de verdachten: de draaikolk van een rusteloze, uitgeputte geest. Toen Klatt uitgesproken was en Fabel en Anna geen vragen meer konden bedenken, stonden ze op en bedankten hem voor zijn tijd.

'Ik zie u later op de avond,' zei Klatt. 'Ik neem aan dat u er bent als de Ehlers het lichaam identificeren?'

Anna en Fabel keken elkaar aan. 'Ja,' zei Fabel, 'we zullen er zijn? U ook?'

Klatt glimlachte triest. 'Ja, als u er geen bezwaar tegen hebt. Ik zal de ouders naar Hamburg brengen. Als dit het eind van de zaak-Paula Ehlers is, wil ik er graag bij zijn. Ik zou graag afscheid nemen.'

'Natuurlijk,' zei Fabel. Maar, dacht hij, dit is niet het eind van de zaak-Paula Ehlers; het is pas het begin.

5

Het academisch ziekenhuis Hamburg-Eppendorf, waarin de belangrijkste medische diensten en faciliteiten van de Hamburgse universiteit zijn gevestigd, strekt zich als een kleine stad uit vanaf de Martinistrasse. Het conglomeraat is een mix van oude en nieuwe, hoge en lage gebouwen, doorweven met een web van wegen. Het grootste van de schaarse parkeerterreinen ligt in het hart van het complex, maar gezien het late uur wist Fabel dat hij vlak bij het Instituut voor Gerechtelijke Geneeskunde zou kunnen parkeren. Fabel kende het instituut goed. Het was het brandpunt geworden van elke vorm van wetenschap die gerechtelijke toepassingen had: bloed- en DNA-tests, forensische geneeskunde en een toegewijde forensisch-psychiatrische dienst. Fabel had niet alleen contact met het instituut vanwege zijn werk: hij had al een jaar een relatie met een forensisch psychiater, Susanne Eckhardt. Susanne, die officieel een kantoor had in de dertien verdiepingen tellende Psychiatrische en Psychotherapeutische Kliniek, werkte het grootste deel van de tijd op het naburige instituut.

Fabel nam niet de afslag naar de hoofdingang, maar volgde de Martinistrasse en sloeg de Lokstedtter Steinsdamm en Butenfeld in. Zoals hij al had vermoed waren er enkele vrije plaatsen op het parkeerterrein bij het brede, twee verdiepingen hoge paviljoen van het instituut. Het instituut was over de hele wereld bekend en het gebouw was onlangs flink uitgebreid om ruimte te bieden aan cursussen voor forensisch-pathologen en chemici uit de hele wereld. Er werden elk jaar drieduizend lichamen forensisch onderzocht en duizend autopsieën verricht. Hier lag het lichaam van het dode meisje, in het donker, in een gekoelde stalen kast, wachtend op identificatie.

Fabel zag dat een van de andere auto's die er geparkeerd stonden Susannes Porsche was. Zo te zien hadden hij en Susanne bij uitzondering min of meer dezelfde werktijden, wat betekende dat ze elkaar misschien wat vaker konden zien.

Fabel en Anna werden het instituut binnengelaten door een al wat oudere beveiligingsbeambte, die Fabel herkende als een voormalig opperwachtmeester van de uniformdienst. Toen ze de centrale receptie betraden, zat er een Hamburgse politieagent in uniform op hen te wachten, samen met Klatt en het echtpaar Ehlers. Fabel begroette hen en op Klatts vraag of ze al lang wachtten, antwoordde deze dat hij slechts tien minuten vóór Fabel was aangekomen. Er verscheen een assistent die de kleine groep naar de identificatieruimte bracht. Over de mortuariumwagen waarop het lichaam lag hing een donkerblauw kleed en over het gezicht lag een wit laken. Fabel liet de Ehlers door Klatt naar het lichaam leiden. Anna stapte naar voren en sloeg een arm om mevrouw Ehlers heen. Ze praatte troostend tegen haar voordat ze de assistent een teken gaf, waarop deze het laken wegtrok. Mevrouw Ehlers hapte naar adem en wankelde even in Anna's arm. Fabel zag dat meneer Ehlers verstrakte, alsof een korte elektrische stroomstoot al zijn spieren tegelijk had gespannen.

Er heerste de kortst denkbare stilte. Nog geen seconde. Maar in die nietige, kristalheldere stilte wist Fabel dat het meisje op de brancard niet Paula Ehlers was. En toen mevrouw Ehlers de stilte verbrijzelde met een lange, diepe, van pijn vervulde kreet, was het geen kreet van verdriet of verlies, maar van hernieuwde wanhoop.

Na afloop zaten ze gezamenlijk in de receptieruimte en dronken koffie uit een automaat. De blik van mevrouw Ehlers was niet gericht op iemand of iets in het hier en nu. He leek meer alsof ze naar een ver verwijderd moment in de tijd keek. Volledig in contrast daarmee was de verwilderde, verwarde en boze uitdrukking op het gezicht van haar man.

'Waarom, meneer Fabel?' Ehlers' blik zocht die van Fabel. 'Waarom doen ze ons dit aan? Ze leek zo op Paula... zo eender. Waarom zou iemand zo wreed willen zijn?'

'U weet zeker dat het niet uw dochter is?'

'Het is lang geleden. En zoals ik al zei, ze lijkt erg op Paula, maar...'

'Dat meisje is niet mijn dochter.' De stem van mevrouw Ehlers onderbrak het antwoord van haar man. Haar ogen waren nog glazig en dromerig, maar in haar stem klonk een harde, onverzettelijke vastberadenheid. Het was meer dan een mening, het was een onweerlegbare, onbetwistbare zekerheid. Fabel voelde dat haar ijzeren wil in hem drong en een soort afdruk in hem achterliet. Hij voelde woede en haat in zich opwellen als bittere gal. Iemand had niet alleen een jong leven genomen, hij had een lang begraven mes wreed omgedraaid in het hart van een ander gezin. En dat was pas het begin; ze hadden nu alle reden om te veronderstellen dat de moordenaar van het meisje op het strand drie jaar geleden ook Paula Ehlers had ontvoerd en vermoord. Waarom zou hij – of zij – de familie Ehlers anders in zijn zieke spelletje hebben betrokken? Eén lichaam, twee moordzaken. Hij keerde terug naar de hernieuwde, rauwe pijn van Paula Ehlers' ouders, een gezin dat opnieuw was teruggekeerd naar de foltering van onzekerheid en redeloze, ongefundeerde hoop.

'We hebben kennelijk te maken met een uitermate gestoorde, kwaadaardige persoonlijkheid.' Er klonk een vagere echo van Ehlers' frustratie door in Fabels stem. 'Degene die dit meisje heeft vermoord wilde dat we hier zo zouden zitten, boos en gekwetst en ons afvragend waarom. Dit is evenzeer de plaats van zijn misdaad als het strand waar hij haar lichaam heeft achtergelaten.'

Meneer Ehlers keek Fabel slechts niet-begrijpend aan, alsof deze hem in het Japans had aangesproken. Zijn vrouw richtte een blik als een zoeklicht op Fabel. 'Ik wil dat u hem pakt.' Ze richtte dat zoeklicht beurtelings op Fabel en Klatt, alsof ze de last van haar woorden gelijkelijk over de twee mannen wilde verdelen. 'Wat ik eigenlijk wil is dat u hem vindt en doodt. Ik weet dat ik dat niet van u mag verlangen... Maar ik kan eisen dat u hem vangt en straft. Dat is het minste wat ik mag verwachten.'

'Ik beloof u dat ik al het mogelijke zal doen om dit monster te vinden,' zei Fabel en hij meende het.

Fabel en Anna liepen met Klatt en de Ehlers mee naar de parkeerplaats. De Ehlers stapten achter in Klatts Audi. Klatt wendde zich tot Fabel; de droefheid die Fabel op Klatts gezicht had gezien was teruggekeerd, maar nu feller, scherper geslepen door woede.

'Dat dode meisje is uw zaak, hoofdinspecteur, maar er bestaat duidelijk een of ander verband tussen haar dood en de zaak-Paula Ehlers. U zou me een plezier doen als u me op de hoogte zou willen houden van alle ontwikkelingen die verband kunnen houden met de zaak-Ehlers.' Er lag een bijna uitdagende klank in Klatts stem: hij had hier belang bij en wilde blijkbaar dat Fabel dat in zijn hoofd zou prenten. Fabel keek de jongere man aan, een lagere in rang van een ander politiekorps, niet bepaald lang en een beetje te dik. Maar het pretentieloze, inwisselbare gezicht vertoonde een kalme vastberadenheid en een scherp verstand. Terwijl hij daar op de parkeerplaats van het Instituut voor Gerechtelijke Geneeskunde stond, vond Fabel dat het tijd werd voor een besluit.

'Inspecteur Klatt, het is heel goed mogelijk dat de moordenaar de identiteit van Paula Ehlers alleen maar heeft gekozen omdat hij van het geval had gehoord. Misschien heeft hij er indertijd iets over gelezen. Het enige verband tussen deze zaken zou best eens kunnen zijn dat we te maken hebben met een psychopaat die de krant leest.'

Klatt scheen Fabels woorden te wegen. 'Ik betwijfel het. Hoe zit het dan met de verbazingwekkende gelijkenis tussen die twee meisjes? Hij moet op zijn minst een gedetailleerd onderzoek naar het geval-Ehlers hebben gedaan. Maar ik ben er bijna zeker van dat degene die dit meisje als slachtoffer heeft uitgekozen en haar Paula's identiteit heeft gegeven, Paula in leven heeft gezien. Ik heb niet uw ervaring of specifieke bekwaamheid in moordonderzoeken, hoofdinspecteur, maar ik ken de zaak-Ehlers. Ik leef er al drie jaar mee. Ik wéét gewoon dat het verband meer is dan de keuze van de identiteit van het dode meisje.'

'Dus u verwacht dat we u alle details over ons onderzoek geven?' vroeg Fabel.

'Nee... Alleen alles waarvan u denkt dat het relevant is voor de zaak-Ehlers.' Klatt bleef kalm en ontspannen.

Fabel stond zichzelf een korte glimlach toe. Klatt liet zich niet makkelijk op stang jagen en was evenmin onder de indruk van de hogere rang van een andere politieman. 'Ik denk eigenlijk, inspecteur Klatt, dat u gelijk hebt. Mijn intuïtie zegt dat u en ik dezelfde persoon zoeken. Ik zou dan ook graag zien dat u een tijdelijke detachering in mijn team voor de duur van het onderzoek in overweging neemt.'

Klatts brede gezicht drukte een ogenblik verbazing uit, toen verscheen er een grijns. 'Ik weet niet wat ik daarop moet zeggen, hoofdinspecteur. Ik bedoel, ik zou het geweldig vinden... Maar ik weet niet of het zou lukken...'

'Ik regel het papierwerk wel. Ik zou graag zien dat u het onderzoek naar de zaak-Ehlers voortzet en als contactpersoon tussen ons en de politie van Norderstedt fungeert. Maar ik wil u ook rechtstreeks bij deze zaak betrekken. Misschien komt er iets naar voren in verband met het meisje dat we op het strand hebben gevonden wat wij over het hoofd zouden zien, maar wat bij u een belletje doet rinkelen vanwege uw gedetailleerde kennis van de zaak-Ehlers. Dat betekent dat ik het liefst zou zien dat u voorlopig zou verhuizen naar de afdeling Moordzaken van Hamburg. Ik zal een bureau voor u regelen. Maar ik moet benadrukken dat het een ad-hocregeling is, uitsluitend voor de duur van het onderzoek.'

'Natuurlijk, hoofdinspecteur. Ik zal met mijn baas, hoofdinspecteur Pohlmann, moeten overleggen om een paar lopende zaken te kunnen afstoten...'

'Ik zal met uw baas praten om de weg voor u vrij te maken en eventuele protesten op te vangen.'

'Die zullen er niet zijn,' zei Klatt. 'Hoofdinspecteur Pohlmann zal het prachtig vinden dat ik de kans krijg om tot het eind bij deze zaak betrokken te blijven.'

De twee mannen gaven elkaar een hand. Klatt knikte in de richting van het echtpaar dat zwijgend in zijn Audi zat. 'Mag ik tegen meneer en mevrouw Ehlers zeggen dat we samenwerken? Ik denk dat ze het...' hij zocht naar het juiste woord, '... geruststellend zullen vinden.'

Fabel en Anna zwegen tot Klatts Audi was afgeslagen naar Butenfeld.

'Dus we hebben een nieuwe in het team...' zei Anna op vlakke toon, ergens tussen een vraag en een constatering.

'Alleen voor de duur van dit onderzoek, Anna. Hij is niet Pauls vervanger.' Paul Lindeman, het lid van Fabels team dat het jaar daarvoor was doodgeschoten, was Anna's partner geweest. De nog diepe en pijnlijke wond in Fabels team, schrijnde het meest bij Anna.

'Dat weet ik.' Anna zette even haar stekels op. 'Sla je hem hoog aan?'

'Ja, inderdaad,' zei Fabel. 'Ik denk dat zijn intuïtie wat deze zaak betreft klopt en hij heeft een voorsprong op ons. Ik denk dat hij nuttig zal zijn. Maar dat is momenteel alles.' Hij gaf Anna de sleutels van zijn BMW. 'Zou je in de auto op me willen wachten? Ik moet nog even in het instituut zijn.'

Anna glimlachte veelbetekenend. 'Oké, chef.'

Fabel vond Susanne achter haar bureau in haar kantoor, somber starend naar een rapport op het scherm van haar computer. Haar gitzwarte haren waren achterover uit haar gezicht gekamd en ze had een bril op, waarachter haar ogen zwarte kringen van vermoeidheid vertoonden. Haar glimlach bij het zien van Fabel was vermoeid maar warm. Ze stond op, liep haar kantoor door en kuste hem op zijn mond.

'Je ziet er even moe uit als ik me voel,' zei ze met haar Münchens accent. 'Ik wilde er net een punt achter zetten. En jij? Kom je straks nog?'

Fabel trok een verontschuldigend gezicht. 'Ik zal het proberen. Het kon weleens laat worden. Blijf niet voor me wakker.' Hij liep naar een stoel tegenover die van Susanne en liet zich erin ploffen. Ze begreep de hint en ging weer achter haar bureau zitten.

'Oké... Vertel.'

Fabel nam de gebeurtenissen van die dag door. Hij praatte over een meisje dat al heel lang vermist werd, een meisje dat gevonden was, een gezin dat in de dood was herenigd, alleen maar om opnieuw te worden verscheurd. Toen hij klaar was bleef Susanne enige tijd zwijgend zitten.

'Dus je wilt weten of ik denk dat degene die het meisje dat je vanmorgen hebt gevonden heeft gedood, ook het meisje heeft vermoord dat al drie jaar vermist wordt?'

'Alleen maar een mening. Ik zal je er niet op vastpinnen.'

Susanne ademde langzaam uit. 'Het is beslist mogelijk. Als de tussenliggende periode niet zo lang was, zou ik zeggen dat het waarschijnlijk was. Maar drie jaar is een lange tijd. Zoals je weet is de eerste stap naar crimineel gedrag de grootste... De sprong van fantaseren naar plegen.'

'Je eerste moord plegen.'

'Precies. Daarna wordt het makkelijker. En het escaleert snel. Maar het gaat niet altijd zo. Soms wordt de eerste moord als kind of als jonge volwassene gepleegd en kunnen er tientallen jaren overheen gaan voordat er een tweede moord wordt gepleegd. Drie jaar is een rare leemte.' Susanne fronste haar wenkbrauwen. 'Daardoor ben ik geneigd te denken dat we met twee moordenaars te maken hebben, maar de sterke gelijkenis tussen de twee meisjes en het feit dat de moordenaar de identiteit van het eerste meisje aan het tweede geeft zitten me dwars.'

'Oké,' zei Fabel, 'laten we even aannemen dat we met één moordenaar te maken hebben. Wat zegt die leemte van drie jaar ons dan?'

'Als het dezelfde dader is, lijkt het me, gezien de weloverwogen wreedheid van het verwisselen van de twee identiteiten, hoogst onwaarschijnlijk dat het uitstel vrijwillig was. Ik geloof niet dat dit hiaat het gevolg is van schuldgevoelens, innerlijke beroering of afkeer van wat hij of zij heeft gedaan. Het lijkt me aannemelijker dat het door druk van buitenaf komt... een of andere belemmering of obstakel dat de escalatie van zijn psychose in toom heeft gehouden.'

'Zoals?'

Tja... Het zou een fysieke, een geografische of een persoonlijke belemmering kunnen zijn. Met fysiek bedoel ik dat hij misschien opgesloten heeft gezeten – in de gevangenis of wegens ziekte in een ziekenhuis. Het geografische obstakel kan zijn dat hij de afgelopen drie jaar buiten de omgeving heeft gewoond en gewerkt en pas terug is. Als dat het geval zou zijn en als de gelegenheid zich zou hebben voorgedaan, zou ik verwachten dat de betrokkene elders soortgelijke misdaden heeft gepleegd. En met persoonlijke belemmeringen bedoel ik dat er in de omgeving van de betrokkene iemand geweest kan zijn die nieuwe aanvallen van moordlustig gedrag heeft kunnen voorkomen. Een dominant persoon die de moordzuchtige psychose van de betrokkene heeft kunnen beteugelen... misschien zelfs zonder iets van de eerste moord af te weten.'

'En nu is die persoon uit beeld verdwenen?'

'Misschien. Het zou een dominante ouder of echtgenoot kunnen zijn die gestorven is... of misschien een huwelijk dat op de klippen is gelopen. Of het zou gewoon zo kunnen zijn dat de psychose van onze moordenaar zich zo sterk heeft ontwikkeld dat ze niet meer van buitenaf te beheersen is. Als dat het geval is, moge God dan degene die hem in bedwang hield bijstaan.' Susanne zette haar bril af. Ze had wallen onder haar donkere ogen en haar stem klonk lijzig van vermoeidheid, zodat haar zuidelijke accent duidelijker hoorbaar was en ze de laatste letters van haar woorden inslikte. 'Er is natuurlijk nog een andere verklaring...'

Fabel was haar voor. 'En die is dat onze moordenaar de laatste drie jaar niet heeft stilgezeten... Dat we alleen zijn slachtoffers niet hebben gevonden of het verband niet hebben gezien.'

6

Fabel was vroeg wakker geworden, maar hij was blijven liggen en had naar het plafond gestaard terwijl het bleke ochtendlicht zich langzaam en aarzelend had verspreid. Susanne sliep al toen hij van het hoofdbureau was teruggekeerd. Hun relatie had dat cruciale stadium bereikt waarin ze een sleutel van elkaars appartement hadden en Fabel had zichzelf in haar flat in Övelgönne kunnen binnenlaten en stil in haar bed kunnen glippen terwijl ze sliep. Het uitwisselen van sleutels was een symbool geweest van de exclusiviteit van hun relatie en van de toestemming die ze elkaar hadden gegeven om elkaars meest persoonlijke territorium te betreden – maar ze hadden nog niet besloten te gaan samenwonen. Ze hadden het er zelfs nog niet over gehad. Ze waren allebei bijzonder op hun privacy gesteld en hadden, om verschillende redenen, een onzichtbare gracht om zichzelf en hun leven heen gegraven. Geen van beiden was al volledig bereid de ophaalbrug te laten zakken...

Toen ze de volgende ochtend wakker werd, glimlachte ze diep en verwelkomend naar hem en ze vrijden. Voor Fabel en Susanne bestond er 's morgens een gouden tijdstip waarop ze niet over het werk praatten, maar kletsten en schertsten en samen ontbeten alsof ze alle twee een onopvallende, weinig eisende baan hadden die geen inbreuk maakte op hun privéleven. Ze hadden het niet zo gepland. Ze hadden geen regels opgesteld over waar en wanneer ze over hun werk op parallelle terreinen mochten praten, maar op de een of andere manier hadden ze zich aangewend elke dag opnieuw te begroeten en een frisse start te maken. Daarna volgden ze ieder hun eigen maar evenwijdig lopende wegen door de wereld van waanzin, geweld en dood waaruit hun dagelijkse werk bestond.

Fabel was kort voor Susanne uit het appartement weggegaan. Hij was kort na acht uur op het hoofdbureau aangekomen en had het zaakdossier en zijn aantekeningen van de vorige dag nog eens doorgenomen. Een half-uur lang voegde hij details toe aan de schets die hij al in zijn hoofd had. Fabel probeerde alles afstandelijk te bekijken, maar wat hij ook probeerde, het onthutste, afgetobde gezicht van mevrouw Ehlers drong zich telkens weer op de voorgrond. En wanneer dat gebeurde werd Fabels woede opnieuw aangewakkerd, de vonken van de woede van de vorige avond werden aangeblazen en brandden nog intenser in de koude, heldere lucht van een nieuwe dag. Wat voor beest vond voldoening in het toebrengen van zoveel psychische kwellingen aan een gezin? Speciaal een gezin waarvan de dochter, geloofde Fabel, al vermoord was. En Fabel wist dat hij hun foltering moest verlengen; hij kon niet afgaan op de mislukte identificatie van een slachtoffer dat al drie jaar werd vermist. Er bestond nog steeds een kleine kans dat de tijd en de trauma's en mishandelingen die ze in de tussentijd had ondergaan haar uiterlijk subtiel hadden veranderd.

Fabel wachtte tot negen uur voordat hij de telefoon pakte en de geheugentoets voor het Instituut voor Gerechtelijke Geneeskunde indrukte. Hij vroeg om doorverbinding met doctor Möller. Möller was de forensisch patholoog met wie Fabel in de meeste van zijn zaken te maken had gehad. Möllers arrogante, agressieve manier van doen had hem de antipathie opgeleverd van nagenoeg elke rechercheur van de afdeling Moordzaken in Hamburg, maar Fabel had veel respect voor zijn deskundigheid.

'Möller...' De stem aan de andere kant van de lijn klonk afwezig, alsof het aannemen van de telefoon een onwelkome onderbreking was van een oneindig belangrijkere taak.

'Goedemorgen, doctor Möller. Met hoofdinspecteur Fabel.'

'Wat is er, Fabel?'

'U gaat dadelijk een autopsie verrichten op het meisje dat we op het strand van Blankenese hebben gevonden. Er bestaat enige verwarring over haar identiteit.' Fabel zette de achtergrond uiteen, inclusief de scène op het instituut de avond tevoren tijdens wat een routine-identificatie had moeten zijn. 'Ik ben bang dat er nog steeds een weliswaar kleine kans bestaat dat dit dode meisje inderdaad Paula Ehlers is. Ik wil de familie niet nog meer verdriet doen, maar ik moet de identiteit van het dode meisje vaststellen.'

Möller zweeg even. Toen hij sprak, ontbrak de gebruikelijke hooghartigheid in zijn stem. 'Zoals u weet moet dat kunnen aan de hand van gebitsgegevens, maar ik vrees dat de snelste en zekerste manier erin bestaat dat we wanguitstrijkjes van de moeder van het vermiste meisje maken. Ik zal er op het lab hier op het instituut een DNA-vergelijking door jassen.'

Fabel bedankte Möller en hing op. Hij voerde een tweede telefoongesprek, met Holger Brauner, en vroeg hem, wetend dat hij zich op hem kon verlaten, of hij zelf de wanguitstrijkjes van de moeder kon maken.

Toen hij weer ophing zag hij door de glazen scheidingswand tussen zijn kantoor en het open kantoor van de afdeling Moordzaken dat Anna Wolff en Maria Klee intussen alle twee aan hun bureau zaten. Hij belde Anna en vroeg haar naar zijn kantoor te komen. Toen ze binnenkwam schoof hij de mortuariumfoto van het dode meisje over zijn bureau naar haar toe.

'Ik wil weten wie ze echt is, Anna. Liefst voor het eind van de dag. Hoe ver ben je tot nu toe gekomen?'

'Ik laat de BKA-database van vermiste personen checken. Er bestaat een kans dat ze erin voorkomt. Ik heb een filter op de zoekopdracht gezet voor vrouwen tussen de tien en de vijfentwintig en prioriteit voor alle gevallen binnen een straal van tweehonderd kilometer rondom Hamburg. Zo veel kunnen het er niet zijn.'

'Dit is jouw taak voor vandaag, Anna. Laat alles vallen en concentreer je op het vaststellen van de identiteit van het meisje.'

Anna knikte. 'Chef...' Ze zweeg even. Ze stond er wat opgelaten bij, alsof ze niet goed wist wat ze moest zeggen.

'Wat is er, Anna?'

'Het was moeilijk. Gisteravond, bedoel ik. Ik kon daarna niet in slaap komen.'

Fabel glimlachte haar vreugdeloos toe en beduidde haar te gaan zitten. 'Je was niet de enige.' Hij zweeg even. 'Wil je op een andere zaak gezet worden?'

'Nee,' antwoordde Anna heftig. Ze ging tegenover Fabel zitten. 'Nee... Ik wil aan deze zaak blijven werken. Ik wil uitzoeken wie dat meisje is en ik wil de echte Paula Ehlers helpen vinden. Het was gewoon hard om een gezin voor de tweede keer verscheurd te zien worden. Het andere was... ik weet dat het idioot klinkt.... maar ik kon Paula's... nou ja, niet haar aanwezigheid, meer het ontbréken van haar aanwezigheid in dat huis bijna voelen.'

Fabel zweeg. Anna volgde een gedachtegang en hij wilde dat ze ermee doorging.

'Toen ik klein was zat er een meisje bij me op school. Helga Kirsch. Ze was ongeveer een jaar jonger dan ik en een muizig klein ding. Ze had zo'n gezicht dat niet opviel, maar dat je in een andere omgeving zou herkennen als iemand die je kende. Je weet wel, als je haar in het weekend in de stad zou zien of zo.'

Fabel knikte.

'Maar goed,' ging Anna verder, 'op een dag werden we allemaal bij elkaar geroepen in de aula en kregen we te horen dat Helga vermist werd... dat ze met haar fiets was weggegaan en gewoon was verdwenen. Ik weet nog dat ik daarna, nou ja, begon te merken dat ze er niet was. Iemand met wie ik zelfs nooit had gepraat, maar die wat plaats had ingenomen in mijn wereld. Het duurde een week voordat ze haar fiets en daarna haar lichaam hadden gevonden.'

'Ik herinner het me,' zei Fabel. Hij was in die tijd een jonge inspecteur geweest en had zijdelings met de zaak te maken gehad. Maar hij had de naam onthouden. Helga Kirsch, dertien jaar oud, verkracht en gewurgd op een klein grasveld naast het fietspad. Het had een jaar geduurd voordat de moordenaar was gevonden, en pas nadat hij opnieuw een jong leven had genomen.

'Vanaf het moment dat haar verdwijning bekend werd gemaakt tot de dag dat haar lichaam werd gevonden was de sfeer op school naargeestig. Alsof iemand een stukje van het gebouw had weggenomen, een stukje dat je niet kon aanwijzen, maar je wist dat het er niet meer was. Nadat ze gevonden was, was er verdriet, neem ik aan. En schuldgevoelens. Ik lag 's avonds in bed en probeerde me te herinneren of ik ooit met Helga had gepraat of naar haar had gelachen of een soort contact met haar had gehad. En dat had ik natuurlijk niet. Maar het verdriet en het schuldgevoel waren een opluchting na dat gevoel van afwezigheid.' Anna draaide zich om en keek door Fabels raam naar de bewolkte lucht. 'Ik weet nog dat ik er met mijn oma over praatte. Ze vertelde over toen ze een meisje was, in de tijd van Hitler, voordat zij en haar ouders onderdoken. Ze zei dat het voor hen ook zo was geweest: dat iemand die ze kenden 's nachts door de nazi's werd meegenomen... soms een heel gezin... en dan ontstond er die onverklaarbare leemte in de wereld. Er was niet eens het besef van de dood om die te vullen.'

'Ik kan het me indenken,' zei Fabel, hoewel hij het niet kon. Het feit dat Anna joods was was nooit van invloed geweest op zijn keuze voor haar voor het team, positief noch negatief. Het was domweg niet in Fabel opgekomen. Maar af en toe, nu bijvoorbeeld, zat hij tegenover haar aan een tafel en was hij zich ervan bewust dat hij een Duitse politieagent was en zij was joods en dan leek het ondraaglijke gewicht van de geschiedenis op hem neer te dalen.

Anna draaide zich weg van het raam. 'Sorry. Het slaat eigenlijk nergens op, alleen dat het me iets deed.' Ze stond op en richtte haar onrustbarend open blik op Fabel. 'Ik zal de identiteit achterhalen, chef.'

Toen Anna weg was haalde Fabel een schetsblok uit zijn bureaula, legde het op het bureau en sloeg het open. Hij keek een ogenblik naar het grote, witte vlak. Leeg. Schoon. Opnieuw een symbool van een nieuwe zaak. Fabel gebruikte dergelijke schetsblokken al meer dan tien jaar tijdens moordonderzoeken. Op dit dikke, glanzende papier, bedoeld voor veel creatiever werk, maakte Fabel samenvattingen van informatieborden, noteerde afgekorte namen van mensen, plaatsen en gebeurtenissen en trok er strepen tussen. Dit waren zijn schetsen, zijn contourtekeningen van een moordonderzoek waar hij eerst licht en schaduw in zou aanbrengen, daarna details. Eerst zette hij de locaties uit: het strand bij Blankenese en Paula's huis in Norderstedt. Daarna schreef hij de namen op die hij de afgelopen vierentwintig uur was tegengekomen. Hij maakte een lijstje van de vier leden van het gezin-Ehlers en gaf zo vorm aan de afwezigheid die Anna had beschreven: drie leden van een gezin – vader, moeder en broer – die bekend waren, drie mensen die je kon zoeken en vinden, met wie je kon praten en van wie je in gedachten een levend beeld kon vormen. Dan was er het vierde lid. De dochter. Voor Fabel was ze nog slechts een concept, een ontastbare verzameling van andermans indrukken en herinneringen, een op celluloid vastgelegd beeld terwijl ze de kaarsjes op een verjaardagstaart uitblies.

Als Paula een concept zonder vorm was, dan was er ook het meisje dat ze op het strand hadden gevonden, een vorm zonder concept, een lichaam zonder identiteit. Fabel schreef de woorden 'blauwe ogen' in het midden van het papier. Er was natuurlijk een dossiernummer dat hij had kunnen gebruiken, maar bij het ontbreken van een naam was 'blauwe ogen' de beste benadering. Het klonk persoonlijker en minder dood dan het dossiernummer haar maakte. Hij trok een lijn tussen 'blauwe ogen' en Paula, met halverwege een onderbreking. In die ruimte zette hij twee vraagtekens. Fabel was ervan overtuigd dat in die opening de moordenaar zich bevond van het meisje op het strand en de ontvoerder en waarschijnlijke moordenaar van Paula Ehlers. Het konden natuurlijk twee personen zijn geweest. Maar niet twee op zichzelf staande personen, niet twee of meer mensen die onafhankelijk van elkaar handelden. Of het nu een individu was, een duo of een team, degene die 'blauwe ogen' had vermoord, had Paula Ehlers ontvoerd.

Op dat moment ging de telefoon.

7

Het was een plek die hij thuis had genoemd. Een plek waarvan hij altijd had gevonden dat die hem definieerde. Maar nu, hier staand in een landschap dat één en al horizon was, wist hij dat hij ergens anders thuishoorde. Hamburg was de plaats die werkelijk definieerde wie Jan Fabel was. Wie hij nu was. Wie hij geworden was. Fabel had zich in twee fasen van dit landschap losgemaakt. De eerste was begonnen toen hij het ouderlijk huis had verlaten en landinwaarts was gegaan, naar Oldenburg, waar hij Engels had gestudeerd aan de pas opgerichte Carl von Ossietzky Universiteit. Later, na zijn afstuderen, was hij doorgegaan naar de universiteit van Hamburg om Europese geschiedenis te studeren. En een nieuw leven te beginnen.

Fabel parkeerde zijn BMW achter het huis. Hij stapte uit, opende het achterportier en greep naar zijn haastig ingepakte reistas. Toen hij zich oprichtte bleef hij even zwijgend staan en nam alle vormen en geluiden in zich op die zijn constanten waren geweest toen hij kind was: de onafgebroken, traag ruisende hartslag van de zee, verborgen achter de bomenrij achter het huis en de dijk en de duinen daarachter, de eenvoudige, ernstige geometrie van zijn ouderlijk huis, gedrongen en resoluut, het grote rode pannendak, het lichtgroene gras dat rimpelde als water in de frisse Friese bries en het weidse uitspansel dat hard op het gladgestreken landschap viel. De scherpe paniek die hij had gevoeld toen hij op het hoofdbureau was opgebeld, was tijdens de drieënhalf uur durende rit over de A28 verdoofd tot een zachte maar constante pijn; hij was nog verder verlicht toen hij zijn moeder rechtop in het ziekenhuisbed in Norden had zien zitten terwijl ze Fabel zei dat hij moest stoppen met tuttelen en moest zorgen dat zijn broer, Lex, er niet ook helemaal nerveus van werd.

Maar nu, te midden van de vertrouwde dingen uit zijn jeugd, kwam de scherpte van die eerste paniek terug. Hij tastte naar de reservesleutel in de zak van de jas die hij over de reistas had gegooid en deed de zware houten keukendeur van het slot. De onderkant van de deur vertoonde, onder de jaren van vernis, nog de slijtplekken waar Fabel en zijn broer, beladen met schoolboeken, er vroeger tegenaan schopten. Zelfs nu, met een leren reistas en een dure Jaeger-jas in plaats van een schooltas onder zijn arm, kreeg hij de neiging om met zijn voet tegen de deur te duwen terwijl hij de klink omlaag deed.

Hij stapte de keuken binnen. Het huis was leeg en stil. Hij legde zijn tas en jas op de tafel en bleef een ogenblik staan, nam alles wat niet veranderd was in de keuken in zich op: de gebloemde theedoeken die over de verchroomde stang van het fornuis hingen, de oude grenen tafel en stoelen, het kurken prikbord behangen met lagen notities en ansichtkaarten, de zware houten keukenkast tegen de muur. Fabel voelde dat het kind in hem een hekel had aan de weinige en kleine veranderingen die zijn moeder had doorgevoerd: een nieuwe fluitketel, een magnetron, een nieuwe IKEA-achtige voorraadkast in de hoek. Het was alsof hij diep vanbinnen het gevoel had dat deze moderne indringers een kleine vorm van verraad waren, dat het huis van zijn jeugd niet net als hij met de jaren had mogen meegaan.

Hij zette thee. Het kwam niet eens in hem op om koffie te zetten: hij was weer thuis in Ostfriesland, waar theedrinken een hoofdbestanddeel van het leven was. Zijn moeder, hoewel geen Friezin van geboorte, had de plaatselijke theerituelen enthousiast omarmd, tot en met de drie koppen thee omvattende theepauze vóór de middag die 'Elfürtje' wordt genoemd in het *Frysk*, het ondoorgrondelijke plaatselijke dialect dat het midden houdt tussen Duits, Nederlands en Oud-Engels. Hij greep automatisch in de kasten, elk ingrediënt lag op de verwachte plek: de thee, het traditionele 'Kluntje' van gekristalliseerde suiker, de wit met lichtblauwe koppen. Hij ging aan tafel zitten en dronk thee, luisterde naar de echo's van de diep in de stilte begraven stemmen van zijn vader en moeder. De beltoon van zijn gsm verscheurde de stilte. Het was Susanne; haar stem klonk gespannen van bezorgdheid.

'Jan... Ik heb je boodschap net ontvangen. Alles goed met je? Hoe is het met je moeder?'

'Prima. Nou ja, ze heeft een klein hartinfarct gehad, maar ze is nu stabiel.'

'Ben je nog in het ziekenhuis?'

'Nee, ik ben thuis... Ik bedoel bij mijn moeder. Ik blijf vannacht slapen en wacht op mijn broer. Hij moet morgen aankomen.'

'Zal ik daarheen komen? Ik kan nu vertrekken en er over twee of drie uur zijn...'

Fabel verzekerde haar dat dat niet nodig was, dat alles goed zou gaan en dat zijn moeder waarschijnlijk over een paar dagen weer naar huis zou komen. 'Het was niet meer dan een schot voor de boeg,' legde hij uit. Maar nadat hij had opgehangen voelde Fabel zich opeens heel erg alleen. Hij had een paar kant-en-klare sandwiches gekocht, maar kon de gedachte aan eten niet verdragen en legde ze in de koelkast. Hij dronk zijn thee op en liep de trap op naar zijn oude slaapkamer onder het grote, steile dak. Hij dumpte zijn tas en zijn jas in de hoek en ging op het eenpersoonsbed liggen, zonder het licht aan te doen. Hij lag in het donker en probeerde zich de stem van zijn lang geleden overleden vader te herinneren die naar boven riep dat Fabel en zijn broer, Lex, uit hun bed moesten komen. Hij merkte dat hij zich zijn vaders stem alleen in één woord kon herinneren. *Traankopp*. Dat riep zijn vader 's morgens altijd: 'Slaapkop' in het *Frysk*. Fabel zuchtte in het donker. Dat brengt de middelbare leeftijd met zich mee: stemmen, ooit dagelijks gehoord, vervagen in je geheugen tot er slechts een of twee woorden overblijven.

Fabel pakte zijn gsm van het nachtkastje en zocht, nog steeds zonder het licht aan te doen, in het telefoongeheugen naar het privénummer van Anna Wolff. De telefoon ging enkele keren over en toen sloeg haar antwoordapparaat aan. Hij besloot geen bericht achter te laten en toetste in een opwelling Anna's doorkiesnummer op het hoofdbureau. Anna's gewoonlijk opgewekte stem klonk mat van vermoeidheid.

'Chef... Ik had niet verwacht iets van je te horen... Je moeder...'

'Met haar komt alles goed. Een klein hartinfarct, zeggen ze tenminste. Ik ben het grootste deel van de middag in het ziekenhuis geweest. Ik ga straks terug. Heb je iets bereikt met de identiteit van het meisje?'

'Sorry, chef, nee, niets. Ik heb de uitslag van mijn BKA-zoekopdracht. Geen vermisten die passen. Ik heb de zoekopdracht uitgebreid; misschien komt ze uit een ander deel van Duitsland of zelfs ergens anders vandaan. Je weet maar nooit, met die handel in vrouwen uit Oost-Europa.'

Fabel gromde. De handel in jonge vrouwen uit Rusland, de Balkan en andere landen aan de oostelijke randen van het welvarende Westen was een groot probleem geworden in Hamburg. Aangetrokken door allerlei beloften, van contracten als fotomodel tot werk in de huishouding, werden deze vrouwen en meisjes letterlijk slavinnen en werden vaak de prostitutie in gedreven. De geboorte van een nieuwe eeuw had de wedergeboorte van een oud kwaad met zich meegebracht: slavernij. 'Blijf ermee bezig, Anna,' zei hij, hoewel hij wist dat het niet nodig was. Evengoed als waarom hij had geweten dat hij haar op het hoofdbureau zou vinden. Als Anna zich eenmaal op een taak concentreerde, beet ze zich vast. 'Verder nog iets?'

'Inspecteur Klatt is vanmiddag aangekomen. Ik heb hem uitgelegd dat je moeder ziek was geworden en dat je weg was geroepen. Ik heb hem een rondleiding door het hoofdbureau gegeven en hem aan iedereen voorgesteld. Hij leek onder de indruk. Verder niets. O, wacht, Holger Brauner heeft gebeld. Hij zei dat hij de DNA-tests had geregeld en dat hij ze morgen gaat halen bij Möller op het Instituut voor Gerechtelijke Geneeskunde.'

'Bedankt, Anna. Ik bel morgen en laat je weten wat ik waarschijnlijk zal doen.'

'Praat dan met Werner als je belt. Hij maakt zich zorgen over je. Over je moeder.'

'Dat zal ik doen.' Fabel hing op, verbrak de verbinding met zijn nieuwe wereld en zonk terug in de duisternis en de stilte van de oude wereld die hem omringde.

Toen Fabel weer in het streekziekenhuis van Norden aankwam, had de arts met wie hij eerder had gesproken geen dienst meer, maar de hoofdverpleegkundige was er nog. Het was een vrouw van middelbare leeftijd met een rond, open en eerlijk gezicht. Ze glimlachte toen Fabel naar haar toe kwam en vertelde hem het laatste nieuws zonder dat hij erom hoefde te vragen.

'Uw moeder maakt het uitstekend,' zei ze. 'Ze heeft sinds u vanmiddag wegging wat geslapen en we hebben nogmaals een ECG gemaakt. Als ze het rustig aan doet, is er geen enkele reden tot bezorgdheid.'

'Is de kans op een tweede infarct groot?'

'Tja, als je er eenmaal een hebt gehad, is de kans op een tweede altijd groter. Maar nee, niet per se. Het belangrijkste is dat uw moeder binnen nu en een paar dagen uit bed komt en redelijk actief wordt. Ik denk dat ze morgen wat later op de dag naar huis zal kunnen gaan.'

'Hartelijk dank, zuster,' zei Fabel en hij draaide zich om naar de kamer van zijn moeder.

'Je kent me niet meer, is het wel, Jan?' zei de verpleegkundige. Hij draaide zich weer om. Haar glimlach had nu iets aarzelends en bedeesds. 'Hilke. Hilke Tietjen.'

Het duurde een paar seconden voordat de naam was doorgedrongen en door de stapels van andere namen in Fabels geheugen was getuimeld. 'Mijn god. Hilke. Dat is zeker twintig jaar geleden! Hoe is het met je?'

'Eerder vijfentwintig. Goed, bedankt. En met jou? Ik heb gehoord dat je inspecteur bij de Hamburgse politie bent.'

'Hoofdinspecteur nu,' zei Fabel glimlachend. Hij zocht op het ronde, middelbare gezicht naar sporen van het jongere, knappere meisje met een smaller gezicht, dat hij altijd met de naam Hilke Tietjen had geassocieerd. Ze waren nu als archeologische sporen bedolven door de jaren en overtollig gewicht. 'Woon je nog steeds in Norddeich?'

'Nee, ik woon hier in Norden. Ik heet tegenwoordig Hilke Freericks. Herinner je je Dirk Freericks, van school?'

'Natuurlijk,' loog Fabel. 'Heb je kinderen?'

'Vier,' lachte ze. 'Allemaal jongens. En jij?'

'Een dochter, Gabi.' Fabel ergerde zich aan zichzelf toen hij zich realiseerde dat hij niet wilde bekennen dat hij gescheiden was. Hij glimlachte opgelaten.

'Leuk je weer eens te zien, Jan,' zei Hilke. 'Je zult wel popelen om je moeder te zien.'

'Ook leuk jou weer eens te zien,' zei Fabel. Hij keek haar na terwijl ze door de ziekenhuisgang liep. Een kleine vrouw van middelbare leeftijd met brede heupen, Hilke Freericks geheten. Vierentwintig jaar geleden had ze Hilke Tietjen geheten en was ze slank geweest met een leuk, sproetig gezicht, omlijst door glanzend, lang, roodblond haar, en had ze heftige, ademloze momenten met Fabel gedeeld tussen de zandduinen van de kust bij Norddeich. In die schrille verandering, gesmeed door het verstrijken van bijna een kwarteeuw, lag voor Fabel een ondraaglijk deprimerend en triest contrast. En tegelijk daarmee kwam dezelfde oude aandrang om zo ver mogelijk weg te gaan van Norddeich en Norden.

Fabels moeder zat in de stoel naast haar bed en keek naar 'Wetten, dass...?' op tv toen hij haar kamer binnenkwam. Ze had het geluid uitgezet en Thomas Gottschalk grijnsde en babbelde geluidloos. Ze glimlachte breed en schakelde de tv uit met de afstandsbediening.

'Hallo, mijn jongen. Je ziet er moe uit.' In haar stem klonk een bijna grappige mengeling van haar Britse accent en het zware *Frysk*-dialect waarin ze Duits praatte met haar zoon. Hij boog zich voorover om haar wang te kussen. Ze klopte op zijn arm.

'Ik voel me prima, *Mutti*. Ik ben niet degene over wie we ons zorgen moeten maken. Maar het schijnt allemaal goed nieuws te zijn... De verpleegkundige zei dat het ECG normaal was en dat je morgen in de loop van de dag naar huis mag.'

'Heb je Hilke Freericks gesproken? Jullie hebben ooit iets gehad, als ik het me goed herinner.'

Fabel ging op de rand van het bed zitten. 'Dat is heel, heel lang geleden, *Mutti*. Ik herkende haar nauwelijks.' Terwijl hij sprak botste het beeld van Hilke, haar lange, glanzende roodgouden haren en haar doorschijnende huid in de stralende zon van een lang voorbije zomer, met het beeld van de tuttige vrouw van middelbare leeftijd met wie hij op de gang had gepraat. 'Ze is veranderd.' Hij zweeg even. 'Ben ik ook zo veranderd, *Mutti*?'

Fabels moeder lachte. 'Dat moet je mij niet vragen. Jij en Lex zijn nog altijd mijn jongens. Maar ik zou er niet over inzitten. We veranderen allemaal.'

'Het is alleen maar dat ik, als ik hier terugkom, verwacht dat alles nog hetzelfde is.'

'Dat komt doordat dit hier een concept voor je is, meer een plaats in je verleden dan een realiteit. Je komt terug om de details van je herinneringen weer scherp te krijgen. Ik deed vroeger precies hetzelfde als ik terugging naar Schotland. Maar de wereld verandert, plaatsen veranderen. De wereld draait door.' Ze glimlachte, strekte haar arm en streelde met haar hand zacht door het haar aan zijn slaap, kamde het met haar vingers zoals ze dat altijd had gedaan toen hij een schoolgaande jongen was. 'Hoe is het met Gabi? Wanneer breng je mijn kleindochter eens mee?'

'Gauw, hoop ik,' zei Fabel. 'Ze zou in het weekend komen.'

'En hoe is het met haar moeder?' Sinds de scheiding had Fabels moeder zijn ex-vrouw, Renate, nooit bij de naam genoemd en terwijl ze sprak kon hij het ijs in zijn moeders stem horen kristalliseren.

'Ik weet het niet, *Mutti*. Ik spreek haar niet vaak, maar als ik haar spreek is het niet leuk. In elk geval, laten we het niet over Renate hebben; dat ergert je alleen maar.'

'En hoe zit het met je nieuwe vriendin? Nou ja, niet zo nieuw meer. Je ziet haar al een hele tijd... Is het serieus?'

'Wat... Susanne?' Hij keek even verrast. Het was niet zozeer de vraag die hem overviel als wel het plotselinge besef dat hij het antwoord niet wist. Hij haalde zijn schouders op. 'We kunnen goed met elkaar opschieten. Heel goed.'

'Ik kan heel goed opschieten met Heermans, de slager, maar dat betekent niet dat we samen een toekomst hebben.'

Fabel lachte. 'Ik weet het niet, *Mutti*. Het is nog te vroeg. Maar goed, vertel me eens wat de dokter zei dat je moet doen als je hier weggaat...'

Fabel en zijn moeder brachten de daaropvolgende twee uur doelloos keuvelend door. Terwijl ze dat deden bekeek Fabel zijn moeder aandachtiger dan hij lange tijd had gedaan. Wanneer was ze zo oud geworden? Wanneer was ze grijs geworden en waarom had hij het niet gemerkt? Hij dacht aan wat ze had gezegd over dat Norddeich een concept voor hem was; hij realiseerde zich dat ook zij een concept was, een constante die geacht werd nooit te veranderen, ouder te worden. Te sterven...

Het was halfelf toen Fabel weer aankwam bij zijn moeders huis. Hij pakte een flesje *Jever*-bier uit de koelkast en nam het mee de koele nacht in. Hij liep naar het eind van de tuin en door de lage poort en de rij bomen. Toen beklom hij het steile, grazige dijktalud en eenmaal boven ging hij zitten, met zijn ellebogen op zijn knieën, en zette af en toe de fles kruidig bier aan zijn lippen. De nacht was fris en helder en de weidse Friese lucht was bezaaid met sterren. De duinen strekten zich voor hem uit en halverwege de horizon zag hij de glinsterende lichten van de avondveerboot naar Norderney. Dit was eveneens een constante, deze plek waar hij zat, verheven boven de vlakke aarde achter hem en de vlakke zee voor hem. Hij had hier talloze keren eerder gezeten, als jongen, als jongeman en als man. Fabel haalde diep adem en probeerde de gedachten te verdrijven die zich aan hem opdrongen, maar ze bleven willekeurig en onafgebroken in zijn hoofd rondzoemen. Het beeld van de lang verdwenen Hilke Tietjen in de duinen van Norddeich botste met het beeld van het dode meisje op het strand van Blankenese; hij dacht aan zijn ouderlijk huis dat was veranderd tijdens zijn afwezigheid en aan het huis van Paula Ehlers, bevroren in de tijd sinds haar verdwijning. De veerboot, de laatste van die dag, naderde de Norddeich-oever. Hij nam opnieuw een slok *Jever*. Fabel probeerde zich Hilke Tietjen te herinneren zoals ze er nu uitzag, maar merkte dat het niet lukte: het beeld van de tiener Hilke had de overhand. Hoe kon iemand zó veranderen? En had hij het mis wat het dode meisje betreft? Kon ze in zo korte tijd zo veranderd zijn?

'Ik dacht wel dat ik je hier kon vinden...' Fabel schrok op bij het geluid van de stem. Hij draaide zich half om en zag zijn broer, Lex, achter hem staan.

'Jezus, Lex, ik schrik me wezenloos!'

Lex lachte en porde met zijn knie in Fabels rug.

'Je trekt te veel met criminelen op, *Jannik*,' zei Lex, de Friese verkleinvorm van Fabels voornaam gebruikend. 'Je verwacht voortdurend dat je wordt beslopen. Ontspan je.' Hij kwam naast zijn broer zitten. Hij had twee flesjes *Jever* meegenomen uit de koelkast en duwde er een tegen Fabels borst.

'Ik had je morgen pas verwacht.' Fabel glimlachte zijn broer warm toe.

'Ik weet het, maar ik heb mijn souschef overgehaald een dubbele dienst voor me te draaien. Hanna en het personeel redden het prima tot ik terug ben.'

Fabel knikte. Lex had een hotel-restaurant op het Noord-Friese eiland Sylt, niet ver van de Deense grens.

'Hoe is het met *Mutti*?'

'Goed, Lex. Echt waar, goed. Ze komt waarschijnlijk morgen thuis. Het was een heel klein infarct, volgens de artsen.'

'Het is te laat om vanavond nog naar haar toe te gaan. Ik ga meteen morgenvroeg.'

Fabel keek Lex aan. 'Ouder van jaren, maar jonger van hart', zo beschreef Fabel zijn oudere broer gewoonlijk. Ze leken volstrekt niet op elkaar: Fabel was een typische Noord-Duitser terwijl Lex terug scheen te grijpen naar de Keltische wortels van hun moeder. Hij was veel kleiner dan Fabel en had dik, donker haar. En het verschil was niet alleen uiterlijk. Fabel was vaak jaloers geweest op Lex' zorgeloze goede humeur en onstuitbare gevoel voor humor. Een glimlach ging Lex veel sneller en gemakkelijker af dan zijn jongere broer en Lex' goede humeur had zijn sporen achtergelaten op zijn gezicht, vooral rond de ogen, die altijd leken te glimlachen.

'Hoe is het met Hanna en de kinderen?' vroeg Fabel.

'Uitstekend. Nou ja, je kent dat, de gewone chaos. Maar we maken het allemaal prima en we hebben een goed jaar gehad met het hotel. Wanneer breng je die sexy psychologe van je eens mee?'

'Gauw, hoop ik. Maar ik ben momenteel met een smerige zaak bezig en ik weet dat Susanne het ontzettend druk heeft... maar met een beetje geluk duurt het niet al te lang. God weet dat ik aan vakantie toe ben.'

Lex nam nog een slok bier. Hij draaide zich naar zijn broer toe en legde een hand op diens schouder. 'Je ziet er moe uit, Jan. Dat was even schrikken, met *Mutti*, hè? Ik zal niet gerust zijn voordat ik haar morgen heb gezien.'

Fabel keek zijn broer in de ogen. 'Ik ben me doodgeschrokken, Lex. Ik moest weer denken aan toen ik gebeld werd over *Papi*. Het is alleen dat ik nooit echt heb nagedacht over een leven zonder *Mutti*.'

'Ik weet het. Maar we weten in elk geval dat het niet echt ernstig was.'

'Deze keer,' zei Fabel.

'Het leven is vol obstakels die we moeten nemen als het zover is, Jan. Jij bent altijd de tobber van ons tweeën geweest.' Lex lachte plotseling. 'Je was altijd zo'n serieus joch.'

'En jij was nooit serieus, Lex. En je bent nog steeds een kind,' zei Fabel zonder een zweem van verbittering.

'Maar het komt niet alleen door *Mutti*, is het niet?' vroeg Lex. 'Je bent echt opgefokt, ik voel het. Opgefokter dan gewoonlijk, bedoel ik.'

Fabel haalde zijn schouders op. De lichten van de veerboot waren achter de landtong verdwenen en de sterren hadden de nacht voor zichzelf. 'Zoals ik al zei, Lex, de zaak waarmee ik bezig ben is lastig.'

'Waarom praat je er niet een keertje over, Jan? Je praat nooit over de dingen waar je mee te maken krijgt. Met Renate evenmin. Ik denk dat dat mede het probleem tussen jullie was.'

Fabel snoof even. 'Het probleem tussen ons was dat ze met iemand anders begon te neuken. Met als gevolg dat ik mijn dochter kwijtraakte.' Hij draaide zich naar Lex toe. 'Maar misschien heb je gelijk. Het is gewoon dat ik dingen zie, dingen te weten kom over wat mensen elkaar kunnen aandoen. Dingen die je eigenlijk je hele leven niet zou moeten zien of weten. Dat ik er niet over praat is niet omdat ik mensen niet toelaat, maar omdat ik probeer ze te beschermen. Renate heeft dat nooit begrepen. En ze begreep nooit dat ik soms alles moet geven aan een zaak, al mijn aandacht, al mijn tijd. Dat ben ik verplicht tegenover de slachtoffers en hun familie. Misschien gaan Susanne en ik daarom goed samen. Als forensisch psycholoog moet ze door dezelfde drek waden als ik. Ze weet wat voor klotebaan het kan zijn en wat het met je kan doen. Renate zei altijd dat het een spel voor me leek. Ik tegen de boef. Een wedstrijd. Zo is het niet, Lex. Het is geen intellectuele krachtmeting met een listige vijand: ik loop een race tegen de klok en tegen een zieke geest en ik probeer hem te pakken te krijgen voordat hij opnieuw een slachtoffer maakt. Het gaat niet over boeven vangen, het gaat over een leven redden.'

Lex zuchtte. 'Ik snap niet dat je het kunt, Jan. Ik begrijp waaróm, denk ik, maar ik begrijp niet hoe je tegen al die pijn en die gruwelen kunt.'

'Soms kan ik dat ook niet, Lex. Neem nou dit geval. Het begon met een meisje... Vijftien, zestien misschien, gewurgd en op een strand gedumpt. Een meisje zoals Gabi. Een meisje zoals jouw Karin. Een jong leven vernietigd. Dat is al erg genoeg, maar de zieke klootzak die dat deed, gaf haar de identiteit van een ander meisje... een meisje dat al drie jaar vermist wordt. Het is ziekelijk. Het is ziekelijk en onvoorstelbaar wreed... Alsof hij weloverwogen van plan is een gezin dat al kapot is te vernietigen.'

'En het was met zekerheid niet hetzelfde meisje?'

'We zijn er bijna zeker van. Maar ik moet dat arme gezin verdomme aan een DNA-test onderwerpen om het zeker te weten.'

'Jezus,' zei Lex en hij keek uit over de duinen en de donkere, fluwelen golven. 'Dus je denkt dat de moordenaar van dat meisje op het strand misschien ook het andere meisje heeft vermoord, het vermiste meisje?'

Fabel haalde zijn schouders op. 'Ik denk dat de kans groot is.'

'Dus het wordt weer een race tegen de klok. Je moet hem pakken voordat hij nog een meisje pakt.'

'Daar komt het op neer.'

Lex ademde lang en rustig uit. 'Het wordt koud hier en ik heb behoefte aan nog een biertje.' Hij stond op en mepte Fabel op zijn schouder. 'Laten we naar binnen gaan.'

Fabel wierp nog een laatste, lange blik op de duinen en de zee voordat hij opstond en achter zijn broer aan de dijk afdaalde naar het huis van hun gedeelde jeugd.

8

Fabel had niet goed geslapen. Hij had gedroomd van Hilke Tietjen als tiener, rennend over het strand van Norddeich terwijl ze hem wenkte haar te volgen. Ze was achter een duin verdwenen, maar toen Fabel haar had ingehaald was het niet Hilke die in het zand lag, maar een ander tienermeisje op een ander strand dat Fabel met starre, azuurblauwe blik aankeek.

Die ochtend waren hij en Lex naar Norden gereden om hun moeder te bezoeken. Men had hun verteld dat ze goed genoeg was om uit het ziekenhuis te worden ontslagen, maar dat er de komende paar dagen elke dag iemand op huisbezoek zou komen. Toen ze weer naar hun auto waren gelopen, was Fabel zich er pijnlijk van bewust geweest hoe broos zijn moeder eruitzag. Lex had haar voorgesteld dat Fabel weer naar Hamburg zou gaan en aangeboden zelf de eerstkomende dagen te blijven logeren. Hij had haar uitgelegd dat Fabel midden in een erg belangrijke zaak zat. Fabel was zijn broer dankbaar dat hij hem ontlastte, maar voelde zich schuldig omdat hij wegging.

'Niet betuttelen,' had ze gezegd. 'Je weet dat ik een hekel heb aan betutteld worden. Je kunt volgend weekend komen.'

Zodra hij weer op de A28 was belde Fabel Werner op het hoofdbureau. Nadat Werner naar Fabels moeder had geïnformeerd, bespraken ze de zaak.

'We hebben bevestiging gekregen van het Instituut voor Gerechtelijke Geneeskunde,' vertelde Werner hem. 'Het DNA van het meisje op het strand matcht niet met de uitstrijkjes van mevrouw Ehlers. Wie ze ook is, in elk geval niet Paula Ehlers.'

'Heeft Anna nog iets kunnen ontdekken over wie ze is?'

'Nee. Ze heeft haar zoektocht uitgebreid en een paar veelbelovende mogelijkheden gevonden, maar die bleken bij nader onderzoek niet te kloppen. Ze is er druk mee bezig geweest sinds je wegging... God mag weten hoe laat ze gisteren van het hoofdbureau is vertrokken. O, tussen haakjes, toen Möller belde met de DNA-uitslag wilde hij met je praten over de resultaten van de autopsie. Die arrogante zak wilde niet met mij praten – je weet hoe hij is. Hij zei dat het rapport op je bureau ligt als je terugkomt, maar ik vertelde hem dat je zou willen dat ik je de hoofdpunten doorgaf.'

'Wat heeft hij je verteld?'

Aan Werners stem te horen bladerde hij door de aantekeningen terwijl hij sprak. 'Het dode meisje is volgens Möller een jaar of vijftien, zestien. Er zijn tekenen van verwaarlozing in de jeugd: slecht gebit, sporen van enkele oude fracturen, dat soort dingen.'

'Dan zou ze het slachtoffer van langdurige mishandeling kunnen zijn,' zei Fabel. 'Wat zou kunnen beteken dat de moordenaar een ouder of een voogd was.'

'Wat zou kloppen met het feit dat Anna zoveel moeite heeft haar als vermiste op te sporen,' zei Werner. 'Als het een van de ouders was, zouden ze misschien wachten met een aangifte of helemaal geen aangifte doen, om te proberen ons van hun spoor te houden.'

'Tot dusver lukt dat.' Fabel zweeg even om de informatie die Werner hem had gegeven te verwerken. 'Het enige probleem is dat kinderen ook buiten de grenzen van het gezin bestaan. Er moet ergens een school zijn die vraagtekens zet bij haar afwezigheid. Ze moet vrienden of familie hebben gehad die haar misten.'

'Anna is je voor geweest, chef. Ze heeft de presentielijsten van de scholen uitgeplozen. Opnieuw niets, tot dusver. En je kunt een mogelijk vriendje aan de lijst toevoegen. Volgens Möller was het dode meisje seksueel actief, maar er zijn geen aanwijzingen voor seksueel contact in de laatste twee dagen voor haar dood.'

Fabel zuchtte. Hij realiseerde zich dat hij Ammerland was gepasseerd en een bord gaf de afslag Oldenburg aan. Zijn oude universiteitsstad. Hij was Ostfriesland nog maar net uit, maar werd alweer ondergedompeld in het slijk van wat mensen elkaar, hun kinderen, kunnen aandoen. 'Verder nog iets?'

'Nee, chef. Alleen dat het meisje volgens Möller in de achtenveertig uur voor haar dood weinig heeft gegeten. Kom je naar het hoofdbureau?'

'Ja. Over een paar uur ben ik er.'

Nadat hij had opgehangen zette Fabel de radio aan, die afgestemd was op NDR Eins. Een academicus ging tekeer tegen een schrijver die een hoogst controversiële literaire roman had geschreven. Fabel had een groot deel van de discussie gemist, maar voorzover hij eruit kon opmaken was de romanschrijver uitgegaan van een fictieve vooronderstelling waarbij een bekend historisch personage ervan werd beschuldigd een kindermoordenaar te zijn. Toen de discussie vorderde werd het Fabel duidelijk dat het personage een van de gebroeders Grimm was, de negentiende-eeuwse filologen die Duitse vertellingen, sprookjes, legenden en mythen hadden verzameld. De academicus werd steeds bozer terwijl de schrijver onverstoorbaar kalm bleef. Fabel begreep dat de naam van de schrijver Gerhard Weiss was en de titel van zijn roman *Die Märchenstrasse – De Sprookjesweg*. Het boek was geschreven in de vorm van een fictief *Reisetagebuch* – een reisverslag – van Jakob Grimm. De gastheer legde uit dat Jakob Grimm in dit fictieve relaas zijn broer Wilhelm vergezelt om de verhalen te verzamelen die ze uiteindelijk zullen publiceren als *Kinder- und Hausmärchen* (*De sprookjes van Grimm*) en *Deutsche Sagen* (*Duitse legenden*). Waar de roman afweek van de feiten waren de gedeelten waarin Jakob Grimm beschreven werd als een seriemoordenaar van kinderen en volwassen vrouwen, die moorden pleegt in de steden en dorpen die hij met zijn broer bezoekt en waarbij elke moord een replica is van een verhaal dat ze hebben verzameld. De beweegredenen van de krankzinnige Grimm in het boek is dat hij de waarheid van deze verhalen levend houdt. De fictieve Jakob Grimm gelooft uiteindelijk dat mythen, legenden en fabels essentieel zijn om de duisternis van de menselijke ziel een stem te geven.

'Het is een allegorie,' legde de schrijver, Gerhard Weiss, uit, 'een literair middel. Er is geen enkele aanwijzing of zelfs een suggestie dat Jakob Grimm pedofiel was of wat voor moordenaar ook. Mijn boek, *Die Märchenstrasse*, is een verhaal, een verzonnen vertelling. Ik heb Jakob Grimm gekozen omdat hij en zijn broer zich bezighielden met het verzamelen en bestuderen van het Duitse volksverhaal en het analyseren van de ontwikkeling van de Duitse taal. Als iemand de kracht van mythe en folklore begreep, dan waren het de gebroeders Grimm. We zijn tegenwoordig bang om onze kinderen buiten ons blikveld te laten spelen. We zien dreiging en gevaar in elk aspect van het moderne leven. We gaan naar de bioscoop om onszelf bang te maken met moderne mythen die, zo houden we onszelf voor, ons leven en de moderne samenleving een spiegel voorhouden. Het feit is dat het gevaar er altijd geweest is. De kindermoordenaar, de verkrachter, de krankzinnige moordenaar zijn allemaal constanten in de menselijke ervaring. Het enige verschil is dat, waar we onszelf vroeger bang maakten met het gesproken verhaal over de grote boze wolf, de gemene heks, over het kwaad dat in de duisternis van de wouden op de loer ligt, we onszelf nu schrik aanjagen met cinematografische mythen over de superintelligente seriemoordenaar, de kwaadaardige stalker, het buitenaardse wezen, het door de wetenschap geschapen monster... Het enige wat we gedaan hebben is de grote boze wolf opnieuw uitvinden. We hebben alleen maar moderne allegorieën voor eeuwige angsten...'

'En dat geeft u het recht de reputatie van een groot Duitser te bekladden?' vroeg de academicus. Zijn toon aarzelde tussen woede en ongeloof.

De stem van de schrijver bleef ook nu kalm. Verontrustend kalm, dacht Fabel. Bijna emotieloos. 'Ik ben me ervan bewust dat ik een groot deel van het Duitse literaire establishment zowel als de nakomelingen van Jakob Grimm tot razernij heb gebracht, maar ik doe slechts mijn werk als schrijver van moderne fabels. Als zodanig heb ik de plicht de traditie voort te zetten en de lezer bang te maken met het donker buiten en het donker binnen.'

Het was de gastheer die de volgende vraag stelde. 'Maar wat de nakomelingen van Jakob Grimm speciaal boos heeft gemaakt is de manier waarop u, hoewel u duidelijk hebt gemaakt dat uw portret van Jakob Grimm als een moordenaar volstrekt fictief is, dit boek hebt gebruikt om uw theorie van "fictie als waarheid" te promoten. Wat betekent dat? Is het fictie of niet?'

'Zoals u zegt,' antwoordde Weiss op dezelfde vlakke, emotieloze toon, 'is mijn boek niet op feiten gebaseerd, maar ik twijfel er niet aan dat, net als bij veel fictie, latere generaties waarschijnlijk zullen geloven dat er een kern van waarheid in zit. Een minder goed opgeleide, luiere toekomstige generatie zal de fictie onthouden en als feit accepteren. Het is een proces dat al eeuwen aan de gang is. Neem William Shakespeares portret van de Schotse koning Macbeth. In werkelijkheid was Macbeth een geliefde, gerespecteerde en succesvolle koning. Maar omdat Shakespeare de Britse koning wilde behagen, werd Macbeth in een verzonnen verhaal gedemoniseerd. Nu is Macbeth een monumentale figuur, een symbool van meedogenloze eerzucht, vrekkigheid, gewelddadigheid en bloeddorst. Maar dat zijn de karaktertrekken van het personage van Shakespeare, niet de historische werkelijkheid van Macbeth. We ontwikkelen ons niet gewoon van geschiedenis naar legende naar mythe... we verzinnen, we weiden uit, we construeren. De mythe en de fabel worden de eeuwige waarheid.'

De academicus reageerde door het punt dat de schrijver had te negeren. Hij herhaalde zijn vonnis dat het boek de reputatie van Jakob Grimm bezoedelde en de discussie werd afgekapt doordat de uitzendtijd van het programma was verstreken. Fabel zette de radio uit. Hij merkte dat hij nadacht over wat de schrijver had gezegd. Dat hetzelfde kwaad altijd onder hen was geweest; er waren altijd, willekeurig, wreed geweld en dood geweest. Het zieke monster dat het meisje had gewurgd en haar lichaam op het strand had gedumpt, was slechts de laatste van een lange lijn psychotische geesten. Natuurlijk, Fabel had altijd geweten dat het zo was. Hij had eens iets gelezen over Gilles de Rais, de zestiende-eeuwse Franse edelman wiens absolute macht over zijn leengoed betekende dat hij jonge jongens had kunnen ontvoeren, verkrachten en vermoorden en jarenlang ongestraft was gebleven; het aantal slachtoffers liep in de honderden en het konden er zelfs duizenden zijn geweest. Maar Fabel had ook geprobeerd zichzelf ervan te overtuigen dat de seriemoordenaar een modern verschijnsel was, het product van een uiteenvallende maatschappelijke orde, van zieke geesten, ontstaan door misbruik en gevoed door de beschikbaarheid van gewelddadige porno op straat of op het internet. Die overtuiging bood op de een of andere manier een vage hoop, dat als onze moderne maatschappij deze monsters creëert, we het op de een of andere manier kunnen herstellen. Accepteren dat het een fundamenteel gegeven was in het menselijk bestaan leek bijna gelijk te staan met het opgeven van alle hoop.

Fabel stopte een cd in de speler. Terwijl de stem van Herbert Groenemeyer de auto vulde en de kilometers weggleden, probeerde Fabel niet te denken aan een eeuwig kwaad dat in de wouden op de loer lag.

Het eerste wat hij deed toen hij weer op kantoor was, was zijn moeder bellen. Ze verzekerde hem dat ze zich nog steeds goed voelde en dat Lex haar betuttelde en de heerlijkste maaltijden bereidde. Haar stem aan de telefoon leek het evenwicht in Fabels universum te herstellen. Over de afstand van een telefoonlijn behoorden haar uitgesproken accent en het timbre van haar stem toe aan een jongere moeder. Een moeder wier aanwezigheid hij altijd had gezien als onveranderlijk, onwankelbaar. Nadat hij had opgehangen belde hij Susanne om te vertellen dat hij terug was en ze spraken af dat zij na het werk naar zijn flat zou komen.

Anna Wolff klopte op de deur en kwam binnen. Haar gezicht leek nog bleker onder de grote bos zwart haar en de donkere eyeliner. De te rode lippenstift leek boos op te vlammen tegen de vermoeide bleekheid van haar huid. Fabel beduidde haar te gaan zitten.

'Je ziet er niet uit alsof je veel hebt geslapen,' zei hij.

'Jij net zomin, chef. Hoe gaat het met je moeder?'

Fabel glimlachte. 'Aan de beterende hand, bedankt. Mijn broer blijft een paar dagen bij haar. Ik heb begrepen dat de identiteit zoeken van het meisje sisyfusarbeid is.'

Anna knikte. 'Ik heb uit het autopsierapport begrepen dat ze verwaarloosd en waarschijnlijk mishandeld is toen ze jong was. Misschien is ze lang geleden ergens anders in Duitsland of zelfs in het buitenland weggelopen. Maar ik ga ermee door.' Ze zweeg even, alsof ze niet goed wist hoe Fabel haar volgende woorden zou opnemen. 'Je vindt het hopelijk niet erg, chef, maar ik heb de zaak-Paula Ehlers ook onder de loep genomen. Het is alleen dat ik het sterke gevoel heb dat we bij beide meisjes naar dezelfde kerel zoeken.'

'Vanwege de valse identiteit die hij in de hand van het dode meisje heeft achtergelaten?'

'Dat plus het feit dat, zoals je zei, de twee meisjes zo sterk op elkaar leken dat het erop lijkt dat hij Paula Ehlers in leven heeft gezien, en niet alleen maar op een krantenfoto. Ik bedoel, we moesten tenslotte een DNA-test doen om met zekerheid te kunnen zeggen dat het dode meisje niet Paula Ehlers was.'

'Ik snap het. Dus wat heb je onderzocht?'

'Ik heb het dossier doorgenomen met Robert Klatt.'

Fabel vloekte zacht. 'Verdomme, ik was inspecteur Klatt glad vergeten. Is hij al een beetje gewend?'

Anna haalde haar schouder op. 'Gaat wel. Hij is goed, denk ik. En hij schijnt het prachtig te vinden dat hij bij Moordzaken werkt.' Ze opende het dossier en ging verder: 'In elk geval, ik heb dit met hem doorgenomen. We hebben die kwestie-Fendrich bekeken. Weet je nog? Heinrich Fendrich? Paula's leraar Duits en geschiedenis?'

Fabel knikte even. Hij herinnerde zich dat Anna hem had bijgepraat over Fendrich in het café bij de benzinepomp onderweg naar de familie Ehlers.

'Nou, zoals je weet had Klatt zo zijn verdenkingen. Hij geeft toe dat zijn redenen om Fendrich te verdenken tamelijk zwak waren... Meer een combinatie van intuïtie, vooroordeel en het volledig ontbreken van andere aanknopingspunten.'

Fabel fronste zijn wenkbrauwen. 'Vooroordeel?'

'Fendrich is een beetje een eenzelvig mens. Hij is midden dertig... nou ja, eind dertig inmiddels, neem ik aan, nog steeds vrijgezel en hij woont bij zijn bejaarde moeder. Hoewel hij blijkbaar in die tijd een los-vaste vriendin had. Maar ik geloof dat het rond de tijd van Paula's verdwijning uit raakte.'

'Dus inspecteur Klatt zocht wanhopig naar verdachten en hij vond een Norman Bates-type,' zei Fabel. Anna keek vragend. 'Het personage in die Amerikaanse film, *Psycho*.'

'Ach ja, natuurlijk. Nou, tot op zekere hoogte wel, denk ik. Maar wie kon het hem kwalijk nemen? Er was een meisje verdwenen, waarschijnlijk inmiddels dood, en er was die leraar met wie ze een band scheen te hebben en die, laten we wel wezen, niet normaal leek te reageren. Daar kwamen nog bij de beweringen van Paula's schoolvrienden dat Fendrich in de klas onevenredig veel tijd aan Paula besteedde. Eerlijk gezegd, wij zouden Fendrich zelf ook een beetje onder druk hebben gezet.'

'In neem aan van wel, maar Paula's ontvoerder en waarschijnlijke moordenaar kan evengoed een brave huisvader met een normale achtergrond zijn. Maar goed, wat denkt Klatt nu over Fendrich?'

'Tja...' Anna rekte het woord uit om haar onzekerheid te benadrukken. 'Ik heb het gevoel dat hij nu vindt dat hij de verkeerde voor had... Fendrich schijnt tenslotte een goed alibi te hebben gehad voor de tijd dat Paula Ehlers verdween.'

'Maar?'

'Maar Klatt houdt vol dat hij een "gevoel" heeft over Fendrich. Dat zijn relatie met Paula misschien niet helemaal betamelijk was. Hij zinspeelde erop dat Fendrich misschien opnieuw een onderzoek waard is – hoewel hij zegt dat hij beter niet mee kan gaan. Fendrich heeft Klatt blijkbaar zo'n beetje bedreigd met een dwangbevel en een proces wegens intimidatie.'

'Dus waar vinden we hem? Werkt hij nog steeds op die school?'

'Nee,' zei Anna. 'Hij is naar een andere school gegaan. Ditmaal in Hamburg...' Anna raadpleegde het dossier, '...in Rahlstedt. Maar hij woont blijkbaar nog in hetzelfde huis als drie jaar geleden. Ook in Rahlstedt.'

'Oké,' zei Fabel terwijl hij op zijn horloge keek en opstond. 'Meneer Fendrich moet allang thuis zijn van school. Ik wil weleens zien of hij een alibi heeft voor het tijdstip waarop het meisje op het strand werd vermoord. Laten we hem eens een bezoekje brengen.'

Fendrichs huis in Rahlstedt was een tamelijk grote, robuuste, vooroorlogse villa, een eindje van de straat in een rij van vijf soortgelijke huizen. Ze hadden, ooit, gestreefd naar een fractie van het prestige van de grotere huizen in Rotherbaum en Eppendorf, maar nu, nadat ze de Britse bombardementen tijdens de oorlog en de planologen van de jaren vijftig hadden overleefd, zagen ze er alleen maar misplaatst uit te midden van de naoorlogse sociale woningbouw in de buurt. Rahlstedt was haastig gepland en ontwikkeld om huisvesting te bieden aan de inwoners van het centrum van Hamburg, die na de bombardementen dakloos waren geworden. Fabel parkeerde aan de overkant van de straat. Terwijl hij en Anna naar de rij villa's toe liepen realiseerde Fabel zich dat, waar de andere huizen tot twee of meer appartementen waren verbouwd, dat van Fendrich een afzonderlijke woning was gebleven. Het gebouw had iets melancholieks en verwaarloosds. De kleine voortuin werd niet onderhouden en had het ongewenste afval van voorbijgangers aangetrokken.

Fabel legde zijn hand op Anna's arm toen ze de zes treden naar de voordeur wilde beklimmen. Hij wees naar het punt waar de muur van het huis aan de overwoekerde tuin grensde, waar twee kleine, ondiepe ramen met vieze ruiten waren. Fabel zag de vage omtrekken van drie tralies achter elk raam.

'Een kelder...' zei Anna.

'Waar je iemand "ondergronds" zou kunnen houden...'

Ze liepen de trap op en Fabel drukte op een oude porseleinen belknop. Ergens diep in het huis klonk gerinkel. 'Jij doet het woord, Anna. Ik vraag het wel als ik vind dat ik iets meer moet weten.'

De deur ging open. Fendrich was in Fabels ogen eerder eind veertig dan eind dertig. Hij was lang en mager en had een grauwe huid. Zijn dofblonde haar was dun en sluik en de schedel van zijn lange hoofd glansde erdoorheen in het schijnsel van de hanglamp in de hoge vestibule. Hij keek van Anna naar Fabel en terug met een uitdrukking van onverschillige nieuwsgierigheid. Anna toonde haar ovale politiepenning.

'Hamburgse recherche, meneer Fendrich. Kunnen we u even spreken?'
Fendrichs gezicht verhardde. 'Waar gaat het over?'

'We zijn van de afdeling Moordzaken, meneer Fendrich. Eergisteren is op het strand van Blankenese het lichaam van een jong meisje gevonden...'

'Paula?' viel Fendrich Anna in de rede. 'Was het Paula?' Zijn gelaatsuitdrukking veranderde opnieuw. Ditmaal was ze moeilijker te doorgronden, maar Fabel herkende er iets van angst in.

'Als we binnen zouden kunnen praten, meneer Fendrich...' stelde Fabel op kalme, geruststellende toon voor. Fendrich keek een ogenblik verward, stapte toen berustend opzij om hen binnen te laten. Nadat hij de deur had dichtgedaan wees hij naar de eerste kamer in de gang, aan de linkerkant.

'Komt u maar mee naar mijn werkkamer.'

De kamer was groot, rommelig en kaal in het naargeestige licht van een te felle lichtbalk die ongerijmd aan een barokke plafondrozet hing. Aan alle muren hingen boekenplanken, behalve aan die met het raam dat uitkeek op de straat. Een groot bureau stond nagenoeg midden in de kamer; het blad was bezaaid met nog meer boeken en papieren en een waterval van kabels en snoeren hing neer van de computer en de printer die erop stonden. Onder het raam stonden stapels bijeengebonden tijdschriften en kranten, als zandzakken. Het leek een volstrekte chaos, maar toen hij de hele kamer in zich opnam voelde Fabel een ordelijke wanorde, alsof Fendrich waarschijnlijk alles wat hij wilde onmiddellijk kon vinden en gemakkelijker dan wanneer alles zorgvuldig gecatalogiseerd en geordend zou zijn geweest. De kamer had iets wat op concentratie duidde, alsof een groot deel van Fendrichs leven – een deprimerend functioneel leven – zich in deze kamer afspeelde. Fabel kreeg de neiging de rest van dit grote huis te doorzoeken om te zien wat er buiten dit kleine middelpunt lag.

'Gaat u zitten,' zei Fendrich terwijl hij twee stoelen van hun last van boeken en papieren bevrijdde. Voordat ze zaten vroeg hij opnieuw: 'Dat meisje dat u gevonden hebt... Was het Paula?'

'Nee, meneer Fendrich, ze was het niet,' zei Anna. De spanning in Fendrichs gelaatsuitdrukking week enigszins, maar Fabel zou het geen opluchting hebben genoemd. Anna vervolgde: 'Maar we hebben reden om te denken dat er een verband is tussen de dood van het meisje en Paula's verdwijning.'

Fendrich glimlachte nors. 'Dus u komt me opnieuw lastigvallen. Dat hebben uw collega's uit Norderstedt al vaak genoeg gedaan.' Hij ging achter het bureau zitten. 'Ik wou dat jullie me eens geloofden: ik had niets met de verdwijning van Paula te maken. Ik wou dat jullie me verdomme met rust lieten.'

Anna hief met een verzoenend gebaar haar hand op en glimlachte ontwapenend. 'Luister, meneer Fendrich. Ik weet dat u, nou ja, problémen had met het politieonderzoek in Norderstedt drie jaar geleden, maar wij zijn van de politie van Hamburg en we zijn rechercheurs van de afdeling Moordzaken. We onderzoeken de zaak-Paula Ehlers alleen maar om erachter te komen of er enig verband bestaat met het dode meisje. Onze belangstelling voor een gesprek met u is vanwege achtergrondinformatie in een heel ander onderzoek. Mogelijk hebt u informatie die relevant zou kunnen zijn voor deze nieuwe zaak.'

'U zegt dus dat ik in geen van beide zaken verdacht word?'

'U weet dat we dat niet zo stellig kunnen zeggen, meneer Fendrich,' zei Fabel. 'We weten nog niet wie we zoeken. Maar onze belangstelling voor u momenteel is als getuige, niet als verdachte.'

Fendrich haalde zijn schouders op en liet zich weer in zijn stoel zakken. 'Wat wilt u weten?'

Anna nam de basisgegevens over Fendrich door. Toen ze hem vroeg of zijn moeder nog steeds bij hem woonde, keek Fendrich als door een bij gestoken.

'Mijn moeder is dood,' zei hij, Anna voor het eerst niet aankijkend. 'Ze is zes maanden geleden gestorven.'

'Neem me niet kwalijk.' Fabel keek Fendrich aan en leefde oprecht met hem mee, denkend aan de angst die hij pas had gehad om zijn eigen moeder.

'Ze was al lange tijd ziek.' Fendrich zuchtte. 'Ik woon nu alleen.'

'U bent na de verdwijning van Paula naar een andere school gegaan,' zei Anna, alsof ze wilde voorkomen dat het gesprek vaart verloor. 'Waarom had u behoefte om ergens anders naartoe te gaan?'

Opnieuw een wrange lach. 'Nadat uw collega – Klatt, heette hij – nadat Klatt maar al te duidelijk had laten merken dat ik verdacht werd, bleef die verdenking aan me kleven. Ouders, leerlingen, zelfs mijn collega's... Ik zag het in hun ogen. Die donkere twijfel. Ik kreeg zelfs een paar dreigtelefoontjes. Daarom ben ik vertrokken.'

'Dacht u niet dat dat de verdenking sterker zou maken?' vroeg Anna, maar met een meelevende glimlach.

'Kon me geen donder schelen. Ik had er genoeg van. Niemand heeft er ook maar éven aan gedacht dat ik ook enorm van streek was. Ik was dol op Paula. Ik vond dat ze enorm veel capaciteiten had. Niemand scheen daar rekening mee te houden. Behalve uw collega Klatt, die er op de een of andere manier in slaagde het...' Fendrich zocht naar het juiste woord, '... *verdorven* te laten klinken.'

'U gaf Paula Duitse taal- en letterkunde, is het niet?' vroeg Anna.

Fendrich knikte.

'U zegt dat ze blijk gaf van bijzondere intellectuele begaafdheid... Dat dat de hoofdreden was voor uw belangstelling voor haar.'

Fendrich wierp zijn hoofd uitdagend achterover. 'Dat deed ze, ja.'

'Toch merkten de andere leraren daar blijkbaar niets van. En haar schooldossier toont slechts gemiddelde prestaties in bijna alle vakken.'

'Ik heb dit god weet al hoe vaak verteld. *Ik* zag haar mogelijkheden. Ze had een natuurlijke aanleg voor de Duitse taal. Het is net als met muziek. Je kunt er een gehoor voor hebben. Paula had een goed gehoor. Ze kon zich ook prachtig uitdrukken als ze zich erop toelegde.' Hij boog zich naar voren, zette zijn ellebogen op het rommelige bureaublad en richtte zijn ernstige blik op Anna. 'Paula was een typische laatbloeier. Ze had het in zich om echt iemand te worden en liep het gevaar een niemand te worden, verloren te gaan in het systeem. Ik geef toe dat de andere leraren het niet zagen. En haar ouders kónden het niet zien. Daarom besteedde ik zoveel tijd aan haar. Ik zag een reële mogelijkheid voor haar om aan de begrenzingen van de beperkte verwachtingen van haar familie te ontsnappen.'

Fendrich leunde achterover op zijn stoel en maakte een gebaar met geopende handpalmen, alsof hij zijn pleidooi tegenover een rechtbank had beëindigd. Toen liet hij zijn handen zwaar op het bureaublad vallen, alsof hij zijn laatste energie had verbruikt. Fabel sloeg hem zwijgend gade. De ernst – de passie bijna – waarmee Fendrich over Paula had gesproken, had iets wat hem verontrustte.

Anna liet het onderwerp varen en begon over de details van Fendrichs alibi voor de tijd van Paula's verdwijning. Zijn antwoorden waren precies dezelfde als die welke hij drie jaar geleden had gegeven en die in het dossier stonden. Maar Fendrich werd steeds ongeduldiger tijdens Anna's vragen.

'Ik dacht dat het over een nieuwe zaak ging,' zei hij toen Anna uitgesproken was. 'Het enige wat u gedaan hebt is dezelfde oude koek aansnijden. Ik dacht dat het over een ander meisje ging. Over een moord.'

Fabel beduidde Anna hem het dossier te geven. Hij haalde er een grote, glanzende foto uit, genomen op de plaats waar het dode meisje was gevonden. Hij legde hem recht voor Fendrich en hield zijn blik op het gezicht van de leraar gericht om zijn reactie te peilen. Het was een veelzeggende reactie. Fendrick mompelde: 'O, jezus...' en hij legde een hand voor zijn mond. Toen verstarde hij, zijn blik strak op de foto gericht. Hij boog zich naar voren en liet zijn blik over de foto glijden, alsof hij elke pixel onderzocht. Toen ontspande zijn gezicht zich, opgelucht. Hij keek Fabel aan.

'Ik dacht...'

'U dacht dat het Paula was?'

Fendrich knikte. 'Sorry. Ik kreeg een schok.' Hij staarde opnieuw naar de foto. 'Mijn god, ze lijkt zo op Paula. Ouder natuurlijk, maar zo sterk gelijkend. Denkt u daarom dat er een verband bestaat?'

'Niet alleen daarom,' legde Anna uit. 'De moordenaar heeft iets achtergelaten om ons te misleiden wat de identiteit van het meisje betreft. Om ons te laten denken dat dit Paula is.'

'Kunt u ons verslag doen van uw doen en laten van maandagmiddag tot dinsdagochtend, meneer Fendrich?'

Fendrich perste zijn lippen op elkaar en blies er lucht tussendoor terwijl hij over Fabels vraag nadacht. 'Niet veel te vertellen. Ik ben zoals altijd naar mijn werk gegaan, allebei de dagen. Maandagavond ben ik rechtstreeks naar huis gegaan, heb wat correctiewerk gedaan, gelezen. Dinsdag... op dinsdag heb ik op weg naar huis wat boodschappen gedaan in de MiniMarkt. Was rond vijf uur, halfzes thuis... Daarna ben ik de hele avond thuisgebleven.'

'Kan iemand dat bevestigen?'

Fendrichs ogen kregen iets onverzettelijks. 'Ik snap het... U kon me niet pakken voor de verdwijning van Paula, dus probeert u me nu hierbij te betrekken.'

'Zo is het niet, meneer Fendrich.' Anna probeerde hem opnieuw te sussen. 'We moeten alle feiten checken, anders zouden we ons werk niet goed doen.'

De spanning in Fendrichs schonkige schouders verdween en de uitdagende blik in zijn ogen doofde uit, maar hij leek niet overtuigd. Hij keek opnieuw naar de foto van het dode meisje. Hij keek er lang en zwijgend naar.

'Het is dezelfde man,' zei hij ten slotte. Anne en Fabel keken elkaar aan.

'Wat bedoelt u?' vroeg Anna.

'Wat ik bedoel is dat u gelijk hebt... Er is een verband. Mijn god, dit meisje kon haar zus zijn, zo lijken ze op elkaar. Degene die dit meisje heeft vermoord, moet Paula gekend hebben. Tamelijk goed gekend hebben.' De pijn was teruggekeerd in Fendrichs doffe blik. 'Paula is dood. Nietwaar?'

'Dat weten we niet meneer Fendrich...'

'Ja.' Fabel onderbrak Anna's antwoord. 'Ja, ik vrees van wel.'

9

Buxtehude was een gat. Het was een plaats *wo sich Fuchs und Hase gute Nacht sagen*. Een plaats waar nooit iets gebeurde.

Uit Buxtehude komen had voor Hanna een duidelijke, ondubbelzinnige betekenis. Het betekende dat je uit de rimboe kwam. Achterlijk was. Niemand was. Hanna Grünn kwam uit Buxtehude, maar terwijl ze in haar vijf jaar oude vw Golf midden op deze griezelige parkeerplaats in het bos zat te wachten, bedacht ze verbitterd dat ze niet ver uit Buxtehude was weggekomen. Niet verder dan die stomme bakkerij.

Ongeveer vanaf haar veertiende hadden jongens Hanna altijd aantrekkelijk gevonden. Ze was lang en vol met lange blonde haren en was het felst begeerde meisje op school geweest. Hanna was geen licht, maar ze was slim genoeg om dat te beseffen en andere middelen te gebruiken om te krijgen wat ze wilde. En wat ze op de eerste plaats wilde was als de weerlicht uit Buxtehude wegkomen. Ze had krantenknipsels verzameld over de carrière van Claudia Schiffer: hoe Claudia in een disco uit de anonimiteit was geplukt, over haar eerste contracten als fotomodel, over de gigantische bedragen die ze verdiende, over de exotische plaatsen waar ze was geweest. Dus had de achttienjarige Hanna Buxtehude achter zich gelaten en was vertrokken om met de onwankelbare overtuiging van de jeugd een carrière als fotomodel te beginnen in Hamburg. Het had echter niet lang geduurd voordat Hanna zich realiseerde dat de receptie van elk agentschap waar ze wachtte bevolkt werd door andere Claudia Schiffer-klonen. Tijdens haar eerste sollicitatiegesprek had ze de portfolio laten zien met foto's die een plaatselijke fotograaf van haar had genomen voordat ze thuis wegging. Een lange, magere homo en een vrouw van tegen de vijftig, die duidelijk fotomodel was geweest, hadden bijna gegrinnikt toen ze Hanna's foto's bekeken. Daarna hadden ze gevraagd waar Hanna vandaan kwam. Toen ze 'ik kom uit Buxtehude' had geantwoord, hadden die klootzakken hardop gelachen.

Bij de meeste andere agentschappen was het ongeveer hetzelfde verhaal. Hanna had het gevoel dat het leven dat ze zich had voorgesteld in rook opging. Er was geen sprake van dat ze naar Buxtehude terugging, maar haar overtuiging van een carrière als fotomodel werd nu een droom, die al snel volstrekte fantasie leek te worden. Ten slotte had ze de telefoonboeken doorgeworsteld tot ze een agentschap in Sankt Pauli had gevonden. Hanna was niet zo groen dat ze zich niet had gerealiseerd wat het betekende dat het kantoor boven een stripclub gevestigd was. Het bord op de deur had bevestigd dat het agentschap zich specialiseerde in 'fotomodellen, exotische danseressen en escorts' en de gedrongen, in een leren jack gestoken Italiaan die het agentschap leidde had eerder een gangster geleken dan iemand uit de modewereld. Hij had er eerlijk gezegd geen doekjes om gewonden. Hij had tegen Hanna gezegd dat ze een stuk was met een lekker lijf en dat hij volop werk voor haar kon krijgen, maar het zou voornamelijk videowerk zijn. 'Echt neuken... Snap je?'

Toen Hanna de Italiaan had verteld dat ze geen belangstelling had, had hij zijn schouders opgehaald en 'Oké' gezegd. Maar hij had haar een visitekaartje gegeven en gezegd dat, als ze ooit van gedachten zou veranderen, ze contact moest opnemen. In de slaapkamer van haar gedeelde appartement had Hanna haar kussen tegen haar mond gedrukt om de luide, onbedwingbare snikken die haar lichaam schokten te smoren. Het meest ontmoedigende was wel de zakelijke, nuchtere manier geweest waarop de Italiaan haar had verteld dat het bij het videowerk om 'echt neuken' zou gaan. Hij was niet bijzonder groezelig geweest, hij was niet geil geweest, hij had haar gewoon een taakomschrijving gegeven, alsof hij het over een kantoorbaantje had. Maar wat haar het diepst had gekwetst was dat hij duidelijk vond dat dat alles was wat ze waard was. Alles wat ze kon verwachten. Vanaf dat moment was ze naar een gewone baan gaan uitkijken en zonder secretariële vaardigheden, zonder diploma, was de keus uiterst beperkt geweest.

Toen had ze werk gekregen in de Backstube Albertus, aan een lopende band met dikke, stomme wijven van middelbare leeftijd die hun hele leven geen enkele ambitie hadden gehad. Nu stond ze dag in dag uit, haar glanzende blonde haren bijeengebonden onder een bakkersmuts met een elastiekje, haar volmaakte lichaam verstopt in een vormeloze witte bakkersjas, verjaardagstaarten te glaceren met een steeds sterker gevoel van mislukking.

Maar niet lang meer. Binnenkort zou Markus haar van dat alles weghalen. Binnenkort zou ze de weelde en de levensstijl hebben die ze altijd had gewild. Markus was de eigenaar van de bakkerij en als ze met de baas moest neuken om te krijgen wat ze wilde zou ze dat doen. En nu was ze er dicht bij: Markus had beloofd dat hij dat frigide wijf van hem zou verlaten. En daarna zou hij met Hanna trouwen.

Ze keek op haar horloge. Waar bleef-ie verdomme? Hij was altijd te laat, voornamelijk vanwege zijn vrouw. Ze keek om zich heen naar de dichte massa bomen rondom het parkeerterrein, een donkerder zwart tegen een zwarte, maanloze lucht. Ze had er een hekel aan hem hier te ontmoeten, het was er zo griezelig. Ze meende dat ze iets zag bewegen tussen de bomen. Ze tuurde een ogenblik aandachtig in het donker, ontspande zich toen en slaakte een zucht van ongeduld.

Hij had haar spoor al eens eerder gevolgd, maar had haar niet over de weg naar het Naturpark kunnen volgen, bang dat het zou opvallen: het enige andere voertuig op een afgelegen weg die alleen naar dit parkeerterrein leidde. Daarom was hij overdag teruggegaan en had de omgeving verkend. En vanavond, nadat hij haar lang genoeg had gevolgd om te weten waar ze naartoe ging, had hij haar ingehaald en was hier eerder aangekomen. Zijn verkenningstocht door het Naturpark had een smal pad opgeleverd dat door de houtvesters werd gebruikt om het bos te onderhouden. Hij had zijn motorfiets tot halverwege het pad gereden, de lampen en de motor uitgezet en even laten uitrijden voordat hij hem tussen de bomen verstopte. Daarna had hij de rest van de weg te voet afgelegd, bang dat iemand die al op het parkeerterrein was de motor zou horen aankomen. Nu stond hij in de bosrand, ongezien, en sloeg de hoer gade terwijl ze op haar getrouwde minnaar wachtte. Hij voelde de huivering van een grimmige gespannen verwachting, het besef dat de woede en de haat die hem verteerden als een kankergezwel weldra tot ontlading zouden komen. Ze draaide zich in zijn richting. Hij deinsde niet terug, bewoog zich niet. Ze keek recht zijn kant op, tuurde in het donker, maar de stomme trut kon hem niet zien. Ze zou hem gauw genoeg zien.

De bundel van een stel autokoplampen gleed langs de bosrand en hij trok zich enigszins terug. Het was een Mercedes sportauto. De auto van Markus Schiller. Hij keek toe terwijl de auto stopte naast de Golf en Schiller het raampje omlaag draaide en een verontschuldigend gebaar maakte. Vanaf zijn verborgen uitkijkpost tussen de bomen keek hij toe terwijl Hanna uit de Golf stapte, het portier dichtsmeet, boos naar de Mercedes beende en op de passagiersstoel ging zitten.

Nu was het moment aangebroken.

10

De heldere voorjaarszon die schuin door de grote ruit naar binnen viel verdeelde de ziekenhuiskamer in lichte en donkere hoeken. De zoon had de ja-
loezieën opgetrokken, zodat de zon meedogenloos in het onbeschermde gezicht van zijn moeder kon schijnen.

'Zo, *Mutti*, dat is beter, hè?' Hij liep terug naar het bed en schoof de stoel
ernaartoe voordat hij ging zitten. Hij boog zich in zijn gebruikelijke houding
van toewijding en zorgzaamheid naar voren. Met een gebaar dat teder en attent leek, maar een kwaadaardige bedoeling verborg, legde hij zijn hand op
haar voorhoofd, bewoog hem bijna onmerkbaar naar boven in de richting
van de haargrens en trok de zware, op niets reagerende oogleden open om
het volle schijnsel van de zon in de lichte ogen van de oude vrouw te laten
branden.

'Ik heb gisteravond weer buiten gespeeld, *Mutti*. Twee deze keer. Ik heb
hun keel doorgesneden. Eerst de zijne. Toen smeekte ze om haar leven. Ze
smeekte en smeekte. Het was zó grappig, *Mutti*. Ze bleef maar zeggen: "O
nee, o nee..." Toen stak ik haar met het mes. Ook in de keel. Ik sneed hem
ver open en ze zweeg.' Hij lachte even. Hij liet zijn hand van haar voorhoofd
glijden en zijn vingers volgden de broze hoeken van haar kaak en haar dunne, gerimpelde hals. Hij hield zijn hoofd scheef, een melancholieke uitdrukking op zijn gezicht. Toen haalde hij zijn hand plotseling weg en leunde achterover op zijn stoel.

'Weet u nog, *Mutti*, dat u me altijd strafte? Toen ik klein was? Weet u nog
hoe u me voor straf die verhalen telkens en telkens en telkens weer liet vertellen? En als ik ook maar één woord verkeerd zei, sloeg u me met die wandelstok van u. Die van onze wandelvakantie in Beieren. Weet u nog hoe u
een keer schrok, toen u me zo hard had geslagen dat ik flauwviel? U leerde me dat ik een zondaar was. Een waardeloze zondaar noemde u me altijd, weet u nog?' Hij zweeg even, alsof hij half het antwoord verwachtte dat

ze niet kon geven, en ging toen verder: 'En altijd liet u me die verhalen vertellen. Ik besteedde er zoveel tijd aan om ze vanbuiten te leren. Ik las ze telkens opnieuw, las tot mijn ogen de letters en de woorden door elkaar gooiden, probeerde ervoor te zorgen dat ik geen enkel woord vergat of verkeerd zei. Maar dat deed ik altijd, hè? Ik gaf je altijd een excuus om me te slaan.' Hij zuchtte, keek naar de stralende dag buiten het raam en toen weer naar de oude vrouw. 'Binnenkort, heel binnenkort, komt de tijd dat u met me naar huis gaat, moeder.'

Hij stond op, boog zich voorover en kuste haar op het voorhoofd. 'En ik heb de wandelstok nog steeds...'

11

Zondag 21 maart, 9.15 uur:
Naturpark Harburger Berge, ten zuiden van Hamburg

Maria was al enige tijd ter plaatse voordat Fabel arriveerde. Het was meer een open plek dan een parkeerplaats en Fabel vermoedde dat hij twee doelen diende: overdag een vertrekpunt voor wandelaars, 's avonds een discrete plek voor stiekeme afspraakjes. Hij parkeerde zijn BMW naast een van de groen met witte auto's van de *SchuPo* en stapte uit. Het was een stralende, winderige lenteochtend en het dichte bos rondom de parkeerplaats leek te ademen van de bries en het gekwetter van vogels.

'"In the midst of life"...' zei hij in het Engels tegen Maria, met een breed gebaar naar de bomen en de lucht wijzend. Ze keek niet-begrijpend.

'"Te midden van het leven zijn we in de dood"...' herhaalde hij in het Duits. Maria haalde haar schouders op. 'Waar zijn ze?' vroeg Fabel.

'Verderop...' Maria wees naar een kleine opening in de bosrand. 'Het is een *Wanderweg*... een pad voor wandelaars. Het loopt dwars door het bos, maar een meter of driehonderd verderop is een kleine open plek met een picknicktafel. Verder dan hier kun je met de auto niet komen.' Fabel zag dat de helft van de parkeerplaats, de helft bij de ingang van de *Wanderweg*, was afgezet.

'Zullen we?' Fabel beduidde Maria hem voor te gaan. Terwijl ze over het hobbelige, wat modderige pad liepen zag Fabel dat het forensisch team met onregelmatige tussenafstanden beschermende kleden had neergelegd. Hij keek Maria vragend aan.

'Bandensporen,' zei ze. 'En een paar voetsporen die gecheckt moeten worden.'

Fabel bleef staan en keek het pad af. 'Mountainbikers?' vroeg hij.

Maria schudde haar hoofd. 'Motorfiets. Heeft er misschien niets mee te maken, net zomin als de voetsporen.'

Ze liepen verder. Fabel nam de bomen aan weerszijden in zich op. De ruimte ertussen werd donkerder naarmate ze zich terugtrokken, als groene grotten waarin het daglicht niet kon doordringen. Hij dacht terug aan het radio-interview. De duisternis van het bos in het licht van de dag: de metafoor voor het gevaar dat in het alledaagse schuilt. Het pad maakte een bocht en kwam plotseling uit op een kleine open plek. Er liepen een stuk of tien politieagenten en technisch medewerkers rond. Het brandpunt van hun activiteiten was een houten tafel met vaste banken rechts van het hoofdpad. Twee lichamen, een man en een vrouw, zaten op de grond, tegen het uiteinde van de tafel gezet. Ze staarden Fabel en Maria met de gedesinteresseerde blik van de dood aan. Ze zaten naast elkaar, elk met één arm gestrekt, alsof ze naar de ander reikten; hun krachteloze handen raakten elkaar, maar hielden elkaar niet vast. Tussen hen in lag een zakdoek, zorgvuldig opengevouwen en uitgespreid. De doodsoorzaak was in één oogopslag duidelijk: beide kelen waren diep en ver opengesneden. De man was eind dertig, met donker, kortgeknipt haar om te verbergen dat het boven op zijn schedel dunner werd. Zijn mond hing ver open, donkerrood van het bloed dat gedurende de laatste seconden van zijn leven naar boven was geschuimd uit zijn verwoeste keel. Fabel deed een stap dichterbij. Hij nam de kleding van het mannelijke slachtoffer in zich op. Het was voor Fabel een van de verwarrende dingen op de plek waar iemand was gestorven: hoe de dood zijn eigen agenda bepaalde, hoe hij weigerde rekening te houden met de triviale subtiliteiten die we in ons leven inbouwen. Het lichtgrijze pak en de bruine leren schoenen van de man waren onmiskenbaar duur, iets wat, bij leven, werd opgemerkt als een indicatie van status, van smaak, van zijn plaats in de wereld. Nu was het kostuum een gekreukt, met modder en bloed besmeurd vod. Het overhemd lag met bloed doordrenkt onder de donkere snijwond dwars over de keel. Een van de schoenen was losgeraakt en lag een halve meter van de voet, die ernaar wees alsof hij hem probeerde op te eisen. De grijze zijden sok was half afgestroopt en het dooraderde, bleke vlees van de hiel van de man lag bloot.

Fabel verlegde zijn aandacht naar de vrouw. Vergeleken met de man had ze aanzienlijk minder bloed op haar kleren. De dood had haar sneller en pijnlozer overvallen. Een brede baan bloed was diagonaal over de dijen van haar spijkerbroek gespat. Ze was begin twintig en had lange blonde haren, waarvan er enkele door de wind in de snijwond in haar keel waren gewaaid en in het bloed bijeen waren geklit. Fabel zag dat, hoewel de kleuren en het model zorgvuldig en smaakvol waren gekozen, haar kleren in een heel andere prijsklasse vielen dan die van de man. Ze droeg een lichtgroen T-shirt en haar spijkerbroek was nieuw, maar een goedkoper alternatief voor de designerjeans waarvan hij een kopie was. Dit was geen stel. In elk geval geen vast stel. Fabel boog zich naar voren en bekeek de zakdoek; er lagen kleine broodkruimels op. Hij richtte zich op.

'Geen spoor van het mes?' vroeg hij Maria.

'Nee. En geen bloedspat op de grond, op de tafel of waar ook. Hai, Jan...'
Holger Brauner, de leider van het forensisch team van het hoofdbureau,
voegde zich bij hen.

Fabel knikte. Zodra hij de bloedveeg op de spijkerbroek van de vrouw had
gezien, had hij geweten dat dit niet de primaire locatie was: de moord was elders gepleegd. 'Je bent er snel bij...' zei hij tegen Brauner.

'We kregen een telefoontje van een plaatselijke inspecteur, die besloot het
niet aan de *Lagedienst* over te laten mij op de hoogte te brengen. Dezelfde die
jou heeft gebeld, denk ik. Een zekere brigadier...' Brauner zocht naar de naam.

'Hermann,' maakte Maria zijn zin voor hem af. 'Hij staat daar.' Ze wees
naar een lange, geüniformeerde man van begin dertig. Hij stond bij een
groep *SchuPo's*, maar toen hij zag dat hij het middelpunt van de belangstelling was geworden, maakte hij een verontschuldigend gebaar naar zijn collega's en kwam naar de rechercheurs van de afdeling Moordzaken toe. Zijn
bewegingen vertoonden een ernstige doelgerichtheid en terwijl hij naar hen
toe kwam zag Fabel dat zijn onopvallende uiterlijk, zijn zandkleurige haren
en vlekkerige, bleke huid niet strookten met de intense energie die in zijn
lichtgroene ogen brandde. Zijn uiterlijk deed Fabel denken aan Paul Lindemann, de officier die hij had verloren, maar toen de geüniformeerde officier
dichterbij kwam realiseerde Fabel zich dat de gelijkenis oppervlakkig was.

De *SchuPo* knikte naar Maria en stak zijn hand uit, eerst naar Fabel, toen
naar Brauner. Fabel zag de zilveren brigadiersster op de epauletten van zijn
korte, zwartleren uniformjack.

Maria stelde hem voor. 'Dit is brigadier Henk Hermann van de plaatselijke politie.'

'Waarom hebt u juist ons erbij gehaald, brigadier?' vroeg Fabel glimlachend. De *Schutzpolizei* had normaliter tot taak de plaats delict af te zetten
en eventuele toeschouwers buiten de met tape aangegeven plaats te houden,
terwijl de recherche de plaats delict zelf voor haar rekening nam. De *Lagedienst* was verantwoordelijk voor het informeren van de *KriPo* en de afdeling Moordzaken onderzocht elk plotseling overlijden.

Een aarzelende glimlach maakte Hermanns dunne lippen nog dunner.
'Tja...' Hij keek langs Fabel heen naar de lichamen. 'Nou ja, ik weet dat uw
team gespecialiseerd is in, nou ja, dit soort dingen.'

'Wat voor dingen?' vroeg Maria.

'Nou, het is duidelijk geen zelfmoord. En dit is niet de primaire locatie...'

'Waarom denkt u dat?'

Hermann aarzelde even. Het was niet gebruikelijk dat een *SchuPo* een mening gaf over een plaats delict en nog ongebruikelijker dat een *KriPo*, laat staan
een rechercheur van Fabels rang, daarnaar luisterde. Hij liep om de groep
heen om de lichamen beter te kunnen benaderen, maar bewaarde voldoende

afstand om te voorkomen dat de plaats werd aangetast. Hij knielde neer, balanceerde op de ballen van zijn voeten en wees naar de doorgesneden keel van het mannelijke slachtoffer. 'Ik kan het zonder de lichamen te verplaatsen natuurlijk niet goed zien, maar ik heb het idee dat ons mannelijke slachtoffer met twee messteken is vermoord. De eerste raakte hem in de zijkant van zijn hals en hij begon snel leeg te bloeden. De tweede sneed zijn luchtpijp door.' Hermann wees naar het vrouwelijke slachtoffer. 'Ik denk dat het meisje gestorven is aan één enkele snede dwars door haar keel. Dit bloed hier...' – hij wees naar de brede bloedveeg op haar dijen – 'is niet van haar. Het is bijna zeker van het mannelijke slachtoffer. Ze was vlak bij hem toen hij werd aangevallen en moet geraakt zijn door de slagaderlijke bloeding in zijn hals. Maar er is hier nergens een grote hoeveelheid bloed te vinden... wat erop wijst dat het niet de primaire locatie is. Het duidt er ook op dat de moordenaar ze hierheen heeft gebracht. En dat op zijn beurt brengt me tot de gedachte dat onze moordenaar misschien een grote man is... of in elk geval lichamelijk sterk. Er zijn weinig sleepsporen, alleen waar hij het mannelijke slachtoffer heeft neergezet en waar de schoen werd uitgetrokken. Je kunt hier niet met een voertuig komen en dat betekent dat hij de slachtoffers moet hebben gedragen.'

'Verder nog iets?' vroeg Fabel.

'Ik gok alleen maar, maar ik zou zeggen dat onze moordenaar eerst de man heeft gedood. Misschien bij verrassing. Op die manier volgt hij de weg van de minste weerstand. Zijn tweede slachtoffer is niet zo sterk en vormt minder een bedreiging dan de man.'

'Een gevaarlijke veronderstelling,' zei Maria met een wrange glimlach. Hermann richtte zich op en haalde zijn schouders op.

'U hebt de modus operandi van deze moord beschreven,' zei Fabel, 'maar u hebt nog steeds niet uitgelegd waarom u vond dat dit net iets was voor mijn team.'

Hermann deed een stap terug en hield zijn hoofd scheef, alsof hij voor een schilderij of een expositiestuk stond dat hij taxeerde.

'Daarom...' zei hij. 'Kijk maar eens...'

'Waarnaar?' vroeg Fabel.

'Nou... Dit is niet zomaar de plaats waar onze moordenaar besloot de lichamen te dumpen. Dat had hij twintig meter in het bos kunnen doen en dan had het misschien weken of maanden geduurd voordat we ze gevonden hadden. Dit is een boodschap. Hij vertelt ons iets... De keuze van de locatie, de positie van de zakdoek, de broodkruimels. Dit is allemaal voor ons. Het is allemaal geposeerd.'

Fabel keek naar Holger Brauner, die veelbetekenend glimlachte.

'Geposeerd...' herhaalde Hermann, blijkbaar gefrustreerd rakend. 'Dit is allemaal zorgvuldig gerangschikt. En dat betekent dat er een psychotische opzet achter deze moorden zit, wat op zijn beurt betekent dat we misschien met een seriemoordenaar te maken hebben. Dáárom dacht ik dat ik u maar beter meteen en rechtstreeks op de hoogte kon brengen, hoofdinspecteur.' Hij wendde zich tot Holger Brauner. 'En de reden waarom ik met u contact heb opgenomen, meneer Brauner, is omdat ik dacht dat u hier misschien iets uit zou kunnen opmaken wat ons team over het hoofd zou zien. Ik heb uw werk met belangstelling gevolgd en enkele van uw seminars bijgewoond.'

Brauner glimlachte goedgehumeurd en knikte quasi-bescheiden. 'En u hebt blijkbaar goed opgelet, brigadier.'

Fabels glimlach verbreedde zich tot een grijns. 'Sorry, meneer Hermann, ik suggereerde niet dat u uw tijd verspilde. Alles wat u over de plaats delict zei klopt... inclusief het feit dat het de secundaire locatie is en niet de primaire. Ik wilde alleen maar uw redenering horen.'

De gespannen uitdrukking op Hermanns onopvallende gezicht week enigszins, maar de onverzettelijke scherpte in de lichtgroene ogen bleef.

'De vraag waar we nu mee geconfronteerd worden,' ging Fabel verder, 'is waar de primaire locatie is... Waar we de werkelijke plaats delict kunnen vinden.'

'Daar heb ik een theorie over, hoofdinspecteur,' onderbrak Hermann hem voordat iemand anders iets kon zeggen. Brauner lachte.

'Dat dacht ik al.'

'Zoals ik al zei denk ik dat de lichamen hierheen zijn gedragen. We hebben voetsporen op het pad. Grote afdrukken, wat duidt op een grote man. Ze hebben diepe afdrukken in de grond gemaakt, die wel zacht is, maar niet modderig. Dat doet me denken dat hij iets zwaars droeg.'

'Misschien torste hij gewoon wat te veel gewicht mee,' zei Brauner. 'Het kan gewoon iemand zijn die boswandelingen maakt om wat calorieën te verbranden.'

'Dan is hij zijn kilo's snel kwijtgeraakt,' antwoordde Hermann, 'want we hebben minstens twee sets sporen, één heen en één terug. Die teruggaan naar de parkeerplaats zijn minder diep. En dat wijst er volgens mij op dat hij iets zwaars naar deze plek heeft gedragen, minstens één keer, en zonder vrachtje terug naar de parkeerplaats is gelopen.'

'Dus u zegt dat de parkeerplaats de plaats delict is?' vroeg Fabel.

'Nee. Niet per se. Hij kan ze daar vermoord hebben, maar we hebben nog geen forensische aanwijzingen gevonden. Daarom heb ik de helft van de parkeerplaats, die bij het wandelpad, laten afzetten. Volgens mij zijn de slachtoffers ergens anders gedood en met een auto hierheen gebracht. Of misschien zijn ze in een auto op het parkeerterrein vermoord. Maar als hij ze hierheen heeft gebracht, zou ik zeggen dat hij zijn auto vlak bij het pad geparkeerd heeft.'

Fabel knikte waarderend. Brauner lachte bassend en mepte Hermann goedgehumeurd op zijn schouder. Het was een gebaar dat Hermann niet bijster leek te appreciëren. 'Mee eens, collega. Hoewel ik moet zeggen dat we nog een heel eind te gaan hebben voordat we deze voetstappen aan onze moordenaar kunnen toeschrijven. Maar dit is echt uitstekend werk. Weinig mensen zouden eraan gedacht hebben de parkeerplaats af te zetten.'

'Was de parkeerplaats leeg toen de lichamen werden gevonden?' vroeg Fabel.

'Ja,' zei Hermann. 'Wat me doet denken dat het voertuig dat de plaats delict is dan wel gebruikt is om de lichamen te vervoeren, allang weg is. Misschien zelfs ergens achtergelaten en in brand gestoken om forensisch bewijsmateriaal te vernietigen.' Hij wees over het wandelpad in de tegengestelde richting dan waaruit ze gekomen waren. 'Dit pad leidt naar een andere parkeerplaats, een kilometer of drie verder. Ik heb een auto gestuurd om die te checken, voor het geval dat, maar er was niets.'

Het viel Fabel opeens op dat Maria al die tijd niets had gezegd. Ze was naar de lichamen toe gelopen en haar blik leek als door een magneet aangetrokken te worden door de dode vrouw. Fabel hief zijn hand op naar de anderen en zei: 'Neem me niet kwalijk...' voordat hij zich bij haar voegde.

'Alles goed?' vroeg hij. Maria keerde haar gezicht met een ruk naar hem toe en keek hem een ogenblik nietszeggend aan, alsof ze verdoofd was. Haar huid leek strakgetrokken over haar hoekige gelaatstrekken, als huid over knokkels.

'Wat? O... ja.' Toen, vastberadener: 'Ja. Ik voel me prima. Het veroorzaakt geen posttraumatische stress, als je dat bedoelt.'

'Nee, Maria, dat bedoelde ik niet. Wat zie je?'

'Ik probeerde erachter te komen wat hij hiermee probeert te zeggen. Toen keek ik naar hun handen.'

'Ja... Ze houden elkaars hand vast. De moordenaar heeft ze zodanig neergelegd dat het is alsof ze elkaars hand vasthouden.'

'Nee... Dat niet,' zei Maria. 'De andere handen. Zijn rechter en haar linker. Ze zijn gebald. Het ziet er vreemd uit. Het ziet eruit alsof het bij de pose hoort.'

Fabel draaide zich abrupt om. 'Holger... Kom hier eens kijken.' Brauner en Hermann kwamen naderbij en Fabel wees naar wat Maria was opgevallen.

'Ik geloof dat je gelijk hebt, Maria...' zei Brauner. 'Het lijkt erop dat ze ná de dood, maar vóór het intreden van de lijkstijfheid zijn gesloten...' Opeens keek Brauner als door een bij gestoken. Hij wendde zich met een ruk naar Fabel. 'Jezus, Jan... Het meisje op het strand...'

Brauner stak zijn hand in zijn jaszak en haalde er een ongeopend pakje operatiehandschoenen uit. Hij trok een latex handschoen aan en pakte een sonde uit zijn borstzak. Al zijn bewegingen hadden iets gehaasts. Hij stapte naar voren en draaide de hand van het meisje om. De lijkstijfheid maakte het moeilijk; hij riep Hermann naderbij en stak hem daarbij een pak latex handschoenen toe.

'Trek die aan voordat u het lichaam aanraakt. Houd haar hand omgedraaid.'

Hermann voldeed aan zijn verzoek. Brauner probeerde tevergeefs om de sonde als hefboom te gebruiken om de hand van de vrouw te openen. Hij moest hem uiteindelijk met zijn vingers open wrikken. Hij draaide zich om naar Fabel en knikte grimmig voordat hij een pincet naar de handpalm bracht en er een klein, strak opgerold papiertje uit plukte. Hij liet het in een plastic zakje glijden en rolde het voorzichtig plat. Hij stond op en keerde zorgvuldig op zijn schreden terug. Hermann volgde hem.

'Wat staat erop?'

Brauner overhandigde Fabel het plastic zakje. Fabel voelde een kilte ergens diep in zijn botten. Het was opnieuw een rechthoekig stukje van hetzelfde gele papier, circa tien centimeter breed en vijf hoog. Hij herkende het kleine, regelmatige handschrift in rode inkt dat hij had gezien op het briefje dat hij uit de hand van het dode meisje op het strand in Blankenese had gezien. Ditmaal stond er slechts één woord op: 'Grietje'. Fabel liet het papiertje aan Maria zien.

'Shit... Het is dezelfde vent.' Ze keek omlaag naar de lichamen. Brauner wrikte de hand van het mannelijke slachtoffer al open.

'En dit is blijkbaar "Hans",' zei Brauner terwijl hij opstond en een tweede stukje geel papier in een plastic zakje liet glijden.

Fabel voelde iets straks in zijn borst. Hij keek op naar de lichtblauwe hemel, over het pad dat terugleidde naar de parkeerplaats, in de groene spelonk van de bossen en toen weer naar de man en de vrouw die daar lagen, hun keel tot het borstbeen opengesneden, hun handen die elkaar raakten en een grote, met broodkruimels bezaaide zakdoek uitgespreid op het gras tussen hen in. Hans en Grietje. De klootzak dacht dat hij gevoel voor humor had.

'U hebt er goed aan gedaan ons erbij te halen, brigadier Hermann. Wie weet hebt u de afstand tussen ons en een seriemoordenaar van wie we weten dat hij een of misschien twee keer eerder heeft gedood, kleiner gemaakt.' Hermann glom van genoegen, Fabel beantwoordde zijn glimlach niet. 'Wat u nu moet doen is al uw mensen naar de parkeerplaats sturen voor instructies. We moeten dit hele gebied uitkammen. En daarna moeten we de primaire locatie vinden. We moeten weten wie deze mensen zijn en waar ze vermoord zijn.'

12

Ze zat op een stoel en werd ouder.

Ze zat rechtop en onbeweeglijk, luisterde naar het tikken van de klok, zich ervan bewust dat elke afgemeten seconde een golf was die haar jeugd en haar schoonheid aantastte. En haar schoonheid was puur. Laura von Klosterstadts verfijnde gratie oversteeg voorbijgaande modevoorkeuren voor het verweesde of het weelderige. Het was een ware schoonheid, een tijdloze, koele, wrede perfectie. Haar uiterlijk hoefde niet door een fotograaf te worden 'ontdekt': het was gevormd door ware adeldom, gekweekt gedurende generaties. Het was ook uitermate rendabel gebleken, een waardevol bezit waarvoor modehuizen en cosmeticabedrijven grote bedragen hadden neergeteld.

De mate van Laura's schoonheid werd geëvenaard door die van haar eenzaamheid. Alledaagse, gewone mensen kunnen zich nauwelijks voorstellen dat schoonheid evenzeer kan afstoten als lelijkheid. Lelijkheid roept afkeer op, pure schoonheid zoals die van Laura wekt angst. Laura's uiterlijk trok een omheining rond haar op die weinig mannen durfden te doorbreken.

Ze zat en voelde zich ouder worden. Over een week werd ze eenendertig. Heinz, haar agent, kon elk moment hier zijn. Hij kwam haar helpen met de voorbereidingen voor haar verjaardagsfeest. Heinz zou ervoor zorgen dat alles goed ging. Hij was een extravagante, sprankelende homo die onuitputtelijke energie paarde aan stalen vastberadenheid en efficiency. Hij was een goede agent, maar ook, veel belangrijker, de beste benadering van een echte vriend. Ze wist dat Heinz' zorgzaamheid om haar verder ging dan 'het talent koesteren'. Hij was ook de enige geweest die door Laura's verdediging heen had gekeken en de mate van haar droefheid begreep. En dadelijk zou de villa gevuld worden met Heinz' flamboyante aanwezigheid.

De kamer waarin Laura zat was een van de twee plekken waar ze zich vaak terugtrok, beide in haar enorme villa in Blankenese: deze grote, overdreven lichte en weloverwogen functieloze kamer met zijn onbuigzaam harde stoel, hardhouten vloer en witte wanden, en het zwembad dat uitstak aan de zijkant van het huis, over de terrassen en waar je als je naar de grote ramen aan het eind van het bad zwom, het gevoel had dat je naar de hemel zwom. Dit waren de plaatsen waar Laura von Klosterstadt zichzelf ontmoette.

Deze kamer echter was leeg, op de harde stoel na waarop ze zat en één enkele kast tegen een van de muren. Het cd-systeem op de ladekast was het enige comfort, de enige voorziening die ze in deze ruimte had toegelaten.

Het was een lichte kamer. Het was deze kamer geweest die haar had overgehaald om hierheen te verhuizen. Hij was groot, met een hoog, gepleisterd plafond met drukbewerkte kroonlijsten en gevuld met licht dat door het grote erkerraam viel. Ideaal voor een kinderkamer, had ze gedacht, en op dat moment had ze besloten de villa te kopen.

Maar het was geen kinderkamer. Ze had hem kaal en wit gelaten, de lichtheid veranderd in iets onverzettelijk steriels. Hier zat Laura en dacht aan een tien jaar oud kind dat niet bestond. Dat nooit echt bestaan had. Laura placht op de ongemakkelijke stoel in de steriele witte kamer te gaan zitten en te denken aan hoe hij eruit had kunnen zien: met felle kleuren, met speelgoed. Met een kind.

Het was beter zo. Laura's ervaringen met haar eigen moeder hadden haar de overtuiging gegeven dat ze door een kind te krijgen de ellende die ze zelf had meegemaakt slechts aan een volgende generatie zou doorgeven. Niet dat Laura's moeder wreed was geweest. Ze had haar niet geslagen of opzettelijk gekleineerd. Het was alleen zo dat Margarethe von Klosterstadt, Laura's moeder, duidelijk nooit iets speciaals voor haar had gevoeld. Soms keek Margarethe Laura aan op een verontrustende, vaag afkeurende manier, alsof ze probeerde haar te peilen, erachter te komen wie en wat Laura precies was en waar ze in haar leven paste. Laura was zich er altijd scherp van bewust geweest dat ze, op een manier die alleen haar moeder zag, een stout meisje moest zijn geweest. Een ondeugend kind. Margarethe had al Laura's fouten als kind duidelijk gezien en ze uitgelicht met het kille spotlight van haar afkeuring. Haar moeder had echter ook Laura's buitengewone schoonheid onderkend – deze in feite eruit gelicht als Laura's enige deugd. Ze had zelfs, in het begin, Laura's carrière begeleid, voordat Heinz werd aangewezen. Ze had onvermoeibaar, geobsedeerd zelfs gewerkt om Laura's carrière te bevorderen en ervoor te zorgen dat ze een prominent lid werd van de maatschappelijke kring waartoe de Von Klosterstadts behoorden. Maar Laura had geen jeugdherinnering aan een moeder die met haar speelde. Voor haar zorgde. Met oprechte warmte naar haar glimlachte.

Dan was er nog het probleem geweest.

Bijna precies tien jaar eerder, toen Laura's schoonheid pas in volle bloei was en de contracten binnen begonnen te komen, was iemand op de een of andere manier door de prikkeldraadomheining geglipt die Margarethe von Klosterstadt rondom haar dochter had opgetrokken. Die Laura rondom zichzelf had opgetrokken.

Laura's moeder had het heft in handen genomen, had alles geregeld. Laura had haar moeder niet verteld dat ze in verwachting was, ze wist het zelf nog maar net. Maar op de een of andere mystieke wijze, die Laura niet aan haar moederinstinct kon toeschrijven, was haar moeder achter de zwangerschap gekomen. Laura had haar vriend nooit meer gezien en had het nooit meer over hem gehad of zelfs aan hem gedacht. Ze wist dat haar moeder ervoor had gezorgd dat hij nooit terug zou komen; de familie Von Klosterstadt had de macht om anderen te buigen naar haar wil en ze had de rijkdom om degenen die niet bogen te kopen. Een week voor haar eenentwintigste verjaardag was er een korte vakantie geregeld: een privékliniek in Londen. Daarna was Laura's sociale en professionele carrière doorgegaan alsof er niets gebeurd was.

Grappig – ze had altijd gedacht dat het een jongen zou zijn geweest. Ze wist niet waarom, maar zo had ze zich haar kind altijd voorgesteld.

Ze hoorde een auto op de oprijlaan. Heinz. Ze zuchtte, stond op van haar stoel en begaf zich naar de hal.

13

Ze hadden de ontdekkingen bijna tegelijkertijd gedaan.

Brigadier Hermann had via de politieradio doorgegeven dat er twee auto's – een dure Mercedes sportwagen en een oudere vw Golf – half verborgen waren aangetroffen in een bos in het zuiden van het Naturpark. Die vent was koelbloedig. Methodisch. Nadat hij de eerste auto naar de plek had gereden, zou de moordenaar er twintig minuten voor nodig hebben gehad om terug te lopen voor de tweede auto. Fabel wilde bijzonderheden, maar wilde de vondst niet via de radio bespreken en had Hermann teruggebeld via zijn gsm.

'Ik stuur Brauner en zijn mannen naar ginds zodra ze hier klaar zijn. Zorg ervoor dat de locatie afgezet blijft.'

'Natuurlijk,' zei Hermann en Fabel hoorde dat hij een tikkeltje beledigd was.

'Sorry,' zei Fabel, 'u hebt met uw werk hier duidelijk gemaakt dat u weet hoe u een plaats delict moet conserveren. Is er iets wat u opvalt?'

'De Mercedes is de plaats delict, zoals ik al dacht. Laten we het zo zeggen: de bekleding wordt nooit meer de oude. Er ligt een aktetas achterin. Misschien levert die een identiteit op, maar we hebben hem natuurlijk nog niet aangeraakt. We hebben het kenteken nagetrokken – de geregistreerde eigenaar is een bedrijf. Backstube Albertus, gevestigd in Bostelbeck, in de wijk Heimfeld. Ik heb er iemand naartoe gestuurd om te checken wie erin rijdt. We zeggen momenteel alleen maar dat hij onbeheerd is aangetroffen. De Golf is van een zekere Hanna Grünn. Hij heeft een kenteken uit Buxtehude.'

'Mooi. Ik kom met Brauner daarheen zodra we hier klaar zijn.'

'Grappig,' zei Hermann, 'het lijkt wel alsof hij in tweestrijd stond over het verbergen van de auto's. Hij had ze ook in brand kunnen steken.'

'Nee...' zei Fabel. 'Hij verschafte zichzelf een beetje extra tijd. Schiep wat extra afstand tussen ons en hem. Hij wilde dat we zagen waar hij ze had vermoord. Hij wilde alleen dat we het pas zagen wanneer het hem uitkwam.'

Het was Holger Brauner die de andere vondst deed. Hij nam Fabel mee terug naar de grote parkeerplaats en naar de rand van het bos. Op een bepaald punt was het kreupelhout minder dicht en de twee mannen duwden takken opzij en bereikten een smal pad, niet eens breed genoeg om een brandgang te vormen. Het was ooit een tweede pad naar de open plek geweest, maar zo smal dat het duidelijk alleen bedoeld was geweest voor wandelaars of fietsers of gewoon als toegangspad. Fabel vloekte toen de geelbruine schoenen waar hij in Londen zo veel voor had betaald in de veenachtige grond zakten.

'Hier...' Brauner wees naar de plek waar hij enkele tentvormige kaarten op de grond had gezet. 'Dit zijn verse schoenafdrukken. Goeie ook. En naar de maat te oordelen beslist van een man, zou ik zeggen.' Hij leidde Fabel verder langs het pad en wees naar een tweede schoenafdruk. 'Blijf ervandaan, Jan. Ik heb er nog geen foto of gipsafdruk van gemaakt.'

Fabel liep achter Brauner aan en baande zich moeizaam een weg door de grazige berm van het pad. Naast een rij tentkaarten bleef Brauner staan. 'En dit zijn bandensporen – ook vers.'

Fabel hurkte neer en onderzocht de sporen. 'Motorfiets?'

'Ja...' Brauner wees naar de plek waar het pad met een bocht uit het gezicht verdween en opging in de donkere wirwar van het bos. 'Ik wed dat, als je een van je mannen dit pad laat volgen, hij ergens bij de grote weg zou uitkomen. Iemand heeft zijn motor helemaal hierheen gereden, tot zo'n honderdvijftig meter van de parkeerplaats. Als ik deze sporen en schoenafdrukken goed interpreteer, heeft hij de motor afgezet en de fiets de rest van de weg geduwd.' Hij wees achterom naar de eerste voetsporen. 'En die wijzen erop dat hij net buiten het gezicht van de parkeerplaats stond en die waarschijnlijk in de gaten hield.'

'Onze moordenaar?'

'Zou kunnen.' Op Brauners gezicht verscheen de gebruikelijke opgewekte grijns. 'Of misschien gewoon een natuurminnaar die het nachtelijke wildleven in het park observeerde.'

Fabel beantwoordde Brauners glimlach, maar ergens in zijn hoofd rinkelde een alarmbel. Hij keerde terug om de voetsporen opnieuw te onderzoeken, schrijlings eroverheen om te voorkomen dat hij ze beschadigde. De takken die hij opzij had moeten duwen om op het pad te komen schermden zijn lichaam nu af. In gedachten zette hij de klok terug, maakte het nacht. Je wachtte hier, nietwaar? Het was alsof je onzichtbaar was, een deel van het bos. Je voelde je hier veilig en verborgen terwijl je keek en wachtte. Je zag ze arriveren, hoogstwaarschijnlijk afzonderlijk. Je hield een van de twee in de gaten terwijl hij of zij wachtte tot de ander verscheen. Je kende ze, op de een of andere manier, of in elk geval hun doen en laten. Je wist dat je moest wachten tot je tweede slachtoffer kwam. Toen sloeg je toe.

Fabel draaide zich om naar Brauner. 'Ik hoop dat je hier goede afdrukken van kunt maken, Holger. Deze vent was geen gluurder. Hij was hier met een doel.'

14

Tegen de tijd dat Fabel en Werner arriveerden had de plaatselijke geüniformeerde politie Vera Schiller ervan op de hoogte gebracht dat er een lichaam was gevonden en dat alles erop wees dat het haar man was. Een onderzoek van de zakken van de man had een portefeuille en een identiteitsbewijs opgeleverd: Markus Schiller. Holger Brauner en zijn forensische team hadden de twee gedumpte voertuigen onderzocht en bevestigd dat het mannelijke slachtoffer in de Mercedes was vermoord. Er was een 'schaduw' op de passagiersstoel, waar de inzittende, het meisje, had verhinderd dat de slagaderlijke bloeding van de man de leren bekleding had doorweekt. In de goten van de motorkap waren bloedsporen gevonden en Brauner vermoedde dat het meisje uit de auto was gehaald en was gekeeld terwijl ze op de motorkap werd gedrukt. 'Alsof het een hakblok was,' zo had Brauner het beschreven. Het forensisch team had de aktetas uit de auto gehaald. Er had niets in gezeten dan een stapel benzinebonnen, een kwitantie voor een ter plekke betaalde bekeuring voor te hard rijden en een paar folders over commerciële bakapparatuur en -producten.

Het huis van de Schillers lag op een enorm perceel waarvan de achterkant aan de beboste randen van het Staatsforst grensde. De oprijlaan naar het huis leidde door een dichte massa bomen die er dreigend naar oprukten en overheen groeiden voordat het uitkwam op weidse, zorgvuldig gemaaide gazons. Fabel had het gevoel dat hij opnieuw een open plek in een bos betrad. Het huis zelf was een grote negentiende-eeuwse villa met gebroken wit geschilderde buitenmuren en grote ramen.

'De broodjesbranche schuift blijkbaar goed,' mompelde Werner toen Fabel op de onberispelijke grindlaan parkeerde.

Vera Schiller deed zelf open en ging hen door een hal met marmeren vloeren en pilaren voor naar een grote salon. Op haar uitnodiging namen de twee politiemannen plaats op een antieke sofa. Fabels smaak was moderner, maar hij herkende een waardevol stuk antiek wanneer hij het zag. En er stonden er meer in het vertrek. Vera Schiller ging tegenover hen zitten, sloeg haar benen over elkaar en legde haar handen met de handpalmen naar beneden in haar schoot. Ze was een aantrekkelijke, donkerharige vrouw van tegen de veertig. Alles aan haar – haar gezicht, haar houding, haar beleefde vage glimlach toen ze hen vroeg binnen te komen – wees op een overdreven zelfbeheersing.

'Om te beginnen, mevrouw Schiller, ik weet dat dit heel pijnlijk voor u moet zijn,' begon Fabel. 'Uiteraard zult u het lichaam formeel moeten identificeren, maar er is weinig twijfel dat het uw man is. Ik wil dat u weet dat we meeleven met uw verlies.' Hij ging ongemakkelijk verzitten; deze sofa was al bijna twee eeuwen oncomfortabel.

'Is dat zo?' Er klonk geen vijandigheid in Vera Schillers stem. 'U kende Markus niet. U kent mij niet.'

'Niettemin,' zei Fabel, 'het spijt me, mevrouw Schiller. Werkelijk.'

Vera Schiller knikte kort. Fabel kon niet uitmaken of het een dam was die ze inderhaast had opgeworpen om haar verdriet tegen te houden of dat ze echt gewoon een koele kikker was. Hij haalde een doorzichtig plastic zakje uit zijn zak. De foto van Markus Schiller op zijn identiteitsbewijs was door het polytheen zichtbaar. Hij overhandigde het haar.

'Is dit uw man, mevrouw Schiller?'

Ze wierp er een snelle blik op en hield Fabels ogen toen gevangen in een te strakke blik. 'Ja. Dat is Markus.'

'Hebt u enig idee wat meneer Schiller zo laat op de avond in het Naturpark deed?' vroeg Werner.

Ze lachte wrang. 'Dat lijkt me nogal duidelijk. U hebt, meen ik, ook een vrouw gevonden?'

'Ja,' zei Fabel. 'Een zekere Hanna Grünn, voorzover we dat momenteel kunnen vaststellen. Zegt die naam u iets?'

Voor het eerst verscheen er iets van pijn in Vera Schillers ogen. Ze verdrong het en zowel haar gemaakte lach als haar antwoord dropen van venijn.

'Trouw was voor mijn man een even abstract en moeilijk te doorgronden begrip als kernfysica. Het was iets wat gewoon buiten zijn begripsvermogen lag. Er zijn ontelbare andere vrouwen geweest, maar inderdaad, ik herken de naam. Weet u, hoofdinspecteur, wat ik het meest onsmakelijke van dit alles vind is niet dat Markus een relatie had met een andere vrouw... god weet dat ik daaraan gewend ben geraakt... maar dat hij niet het fatsoen, of de fantasie of zelfs de smaak had om hoger te mikken dan onze eigen werkvloer.'

Fabel wisselde een snelle blik uit met Werner. 'Dat meisje werkte bij u?'

'Inderdaad. Hanna Grünn werkte ongeveer zes maanden bij ons. Ze stond aan de lopende band, onder meneer Biedermeyer. Hij zal u meer over haar kunnen vertellen dan ik. Maar ik weet nog dat ze begon. Heel knap, op een voor de hand liggende, provinciale manier. Ik herkende haar meteen als spekje voor Markus' bekje. Maar ik dacht niet dat hij met het personeel zou neuken.'

Fabel hield haar blik vast. De obsceniteit paste slecht bij Eva Schillers waardigheid en zelfbeheersing. Wat natuurlijk de reden was waarom ze het zo had gezegd.

'U begrijpt natuurlijk wel, mevrouw Schiller, dat ik u moet vragen waar u gisteravond was?'

Opnieuw een wrange lach. 'De in woede ontstoken, bedrogen vrouw die wraak neemt? Nee, meneer Fabel, ik hoefde mijn toevlucht niet tot geweld te nemen. Ik wist niets over Markus en juffrouw Grünn. En als ik het wel had geweten, had het me koud gelaten. Markus wist dat er grenzen waren aan hoever hij kon gaan. Ziet u, ik ben de eigenaar van het bedrijf Backstube Albertus. De zaak was van mijn vader. Markus is...' Ze zweeg even en fronste haar wenkbrauwen, schudde toen haar hoofd alsof ze zich ergerde aan haar onvermogen om zich aan de nieuwe werkelijkheid aan te passen. '... Markus wás gewoon een werknemer. Ook dit huis is van mij. Ik hoefde Markus niet te doden. Ik kon hem in één klap werkloos en dakloos maken. Voor iemand met Markus' dure smaak was dat de ultieme bedreiging.'

'Waar was u gisteravond?' herhaalde Werner de vraag.

'Ik was op een partijtje in Hamburg, een manifestatie van de cateringindustrie, tot ongeveer één uur. Ik kan u alle bijzonderheden geven.'

Fabel nam de kamer opnieuw in zich op. Hier was echt geld. Bergen. Met de juiste connecties kon je in Hamburg alles kopen als je genoeg geld had. Ook een huurmoordenaar. Hij stond op van de dure ongemakkelijke sofa.

'Bedankt voor uw tijd, mevrouw Schiller. Als u geen bezwaar hebt zou ik uw bedrijf willen bezoeken en met enkele personeelsleden praten. Ik heb er begrip voor als u de Backstube Albertus een paar dagen zou willen sluiten, maar...'

Vera Schiller viel Fabel in de rede. 'We gaan morgen open zoals altijd. Ik zal op mijn kantoor zijn.'

'U gaat morgen naar uw werk?' Als Werner probeerde zijn ongeloof te verbergen, faalde hij ernstig.

Mevrouw Schiller stond op. 'U kunt me daar de plannen voor een formele identificatie vertellen.'

Toen ze vanaf de oprijlaan op de hoofdweg kwamen leken de oprukkende bomen zich achter hen te sluiten. Fabel probeerde zich mevrouw Schiller voor te stellen, nu alleen in de barokke salon, terwijl de zeewering het begaf, zodat haar verdriet en haar tranen erdoorheen konden stromen. Maar om de een of andere reden lukte het niet.

15

Toen Fabel de deur van zijn flat opende werd er een klassieke cd gedraaid en hij hoorde geluiden in de kitchenette. Het riep bij hem een merkwaardig mengsel van gevoelens op. Het stelde hem gerust, troostte hem, dat hij terugkeerde naar iets meer dan een lege ruimte. Dat er iemand op hem wachtte. Tegelijkertijd kon hij het niet helpen dat hij het als een soort inbreuk ervoer. Hij was blij dat Susanne en hij nog niet hadden besloten te gaan samenwonen, althans, hij dacht dat hij blij was. Misschien dat de tijd binnenkort rijp zou zijn. Maar nog niet. En hij vermoedde dat zij hetzelfde voelde. Maar op de een of andere manier zat het vooruitschuiven van de beslissing Fabel dwars; het behoorde helemaal tot zijn taak besluitvaardig te zijn in zijn professionele leven, maar in zijn privéleven leek hij niet in staat beslissingen te nemen, tenminste, geen goede, wat de reden was waarom hij altijd geneigd was ze uit te stellen. En hij was zich maar al te goed ervan bewust dat zijn besluiteloosheid, zijn vaagheid er minstens gedeeltelijk toe had geleid dat zijn huwelijk met Renate was mislukt.

Hij trok zijn Jaeger-jack uit, gespte zijn wapen en zijn holster los en legde ze op de leren bank. Hij liep door naar de keuken. Susanne was een omelet aan het maken bij een salade die ze al had bereid. Wat gekoelde Pinot Gringo deed twee wijnglazen al beslaan.

'Ik dacht dat je wel honger zou hebben,' zei ze toen hij achter haar kwam staan en zijn armen om haar middel sloeg. Haar lange donkere haren waren opgestoken en hij kuste haar nek. Haar sensuele geur vulde zijn neusgaten en hij snoof haar op. Het was de geur van het leven. Van levenskracht. Het was als goede wijn na een dag met de doden.

'Heb ik ook,' zei hij. 'Maar ik moet eerst douchen...

'Gabi heeft gebeld.' Susanne riep hem na terwijl hij onder de douche stapte. 'Niks belangrijks. Gewoon even kletsen. Ze heeft je moeder gesproken; ze maakt het goed.'

'Mooi. Ik bel ze morgen alle twee.' Fabel glimlachte. Hij was bang geweest dat zijn dochter Gabi Susanne zou afwijzen. Maar dat had ze niet; het had van meet af aan geklikt. Susanne was onmiddellijk warmgelopen voor Gabi's intelligentie en scherpzinnigheid en Gabi was onder de indruk geweest van hoe aantrekkelijk Susanne was, haar stijl en 'supercoole baan'.

Na het eten kletsten Fabel en Susanne over van alles en nog wat, alleen niet over hun werk. De enige keer dat Fabel op de gebeurtenissen van die dag zinspeelde was om Susanne te vragen of ze de zaakbespreking de volgende middag kon bijwonen. Ze gingen naar bed en vrijden op een doezelige, lome manier voordat ze in slaap vielen.

Hij zat kaarsrecht in bed toen hij wakker werd. Hij voelde zweet prikken in zijn nek.

'Gaat het?' Susanne klonk geschrokken. Hij moest haar gewekt hebben. 'Weer een droom?'

'Ja... Ik weet het niet...' Hij fronste in het donker, tuurde door de slaapkamerdeur en de grote ramen, over de glinstering van lichten die in het water van de Aussenalster weerspiegelden, alsof hij een glimp van zijn vluchtende nachtmerrie wilde opvangen. 'Ik denk het wel.'

'Dit gebeurt te vaak, Jan,' zei ze terwijl ze haar hand op zijn arm legde. 'Die dromen zijn een teken dat je niet kunt tegen... nou ja, de dingen waar je tegen moet kunnen.'

'Ik voel me prima.' Zijn stem was te koud en te hard. Hij draaide zich naar haar toe en matigde zijn toon. 'Ik voel me prima. Heus. Waarschijnlijk alleen die kaasomelet van je...' Hij lachte en ging weer liggen. Ze had gelijk: de dromen werden erger. Elke zaak leek nu het landschap van zijn slaap binnen te dringen. 'Ik weet niet eens meer waar het over ging,' loog hij. Twee gezichtloze kinderen, een jongen en een meisje, zaten op een open plek in het bos en aten een schamele picknick. De villa van Vera Schiller tekende zich dreigend af tussen de bomen. Er was niets gebeurd in de droom, maar het gevoel van onheil was overweldigend geweest.

Hij lag in het donker en dacht na, spreidde zijn geest uit over de stad. Zijn gedachten zwierven over het verlaten Naturpark in het zuiden. Hans en Grietje. Kinderen, verdwaald in de duisternis van het bos. Over de donkere Elbe naar het bleke zand van het Elbstrand bij Blankenese. Een meisje dat op de oever lag. Dat was het begin. Het was de bedoeling dat Fabel dat zou snappen. Dit waren de ouvertureklanken en hij had de betekenis ervan gemist.

Zijn vermoeide geest weigerde dienst, gooide niet-samenhangende dingen op één hoop. Hij dacht aan Paul Lindemann, de jonge politieagent die hij tijdens hun laatste grote zaak was verloren en zijn gedachten wendden zich naar Henk Hermann, de geüniformeerde brigadier die de plaats delict in het Naturpark had afgezet, en toen naar Klatt, de inspecteur van de recherche van

Norderstedt. Twee buitenstaanders bij het team van Moordzaken, een van wie hij dacht dat het een permanente insider kon worden. Maar hij wist nog niet wie van de twee het zou zijn. Buiten klonk gelach. Ergens verderop in de Milchstrasse kwamen mensen uit een restaurant. Andere levens.

Fabel sloot zijn ogen. Hans en Grietje. Een sprookje. Hij herinnerde zich het radio-interview dat hij op de terugweg uit Norddeich had gehoord, maar zijn vermoeide brein sloot de naam van de schrijver buiten. Hij zou het zijn vriend Otto vragen, die een boekhandel had in de Alsterarkaden.

Een sprookje.

Fabel viel in slaap.

16

Jensen Buchhandlung was gevestigd in de elegante, overdekte winkelgalerij aan de Alster. De helder verlichte boekwinkel straalde Noord-Europese koelte uit en zou even goed op zijn plaats hebben geleken in Kopenhagen, Oslo of Stockholm als in Hamburg. Het interieur was eenvoudig en modern, met beukenhouten boekenplanken en glanzende oppervlakken. Alles suggereerde organisatie en efficiency, waar Fabel altijd om moest glimlachen, want hij wist dat de eigenaar, Otto Jensen, een volstrekte chaoot was. Otto was al sinds de universiteit goed bevriend met Fabel. Hij was lang, slungelig en excentriek, een bewegend brandpunt van wanorde. Maar verborgen in de kluwen van slungelige ledematen zat een brein als een supercomputer.

Het was niet druk in *Jensen Buchhandlung* toen Fabel binnenkwam. Otto stond met zijn rug naar de deur en rekte zijn bijna twee meter lange lijf om boeken uit een nieuwe voorraaddoos op de schappen te zetten. Hij liet er een vallen en Fabel dook naar voren en ving het op.

'Bliksemsnelle reacties zijn een eerste vereiste voor een misdaadbestrijder, neem ik aan. Heel geruststellend.' Otto glimlachte naar zijn vriend en ze gaven elkaar een hand. Ze informeerden naar elkaars gezondheid, naar hun respectieve partners en kinderen, ze praatten enkele minuten wat voordat Fabel het doel van zijn bezoek uiteenzette.

'Ik zoek een nieuw boek. Een roman. Een *Krimi*, denk ik. Ik kan me de titel of de schrijver niet meer herinneren, maar het is gebaseerd op het idee dat een van de gebroeders Grimm een moordenaar...'

Otto glimlachte alwetend. '*Die Märchenstrasse*. Gerhard Weiss.'

Fabel knipte met zijn vingers. 'Die bedoel ik.'

'Je hoeft niet onder de indruk te zijn van mijn wonderbaarlijke kennis op fictiegebied. Het wordt momenteel door de uitgever enorm gepromoot. En ik denk dat je de literaire gevoeligheden van Weiss zou kwetsen als je het een *Krimi* noemt. Het is gebaseerd op het uitgangspunt "kunst imiteert het leven imiteert kunst". Er zijn nogal wat leden van het literaire establishment die zich er geweldig over opwinden.' Otto fronste zijn wenkbrauwen. 'Waarom zou jij in godsnaam een historische thriller kopen? Schotelt Hamburg je niet genoeg echte zaken voor?'

'Was het maar zo, Otto. Is het iets? Dat boek, bedoel ik?'

'Het is in elk geval provocerend. En Weiss weet zijn weetje over folklore, filologie en het werk van de gebroeders Grimm. Maar zijn stijl is pretentieus en gezwollen. Eerlijk gezegd is het gewoon een doorsneethriller met literaire pretenties. Zo denk ik er in elk geval over... Kom, drink een kop koffie.' Otto ging Fabel voor naar de afdeling Kunst van de winkel. Er was een en ander veranderd sinds Fabels laatste bezoek; er was een kast weggehaald om ruimte te creëren. De galerij boven keek nu uit over een ruimte met witte leren banken en salontafels vol kranten en boeken. In de hoek was een balie met een espressomachine.

'Dat is het tegenwoordig helemaal,' grijnsde Otto. 'Ik ben in deze branche gestapt omdat ik van literatuur houd. Omdat ik boeken wil verkopen. Nu serveer ik *caffe latte* en *macchiato*.' Hij wees naar een bank en Fabel ging zitten terwijl Otto naar de koffiebalie liep. Enkele minuten later kwam hij terug met een boek onder zijn arm geklemd en twee koppen koffie. Hij zette er een voor Fabel neer. Otto had, uiteraard, wat van de koffie gemorst en die klotste in de schotel.

'Ik zou me bij boeken houden, Otto, als ik jou was,' glimlachte Fabel naar zijn vriend. Otto overhandigde hem het boek, daarbij wat van zijn eigen koffie op zijn schotel morsend.

'Dit is het. *Die Märchenstrasse. De Sprookjesweg.*'

Het was een dik, gebonden boek. Het omslag was donker en onheilspellend, met de titel in een gotisch lettertype. Midden op het omslag stond, klein, een negentiende-eeuwse kopergravure, een klein meisje in een rode kapmantel dat door een bos liep. Rode ogen gloeiden in het duister achter haar. Fabel draaide het boek om en bekeek de achterkant. Daarop stond een foto van Weiss: het stuurse gezicht was hard en breed, bijna grof, boven zijn massieve nek en schouders.

'Heb je ooit iets van hem gelezen, Otto?'

'Niet echt... Ik heb weleens wat doorgebladerd. Hij heeft eerder soortgelijke boeken geschreven. Hij heeft nogal wat fans. Beetje excentrieke fans. Maar hiermee schijnt hij te zijn doorgebroken bij het grote publiek.'

'Hoezo "excentrieke" fans?'

'Zijn vorige boeken waren fantasy. Hij noemde ze de *Wählwelt Chronik* – de *Keuzewereld Kronieken*. Ze berustten op een soortgelijke vooronderstelling, maar speelden zich af in een volledig fictieve wereld.'

'Sciencefiction?'

'Niet precies,' zei Otto. 'De wereld die Weiss schiep was bijna dezelfde als de onze, maar de landen hadden andere namen, een andere geschiedenis enzovoort. Meer een parallelle wereld, denk ik. In elk geval: hij nodigde fans uit om een plaats in zijn boeken te "kopen". Als ze hem een paar duizend euro stuurden, schreef hij ze in het verhaal. Hoe meer ze betaalden, hoe groter hun rol in de verhaallijn.'

'Waarom zou iemand daarvoor betalen?'

'Het heeft allemaal te maken met Weiss' bizarre literaire theorieën.'

Fabel staarde naar het gezicht op het achterplat. De ogen waren ongelooflijk donker. Zo donker dat het verschil tussen de pupillen en de irissen nauwelijks te zien was. 'Leg eens uit... Zijn theorieën, bedoel ik.'

Otto trok een gezicht dat suggereerde dat dat een hele klus was. 'God, ik weet het niet, Jan. Een mengelmoesje van bijgeloof en kwantumfysica, geloof ik. Of preciezer gezegd, bijgeloof in een kwantumfysica-jasje.'

'Otto...' Fabel glimlachte ongeduldig.

'Goed... Je moet het zo zien. Sommige natuurkundigen geloven dat het aantal dimensies in het universum oneindig is, ja? En dat er daardoor een oneindig aantal mogelijkheden bestaat – en oneindig veel variaties van de werkelijkheid?'

'Ja... Dat zal wel...'

'Nou,' ging Otto verder, 'deze wetenschappelijke hypothese is voor veel schrijvers altijd een artistieke overtuiging geweest. Het is soms een bijgelovig stelletje. Ik weet met zekerheid dat verscheidene bekende auteurs het vermijden hun personages te baseren op mensen die ze kennen, domweg omdat ze bang zijn dat hun fantasieën over die personages weerspiegeld zullen worden in de realiteit. Je vermoordt een kind in een boek en het kind gaat in de werkelijkheid dood, dat soort dingen. Of, nog angstaanjagender, je schrijft een boek over afschuwelijke misdaden en ergens, in een andere dimensie, wordt je verzinsel werkelijkheid.'

'Wat een kolder. Dus in een andere dimensie zijn jij en ik misschien fictieve karakters?'

Otto haalde zijn schouders op. 'Ik leg alleen maar Weiss' premisse uit. Los van de metafysische flauwekul stelt hij dat ons concept van de geschiedenis sterker wordt bepaald door literaire of, in toenemende mate, filmische portretten van personages dan door historische documenten en historisch of archeologisch onderzoek.'

'Dus al zijn ontkenningen ten spijt impliceert Weiss dat, alleen door het schrijven van dit verzonnen verhaal over hem, Jakob Grimm in een andere, verzonnen dimensie inderdaad schuldig is aan deze misdaden. Of dat Grimm schuldig bevonden zal worden door toekomstige generaties, die liever Weiss' verzinsel zullen geloven dan gedocumenteerde feiten.'

'Precies. In elk geval, Jan...' Otto tikte op het boek dat Fabel in zijn hand had, 'veel plezier ermee. Kan ik verder nog iets voor je doen?'

'Eigenlijk wel, ja... Heb je sprookjes?'

17

De vergaderruimte van de afdeling Moordzaken had de leeszaal van een bibliotheek kunnen zijn. Alleen waren hier foto's van de plaats delict op het overzichtbord geplakt, naast de sterk vergrote foto's van de briefjes die in de handen van alle drie de slachtoffers waren achtergelaten. De kersenhouten tafel was bezaaid met boeken in alle afmetingen. Sommige vertoonden de glanzende schittering van het recente verschijnen, andere waren beduimeld en een paar waren duidelijk antiquarische exemplaren. Fabels bijdrage bestond uit de boeken die hij bij *Jensen Buchhandlung* had gekocht – drie exemplaren van de thriller van Gerhard Weiss, een exemplaar van *De sprookjes van Grimm*, een boek van Hans Christian Andersen en een van Charles Perrault. De andere had Anna Wolff bij de *Zentralbibliothek* van Hamburg gehaald.

Anna Wolff, Maria Klee en Werner Meyer waren er al toen Fabel binnenkwam. Inspecteur Klatt van de recherche van Norderstedt was er ook, maar hoewel het team geanimeerd met hem zat te praten was er iets in hun lichaamstaal dat de nieuweling afzonderde. Fabel had zich net aan het hoofdeinde van de tafel gezet toen Susanne Eckhardt arriveerde. Ze excuseerde zich tegenover Fabel dat ze zo laat was met de formele houding die de twee beminden automatisch aannamen wanneer hun professionele wegen elkaar kruisten.

'Oké,' zei Fabel op besluitvaardige toon. 'Laten we beginnen. We hebben twee plaatsen delict en drie slachtoffers. En gegeven het feit dat bij het eerste slachtoffer rechtstreeks werd verwezen naar het drie jaar oude onderzoek van inspecteur Klatt naar een vermiste, moeten we helaas aannemen dat er een vierde slachtoffer is.' Hij wendde zich tot Werner. 'Wat hebben we tot nu toe?'

Werner nam de gegevens door die ze tot dusver hadden. Het eerste slachtoffer was ontdekt door een vrouw uit Blankenese die met haar hond een ochtendwandeling over het strand had gemaakt. In het tweede geval was de politie getipt door een anoniem telefoontje naar het plaatselijke politiebureau. Het gesprek was gevoerd vanuit een telefooncel bij een benzinestation aan de autosnelweg B73. Fabel dacht aan de bandensporen van een motorfiets op het pad dat het Naturpark uit leidde. Maar waarom zou die man de auto's verstoppen om tijd te winnen en vervolgens de politie bellen waar ze de lichamen kon vinden? Werner vertelde eveneens dat Brauner contact had opgenomen over de twee sets schoenafdrukken. De afdrukken die Hermann op het wandelpad had aangewezen klopten niet met die welke bij de parkeerplaats waren gevonden. 'Het rare is,' zei Werner, 'dat, hoewel het verschillende laarzen waren, de maat hetzelfde was. Groot... Maat vijftig.'

'Misschien is hij om de een of andere reden van laarzen verwisseld,' zei Anna.

'We concentreren ons op de motorrijder die het dienstpad van de houtvesters heeft gebruikt,' zei Fabel. 'Hij heeft gewacht tot ze aankwamen. Daar gaan we van uit.'

'We wachten nog op de autopsieresultaten van het eerste slachtoffer,' ging Werner verder, 'en op de forensische rapporten over de auto's die we in het bos hebben gevonden. Maar we weten dat het eerste slachtoffer waarschijnlijk is gewurgd en dat bij de dubbele moord overduidelijk een wapen en een andere modus operandi zijn gebruikt. Onze link tussen de moorden zijn de briefjes die in de handen van de slachtoffers waren gedrukt.' Hij stond op en las de inhoud van de briefjes voor.

'Wat we moeten vaststellen,' zei Susanne, 'is of die laatste verwijzing – het gebruik van het verhaal over Hans en Grietje – gewoon een eenmalige zieke grap is, omdat hij zijn slachtoffers in het bos had achtergelaten, of dat hij echt een verband legt met sprookjes.'

'Maar het eerste briefje bevat geen verwijzing naar een sprookje.' Fabel draaide zich om en staarde naar de vergrotingen van de briefjes, alsof hij door zich erop te concentreren het kleine, dwangmatig nette handschrift meer betekenis kon ontfutselen.

'Tenzij we de verwijzing domweg over het hoofd zien,' zei Susanne.

'Laten we ons voorlopig bij Hans en Grietje houden,' ging Fabel verder. 'Laten we ervan uitgaan dat onze man ons iets probeert te vertellen. Wat kan dat zijn? Wie zijn "Hans en Grietje"?'

'Onschuldigen, verdwaald in het bos. Kinderen.' Susanne leunde achterover op haar stoel. 'Wat geen van beide klopt met wat we over de slachtoffers weten. Het is een traditioneel Duits volksverhaal... een van de verhalen die de gebroeders Grimm hebben verzameld en vastgelegd... en ook een opera van Humperdinck. Hans en Grietje waren broer en zus – ook iets wat niet klopt met de twee slachtoffers. Ze staan voor onschuld die bedreigd

wordt door verdorvenheid en kwaad, waarover ze uiteindelijk zegevieren...'
Ze maakte een 'dat was het'-gebaar.

'Ik heb het!' Anna Wolff had in een van de boeken op de tafel zitten bladeren en ze liet haar hand op de opengeslagen bladzijden neerkomen.

'Wat?' zei Fabel. 'Het verband met Hans en Grietje?'

'Nee... Nee... Sorry, chef, ik bedoel het eerste meisje. Ik denk dat ik de "sprookjes"-link zie. Een jong meisje, gevonden op een strand, ja? Bij water?'

Fabel knikte ongeduldig.

Anna hield het boek op, zodat de anderen het konden zien. Op de pagina tegenover de tekst stond een pentekening van een bedroefd kijkend meisje op een rots in zee. De illustratie deed denken aan het beroemde beeldje dat Fabel zelf had gezien tijdens een bezoek aan Kopenhagen.

'De kleine zeemeermin. Hans Christian Andersen?' Fabel klonk niet overtuigd, hoewel er een koor van bijval opsteeg rondom de tafel. Hij keek opnieuw naar de tekening. Het was een icoon. De net als in het sprookje onder het lichaam gevouwen benen zoals ze op de rots zat. Het zou een geschenk zijn voor een seriemoordenaar die een slachtoffer in een pose wilde zetten, een direct herkenbare pose. Maar het meisje op het strand had niet op of tegen een rots gezeten. Er was zelfs geen rots in de buurt geweest. Maar er was het briefje. Er was de valse identiteit. En er was de verklaring: 'Ik ben ondergronds geweest'. Ten slotte zei hij: 'Ik weet het niet, Anna. Het is een mogelijkheid. Maar er klopt zoveel niet. Kunnen we doorgaan met zoeken?'

Elk van de teamleden pakte een boek en bladerde het door. Fabel koos de verhalen van Andersen en las 'De kleine zeemeermin' vluchtig door. Anna had een exemplaar van *De sprookjes van Grimm* en Susanne las hun *Duitse legenden* door. Plotseling keek Susanne als door een bij gestoken op.

'U had het mis, brigadier,' zei ze tegen Anna. 'Onze moordenaar verwijst naar de gebroeders Grimm, niet naar Andersen of Perrault. Ons dode meisje is niet bedoeld als de kleine zeemeermin... Ze is bedoeld als een wisselkind.'

Fabel voelde een elektrische tinteling op zijn huid. 'Ga door...'

'Ik heb hier een door de gebroeders Grimm vastgelegd verhaal dat *Die Wichtelmänner* heet en een met de titel *Dat Erdmänneken.*' De elektrische stroom in Fabels huid werd sterker. 'Volgens de aantekeningen bij deze verhalen bestond er een geheel van overtuigingen over hoe kinderen – met name ongedoopte kinderen – werden ontvoerd door "het ondergrondse volkje", dat in hun plaats wisselkinderen achterliet. Maar luister hier eens naar: dat "ondergrondse volkje" gebruikte veelal water als vervoermiddel en vele van de verhalen hebben betrekking op wisselkinderen die op de oevers van de Elbe en de Saale worden achtergelaten...'

'En Blankenese ligt aan de oever van de Elbe,' zei Fabel. 'Bovendien hebben we een rechtstreekse verwijzing op het briefje in de hand van het meisje naar "ondergrondse mensen" plus het feit dat het meisje is achtergelaten met de identiteit van een ander vermist meisje. Een wisselkind.'

Werner liet zijn adem ontsnappen. 'Mijn god, dat kunnen we nog net gebruiken. Een literaire psychopatische moordenaar. Denk je dat hij moorden in scène wil zetten op basis van alle sprookjes van Grimm?'

'Laten we hopen van niet,' zei Susanne. 'Volgens de inhoudsopgave van deze versie hebben de gebroeders Grimm meer dan tweehonderd verhalen verzameld.'

18

Maandag 22 maart, 17.10 uur:
Instituut voor Gerechtelijke Geneeskunde,
Eppendorf, Hamburg

Möller was lang, langer dan Fabel en slank gebouwd. Zijn haren hadden een lichte botergele kleur met ivoorkleurige plekken en zijn gezicht was mager en hoekig. Fabel had altijd het gevoel dat Möller een van die mensen was wier uiterlijk veranderde naargelang de stijl van de kleren die ze toevallig aanhadden wanneer je ze zag: Möller had een gezicht dat van een Noordzeevisser of van een aristocraat kon zijn, afhankelijk van zijn outfit. Alsof hij zich daarvan bewust was en om een imago in stand te houden dat paste bij zijn arrogante aard, koos Möller gewoonlijk voor de stijl van een Engelse gentleman.

Toen Fabel het kantoor van de patholoog binnenkwam trok Möller juist een groen corduroy colbertje aan over zijn Jermyn Street-overhemd. Toen hij om zijn bureau heen liep verwachtte Fabel half en half dat hij die groene rubberlaarzen zou dragen waaraan de Britse koninklijke familie de voorkeur schijnt te geven boven schoenen van Gucci.

'Wat moet u, Fabel?' vroeg Möller bot. 'Ik ga net naar huis. *Feierabend.* Wat het ook is, het zal tot morgen moeten wachten.'

Fabel zei niets en bleef in de deuropening staan. Möller zuchtte, maar ging niet zitten. 'Goed dan. Wat is er?'

'Bent u klaar met het post mortem-onderzoek van het meisje dat op het Elbestrand in Blankenese is gevonden?'

Möller knikte kortaf, sloeg een map op zijn bureau open en haalde er een rapport uit. 'Ik wilde het u morgen geven. Veel plezier ermee.' Hij glimlachte vermoeid en ongeduldig en duwde het rapport tegen Fabels borst terwijl hij naar de deur liep. Fabel bleef nog steeds in de deuropening staan en probeerde ontwapenend te glimlachen.

'Alstublieft, dokter. Alleen de hoofdpunten.'

Möller zuchtte. 'Zoals ik inspecteur Meyer al heb verteld is de dood veroorzaakt door verstikking. Er waren sporen van kleine bloedvatbeschadigingen rondom neus en mond, plus wurgsporen rond de nek. Het lijkt erop dat ze tegelijkertijd gewurgd en verstikt is. Er waren geen sporen van seksueel geweld of seksuele activiteit in de achtenveertig uur voorafgaand aan haar dood. Hoewel ze wel seksueel actief is geweest.'

'Seksueel misbruik?'

'Niets wijst op een andere dan normale seksuele activiteit. Er zijn geen sporen van inwendige littekens die wijzen op seksueel misbruik tijdens haar jeugd.

Het enige andere wat de autopsie aan het licht heeft gebracht is dat haar gebit in slechte staat was. Ook dat heb ik Meyer verteld. Ze was zelden bij de tandarts geweest en de keren dat ze erheen ging, was het blijkbaar voor een noodbehandeling wanneer ze pijn had. Ze had overal cariës, teruggetrokken tandvlees en linksonder was een kies getrokken. Verder had ze twee oude botbreuken, een aan de rechterpols en de andere in de linkerhand. Ze waren uit zichzelf genezen. Dat wijst niet alleen op verwaarlozing, maar op actief misbruik. De polsfractuur komt overeen met ver omdraaien.'

'Werner vertelde me dat ze in de twee dagen voor haar dood weinig had gegeten.'

Möller griste het rapport uit Fabels handen en bladerde het door. 'In elk geval niet in de voorafgaande vierentwintig uur, afgezien van roggebrood een uur of twee voor haar dood.'

Een ogenblik lang was Fabel ergens anders: op een donkere, angstaanjagende plek, met een jong meisje dat doodsbang haar laatste, karige maaltijd gebruikte. Hij kende geen bijzonderheden over het leven van dat meisje, maar hij wist wel dat het even ongelukkig als kort was geweest. Möller gaf hem het rapport terug, trok zijn wenkbrauwen op en knikte in de richting van de deur.

'O, sorry, doctor.' Fabel stapte opzij. 'Bedankt. Heel erg bedankt.'

Fabel ging niet terug naar de afdeling Moordzaken. In plaats daarvan reed hij naar huis en parkeerde zijn BMW op de voor zijn appartement gereserveerde plek in de ondergrondse garage. Hij kon de blauwe ogen van het meisje nog steeds niet van zich afzetten. Meer nog dan de gruwel van de tweede plaats delict was het de bijna levende blik van het meisje op het strand van Blankenese die hem achtervolgde. Het Wisselkind. Het ongewenste, onechte kind dat vervangen werd door het beminde en echte. Hij stelde zich opnieuw haar laatste uren voor: het karige maal dat ze had gegeten, haar hoogstwaarschijnlijk opgediend door haar moordenaar; daarna was ze gewurgd en verstikt. Het deed hem denken aan de offers uit de oertijd die nu en dan werden gevonden in de veengronden van Noord-Duitsland en Denemarken, drieduizend of meer jaren geconserveerde lichamen in de donkere, zware, vochtige grond. Vele van hen waren gewurgd of opzettelijk verdronken. Zelfs de lichamen van degenen die blijkbaar veel aanzien hadden genoten wezen erop dat ze een schamele laatste, rituele maaltijd van watergruwel hadden gekregen. Waaraan was dit meisje geofferd? Er waren geen aanwijzingen voor een seksueel motief, dus waarvoor had ze haar leven moeten geven? Had ze domweg moeten sterven omdat ze zo sterk op een ander meisje leek, dat hoogstwaarschijnlijk eveneens dood was?

Fabel ging zijn appartement binnen. Susanne werkte over op het instituut en zou niet komen. Hij had de boeken uit Otto's winkel mee naar huis genomen en legde ze op de salontafel. Hij schonk zichzelf een glas koele witte wijn in en liet zich op de leren bank vallen. Fabels appartement was de zolderruimte van wat ooit een grote, degelijke villa was geweest, in het trendy Pöseldorf-gedeelte van de wijk Rotherbaum. Hij kon de voordeur uit lopen en binnen een minuut bij enkele van de beste restaurants en cafés van Hamburg zijn. Fabel had diep in zijn beurs moeten tasten om zich dit appartement te kunnen veroorloven en had ruimte opgeofferd voor een schitterend uitzicht en een geweldige locatie. Bovendien had hij het gekocht in een tijd dat de economie onzeker was en de huizenprijzen in de stad gekelderd waren; hij had vaak wrang gedacht dat de Duitse economie en zijn huwelijk gelijktijdig waren ingestort. Hij wist dat hij zo'n woning nu onmogelijk had kunnen kopen, zelfs niet van zijn hoofdinspecteurssalaris. Het appartement lag vlak bij de Milchstrasse en de kamerhoge ramen keken uit op de Magdalen Strasse, het Alsterpark en het uitgestrekte meer van de Aussenalster. Hij keek uit het raam naar de stad en de weidse lucht. Hamburg spreidde zich voor hem uit. Een donker bos waarin een miljoen zielen verloren konden gaan.

Hij belde zijn moeder. Ze zei dat alles goed was, klaagde over het voortdurende betuttelen en zei dat ze bang was dat Lex klanten verloor als hij bij haar bleef in plaats van terug te gaan naar zijn restaurant op Sylt. Fabel voelde zich opnieuw gerustgesteld door de stem van zijn moeder door de telefoon. Een leeftijdloze stem die hij kon loskoppelen van het grijzende haar en de steeds minder kwieke bewegingen. Meteen nadat hij de hoorn had neergelegd belde hij Gabi. Renate, Fabels ex, nam op. Haar toon hield zoals altijd het midden tussen onverschilligheid en vijandigheid. Fabel had nooit goed begrepen waarom Renate gewoonlijk zo tegen hem deed. Het was alsof ze hem verantwoordelijk stelde voor het feit dat zij een affaire had gehad waardoor hun huwelijk onherstelbaar uiteen was gespat. Gabi's stem daarentegen was zoals gewoonlijk vol licht. Ze praatten even over Fabels moeder, over Gabi's huiswerk en hun naderende weekend samen.

Na een poos vroeg Fabel: 'Weet je nog dat ik je altijd voorlas voordat je ging slapen?'

'Nou en of, *Papi*. Zeg niet dat je me onderstopt met warme melk en *Stru-welpeter* voorleest als ik kom.'

Fabel lachte. 'Nee... Nee, dat niet. Weet je nog dat ik je nooit uit de sprook-jes van Grimm mocht voorlezen? Zelfs niet Sneeuwwitje of Doornroosje?'

'En of ik dat nog weet. Ik had de pest aan die verhalen.'

'Waarom?'

'Dat weet ik eigenlijk niet. Ze waren angstaanjagend. Nee... Griezelig. Alsof ze niet voor kinderen bedoeld waren, maar eigenlijk voor grote mensen. Net zoiets als met clowns, weet je wel. Ze moeten grappig en aardig zijn, maar dat zijn ze niet. Ze zijn duister. Oud en duister... zoiets als die houten maskers die ze in het zuiden met *Fasching* dragen. Je voelt dat die dingen te maken hebben met allerlei oude ideeën waarin mensen vroeger geloofden. Waarom vraag je dat?'

'O, zomaar. Gewoon iets wat vandaag ter sprake kwam.' Fabel bracht het gesprek weer op familiezaken en afspraken voor het weekend. Hij was niet bereid de schaduw van zijn werk verder te laten doordringen in zijn verstandhouding met zijn dochter. Nadat hij had opgehangen maakte hij wat pasta voor zichzelf, schonk zich nog een glas wijn in en ging zitten om onder het eten de inleiding bij het boek van Gerhard Weiss te lezen.

'Duitsland is het hart van Europa en de Märchenstrasse is de ziel van Duitsland. De Märchenstrasse is de geschiedenis van Duitsland. De Märchenstrasse ís Duitsland.

Onze taal, onze cultuur, onze prestaties en onze mislukkingen, onze deugdzaamheid en onze verdorvenheid, al die dingen zijn te vinden in de Sprookjesweg. Dat is altijd zo geweest en dat zal altijd zo zijn. Wij zijn de in het bos verdwaalde kinderen, met alleen onze onschuld om ons te leiden, maar we zijn ook de wolven geweest die azen op de zwakken. Wij Duitsers hebben meer dan naar wat ook gestreefd naar grootheid: groot goed en groot kwaad. Dit zijn de kronkelwegen die we altijd hebben gevolgd en het Duitse volksverhaal is een verhaal van zuiverheid en verdorvenheid, van onschuld en doortraptheid.

Dit verhaal is een verhaal over een groot man. Een man die ons hielp onszelf en onze taal te begrijpen. Dit verhaal, want een verhaal is het, volgt deze man over de Märchenstrasse, over de weg die hij in werkelijkheid nam, maar het stelt tevens de vraag: stel dat hij van het pad was afgedwaald, het donker van het bos in?'

Fabel bladerde het boek door. Het was een fictief *Tagebuch* – het reisdagboek van Jakob Grimm tijdens zijn rondreizen door Duitsland, op zoek naar sprookjes. Grimm werd afgeschilderd als een veeleisende muggenzifter, met dezelfde aandacht voor details voor de moorden die hij beging als voor zijn werk als filoloog en folklorist. Toen kwam Fabel bij een hoofdstuk dat hem zijn wijnglas deed neerzetten. Het heette 'Het wisselkind'.

Het verhaal over het wisselkind is een waarschuwend verhaal; het is tevens een van onze alleroudste. Het verwoordt niet alleen onze grootste angst, het verliezen van een kind, maar ook het schrikbeeld dat iets onechts, boosaardigs en verderfelijks ons gezin en ons huis binnendringt. Daarnaast waarschuwt het ouders dat ze gestraft zullen worden voor elke onoplettendheid in hun zorg voor hun pupillen. Het wisselkindverhaal doet zich in talloze gedaanten voor in heel Duitsland, de Lage Landen, Denemarken, Bohemen, Polen en verder. Zelfs Maarten Luther geloofde vast in wisselkinderen en schreef verscheidene verhandelingen over hoe ze verbrand, verdronken of geslagen moesten worden tot de duivel kwam om hen weer tot zich te nemen.

Ik deins niet terug voor hard werken, maar dit is het meest uitdagende verhaal geweest om opnieuw gestalte te geven als levende waarheid. Zoals met alle verhalen die ik opnieuw heb geënsceneerd, hield ik me allereerst onverdroten en geestdriftig bezig met de voorbereidingen. Voor dit verhaal moest ik twee kinderen vinden, een om de rol van het wisselkind te spelen, terwijl het andere een echt kind moest zijn dat ik van zijn moeder kon stelen.

Het onderzoek van mijn broer en mij had ons naar het noorden van Duitsland gevoerd en we hadden een bescheiden onderkomen gevonden in een dorp nabij de Baltische kust. Kort tevoren had ik, toen ik in het dorp was, een jonge vrouw met een blozend gezicht en vlaskleurig haar geobserveerd die een schoolvoorbeeld was van de robuuste, oprechte en ernstige domheid van de mensen op het Noord-Duitse platteland. Deze vrouw had een pasgeboren kind bij zich, dat ze eerst in de ene, daarna in de andere arm droeg. Ik wist uit het werk van andere eminente folkloristen en uit mijn eigen onderzoek dat deze gewoonte om van arm te verwisselen bekendstond als het "omstebeurt" dragen van de baby. Van het Rijnland en Hessen tot Mecklenburg en Nedersaksen is het een alom bekend bijgeloof dat het "omstebeurt" dragen van een baby de kans dat het kind door het Ondergrondse Volkje wordt ontvoerd sterk doet toenemen. Ik vermoedde dat het kind nog niet gedoopt was en nog geen zes weken oud, wat zoals bekend is de voorkeur heeft van de ontvoerders. Bovendien had noch deze boerenvrouw noch haar familie de vier voorzorgsmaatregelen genomen om een pasgeboren kind tegen het Ondergrondse Volkje te beschermen. Ik heb deze uiteraard opgesomd in mijn werk Deutsche Mythologie, *namelijk: leg een sleutel naast het kind; laat vrouwen nooit alleen gedurende de eerste zes weken na de bevalling, aangezien ze gemakkelijk door de duivel te verleiden zijn; sta de moeder gedurende de eerste zes weken niet toe te slapen, tenzij er iemand is om over het kind te waken; wanneer de moeder de kamer verlaat, moet er een kledingstuk van de vader, bij voorkeur zijn bretels, over het kind worden gelegd.*

Omdat de moeder geen van deze voorzorgsmaatregelen had genomen, zou dit dus het 'echte' kind van het verhaal worden, dat de blijvende waarheid van de legende volmaakt zou onderstrepen en de streekbewoners zou herinneren hoe dwaas het was om oeroude verboden te negeren. De ontvoering van dit kind bleek het naar verhouding makkelijkste deel van het plan. Ik had het doen en laten van de vrouw nauwkeurig geobserveerd en gedetailleerde aantekeningen gemaakt. Ik had vastgesteld dat er een tijdstip was, kort voor de middag, waarop de baby in de openlucht werd achtergelaten om te slapen terwijl de moeder zich bezighield met haar huishoudelijke taken. Ik wist dat dat het moment was waarop ik de verwisseling kon uitvoeren. Wanneer ik het eenmaal had ontvoerd zou ik het 'echte' kind uiteraard niet meer nodig hebben en zou ik me er snel van ontdoen. In de plaats ervan zou ik een wisselkind achterlaten; dit zou moeilijker te verwezenlijken zijn. Het is bekend dat wisselkinderen minderwaardig zijn aan de kinderen wier plaats ze hebben ingenomen. Dit is in overeenstemming met het feit dat ze het kroost zijn van het Ondergrondse Volkje, een ras dat zo inferieur is aan de ware mensheid en zo lelijk, dat ze zich onder de grond, in de nacht of in de donkerste schaduwen van het bos verbergen.

Ik dacht enkele dagen over dit probleem na, tot ik hoorde praten over enkele zigeuners, die hun kamp vlak bij het dorp hadden opgeslagen. Ik wist dat de vijandigheid van de dorpelingen jegens deze mensen tot gevolg zou hebben dat de zigeuners zich niet in het dorp durfden te wagen. Als mijn plan niet zou slagen en de dorpelingen de verklaring voor de ontvoering en de verwisseling niet zouden zoeken in hun oude geloof in het Ondergrondse Volkje, zouden ze niet verder kijken dan de in de buurt kamperende zigeuners. Ik ben er zelfs niet zeker van of dit in feite een mislukking zou betekenen in het herscheppen van het verhaal zoals ik het had vastgelegd, aangezien ik me in de loop van mijn onderzoekingen vaak heb afgevraagd of het niet de zigeuners en andere rondreizenden waren die de inspiratiebron hadden gevormd tot de verhalen over het Ondergrondse Volkje. Het wantrouwen en de vijandigheid die we instinctief voelen jegens alles wat buitenlands en vreemd is, is iets wat ik altijd heb beschouwd als een mogelijk middel tot manipu-

latie. In dit geval bood onwetende vooringenomenheid me bescherming tegen verdenking.

Daarom stelde ik een plan op om, indien er een van geschikte leeftijd aanwezig zou zijn, een kind uit het zigeunerkamp te stelen...

Fabel legde het boek, nog opengeslagen, op de salontafel. Hij had het gevoel dat de temperatuur in de kamer enkele graden was gedaald, een boosaardige kilte die op leek te stijgen uit het opengeslagen boek vóór hem. Hier, beschreven in een gefingeerd verslag, was een plan om te ontvoeren en te vermoorden, gebaseerd op het door Grimm vastgelegde volksverhaal *Die Wichtelmänner*. De nauwgezette aanpak van de fictieve Jakob Grimm was terug te herkennen in de planning en de voorbereidingen van deze maar al te echte hedendaagse moordenaar. Hij dacht opnieuw aan het meisje op het strand. Een te jong leven, vernietigd om een verwrongen fantasie in vervulling te laten gaan.

Hij werd met een ruk teruggevoerd naar het hier en nu door het rinkelen van zijn telefoon.

'Hai chef... Met Anna. Ik heb een identiteit voor het meisje op het strand. En ik denk dat het ditmaal de juiste is.'

19

'Blauwe ogen' had nu een naam: Martha.

Na het laatste debacle had Anna Wolff nog geen contact opgenomen met de ouders. Ze had echter wel bij de federale recherche een foto gehaald van een meisje dat sinds dinsdag werd vermist: Martha Schmidt uit Kassel in Hessen. Fabel staarde naar de foto die Anna hem had overhandigd, een vergroting van een foto uit een fotohokje. Er was geen twijfel mogelijk. Ditmaal deed de foto geen alarmbellen rinkelen in Fabels hoofd, maar vervulde hem van een intense droefheid.

Anna Wolff stond naast Fabel. Haar grote bruine ogen misten hun gebruikelijke glinstering en ze zag er bleek en afgetrokken uit. Fabel vermoedde dat ze bijna non-stop had gewerkt tot ze de identiteit van het meisje had achterhaald. Toen ze sprak sleepte haar stem als door een loden vermoeidheid. 'Ze is op dinsdag als vermist opgegeven, maar is waarschijnlijk al eerder ontvoerd.'

Fabels gezicht vormde een vraagteken.

'De ouders zijn allebei drugsverslaafd,' legde Anna uit. 'Martha had er een handje van dagenlang te verdwijnen en dan weer op te duiken. De politie in Hessen gaf deze laatste verdwijning geen hoge prioriteit. Beide ouders zijn al twee keer aangegeven wegens verwaarlozing van Martha, maar ik heb het idee dat de vader er zelden meer is.'

Fabel haalde diep adem en las de aantekeningen die vanuit Kassel waren doorgefaxt.

De ouders waren junks en bekostigden hun verslaving met kruimeldiefstal; van de moeder was bekend dat ze haar toevlucht tot prostitutie nam. De Duitse onderklasse: 'ondergrondse mensen'. En uit Kassel, de woonplaats van de gebroeders Grimm. Kassel, een aardige, rustige stad met een oud centrum van vakwerkhuizen, was onlangs in het nieuws geweest vanwege de 'Rotenburg-kannibaal'-zaak, die Duitsland had geschokt waar het zichzelf absoluut 'schok-proof' waande. Armin Meiwes was veroordeeld wegens medeplichtigheid aan de zelfmoord van Bernd Brandes, die zich vrijwillig had laten opeten. Meiwes had de hele gebeurtenis op video opgenomen: het amputeren van Brandes' penis, het samen met hem opeten van het afgesneden orgaan, het doodsteken en in stukken hakken, die hij invroor. Voor zijn arrestatie had Meiwes bijna twintig kilo van zijn slachtoffer opgegeten – als Brandes een slachtoffer kon worden genoemd. Hij was een meer dan bereidwillige vrijwilliger geweest, een van de velen die zich tot Meiwes hadden gewend om opgegeten te worden. Ze hadden elkaar ontmoet via een website voor homoseksuele kannibalen.

Een website voor homoseksuele kannibalen. Ondanks de aard van zijn werk vond Fabel het soms bijna onmogelijk zich neer te leggen bij de wereld die zich plotseling om hem heen had gevormd. Elke soort ziekelijk verlangen en begeerte scheen ergens aan zijn trekken te kunnen komen. En nu was er opnieuw een gruwelijk verhaal dat verband hield met Kassel.

'Je moet de ouders, of in elk geval de moeder, hierheen halen voor de identificatie,' zei Fabel.

'Ik heb contact opgenomen met Martha's sociaal werkster,' zei Anna. 'Ze zal de ouders het nieuws gaan vertellen, als het ze iets kan schelen, en een van de twee meebrengen voor een formele identificatie.'

'Ik neem aan dat ze daarom nu pas is opgedoken. Ik vermoed dat ze zelden een school heeft gezien.' Hij keek opnieuw naar de foto, naar het gezicht waarnaar hij op het strand van Blankenese had gestaard.

Op de foto glimlachte Martha, maar de ogen keken bedroefd, te oud en te ervaren voor haar zestien jaar. Een meisje van ongeveer dezelfde leeftijd als zijn dochter, maar een dat door die heldere azuurblauwe ogen de wereld in keek en te veel zag. 'Enig idee wanneer en waar precies ze verdwenen is?'

'Nee. Zoals ik al zei, ergens tussen zondagavond negen uur en... Nou ja, toen ze op dinsdag als vermist werd aangegeven, neem ik aan. Wil je dat ik ernaartoe ga... naar Kassel, bedoel ik, om navraag te doen?'

'Nee.' Fabel wreef met de muis van zijn handen door zijn ogen. 'Laat dat maar aan de politie van Hessen over, in elk geval voorlopig. Er is daar niets van waarde te vinden, tenzij de plaatselijke politie een getuige van haar ontvoering vindt. Maar laat ze iedereen natrekken met wie Martha contact had en die iets met Hamburg te maken heeft. Ik denk dat onze moordenaar vanhier is... uit Hamburg of vlakbij... en dat hij geen rechtstreekse connectie heeft met Martha Schmidt of iemand die met haar te maken had. Maar vraag ze zo veel mogelijk details over haar laatste doen en laten.' Hij glimlachte naar zijn ondergeschikte. 'Ga naar huis, Anna, en slaap wat. We gaan hier morgen mee verder.'

Anna knikte mat en vertrok. Fabel ging aan zijn bureau zitten. Hij pakte zijn schetsblok en streepte de naam 'Blauwe ogen' door en verving die door 'Martha Schmidt'. Op weg naar buiten prikte hij de foto op het overzicht-bord in de vergaderruimte.

20

De vader was overduidelijk niet meer in beeld.

Ulrike Schmidt was een kleine vrouw die eruitzag alsof ze een eind in de veertig was, maar Fabel wist uit de informatie van de politie van Kassel dat ze pas midden dertig was. Ze was waarschijnlijk ooit knap geweest, maar had nu het vermoeide, harde gezicht van de vaste drugsgebruiker. Het blauw van haar ogen vertoonde geen enkele glans en de wallen eronder hadden een geelgroene kleur. Haar haren waren dor blond en ze had ze uit haar gezicht gestreken en in een slordige paardenstaart bijeengebonden. Het jack en de broek die ze droeg waren waarschijnlijk tot betrekkelijk kortgeleden voor chic doorgegaan, maar al tien jaar of langer niet meer voor modieus. Het was Fabel duidelijk dat ze haar outfit uit een schamele garderobe had geplukt in een poging zich passend voor de gelegenheid te kleden.

En de gelegenheid was het identificeren van haar dode dochter.

'Ik ben met de trein...' zei ze, om iets te zeggen, terwijl ze wachtten tot het lichaam de schouwzaal werd binnengebracht. Fabel glimlachte somber. Anna zei niets.

Voordat ze naar het Instituut voor Gerechtelijke Geneeskunde waren gegaan, hadden Fabel en Anna met Ulrike Schmidt op het hoofdbureau gezeten en haar ondervraagd over haar dochter. Fabel herinnerde zich hoe hij zich had voorbereid om in elke hoek van het leven van dit dode meisje te graven, deze onbekende die hij nu intiem zou leren kennen. Maar het meisje op het strand had hij niet leren kennen. Enkele uren lang was ze iemand anders geweest, toen was ze weer niemand geworden. Terwijl ze in de verhoorruimte van de afdeling Moordzaken zaten hadden Anna en Fabel geprobeerd een dimensie te geven aan de naam Martha Schmidt, het dode meisje in gedachten weer levend te maken. Uit de autopsie was gebleken dat Martha seksueel actief was geweest en ze hadden haar moeder gevraagd naar vriendjes, met wie ze goed kon opschieten, wat ze in haar vrije tijd had gedaan en in de tijd dat ze op school had moeten zijn. Maar de antwoorden van Ulrike Schmidt waren vaag geweest, onzeker, alsof ze een kennis had beschreven, iemand aan de rand van haar bewustzijn in plaats van haar eigen vlees en bloed, haar dochter.

Nu zaten ze in de wachtkamer van het staatsmortuarium en wachtten tot ze werden geroepen om Martha's lichaam te identificeren. En de conversatie van Ulrike Schmidt draaide slechts om haar reis. 'Daarna heb ik de metro genomen vanaf het centraal station,' zei ze mat.

Toen ze werden geroepen en het laken terug werd geslagen van het gezicht van het lichaam op de brancard, bekeek Ulrike Schmidt het zonder enige uitdrukking. Heel even voelde Fabel een lichte paniek opwellen in zijn borst terwijl hij zich afvroeg of ook dit een mislukte identificatie van het 'wisselkind'-lichaam zou worden. Toen knikte Ulrike Schmidt.

'Ja... Ja, dat is mijn Martha.' Geen tranen. Geen gesnik. Ze staarde wezenloos naar het gezicht op de brancard en haar hand bewoog ernaartoe, naar de wang, maar hield zich in en viel slap langs haar zijde.

'Weet u zeker dat dit uw dochter is?' Anna's stem klonk scherp en Fabel wierp haar een waarschuwende blik toe.

'Ja. Dat is Martha.' Ulrike Schmidt keek niet op van het gezicht van haar dochter. 'Ze was een lief meisje. Een heel lief meisje. Ze zorgde voor dingen. Voor zichzelf.'

'De dag dat ze vermist werd,' zei Anna, 'is er toen iets bijzonders gebeurd? Of hebt u iemand zien rondhangen?'

Ulrike Schmidt schudde haar hoofd. Ze wendde zich even tot Anna en haar ogen waren mat en doods. 'Dat heeft de politie me al gevraagd. Ik bedoel de politie thuis, in Kassel.' Ze draaide zich weer naar het dode meisje op de brancard. Het meisje dat gestorven was omdat ze op iemand anders leek. 'Ik heb het ze verteld. Over die dag... dat ik een slechte dag had. Ik was een beetje van de kaart. Martha ging uit, geloof ik.'

Anna staarde naar Ulrike Schmidts profiel. Strak. Schmidt was zich niet bewust van Anna's stille verwijt.

'We zullen het lichaam binnenkort vrij kunnen geven, mevrouw Schmidt,' zei Fabel. 'Ik neem aan dat u regelingen wilt treffen om haar naar Kassel te brengen voor de begrafenis?'

'Wat heeft het voor zin? Dood is dood. Haar maakt het niet uit. Haar maakt het nu niet meer uit.' Ulrike Schmidt wendde zich tot Fabel. Haar ogen waren roodomrand, maar niet van verdriet. 'Is hier iets geschikts?'

Fabel knikte.

'Wilt u haar kunnen bezoeken?' Een venijnig, wrang ongeloof maakte Anna's stem scherper. 'Haar graf bezoeken?'

Ulrike Schmidt schudde haar hoofd. 'Ik ben niet voor moeder in de wieg gelegd. Ik ben een slechte moeder geweest toen ze leefde, ik zie niet hoe ik een betere zal zijn nu ze dood is. Ze verdiende beter.'

'Ja,' zei Anna. 'Dat denk ik ook.'

'Anna!' zei Fabel bits, maar Ulrike Schmidt negeerde Anna's verwijt of vond het een terechte opmerking. Ze staarde een ogenblik zwijgend naar Martha's lichaam en wendde zich toen tot Fabel.

'Moet ik iets ondertekenen?' vroeg ze.

Nadat Ulrike Schmidt vertrokken was om de trein naar huis te nemen, liepen Fabel en Anna het Instituut voor Gerechtelijke Geneeskunde uit en het daglicht in. Een melkachtig wolkendek verstrooide het zonlicht tot een zachte helderheid en Fabel zette zijn zonnebril op. Hij zette zijn handen in zijn zijden en keek omhoog, turend naar de lucht; hij draaide zich om naar Anna.

'Doe dat niet nog een keer, brigadier Wolff. Wat je ook vindt van mensen zoals mevrouw Schmidt, je kunt je mening niet zo te kennen geven. Iedereen rouwt op een andere manier.'

Anna snoof. 'Ze rouwde helemaal niet. Gewoon een junkie die wacht op haar volgende shot. Het laat haar zelfs koud wat er met het lichaam van haar dochter gebeurt.'

'Dat is niet aan jou om te beoordelen, Anna. Het hoort helaas allemaal bij de functie van officier van de afdeling Moordzaken. We hebben niet alleen met de dood te maken, maar ook met de nasleep van de dood. De gevolgen. En soms betekent dat dat we diplomatiek moeten zijn. Onze tong moeten afbijten. Als je dat niet kunt, is hier geen plaats voor je. Heb ik me duidelijk gemaakt?'

'Ja, chef.' Ze krabde gefrustreerd door haar korte zwarte haren op haar hoofd. 'Het is alleen... Het is alleen dat ze geacht wordt moeder te zijn, verdomme. Er hoort een soort... ik weet het niet... *instinct* aan het werk te zijn. Om je kinderen te beschermen. Om ze te géven.'

'Zo werkt het niet altijd.'

'Ze heeft dit Martha laten overkomen.' Anna's stem klonk uitdagend. 'Ze heeft haar blijkbaar geslagen toen ze klein was... Er is een polsbreuk van toen Martha een jaar of vijf was en god mag weten wat sindsdien. Maar het ergste is dat ze dat meisje aan haar lot heeft overgelaten in een gevaarlijke klotewereld. Met als gevolg dat ze door een maniak is meegenomen, god weet hoelang doodsbang is geweest en daarna is ze vermoord. En die trut heeft niet eens hart genoeg om haar een fatsoenlijke begrafenis te geven, laat staan haar graf te bezoeken.' Ze schudde haar hoofd als in ongeloof. 'Als ik aan de Ehlers denk, een gezin dat al drie lange jaren verscheurd wordt omdat het geen lichaam heeft om te begraven, geen graf om bij te rouwen... en dan die ijskoude trut die er geen zak om geeft wat we met het lichaam van haar dochter doen.'

'Wat we ook van haar vinden, Anna, ze is de moeder van een vermoord kind. Ze heeft Martha niet gedood en we kunnen zelfs niet bewijzen dat verwaarlozing ertoe heeft bijgedragen. En dat betekent dat we haar moeten behandelen zoals elke andere rouwende ouder. Heb ik me duidelijk gemaakt?'

'Jawel, hoofdinspecteur.' Ze zweeg even. 'In het rapport van Kassel staat dat de moeder zich af en toe prostitueerde. Denk je niet dat ze is overgestapt op pooieren voor haar eigen dochter? Ik bedoel, we weten dat Martha sekspartners had.'

'Dat betwijfel ik. De rapporten van de politie of de sociale dienst geven daar geen enkele aanwijzing voor. Ze hoefde geen verslaving te bekostigen. Nee. Ik denk dat ze gewoon probeerde een zo normale tiener te zijn als haar gezinsachtergrond mogelijk maakte.' Fabel zweeg even en dacht aan zijn eigen dochter, Gabi, en hoe sterk Martha Schmidt hem aan haar deed denken. Drie meisjes van ongeveer dezelfde leeftijd die op elkaar leken: Martha Schmidt, Paula Ehlers en Gabi. Diep vanbinnen rilde hij bij de gedachte. Een universum van onbegrensde mogelijkheden. 'Laten we weer naar het bureau gaan... Ik moet naar de bakker.'

21

Het weer was omgeslagen, slechter geworden. De voorjaarsbelofte van vorige week, die zich tot in de heldere ochtend had uitgestrekt, vervaagde nu in de dreigende, stormachtige lucht die boven Noord-Duitsland hing. Fabel wist niet precies waarom – misschien omdat hij wist dat het een oud familiebedrijf was en omdat hij bakkerijen altijd associeerde met traditionele ambachtelijkheid – maar hij was verrast toen hij zag dat de Backstube Albertus een groot fabrieksgebouw was, vlak bij de A7. 'Om de distributie te vergemakkelijken...' had Vera Schiller uitgelegd terwijl ze Fabel en Werner voorging naar haar kantoor. 'We leveren aan *Konditoreien*, cafés en restaurants in heel Noord- en Midden-Duitsland. We hebben uitstekende relaties met onze klanten opgebouwd en laten dingen vaak persoonlijk door leidinggevenden bezorgen. We hebben natuurlijk een eigen bezorgafdeling... We hebben drie busjes bijna constant op de weg.' Fabel merkte dat ze vergast werden op het standaardpraatje dat Vera Schiller hield voor alle bezoekers van de fabriek. Het was duidelijk meer toegesneden op potentiële klanten dan op rechercheurs van Moordzaken.

Haar kantoor was groot, maar eerder functioneel dan weelderig, een heel andere omgeving dan de klassieke élégance van de villa. Toen mevrouw Schiller plaatsnam en Fabel en Werner uitnodigde om te gaan zitten, gaf Werner zijn baas een stiekeme por met zijn elleboog en wierp een blik naar een tweede bureau, aan de andere kant van het kantoor. Er zat niemand aan, maar het was bezaaid met papieren en brochures. Op een planbord aan de muur stonden data en plaatsen. Fabel keek Vera Schiller een fractie te laat weer aan.

'Ja, hoofdinspecteur,' zei ze, 'dat is Markus' bureau. Ga gerust uw gang als u...' ze dacht even na over het woord '... iets wilt *onderzoeken*. Ik neem u straks mee naar beneden om meneer Biedermeyer te ontmoeten, onze chef-bakker. Hij kan u meer over het andere slachtoffer vertellen.'

'Dank u, mevrouw Schiller. We stellen uw medewerking op prijs.' Fabel stond op het punt te zeggen dat het allemaal erg verdrietig voor haar moest zijn, maar het leek hem op de een of andere manier overbodig. Nee, niet overbodig, eerder ongepast. Dit was niet verdrietig voor haar, het kwam slecht uit. Hij keek naar haar gezicht. Er was geen zweem van verdriet onder de oppervlakkige kalmte. Geen aanwijzing voor recent gestorte tranen of slaapgebrek. En haar verwijzing naar Hanna Grünn als 'het andere slachtoffer' had niets boosaardigs gehad. Het was gewoon een toepasselijke beschrijving. Vera Schillers kilte was meer dan een oppervlakkige koelheid, het was een intense steriliteit die haar hart opsloot in ijs.

Fabel had haar nu twee keer ontmoet, één keer in het huis dat ze met haar man had gedeeld en nu in het kantoor dat ze met haar man had gedeeld. Maar nog geen achtenveertig uur nadat ze had gehoord dat haar man dood was, toonde ze geen gevoel van de 'onvolledigheid' die Anna Wolff had beschreven toen ze het had over een bezoek aan het huis van een slachtoffer.

Fabel was niet makkelijk van zijn stuk te brengen, maar Vera Schiller was een van de meest angstaanjagende mensen die hij ooit had ontmoet.

'Kunt u zich iemand voorstellen die uw man kwaad zou wensen, mevrouw Schiller?'

Ze lachte en haar onberispelijk gestifte lippen trokken zich terug van de volmaakte tanden in iets wat geen glimlach kon worden genoemd. 'Niet speciaal, hoofdinspecteur. Niet iemand die ik bij naam zou kunnen noemen, maar abstract gesproken, ja. Er moeten een heleboel bedrogen echtgenoten en vrienden zijn die Markus kwaad zouden wensen.'

'Had Hanna Grünn een vriend?' vroeg Werner. Mevrouw Schiller wendde zich naar hem. De glimlach die geen glimlach was verdween.

'Ik ben niet op de hoogte van het privéleven van mijn personeel, inspecteur Meyer.' Ze stond op en net als al haar bewegingen deed ze ook dit bruusk. 'Ik zal u naar de werkvloer brengen. Zoals ik al zei, meneer Biedermeyer zal u meer kunnen vertellen over het vermoorde meisje.'

De grote fabriekshal van de bakkerij was zo te zien verdeeld in kleine lopende bandeenheden, waar verschillende producten werden samengesteld of bereid. De lucht zelf leek deegachtig, bezwangerd van de geur van meel en bakprocessen. Beide muren waren afgezet met reusachtige ovens van geborsteld staal en het personeel was gekleed in witte jassen en beschermende mutsen en haarnetjes. Zonder de bijna eetbare lucht had het een fabriek van halfgeleiders kunnen zijn of een filmdecor uit de jaren zestig van een futuristisch ruimtevaartcentrum. De werkelijkheid botste opnieuw met Fabels beeld van een traditionele Duitse bakkerij.

Vera Schiller ging hen voor naar de werkvloer en leidde hen naar een lange, krachtig gebouwde man die ze voorstelde als Franz Biedermeyer, de chefbakker. Ze draaide zich abrupt om voordat Fabel de kans kreeg haar te bedanken. Er viel even een pijnlijke stilte voordat Biedermeyer gemoedelijk glimlachte en zei: 'Neemt u het mevrouw Schiller alstublieft niet kwalijk. Ik vermoed dat ze dit heel moeilijk vindt.'

'Ze lijkt zich uitstekend te redden,' zei Fabel en hij probeerde elk zweem van sarcasme uit zijn stem te weren.

'Zo is ze nu eenmaal, meneer Fabel. Ze is een goede werkgever en ze behandelt haar personeel heel erg goed. En ik kan me niet voorstellen dat het geen zwaar verlies voor haar is. Meneer en mevrouw Schiller waren heel efficiënte, zelfs formidabele partners. In elk geval zakelijk.'

'En persoonlijk?' vroeg Werner.

De chef-bakker glimlachte opnieuw gemoedelijk, ditmaal schouderophalend. De rimpeltjes rond Biedermeyers ogen hadden iets wat suggereerde dat hij vaak glimlachte. Het deed Fabel denken aan zijn broer, Lex, wiens speelse aard altijd in en rond zijn ogen duidelijk werd. 'Ik weet niets over hun persoonlijke relatie, maar ze vormden een goed team. Mevrouw Schiller is een geslepen zakenvrouw en weet alles over commerciële strategie. Ze hield de bakkerij winstgevend in een tijd die voor het Duitse zakenleven in het algemeen slecht was. En meneer Schiller was een heel, heel goede verkoper. Hij kon ontzettend goed met de klanten omgaan.'

'Ik heb begrepen dat hij ook ontzettend goed met vrouwen kon omgaan,' zei Fabel.

'Er waren geruchten, dat kan ik niet ontkennen. Maar zoals ik al zei, het is niet aan mij om over zulke dingen te speculeren en ik weet net zomin als u hoeveel mevrouw Schiller wist en wat voor invloed het had op hun huwelijk... Neem me niet kwalijk...' Toen ze hem hadden aangesproken was Biedermeyer bezig geweest met het versieren van een taart en hij had een klein, ingewikkeld stukje suikerglazuur tussen zijn grote wijsvinger en duim. Nu draaide hij zich om en legde het voorzichtig op het geborsteld roestvrijstalen werkblad. Fabel zag dat Biedermeyer, uiteraard met het oog op de hygiene, witte latex handschoenen droeg waarop een dun laagje bloem zat. Zijn handen leken te groot en zijn vingers te onbeholpen en Fabel kon zich nauwelijks voorstellen dat de chef-bakker delicate decoraties of kunstige taarten kon maken.

'En zijn verhouding met Hanna Grünn?' vroeg Werner. 'Wist u daarvan?'

'Nee, maar het verbaast me niet. Ik weet dat Hanna... hoe zal ik het zeggen... een beetje *indiscreet* was in de keuze van haar vriendjes. Nogmaals, er deden allerlei geruchten de ronde, voor het merendeel kwaadaardig, natuurlijk. Maar ik kan me niet herinneren dat iemand suggereerde dat er iets was tussen Hanna en meneer Schiller.'

'Kwaadaardig? U zei dat veel van de geruchten kwaadaardig waren.'

'Hanna was een heel aantrekkelijke jongedame. U weet hoe gemeen vrouwen over zulke dingen kunnen zijn. Maar Hanna maakte het er ook naar. Ze liet maar al te duidelijk merken dat ze op dit werk neerkeek en met name op de andere vrouwen op de werkvloer.'

'Had ze speciale vijanden hier?' Fabel knikte in de richting van de werkvloer.

'Die haar voldoende haatten om haar te vermoorden?' Biedermeyer lachte en schudde zijn hoofd. 'Niemand zou zoveel aandacht aan haar hebben geschonken. Ze was impopulair, niet gehaat.'

'Wat vond u van haar?' vroeg Fabel.

Biedermeyers gebruikelijke glimlach kreeg iets droevigs. 'Ik was haar supervisor. Haar werk voldeed nooit echt en ik moest haar van tijd tot tijd erop aanspreken. Maar ik had medelijden met haar.'

'Waarom?'

'Ze liep verloren rond. Zo denk ik dat je het moet noemen. Ze had een hekel aan het werk hier. Aan het feit dat ze hier was. Ik denk dat ze ambitieus was, maar haar ambities niet kon waarmaken.'

'En andere vriendjes?' vroeg Werner. Er kwam een jonge leerling langs die een twee meter hoog rek op wieltjes voortduwde; alle plateaus waren gevuld met hompen ongebakken deeg. De drie mannen stapten opzij voordat Biedermeyer antwoordde.

'Ja. Ik geloof dat er een was. Ik weet niets over hem, alleen dat hij haar soms met de motor ophaalde. Een deugniet, zo te zien.' Biedermeyer zweeg even. 'Is het waar dat ze samen zijn gevonden? Meneer Schiller en juffrouw Grünn, bedoel ik?'

Fabel glimlachte. 'Bedankt voor uw tijd, meneer Biedermeyer.'

Ze waren op de parkeerplaats voordat Fabel zich tot Werner wendde en zei wat ze allebei hadden gedacht.

'Een motor. Ik geloof dat we de forensische afdeling eens moeten vragen naar het type en het merk van de sporen die we in het Naturpark hebben gevonden.'

22

Ingrid Wallenstein had er tegenwoordig een hekel aan om de metro te nemen. De wereld was onbegrijpelijk veranderd en er liepen zoveel onaardige mensen rond. Jonge mensen. Gevaarlijke mensen. Krankzinnige mensen. Zoals de 'S-Bahn Schubser', de maniak die mensen onder treinen had geduwd. De politie had maanden naar hem gezocht. Wat voor iemand zou zoiets doen? En waarom was alles de afgelopen vijftig jaar zo veranderd? Zijzelf en haar generatiegenoten hadden genoeg meegemaakt om tot waanzin te vervallen, maar dat was niet gebeurd. Maar de naoorlogse generaties hoefden zich alleen druk te maken of ze alles kregen wat ze wilden, wanneer ze het wilden. Daarom had ze weinig geduld met jongelui: ze hadden niet alles hoeven meemaken wat de generatie van mevrouw Wallenstein had doorgemaakt en toch waren ze ontevreden. Ze waren ongemanierd, zorgeloos, oneerbiedig geworden. Als ze maar eens hadden moeten doorstaan wat zij als kind en als jonge vrouw had moeten doorstaan. De oorlog en de angst en verwoesting die deze met zich had meegebracht. Daarna de honger, het gebrek; iedereen moest samenwerken om weer op te bouwen, te herstellen, alles weer in orde te maken. Tegenwoordig niet; tegenwoordig gooiden jonge mensen alles weg. Niets had waarde voor ze. Ze waardeerden niets.

Sinds ze voor het eerst over de 'S-Bahn Schubser' had gehoord zorgde mevrouw Wallenstein er altijd voor dat ze ofwel zat of met haar rug tegen de muur van het perron stond wanneer ze op een trein wachtte.

Haar knie deed pijn en ze leunde zwaar op haar wandelstok terwijl ze haar blik over het perron liet glijden en haar medepassagiers in zich opnam. Er stond slechts een handvol mensen op het metroperron, een paar met van die kleine koptelefoontjes in hun oren, met bungelende draden eraan. Mevrouw Wallenstein had een hekel aan die dingen. Als je in de bus of de trein naast zo iemand zat en ze luisterden naar die afschuwelijke muziek van ze, dan was het net alsof er een nijdige wesp naast je zoemde. Waarom deden ze dat? Wat was er zo erg aan de wereld om je heen te horen en, godbetert, een gesprek met iemand te hebben?

Ze keek verder het perron langs. Op een bank zat een tamelijk jonge vrouw. Ze was in elk geval gekleed in een fatsoenlijk uitziend pakje. De pijn in de knie van mevrouw Wallenstein werd altijd erger als ze wat langer stond, dus ging ze, in stilte haar reumatische gewricht vervloekend, naast de jonge vrouw zitten en zei: 'Goedendag.' De jonge vrouw glimlachte naar haar. Een droevige glimlach. Mevrouw Wallenstein zag dat ze misschien niet zo mooi was als ze aanvankelijk had gedacht en een bleek gezicht had met donkere wallen onder haar ogen. Ze begon zich af te vragen of ze zich vergist had door naast haar te gaan zitten.

'Is alles goed met je, lieverd?' vroeg mevrouw Wallenstein. 'Je ziet er niet goed uit.'

'Ik voel me prima, dank u,' zei de jongere vrouw. 'Ik heb me lang niet goed gevoeld, maar nu is alles goed. Nu komt alles goed.'

'O,' zei mevrouw Wallenstein, niet goed wetend wat ze moest zeggen en een beetje spijt hebbend dat ze een gesprek had aangeknoopt. De jonge vrouw zag er zo vreemd uit. Misschien door drugs. Mevrouw Wallenstein keek graag naar *Adelheid und Ihre Mörder* en *Grossstadt Revier*. Daar lieten ze altijd mensen zien die drugs gebruikten en er zo uitzagen. Maar misschien was de arme vrouw alleen maar ziek geweest...

'Ik ben bij mijn kleine meisje geweest.' De glimlach van de jonge vrouw aarzelde, alsof hij zijn best deed om zich aan de lippen vast te houden. 'Ik ben vandaag bij mijn kleine meisje geweest.'

'O, dat is fijn. Hoe oud is ze?'

'Ze is zestien nu. Ja, zestien.' De jongere vrouw zocht in haar zakken en mevrouw Wallenstein zag dat de blouse onder het jasje verbleekt en versleten was en dat ze geen tas of zo bij zich leek te hebben. De vrouw haalde een gekreukte, verfomfaaide foto tevoorschijn. Ze hield hem mevrouw Wallenstein voor. Er stond een kleine, onopvallende kleuter op met hetzelfde doffe blonde haar als haar moeder.

'Ja,' zei de bleke vrouw. 'Mijn kleine Martha. Mijn kindje. Ze was altijd zo actief. Een robbedoes. Zo noemde ik haar altijd toen ze een kleuter was: mijn kleine robbedoes...'

Mevrouw Wallenstein voelde zich nu beslist onbehaaglijk, maar ze maakte zich zorgen over de jonge vrouw. Ze zag er zo verloren uit. Ze was opgelucht toen ze het rommelen van de metrotrein hoorde naderen. De jonge vrouw stond op en keek de tunnel in in de richting van het geluid van de binnenkomende trein. Ze leek plotseling waakzaam. Mevrouw Wallenstein stond eveneens op, maar langzamer, zwaar steunend op haar stok.

'En waar is uw kleine meisje nu?' vroeg ze, meer om de laatste paar momenten van hun kennismaking te vullen tot de trein arriveerde dan om iets anders. De jonge vrouw draaide zich naar haar om.

'Daar ga ik nu naartoe... om bij mijn kleine Martha te zijn. Ik word nu een goede moeder...' Het gezicht van de jonge vrouw leefde op, plotseling gelukkig. De metrotrein kwam met nog steeds hoge snelheid uit de tunnel. De jongere vrouw glimlachte naar mevrouw Wallenstein. 'Dag. Leuk u gesproken te hebben.'

'Dag, lieverd,' zei mevrouw Wallenstein en ze wilde nog iets zeggen, maar de jonge vrouw stapte naar de rand van het perron. En liep door. Mevrouw Wallenstein staarde naar de ruimte op het perron waar de jonge vrouw had moeten staan, maar ze was verdwenen.

Er klonk een misselijkmakende, terugkaatsende klap toen de trein het lichaam raakte, toen galmde het geschreeuw van anderen door het metrostation.

Mevrouw Wallenstein stond doodstil, steunend op haar wandelstok om haar pijnlijke, reumatische knie te ontlasten en staarde naar de plek waar de jonge vrouw had gestaan met wie ze nog maar een minuut geleden had gepraat.

Ze had zich voor de trein gegooid. Waarom had ze dat in hemelsnaam gedaan? Wat voor wereld was dit geworden?

23

Fabel en Werner hadden er iets meer dan een halfuur voor nodig om naar Buxtehude te rijden. De lucht was opgeklaard en baadde het stadje in een fel licht, maar een venijnige wind rukte en trok nog aan Fabels regenjas toen hij en Werner van de auto naar een klein restaurant in de Westfleth in het centrum van Buxtehude liepen. Buxtehude zag eruit alsof het een Nederlands stadje was dat op de een of andere manier naar het oosten was geschoven tot het bijna op Hamburg was gebotst. De rivier de Este splitste zich in de Ostviver en de Westviver op haar weg door de binnenstad, waar ze in kanalen werd geleid en overspannen door een half dozijn Nederlands aandoende bruggen. Zelfs het gebouw waarin het restaurant was gevestigd leek zijn schouders te hebben opgetrokken om zich tussen zijn buren te wurmen en Fabel vermoedde dat het al minstens twee eeuwen uitkeek over de grachten en de bruggen.

Toen ze de stad binnen waren gereden was Fabel iets anders in Buxtehude opgevallen; zelfs de straatnamen, Gebrüder-Grimm-weg, Rotkäppchenweg en Dornröschenweg, leken samen te zweren om Fabel te herinneren aan de duistere schakeringen die op de loer lagen in de schaduwen van dit onderzoek. Telkens wanneer Fabel de gebroeders Grimm hoorde noemen, stelde hij zich Jakob Grimm voor als het verzonnen personage in het boek van Weiss; de gerespecteerde en invloedrijke historische figuur was verdrongen door Weiss' aanmatigende monster. Weiss' theorieën leken te kloppen.

Ze gingen bij het raam zitten en keken uit over de Fleth Haven-gracht, omzoomd door bomen en witte hekken, en naar de Ostfleth. Een klein, negentiende-eeuws rivierschip lag aangemeerd en de kleurige wimpels wapperden en klapperden rusteloos in de stijve bries. Fabel wierp een blik op de menukaart en bestelde een tonijnsalade en mineraalwater; Werner daarentegen bestudeerde het hele menu voordat hij vroeg om de Schweineschnitzel en een kan koffie. Fabel glimlachte bij de gedachte aan hoe Werner, met die onschuldige behoefte aan grondigheid, het verschil tussen hen zo duidelijk had geïllustreerd. Als politiemannen. Als mensen. Als vrienden.

'Ik heb een boek gelezen,' zei Fabel tegen Werner, maar hij bleef naar buiten kijken, zag hoe de wind de oude zeilboot plaagde met herinneringen aan haar actieve diensttijd, toen ze thee, meel, hout over de Noord-Duitse waterwegen vervoerde. 'Van een zekere Gerhard Weiss. Het heet *Die Märchenstrasse*. Het gaat over Jakob Grimm... nou ja, eigenlijk niet... maar het gaat over moorden die gebaseerd zijn op de sprookjes van Grimm.'

'Shit. Is er een verband?'

Fabel keerde zich af van het raam. 'Ik weet het niet. Maar het komt er angstwekkend dichtbij, niet?'

'Zeg dat wel.' Werner zette zijn koffiekop neer en fronste zijn wenkbrauwen. 'Waarom heb je dat niet eerder gezegd?'

'Ik ben er gisteravond pas in begonnen. En het was puur toeval dat ik erover hoorde. Het speelde aan de rand van dit hele gebeuren, maar nu ik erin begonnen ben...'

Werners gezicht suggereerde dat Fabel een makkelijke bal had laten vallen. 'Het verdient nader onderzoek, als je het mij vraagt. Voor hetzelfde geld werkt onze moordenaar dit boek af in plaats van de sprookjes van Grimm, Duitse legenden en alle andere dingen die de gebroeders Grimm hebben verzameld.'

'Een seriemoordenaar die een studiegids gebruikt?' Fabels lach had een wrange klank. 'Het zou best eens kunnen.'

'Jan, je weet dat we hem moeten natrekken, die...'

'Weiss,' vulde Fabel aan. Hij draaide zich om en keek in de richting van de boot. Soortgelijke boten hadden hun werk gedaan op de rivieren en kanalen al voordat Jakob en Wilhelm Grimm door Duitsland trokken om verhalen, legenden en mythen te verzamelen. En dáárvoor hadden andere boten elkaar hier getroffen en goederen geruild toen die verhalen, legenden en mythen voor het eerst waren verteld. Een oeroud land. Een oeroud land en het hart van Europa, dat had Fabels vader hem over Duitsland verteld toen hij een kind was. Een plek waar dingen sterker gevoeld werden, intenser ervaren, dan elders... 'Doe ik ook,' zei Fabel uiteindelijk.

Het contrast met de villa van de Schillers was zo sterk als maar zijn kon. Het gezin Grünn woonde in een buitenwijk van Buxtehude, in een huurappartement in een blok van zes. Het blok, het terrein eromheen en het appartement van de Grünns zelf waren schoon en goed onderhouden, maar toen Fabel en Werner zich in de woonkamer bij meneer en mevrouw Grünn en Hanna's achttien jaar oude zus Lena voegden, was het alsof de capaciteit van het appartement overschreden werd.

Het was niet alleen het appartement dat contrasteerde met de omgeving van Fabels laatste ondervraging: anders dan bij Vera Schiller was het gevoel van verlies hier rauw en onmiddellijk. Fabel maakte onwillekeurig nóg een vergelijking, met het echtpaar Ehlers, dat dacht dat ze hun vermiste kind hadden gevonden, dood, maar hadden gemerkt dat ze het slachtoffer waren geworden van een ondraaglijke wrede mystificatie. Anders dan de Ehlers kon het gezin Grünn in elk geval de verlossing van intens verdriet ervaren. Het zou een lichaam hebben om te begraven.

Erik Grünn was een grote, stevige man met een grote bos asblond haar dat ondanks zijn tweeënvijftig jaar nog niet dunner werd. Zijn vrouw, Anja, en hun dochter vertoonden en zweem van de schoonheid van Hanna Grünn, maar in mindere mate. Alle drie beantwoordden ze de vragen van de rechercheurs met een loodzware beleefdheid. Het was duidelijk dat de Grünns graag wilden helpen, maar het was eveneens duidelijk dat het gesprek niet veel zou opleveren. Hanna had hun niet veel verteld over haar leven in Hamburg, alleen dat ze hoopte binnenkort een contract als model te krijgen. Tot die tijd, had ze hun verteld, maakte ze het goed in de Backstube Albertus en ze verwachtte binnenkort promotie. Dat dit niet klopte, wist Fabel uiteraard door wat Biedermeyer, Hanna's rechtstreekse baas bij de Backstube Albertus, had verteld. Het werd duidelijk dat Hanna contact had gehouden met haar familie, maar dat contact was beperkt geweest en ze had veel van wat er in haar leven gebeurde voor zich gehouden. Fabel had zich opgelaten, bijna schuldig gevoeld toen hij de omstandigheden waaronder Hanna was gestorven uiteen had gezet: dat ze een verhouding had gehad met haar baas en dat die het andere slachtoffer was. Hij had hun reacties gepeild; de geschoktheid van mevrouw Grünn was echt, evenals de donkere schaamte die het gezicht van meneer Grünn verduisterde. Lena staarde slechts naar de grond.

'En andere vriendjes? Was er een speciaal iemand?' Meteen toen Fabel het vroeg voelde hij de spanning tussen de drie.

'Niemand in het bijzonder.' Het antwoord van meneer Grünn kwam iets te snel. 'Hanna was kieskeurig. Ze begon met niemand iets serieus.'

'En meneer Schiller? Heeft Hanna het ooit over haar relatie met hem gehad?'

Het was mevrouw Grünn die antwoordde. 'Meneer Fabel, ik wil dat u weet dat we onze dochter niet hebben opgevoed om... om iets te krijgen met getrouwde mannen.'

'Dus Hanna zou het niet met u hebben besproken.'

'Ze zou het niet hebben gedurfd,' zei meneer Grünn. Fabel voelde dat Hanna, zelfs nu ze dood was, haar vaders woede over zich had afgeroepen. Hij vroeg zich af hoe erg die woede geweest was toen Hanna een kind was en in hoeverre ze om die reden zo weinig contact had gehad met haar familie.

Toen ze vertrokken boden Fabel en Werner opnieuw hun condoleances aan. Lena zei tegen haar ouders dat ze de politiemannen uit zou laten. In plaats van afscheid te nemen bij de deur ging Lena hen zwijgend voor over de gemeenschappelijke trap van het flatgebouw. In de hal bleef ze staan en toen ze sprak, was haar stem zacht, bijna samenzweerderig.

'*Mutti* en *Papi* weten het niet, maar Hanna had iemand gehad... Niet haar baas... Iemand daarvóór...'

'Had hij een motor?' vroeg Fabel. Lena leek enigszins van haar stuk gebracht.

'Ja... ja, dat had hij, nu u het zegt. Kent u hem?'

'Hoe heet hij, Lena?'

'Olsen. Peter Olsen. Hij woont in Wilhelmsburg. Hij is motorfietsmonteur. Ik geloof dat hij een eigen zaak heeft.' Lena's lichtblauwe ogen betrokken. 'Hanna had graag mannen die geld voor haar uitgaven. Maar ik kreeg de indruk dat Peter iets tijdelijks was. Hanna hield van geld. Niet van vette handen.'

'Heb je hem ooit ontmoet?'

Lena schudde haar hoofd. 'Maar ze heeft me aan de telefoon over hem verteld. Op vrijdagavonden, als *Mutti* en *Papi* uitgaan. Dan belde ze me en vertelde me allerlei dingen.'

'Heeft ze het ooit over Markus Schiller gehad?' vroeg Werner. 'Of over zijn vrouw, Vera Schiller?'

Er klonk een geluid in het trappenhuis, alsof er een deur openging, en Lena wierp een bange blik naar boven. 'Nee. Ik geloof het niet. Niet direct. Hanna vertelde dat ze iemand anders gevonden had... Maar meer wilde ze niet zeggen. Het is nooit in me opgekomen dat het haar baas zou kunnen zijn. Maar ik denk wel dat ze bang was dat Peter erachter zou komen. Sorry, ik heb u alles verteld was ik weet. Ik dacht alleen dat u het moest weten, van Peter.'

'Bedankt, Lena.' Fabel glimlachte naar haar. Ze was een knappe, opgewekte meid van achttien die de littekens van deze ervaring de rest van haar leven diep in zich zou meedragen. Diep, ongezien, maar altijd aanwezig. 'Je bent echt heel behulpzaam geweest.'

Lena wilde al teruglopen naar de trap toen ze zich inhield. 'Er is nog iets, hoofdinspecteur. Ik geloof dat Peter gewelddadig was. Ik denk dat ze daarom bang was dat hij erachter zou komen.'

24

Het was niet moeilijk geweest om Olsen te vinden. Hij had geen bijzonder strafblad, maar wat erin stond wees op iemand die geneigd was zijn problemen met zijn vuisten op te lossen. Hij was drie keer veroordeeld wegens geweldpleging en had een waarschuwing gekregen wegens heling: hij had onderdelen verkocht die afkomstig waren van een gestolen motorfiets.

Wilhelmsburg is het grootste *Stadtteil* van Hamburg. Het is in feite een eiland in de Elbe, Europa's grootste riviereiland, en het wemelt er van de bruggen, waaronder de Kohlbrandbrücke, die het in het noorden verbindt met de stad en in het zuiden met Harburg. Wilhelmsburg heeft iets vreemds, iets besluiteloos, een combinatie van landelijkheid en zware industrie: schapen grazen in weilanden naast kolossale fabrieksgebouwen. De buurt heeft ook een slechte reputatie en wordt vaak schertsend de Bronx van Hamburg genoemd, en meer dan een derde van de bevolking is oorspronkelijk immigrant.

Peter Olsen verkocht en repareerde motoren in een haveloze industrieloods aan de rivier, in de schaduw van een olieraffinaderij. Fabel besloot zowel Werner als Anna mee te nemen toen hij Olsen ging ondervragen en vroeg een geüniformeerde *SchuPo*-eenheid om mee te gaan. Ze hadden niet genoeg aanwijzingen om hem te arresteren, maar Fabel was erin geslaagd bij de *Staatsanwaltschaft*, het Openbaar Ministerie, een machtiging te krijgen om zijn motor in beslag te nemen voor forensisch onderzoek.

Fabel stopte naast het overwoekerde trottoir naast het twee meter hoge gaashek rondom Olsens werkplaats. Terwijl ze op de komst van de *SchuPo*-eenheid wachtten bekeek Fabel de werkplaats en het erf. De frames van vier of vijf motorfietsen lagen op een hoop te roesten en een grote rottweiler lag op zijn zij op het erf en tilde af en toe zijn kop op om een lome blik over zijn domein te werpen. Fabel kon niet zien of de hond wel of niet aan de ketting lag.

'Werner, neem contact op met de politiepost van Wilhelmsburg,' zei Fabel terwijl hij zijn blik over Olsens terrein liet glijden. 'Vraag of ze voor een hondenbegeleider kunnen zorgen. Olsens schoothondje bevalt me niks.' Een groen met wit politiebusje stopte achter hen. Het was alsof Olsens waakhond afgericht was om op politievoertuigen te reageren, want zodra het busje arriveerde sprong hij overeind en begon luid bassend in hun richting te blaffen. Een grote man in overall kwam, zijn handen afvegend aan een lap, uit de werkplaats. Hij was massief gebouwd, met enorme schouders waar het hoofd zonder nek in geramd leek te zijn; hij was de menselijke tegenhanger van de rottweiler die zijn erf bewaakte. De man keek de hond strak aan en mompelde iets, keek toen in de richting van de politievoertuigen, draaide zich om en liep weer de werkplaats in.

'Laat die hondenbegeleider maar zitten, Werner,' zei Fabel. 'We kunnen beter meteen een praatje met die gast gaan maken.'

Toen ze bij het hek kwamen werd duidelijk dat de hond niet was aangelijnd. Hij sprong op de naderbij komende groep politieagenten af met een snelheid en waakzaamheid die zijn omvang logenstraften. Fabel zag opgelucht dat het hek dicht en op slot was. De rottweiler grauwde en blafte vals, met wit blikkerende tanden. Olsen verscheen weer in de deuropening van zijn werkplaats.

'Wat moeten jullie?' Zijn stem was op die afstand en boven het onafgebroken geblaf van de rottweiler uit nauwelijks hoorbaar.

'We hebben een machtiging, meneer Olsen,' zei Fabel, terwijl hij het document ophield, zodat Olsen het kon zien. 'En we willen u graag een paar vragen stellen.' De hond sprong nu tegen het hek op, zodat het rammelde en rukte aan de ketting en het hangslot. 'Wilt u uw hond terugroepen, meneer Olsen. We moeten u enkele vragen stellen.'

Olsen maakte een wegwerpend gebaar en wilde teruglopen naar de deuropening. Fabel knikte naar Werner, die zijn pistool trok, de slede naar achteren haalde en op de kop van de rottweiler mikte.

Olsen riep scherp: 'Adolf!' en de hond draaide zich gehoorzaam om en keerde terug naar waar hij had gelegen, maar hij bleef staan, waakzaam.

Anna keek Fabel aan. '*Adolf*?'

Fabel knikte naar Werner, die antwoordde door zijn pistool weer in de holster te doen. Olsen kwam met een bos sleutels naar het hek en opende het hangslot.

'Zou u uw hond vast willen leggen, meneer Olsen?' Fabel overhandigde hem een exemplaar van de machtiging. 'En zouden we uw motor mogen zien? U hebt er een. Het kenteken staat op de machtiging.'

Olsen knikte in de richting van de werkplaats. 'Daar staat-ie. En maak u niet druk over de hond. Hij doet geen mens kwaad... dat wil zeggen, tenzij ik het hem zeg.'

Ze begaven zich naar het gebouw. 'Adolf' hield hen in de gaten vanaf zijn hok, waar Olsen hem met een stevige ketting had vastgelegd. De houding van de hond was gespannen en hij richtte zijn blik beurtelings op de politie-officieren en Olsen, alsof hij wachtte op een bevel om aan te vallen.

Het was verrassend netjes en schoon in de werkplaats. Rammstein of een andere metalgroep brulde schor uit een cd-speler. Olsen zette hem zachter, maar niet uit, als om aan te geven dat dit slechts een tijdelijke onderbreking was. Fabel had verwacht dat de muren zouden verdwijnen achter de gebruikelijke softporno- of zelfs hardpornoposters, maar de afbeeldingen waren ofwel esthetische opnamen van motoren of technische tekeningen. Achterin stond een rij motoren; een paar ervan waren overduidelijk klassiekers. De werkplaats had een betonnen vloer die Olsen kennelijk regelmatig veegde en tegen een van de muren stonden rekken waarop onderdelen in rode plastic bakken en dozen gerangschikt lagen, alles netjes voorzien van een etiket. Fabel wierp een lange blik op Olsen. Het was een grote man van tegen de dertig en hij zou bijna knap zijn geweest als zijn gelaatstrekken niet iets te groot en te grof waren geweest. Bovendien had hij een slechte, pokdalige huid. Fabel vond dat het methodische ordenen en etiketteren van onderdelen niet rijmde met Olsens brute uiterlijk. Hij boog zich dichter naar de onderdelen toe en keek naar de etiketten.

'Zoekt u iets speciaals?' Olsens stem was vlak. Hij had kennelijk besloten zich coöperatief maar onverschillig op te stellen. 'Ik dacht dat u mijn motor wilde zien.'

'Ja...' Fabel stapte weg van het voorraadrek. Het handschrift op de etiketten was klein en keurig, maar hij zou niet kunnen zeggen of het identiek was aan het kriebelige handschrift op de briefjes die bij de lichamen waren achtergelaten. 'Ja, graag.'

Midden in de werkplaats stond een zware Amerikaanse motor op een steun. Een aantal motoronderdelen was gedemonteerd en op de vloer uitgestald. Ook nu weer voelde Fabel orde en zorgzaamheid in de manier waarop ze op het beton waren gelegd. Olsen was blijkbaar met deze motor bezig geweest toen ze arriveerden.

'Nee, niet die. Daarginds.' Olsen wees naar een zilvergrijze bmw-motorfiets. Fabel wist niets van motoren, maar zag dat het een R1000S was. Hij moest toegeven dat hij een zekere schoonheid bezat, een slanke, elegante dreiging waardoor hij er zelfs als hij stilstond snel uitzag – hij deed Fabel in een zeker opzicht denken aan Olsens waakhond: vol ingehouden kracht, agressie zelfs, die popelde om losgelaten te worden. Hij knikte naar de twee agenten in uniform, die de motor van zijn plek naar het gereedstaande busje duwden.

'Waar hebt u hem voor nodig?' vroeg Olsen. Fabel negeerde de vraag.

'U weet het van Hanna Grünn? Ik neem aan dat u het gehoord hebt?'

Olsen knikte. 'Ja, ik heb het gehoord.' Hij veinsde zo veel onverschilligheid als hij kon opbrengen.

'U lijkt niet bijzonder van streek, meneer Olsen,' zei Anna Wolf. 'Ik bedoel, ik dacht dat u haar vriend was.'

Olsen slaakte een lach en deed geen moeite om de rauwe verbittering eruit te weren. 'Vriend? Ik niet. Ik was gewoon een sul. Een van Hanna's vele sullen. Ze heeft me maanden geleden gedumpt.'

'Niet volgens de mensen met wie ze werkte. Die zeggen dat u haar met uw motor afhaalde. Tot voor heel kort.'

'Misschien. Zij gebruikte me. Ik werd gebruikt. Wat kan ik erover zeggen?'

Fabel kon zien dat Olsen blijkbaar regelmatig een sportschool bezocht; er school een enorme kracht in de schouders en armen, waar de stof van zijn overall omheen spande. Het was niet moeilijk je voor te stellen hoe Olsen de kleinere, tengerder gebouwde Schiller overmeesterde en hem met twee halen van een scherp mes doodde.

'Waar was u, meneer Olsen?' vroeg Anna. 'Op vrijdagavond? De negentiende... Tot en met zaterdagochtend.'

Olsen haalde zijn schouders op. Je overdrijft je onverschilligheid, dacht Fabel. Je hebt iets te verbergen. 'Ik ben iets gaan drinken. In Wilhelmsburg. Rond twaalf uur ben ik naar huis gegaan.'

'Waar bent u geweest?'

'*Der Pelikan*. Een nieuwe bar in het centrum. Ik wilde hem eens proberen.'

'Heeft iemand u gezien?' vroeg Anna. 'Iemand die zou kunnen bevestigen dat u daar was?'

Olsen trok een gezicht dat suggereerde dat Anna's vraag idioot was. 'Er waren honderden mensen. Zoals ik al zei, het is een nieuwe tent en een heleboel mensen waren blijkbaar op hetzelfde idee gekomen als ik, maar ik heb geen bekenden gezien.'

Fabel maakte een bijna verontschuldigend gebaar. 'Dan vrees ik dat we u moeten vragen met ons mee te gaan, meneer Olsen. U geeft ons niet voldoende informatie om u uit ons onderzoek te schrappen.'

Olsen zuchtte gelaten. 'Oké. Maar ik kan er niets aan doen dat ik geen alibi heb. Als ik schuldig zou zijn zou ik mijn best hebben gedaan om een overtuigend verhaal te verzinnen. Gaat het lang duren? Ik heb reparaties die klaar moeten.'

'We houden u niet langer dan nodig is om achter de waarheid te komen. Alstublieft, meneer Olsen.'

'Kan ik eerst afsluiten?'

'Natuurlijk.'

Achter in de werkplaats was een deur. Olsen liep ernaartoe en draaide de sleutel om. Hij liep naar buiten, gevolgd door de drie rechercheurs. De hond lag inmiddels te slapen op het erf.

'Als ik vannacht wegblijf, zal ik moeten regelen dat de hond te eten krijgt.' Hij bleef plotseling staan en keek om naar de werkplaats. 'Stik. Het alarm. Ik kan de motoren daar niet laten staan zonder het alarm aan. Mag ik even terug om het in te schakelen?'

Fabel knikte. 'Werner, loop even met meneer Olsen mee.'

Toen ze buiten gehoorbereik waren wendde Anna zich tot Fabel. 'Heb jij ook het gevoel dat we op het verkeerde paard wedden?'

'Ik weet wat je bedoelt. Ik krijg het gevoel dat het enige wat Olsen verbergt is hoe van streek hij is over Hanna's dood...'

Op dat moment hoorden ze een plotseling, doordringend, schor gebulder in de werkplaats. Anna en Fabel keken elkaar aan en renden naar het gebouw. De waakhond, wakker geschrokken van het lawaai en in zijn jachtinstinct geprikkeld door de twee rennende politieofficieren, begon als een dolle in het rond te springen en zijn gemene kaken hapten in de lucht. Fabel liep met een boog om hem heen, in de hoop dat hij de lengte van de ketting van de rottweiler goed had ingeschat. Ze waren ongeveer halverwege de werkplaats toen Olsen eromheen kwam scheuren op een gigantisch rood beest van een motor. Fabel en Anna verstarden een ogenblik toen de zware gespierde racemotor op hen af stormde. Olsen had een rode motorhelm op en het vizier was neergeklapt voor zijn ogen, maar Fabel herkende de vettige overall. Hij bestuurde de motorfiets als een wapen. Het voorwiel kwam los van de grond toen hij het toerental opvoerde tot een dreigend gieren. Adrenaline stuwde zich door Fabels lichaam en vertraagde de tijd. De motor reed al snel, maar nu was het alsof hij met een onmogelijke acceleratie naar voren sprong. Hij was ineens heel dichtbij, alsof Fabel snel flink had ingezoomd. Fabel en Anna wierpen zich ieder een kant op terwijl de motorfiets tussen hen door flitste. Fabel rolde enkele keren om voordat hij tot stilstand kwam. Hij was net op één knie overeind gekomen toen er iets zwaars en donkers tegen hem aan botste. Een fractie van een seconde lang dacht Fabel dat Olsen met de motor terug was gekomen voor de genadeklap, tot hij zich omdraaide en de zware kaken van de rottweiler naar hem zag happen. Fabel rukte zijn hoofd achterover terwijl de hond zijn tanden op elkaar klapte. Hij voelde koud slijm en speeksel op zijn wang, maar wist dat de hond hem gemist had. Hij rolde door, ditmaal de andere kant op, en voelde een pijnscheut toen iets zich hard om zijn schouder sloot en eraan rukte. Fabel bleef rollen en hij hoorde hoe het valse snauwen van de hond overging in een woest, gefrustreerd blaffen toen hij het eind van zijn ketting bereikte.

Hij hees zich overeind. Anna Wolff stond eveneens en keek naar Fabel om te zien of hij ongedeerd was. Haar houding was bijna die van iemand die aan een race begint en Fabel knikte naar haar. Ze sprintte naar Fabels auto en het groen met witte politiebusje. De twee agenten in uniform stonden als verdoofd te kijken, aan weerszijden van de motor die ze achter in het busje wilden zetten. Anna Wolff veranderde van richting, van Fabels auto naar de motorfiets.

'Zit de sleutel erin?' schreeuwde ze naar de twee nog verstijfde *SchuPo's*. Voordat ze konden antwoorden was ze bij de motorfiets en duwde de *Schu-Po's* aan de achterkant opzij. Anna rolde de motor achteruit van de laadklep van het busje, startte de motor en scheurde weg in de richting die Olsen had genomen.

Fabel greep naar zijn schouder. De stof van zijn Jaeger-jack was gescheurd en de voering puilde naar buiten waar de tanden van de rottweiler eraan hadden gerukt. Zijn schouder voelde gekneusd aan, maar de stof van zijn coltrui was ongedeerd en er was geen spoor van bloed. Hij wierp de hond een verontwaardigde blik toe, die reageerde door aan zijn ketting te rukken. Hij ging op zijn achterpoten staan en klauwde met zijn voorpoten machteloos in de lucht.

'Hierheen!' riep Fabel naar de twee geünifomeerde agenten terwijl hij naar de openstaande deur van de werkplaats rende. Werner zat op de grond. Hij had zich half opgericht en gebruikte een al vuurrode zakdoek in een vergeefse poging de bloedstroom aan de rechterkant van zijn hoofd te stelpen. Fabel liet zich naast hem vallen en schoof Werners hand en de met bloed doordrenkte zakdoek weg van de wond. Het was een lelijke jaap, diep en rauw, en het vlees van Werners kortgeknipte schedel begon al op te zetten. Fabel pakte zijn eigen schone zakdoek en verving die van Werner, waarna hij de hand van de gewonde man weer naar de wond bracht. Toen legde hij een arm om Werners schouders.

'Gaat het?'

Werners blik was glazig en wazig, maar hij gaf een knikje dat Fabel allesbehalve geruststelde. De twee agenten in uniform waren nu in de werkplaats. Fabel knikte in de richting van de rekken.

'Jij. Kijk of je daar een verbanddoos kunt vinden.' Hij keek de andere agent aan. 'Jij. Roep een ambulance op.' Fabel zocht de vloer van de werkplaats af. De bahco lag een meter of zo van Werner vandaan. Hij had een zware, lompe kop en de stelschroef en de bek zaten onder Werners bloed. Fabel zag dat de deur aan de achterkant van de werkplaats openstond. De klootzak, dacht Fabel. Olsen was een kouwe kikker. Hij had vóór hun ogen de deur van het slot gedaan terwijl hij deed alsof hij het pand afsloot. Hij had zijn show nauwkeurig berekend, erop gokkend dat zijn ongeduldige, nukkige medewerking ertoe zou leiden dat er slechts één *Bulle* met hem mee zou gaan om 'het alarm in te schakelen'. Toen had hij Werner een klap met de bahco gegeven en was door de achterdeur naar buiten gerend, waar de motorfiets natuurlijk al had staan wachten. Fabel wist niet of hij de rode motor tussen de andere in de werkplaats had zien staan.

Werner kreunde en maakte een beweging alsof hij overeind wilde komen. Fabel hield hem stevig vast. 'Jij blijft waar je bent, Werner, tot de ambulance er is.' Hij keek op naar de geüniformeerde agent, die knikte.

'Hij komt eraan, hoofdinspecteur.'

'Ik zou niet graag in Olsens schoenen staan als je hem te pakken krijgt, chef,' zei Werner. Fabel zag tot zijn opluchting dat Werners ogen minder troebel waren, maar ze keken nog verre van alert.

'Zeker niet,' zei Fabel. 'Niemand takelt een lid van mijn team toe.'

'Dat bedoelde ik niet.' Werner glimlachte slapjes en knikte naar Fabels gehavende schouder. 'Is dat niet een van je lievelingsjacks?'

De laatste bocht had ze te snel genomen. Anna had zoals gewoonlijk haar leren jack aan, maar haar benen werden slechts beschermd door de denimstof van haar spijkerbroek en haar knie was in de laatste bocht op een haar na over het asfalt geschuurd. Ze besefte dat, als Olsen evenveel wist over motorrijden als over het repareren ervan, wat waarschijnlijk was, ze vol gas zou moeten geven om hem zelfs maar in het vizier te krijgen. Anna had geen helm op en had zelfs haar zonnebril niet bij zich, dus ze moest haar ogen half dichtknijpen tegen de wind wanneer ze op de rechte stukken versnelde. Ze bukte zich onder het racescherm om de weerstand te verminderen en zo goed mogelijk beschut te zijn tegen de wind. De weg liep langs het hek van de raffinaderij en was vrij van verkeer, dus ze draaide de gashendel helemaal open. Ze was de Hoheschaarstrasse op gescheurd en een Mercedes had moeten remmen en uitwijken. Ze ving nog net een rode flits op in de verte, waar Olsen over de brug over de Reiherstieg denderde, en ze zette de achtervolging in. De BMW brulde onder haar en ze schatte de afstand tot de volgende bocht. Anna en haar broer Julius hadden alle twee een motor gehad en waren er vaak samen een weekend op uit getrokken, naar Frankrijk, naar Beieren en zelfs een keer naar Engeland. Maar toen hun carrière steeds meer eisen begon te stellen waren de tochten schaarser en korter geworden. En sinds Julius getrouwd was, was er een eind aan gekomen. Anna had haar motor aangehouden, tot een jaar geleden, toen ze hem had ingeruild voor een auto. De enige herinnering aan die tijd was nu het bovenmaatse leren jack dat ze nog bijna elke dag aantrok als ze naar haar werk ging.

Anna minderde vaart en remde voorzichtig om snelheid te minderen voor de scherpe bocht naar links aan het eind van het rechte stuk. Ze leunde mee in de bocht, kwam weer recht en liet de G-kracht weer aan haar trekken toen ze accelereerde. Opnieuw een lang, recht stuk en ze zag de rode vlek van Olsens motor voor zich uit. Ze draaide de gashendel helemaal open en de BMW sprong opnieuw vooruit. Anna's mond was droog en ze wist dat ze bang was. En ze huiverde bij de gedachte aan haar angst. Ze keek niet naar de snelheidsmeter, ze wist dat ze de motor opjoeg tot vlak bij zijn grens van tweehonderd kilometer per uur en ze wilde niet weten hóe vlakbij. Ze sloot het gat met Olsen; hij had blijkbaar niet in zijn spiegel gekeken en nam geen risico. Hij zou verwacht hebben dat ze hem per auto zouden achtervolgen en dan zouden ze geen partij voor hem zijn geweest, met hun geringere snelheid of wendbaarheid. Het gat werd kleiner. Niet kijken, dacht ze, niet kijken, lul. Daar was het. Een bijna onmerkbare beweging van de rode helm en Olsens motor sprong naar voren. Hij kon niet wegkomen van Anna's razendsnelle BMW, maar hij kon de afstand handhaven tot een van hen een fout maakte. Het was een soort krijgertje, maar dan terwijl ze in dezelfde richting bewogen.

De volgende bocht kwam en Olsen nam hem beter en sneller, zodat het gat weer iets groter werd. Het industrielandschap om hen heen verdween en ze reden nu te midden van smerige velden. De weg vertoonde een aantal bochten en Anna merkte dat ze bij veel ervan de binnenbocht nam, blij dat er geen tegenliggers waren.

Opnieuw een scherpe bocht; ditmaal schatte Olsen hem verkeerd in en hij moest inhouden om op de weg te blijven. Anna dichtte het gat tussen hen tot twintig meter. Haar universum was geïmplodeerd tot alles wat ervan overbleef het lint van de weg vóór haar was en de motor onder haar, waaraan haar lichaam nu onlosmakelijk vast gesoldeerd leek. Het was alsof haar centrale zenuwstelsel met de elektronica van de motor verbonden was en elke gedachte, elke opwelling, automatisch aan de motor werd doorgegeven. Al haar aandacht was gericht op Olsens motor voor haar. Haar concentratie was volledig, probeerde zijn volgende zet voor te zijn.

Deze totale concentratie betekende dat ze het stuur van de motor niet met één hand kon loslaten. Ze kon haar wapen niet pakken, ze kon haar positie niet doorbellen. Ze realiseerde zich plotseling dat ze haar positie ook niet meer kende; ze had zich zo geconcentreerd op Olsen en de weg vlak voor haar, dat ze niet meer precies wist waar ze waren. Haar kennis van Wilhelmsburg was in het gunstigste geval al niet geweldig, de opwinding en de uitdaging van de achtervolging hadden haar bovendien blind gemaakt voor voorbijrazende oriëntatiepunten. Het vlakke land om haar heen en de richting die ze hadden genomen betekenden dat ze ergens in Moorwerder waren, het rare landelijke aanhangsel van Wilhelmsburg dat om wat voor reden dan ook nog niet door projectontwikkelaars was ontdekt.

Opnieuw een bocht en opnieuw een recht stuk dat zich voor hen uitstrekte. Olsens motor spoot vooruit toen hij opnieuw vol gas gaf. Anna voelde haar borst verstrakken toen ze zich realiseerde dat het open terrein overging in bebouwing. Een bord dat aangaf dat ze Stillhorn naderden flitste voorbij en Anna realiseerde zich dat Olsen een lus had gemaakt en in de richting van de autosnelweg reed. Als hij het daar te gek maakte, zou ze gas terug moeten nemen en hem laten glippen, liever dan de levens van burgers op het spel te zetten. Maar nu nog niet.

Het verkeer werd drukker en Olsen en Anna slingerden tussen auto's en vrachtwagens door, waarvan er vele hard moesten remmen en woedend claxonneerden. De stad begon meer vorm aan te nemen naarmate ze van de rand doordrongen in het centrum. Anna's hart bonkte in haar borstkas. Ze werd zich bewust van een politiesirene ergens achter haar; ze wist niet of het assistentie was of gewoon de politie van Stillhorn die reageerde op twee motoren die door het plaatsje scheurden. Wat het ook was, ze was blij dat er meer politie in de buurt zou zijn wanneer ze Olsen uiteindelijk in de hoek zou hebben gedreven. Ze zag dat hij, ver voor haar uit, plotseling remde en keerde, zodat de motor bijna onder hem uit gleed toen hij in een zijstraat verdween.

Anna miste de bocht en moest keren in de hoofdstraat, met als gevolg nog meer woedend geclaxonneer van andere bestuurders. Toen ze de zijstraat in reed zag ze Olsen aan het andere eind verdwijnen en ze gaf vol gas. Het gebrul van de BMW weerkaatste door de smalle straat en enkele voetgangers moesten zich tegen de huizen drukken toen ze langs scheurde. Dit werd te link; als ze hem niet inhaalde voordat hij verder de stad in reed, zou ze hem kwijtraken.

Anna had het eind van de straat bijna bereikt toen een groen met witte patrouillewagen met zwaailicht aan het andere uiteinde de straat in draaide. Het was duidelijk dat hij probeerde de doorgang te versperren en ze zwaaide wild dat hij opzij moest gaan. In plaats daarvan kwam de auto met piepende banden tot stilstand en aan beide kanten sprong er een politieagent uit, die zijn getrokken pistool op Anna richtte.

Ze remde hard en zette de motor dwars op de auto. Toen hij onder haar uit gleed, knalde ze op het asfalt en ze voelde haar dij branden toen de spijkerstof van haar been werd gescheurd. Ze rolde enkele keren om voordat ze tegen een geparkeerde auto tot stilstand kwam. De motor gleed door, vonken sproeiend doordat het metaal over het wegdek schuurde, tot hij tegen de voorkant van de politieauto knalde.

Een tweede patrouillewagen stopte achter Anna en de onthutste *SchuPo's* kwamen, hun wapens weer in de holsters stoppend, naar Anna toe. Die lag nog op de straat en hield, met haar ene hand om haar ontvelde dij heen, met de andere haar bronzen ovale politiepenning op. Ze hielpen haar overeind en een van hen begon iets te zeggen over dat ze niet konden weten dat ze een politieagent was die een verdachte achtervolgde.

Anna staarde met een strak gezicht de lege straat door naar waar Olsen was verdwenen en toen naar de bmw die klem zat onder de neus van de politieauto. Met zachte, beheerste stem vroeg ze of de twee geüniformeerde agenten de richting konden doorgeven die de verdachte had genomen en of ze een helikopter konden krijgen om naar Olsen te zoeken. Toen, diep inademend, schreeuwde ze hard en schel tegen de vier *SchuPo's*: 'Verrekte idioten!'

25

Maria Klee stond bij het raam. Ze droeg een donkergrijs broekpak met daaronder een zwarte linnen blouse. Haar blonde haren waren uit haar gezicht gekamd en de grijze ogen glinsterden fel en koud in de schelle ziekenhuisverlichting. Voor een rechercheur zag Maria er altijd iets te elegant uit, zowel qua uiterlijk en postuur als qua kleding. Hier, in deze ziekenhuiskamer met haar vermoeide en gewonde collega's, was het contrast nog heviger.

'Nou...' zei ze glimlachend terwijl ze met het uiteinde van haar pen tegen haar perfecte tanden tikte, 'ik geloof dat we al met al kunnen zeggen dat het nog goed is afgelopen. Als je nog eens iemand wilt verhoren, kan ik geloof ik beter meegaan.'

Fabel lachte vreugdeloos. Hij zat onderuitgezakt in de stoel naast Werners bed. Hij had het Jaeger-jack met de gescheurde schouder nog aan. Werner was in half liggende, half zittende positie overeind gehesen. De zijkant van zijn gezicht was grotesk opgezwollen en begon te verkleuren. Röntgenfoto's en scans hadden geen fractuur of zwelling in de hersenen laten zien, maar de artsen waren bang geweest dat de kneuzing mogelijk een haarscheurtje aan het oog onttrok. Werner lag in een niemandsland tussen bewusteloosheid en slaap; hij had iets gekregen tegen de pijn en dat had nog meer effect gehad dan Olsens bahco. Anna, gekleed in ziekenhuispyjama en met een groot kompres op haar dij, zat in een rolstoel aan de andere kant van Werners bed.

'Daar gaat mijn carrière als fotomodel voor badpakken,' had ze gezegd toen ze haar binnen hadden gereden. Door haar razende achtervolging en de spectaculaire climax waren haar gebruikelijke mascara en lippenstift uitgelopen en uitgesmeerd en een van de verpleegkundigen had haar een paar reinigingsdoekjes gegeven: haar gezicht was nu vrij van cosmetica en haar huid glansde bijna doorschijnend. Fabel had Anna nog nooit zonder make-up gezien en hij stond ervan te kijken hoeveel jonger dan haar zevenentwintig jaar ze leek. En hoe knap ze was. Haar uiterlijk stemde niet overeen met de agressiviteit waarmee ze haar werk deed, en die Fabel vaak in toom moest houden.

Fabel hees zich vermoeid overeind van de stoel, ging naast Maria bij het raam staan en keek Anna en Werner aan. Het was duidelijk dat hij iets op zijn lever had en aangezien Werner alleen lichamelijk, niet geestelijk, aanwezig was, was het specifiek tot Anna gericht, en tot Maria.

'Jullie snappen denk ik wel dat dit niet best is.' Zijn toon suggereerde een niet al te plezierige boodschap. 'In wezen komt het nu op jou en mij neer, Maria. Werner zal minstens een maand uit de roulatie zijn. En Anna, jij bent een week of zo arbeidsongeschikt.'

'Ik voel me prima, chef. Ik ben over...'

Fabel legde haar met een handgebaar het zwijgen op. 'Ik heb niets aan je, brigadier Wolff, als je niet volledig mobiel bent. Het zal minstens een week duren voordat je weer fit bent. De artsen zeiden dat, hoewel je het nu niet voelt, je verdomd veel pijn zult hebben als de spieren die je gescheurd hebt beginnen te genezen. Bovendien mag je van geluk spreken dat je geen huidtransplantatie op je been nodig hebt.'

'Ik probeerde alleen maar te voorkomen dat Olsen ontsnapte.'

'Ik veroordeel niet wat je gedaan hebt, Anna.' Fabel glimlachte. 'Al was Brauner er niet bijster over te spreken dat je een stuk forensisch bewijsmateriaal onder een auto hebt geramd. Waar het om gaat is dat ik niet kan werken met alleen Maria.'

Anna's gezicht betrok. Ze wist waar dit naartoe ging. 'Er zijn andere teams op de afdeling Moordzaken van wie we mensen kunnen lenen.'

'Anna, ik weet dat jij en Paul erg op elkaar gesteld waren.' Paul Lindemann was Anna's partner geweest. Paul en Anna waren in veel opzichten elkaars tegenpolen geweest, maar ze hadden een hecht en effectief team gevormd. 'Maar ik moet het vaste team op volle sterkte zien te krijgen. Ik trek een nieuw lid aan.'

Anna's gezicht klaarde niet op. 'En dat wordt mijn nieuwe partner?'

'Inderdaad.'

Maria fronste haar wenkbrauwen. Zij en Anna wisten allebei dat Fabel uiterst kieskeurig was in het samenstellen van het team. Ze waren zelf door hem geselecteerd. Er was kennelijk iemand die indruk had gemaakt op Fabel. 'Vraag je inspecteur Klatt erbij? Die van de politie van Norderstedt?'

Fabel glimlachte zo mysterieus als zijn uitputting en pijnlijke schouder hem toestonden. 'Wacht maar af.'

26

Als er één manier is om te politie te motiveren om naar je te zoeken is dat wel een serieuze aanslag op een politiefunctionaris. Nog geen kwartier nadat Olsen Werner had neergeslagen was er een opsporingsbevel uitgegaan en werd Olsens appartement, in de wijk van Wilhelmsburg vlak bij de oude Honig-fabriek, door een me-eenheid in de gaten gehouden. Er was geen teken van leven; Olsen was ofwel regelrecht naar zijn appartement teruggekeerd en hield zich daar schuil – wat onwaarschijnlijk was en oerdom zou zijn geweest – of hij besefte dat hij zo ver mogelijk van huis moest blijven.

De lucht hing zwaar en grijs boven de stad toen Maria en Fabel voor Olsens flatgebouw stopten. Fabel had een ander jack aangetrokken en een paar codeïnepillen geslikt tegen de pijn in zijn schouder en het bonzen dat in zijn hoofd was begonnen. Terwijl hij uit de BMW stapte gaf hij een teken aan een grote, ongemarkeerde bus die halverwege de straat stond. Vijf potige mannen in spijkerbroek en trui sprongen uit het voertuig en renden snel de straat door. Over hun burgerkleding heen droegen ze een kogelwerend vest met het opschrift POLIZEI en ze hadden een bivakmuts en een helm op. Twee van de mannen droegen een korte, stevige stormram tussen zich in. Drie anderen, identiek gekleed, kwamen aanrennen vanaf een auto die een meter of vijftig verderop in de andere richting geparkeerd stond. De ME-commandant stopte toen hij langs Fabel kwam. Die knikte en zei:

'Tweede verdieping... 2b. Ga je gang.'

Vanaf de straat hoorden Fabel en Maria het luide bonzen toen de ME'ers Olsens deur met de stormram inbeukten. Er klonken enkele kreten, toen stilte. Enkele minuten later kwam de ME-commandant naar buiten, met zijn helm en zijn bivakmuts in de ene hand en zijn SIG-Sauer in de andere. Hij glimlachte vaag.

'Niemand thuis,' zei hij.

'Bedankt, inspecteur.' Fabel wendde zich tot Maria. 'Zullen we?'

De deur hing nog in zijn scharnieren, maar het kozijn rondom het slot was verbrijzeld tot lange, scherpe splinters. Fabel en Maria trokken witte latex handschoenen aan voordat ze naar binnen gingen. Het was een redelijk groot appartement: een ruime woonkamer, drie slaapkamers, een grote eet-keuken en een badkamer. Het meubilair was oud en zwaar, maar Fabel merkte op hoe opgeruimd en schoon het appartement was. De tv in de woonkamer was een ouwetje, maar voor zijn stereo-installatie had Olsen diep in zijn beurs getast. Eén van de wanden werd gedomineerd door een enorm Bang & Olufsen-systeem. De omvang en het vermogen van de luidsprekers leken in geen verhouding te staan tot de kamer, maar Fabel kon zich niet voorstellen dat een van de buren zich tegenover Olsen beklaagde over de herrie. Naast de stereo-installatie hing een cd-rek aan de muur en Fabel zag dat Olsen zijn cd-verzameling met dezelfde systematische zorg had geordend als de reserve-onderdelen in de garage. Hij wierp een blik op Olsens muziekverzameling: Rammstein, Die Toten Hosen, Marilyn Manson. Niet het spul dat je tijdens een etentje zachtjes op de achtergrond draaide.

Holger Brauner, het hoofd van de technische recherche, klopte op het verbrijzelde kozijn achter Fabel.

'Besloten feestje? Of mag iedereen binnenkomen?' Hij knikte naar de cd die Fabel in zijn hand had. 'Rammstein? Ik had nooit gedacht dat dat jouw smaak was.'

Fabel lachte en zette de cd weer in het rek. 'Ik keek net of hij iets van James Last heeft. Niks zo goed als een mopje van *Hansi* na een zware dag.'

'En je hebt een aardig zware dag achter de rug, heb ik gehoord... Klopt het dat je je hebt opgegeven voor overplaatsing naar de hondenbrigade?'

Fabel grijnsde sarcastisch.

'En, tussen haakjes, hoofdinspecteur, kun je niet eens met mevrouw Wolff praten? Ze heeft geloof ik niet helemaal begrepen wat beschermen van de integriteit van forensisch bewijsmateriaal inhoudt.'

'Sorry van die motor, Holger. Heb je een match?'

'Zeker weten. De afdruk die we op de plaats delict hebben gemaakt is van een 120/70-ZR17-motorfietsband. De standaard voorband op de BMW R1000S. Het slijtpatroon op Olsens motor komt exact overeen met de afdruk die we gemaakt hebben, dus hij is onze man. Of het was in elk geval zijn motor in het Naturpark. We hoeven alleen nog maar de laarzen te vinden die hij aanhad. Ik zal hier rond moeten kijken.'

'Hij zal ze wel aanhebben,' zei Fabel terwijl hij zich Olsens schoeisel eerder op de dag probeerde te herinneren.

Maria had de badkamer doorzocht. Ze kwam naar buiten met een paar farmaceutisch uitziende flesjes. 'Brauner, heb jij enig idee waar deze voor zijn?'

Brauner onderzocht de flesjes. 'Isotretinon en benzoyl-peroxide... Heeft jullie mannetje toevallig een slechte huid?'

'Ja, dat klopt,' zei Fabel.

'Dit zijn middelen tegen acne...' Brauners stem stierf weg en hij staarde naar de flesjes alsof een gedachte worstelde om naar de oppervlakte te komen en hij zich moest concentreren om haar daarbij te helpen. 'Die schoenafdrukken waren enorm groot. Maat 50. Is jullie man heel groot? En zwaar gespierd?'

Maria en Fabel keken elkaar aan. 'Ja. Heel groot.'

'Het lijkt misschien een rare vraag, maar was er nog iets... nou ja, iets vréémds aan zijn uiterlijk? Had hij een kippenborst of loenste hij met één oog?'

'Probeer je leuk te zijn? Of denk je dat je hem kent?' Fabel lachte.

Brauner keek nog steeds naar het acnemiddel en schudde geïrriteerd zijn hoofd. 'Heb je iets dergelijks gezien?'

'Nee,' zei Fabel. 'Hij loenste niet en hij had geen kippenborst. Hij was ook geen bultenaar met twee hoofden.'

'Nee...' Fabels sarcasme drong niet door tot Brauner, die meer in zichzelf praatte dan tegen Fabel. 'Het hoeft niet per se.'

'Holger?' zei Fabel ongeduldig. Brauner keek op van het medicijn.

'Sorry. Ik denk dat je man er één uit duizend zou kunnen zijn. Letterlijk. Hij heeft alleen een strafblad wegens gewelddadigheid, niet? Eerder gevallen van opvliegendheid dan weloverwogen crimineel gedrag?'

'Voorzover ik weet wel, ja,' zei Fabel. 'Afgezien van één veroordeling voor het verkopen van gestolen spullen. Wat heb je, Holger?'

'Misschien niets, maar Olsen heeft een licht ontvlambaar temperament, is ongewoon groot en sterk gebouwd en heeft last van acne op een leeftijd waarop de meesten van ons dat al lang niet meer hebben. Ik vermoed dat we te maken hebben met een karotype XYY.'

'Supermannelijk syndroom?' Fabel dacht even na. 'Ja. Ja, dat zou kloppen. Nu je het zegt, het zou precies kloppen. Maar dat van de acne wist ik niet.' Fabel had eerder met een 'XYY'-man te maken gehad.

Het karotype XYY-syndroom wordt veroorzaakt doordat een man in plaats van met het normale chromosoomtype '46XY' wordt geboren met een extra mannelijk chromosoom en het chromosoomtype '47XYY'. Deze 'supermannen' worden gekenmerkt door buitensporige lengte, zwaardere mannelijke trekken, achtergebleven emotionele en sociale rijpheid en een lichaam vol testosteron. Dit leidt vaak tot een licht ontvlambaar, gewelddadig temperament. De medische wereld is verdeeld over de vraag wat voor gevolgen XYY heeft, áls het al gevolgen heeft, voor gewelddadig gedrag of criminele neigingen. Maar de XYY-man die Fabel had ontmoet, was reusachtig groot en onvoorspelbaar gewelddadig geweest. Een omstreden onderzoek had een onevenredig groot aantal xyy-mannen binnen de gevangenispopulatie aangetoond. Vele xyy's leidden echter een productief en uiterst succesvol bestaan en kanaliseerden hun agressie in een dynamische carrière. Fabel keek weer naar de cd.

'Ik weet het niet, Holger. Het zou passen bij de agressieve rock, maar zijn gedrag in zijn werkplaats was heel koelbloedig... bijvoorbeeld zoals hij Werner mee terug lokte naar de werkplaats. Hij had zijn ontsnappingsstrategie precies uitgestippeld.'

'Innerlijk kookte hij waarschijnlijk, maar hij besefte dat hij het moest onderdrukken tot hij kans zag om te vluchten. Het zou kloppen met zijn buitensporige lichaamskracht. Hij hoefde inspecteur Meyer niet zo hard te slaan. Klassiek gebrek aan zelfbeheersing wanneer zijn temperament tot ontploffing komt.'

'Zou dat dan niet in zijn dossier staan?' vroeg Maria.

'Misschien,' antwoordde Brauner. 'Als hij na zijn arrestatie een karotypetest heeft ondergaan. En áls hij inderdaad een karotype xyy is. Misschien is het gewoon een grote klootzak met een kort lontje.'

Ze gingen uit elkaar en onderzochten los van elkaar Olsens huis, als bezoekers aan een galerie of een expositie: overzagen eerst vluchtig het geheel, stopten daarna om een detail dat hun belangstelling wekte nader te onderzoeken. Er was niets wat wees op het superemotionele, psychotische ego van een seriemoordenaar, maar Fabels zintuigen stuitten onophoudelijk de tegenstrijdigheden in Olsens persoonlijkheid. Alles was keurig en geordend. Fabel doorzocht een van de twee slaapkamers. Deze was blijkbaar die van Olsen. De posters aan de muur zouden beter op hun plaats zijn geweest in de slaapkamer van een puber dan in het appartement van een man van tegen de dertig. Enkele persoonlijke bezittingen – een enorm goedkoop horloge, een kam en een borstel, wat toiletspullen en een paar flesjes aftershave – stonden keurig op een rij op zijn ladekast. Fabel trok de zware deuren van een grote muurkast open. De kleren en het schoeisel erin waren enorm groot en Fabel voelde zich alsof hij rondsloop in de kamer van een slapende reus. Behalve bovenmaats was Olsens garderobe functioneel en efficiënt: een formeel kostuum met een chic paar schoenen, een half dozijn t-shirts met de namen en logo's van hardrockbands, maar opgevouwen en opgeborgen alsof zijn moeder die morgen langs was geweest, twee spijkerbroeken, een zwarte en een denimblauwe, twee paar sportschoenen, twee paar laarzen. Laarzen.

'Holger...' riep Fabel over zijn schouder naar de andere kamer terwijl hij een paar latex handschoenen aantrok. Hij pakte een van de paren laarzen en bekeek de zolen. Het profiel was ondiep. Het tweede paar zag er veel lomper uit. Elke laars had tien paar vetergaatjes en twee zware gespen. Het waren

overduidelijk motorlaarzen... Hij draaide de laarzen om om de zolen te bekijken toen Brauner binnenkwam. Het hoofd van de technische recherche
toonde een glanzende foto van de voetafdruk die ze in het Naturpark hadden gevonden. Zelfs Fabel zag in één oogopslag dat ze identiek waren.

Brauner hield een doorzichtige plastic zak open en Fabel tilde de laarzen
één voor één op tussen zijn in latex gestoken wijsvinger en duim, en liet ze
erin vallen.

'Nu moeten we alleen onze Assepoester nog vinden,' zei Fabel.

27

Ook dit was een relatieritueel, wanneer de vrienden van een van beiden de vrienden van het paar werden. Deze gezamenlijke maaltijd was Fabels idee geweest en toen hij Otto, zijn oudste vriend, zag kletsen met Susanne, het nieuwste element in Fabels leven, voelde hij zich verrassend tevreden. De gebruikelijke aanvankelijke opgelatenheid van begroeten en voorstellen was bijna onmiddellijk verdampt onder Susannes natuurlijke zuidelijke warmte en het was van meet af aan duidelijk dat Otto en Else haar aardig vonden. Haar goedkeurden. Hij wist niet precies waarom, maar die goedkeuring was erg belangrijk voor Fabel. Misschien omdat Otto en Else er ook waren geweest toen hij nog met Renate getrouwd was en ze zo vaak aan een restauranttafel hadden gezeten, zoals nu.

Hij keek naar Susanne en glimlachte. Haar gitzwarte haren waren opgebonden en haar nek en schouders waren zichtbaar. Susanne was opvallend mooi en subtiel aangebrachte make-up benadrukte haar adembenemende ogen onder de gewelfde wenkbrauwen. Ze glimlachte veelzeggend terug. Fabel had een tafel gereserveerd in een Italiaans restaurant in de Milchstrasse, slechts twee minuten lopen van zijn appartement. Het nadeel van dat appartement was dat het zich niet leende om etentjes te geven en Fabel was een geregelde gast geworden in dit restaurant wanneer hij gasten had. Ze kletsten wat, tot Otto begon over de boeken die Fabel had gekocht.

'Hoe vind je dat boek van Weiss?' vroeg hij.

'Goed... Nou ja, aardig. Ik snap wat je bedoelt met zijn hoogdravende stijl. Maar het is ongelooflijk zoals je wordt meegezogen in de wereld die hij beschrijft. En hoe je Jakob Grimm begint te associëren met het fictieve personage in plaats van met de historische persoon. Wat precies is waar Weiss' theorie om draait, veronderstel ik.' Fabel zweeg even. 'Ik heb ook de werken van de gebroeders Grimm doorgenomen. Ik wist dat ze een heleboel volksverhalen hadden verzameld, maar ik had geen idee hóéveel. Plus al die mythen en legenden.'

Otto bewoog zijn grote, gewelfde hoofd op en neer. 'Ze waren ontzettend toegewijd en begaafd. En een goed team. Hun onderzoek naar de Duitse taal, naar linguïstiek in het algemeen, was zoals je weet baanbrekend. En het heeft nog steeds invloed. Ze definieerden de werking van taal, hoe talen zich ontwikkelen en hoe ze elkaar beïnvloeden. De ironie wil dat ze herinnerd worden als auteurs van verhalen die ze niet zelf hebben geschreven. Nou ja, in feite hebben ze de latere versies een beetje geredigeerd en herschreven... om ze makkelijker verteerbaar te maken.'

'Mmm, ik weet het...' Susanne nam een slok wijn en zette haar glas neer. 'Als psycholoog vind ik sprookjes fascinerend. Er zitten zoveel diepzinnige dingen in. Seksueel vaak.'

'Precies.' Otto keek Susanne stralend aan. 'De gebroeders Grimm waren geen schrijvers, ze waren archivarissen... linguïsten en filologen die door afgelegen delen van Hessen en andere streken in Noord- en Midden-Duitsland reisden om oude volksverhalen en fabels te verzamelen. In het begin deden ze niet aan herschrijven of verfraaiingen: ze schreven de traditionele verhalen die ze vergaarden, gewoon op. De meeste van de verhalen die ze verzamelden waren dan ook niet zo'n smakelijke kost als ze in latere edities verschenen... of niet zo walgelijk mierzoet als de bewerkingen door Disney en anderen. Toen hun verzamelingen bestsellers bleken, vooral toen ze kinderboeken samenstelden, begonnen ze enkele van de meer duistere en seksuele elementen te schrappen of bij te schaven.'

'Daarom blijven we allemaal een beetje bang voor sprookjes,' zei Susanne. 'Ze worden ons voorgelezen als we kind zijn, voor het slapengaan, maar in feite zijn het waarschuwingen en instructies hoe we allerlei gevaren en kwaden buitenshuis moeten vermijden, maar ze gaan ook over de gevaren binnen het bekende en vertrouwde. Over thuis. De dreiging van het bekende en vertrouwde hoort net zo goed bij die fabels als de angst voor het onbekende. En het frappante is: een van de vaakst voorkomende gemeenschappelijke motieven in die verhalen is de boze stiefmoeder.'

'Weiss stelt dat die volksverhalen de fundamentele waarheid achter onze angsten en vooroordelen weerspiegelen. Zoals Susanne zei: onze psychologie.' Fabel zweeg even en nam een vork vol tagliatelle. 'Hij stelt dat, wanneer we gaan zitten om een boek te lezen of een film te kijken, zeker als die gaan over dingen die bedreigend voor ons zijn, we die verhalen eigenlijk gewoon opnieuw vertellen.'

Otto knikte heftig en wees met zijn vork naar Fabel. 'Ja, nou ja... Er zit iets in. Hoe zeggen ze het ook alweer: er zijn maar vier basisverhalen die je kunt vertellen... of zijn het er zes?' Hij haalde zijn schouders op.

'In elk geval,' zei Fabel, 'het houdt op een rare manier allemaal verband met de zaak waarmee ik bezig ben. En dat betekent dat het praten over het werk is, en dat is verboden.'

'Oké,' zei Otto met een scheve grijns, 'maar mijn laatste woord is dat ik snap waarom Jan belangstelling heeft voor sprookjes...'

Susanne trok vragend een wenkbrauw op.

'*Beauty*...' – Otto hief zijn glas op naar Susanne, toen naar Fabel – '*and the Beast*.'

28

Het zwembad was donker en stil, het stille water stom in de nacht.

Laura kleedde zich in het kleedhokje uit en stond naakt voor het glas. Haar huid was nog altijd vlekkeloos, haar haren behielden hun gouden glans en de lijnen van haar lichaam bleven slank en soepel. Ze had veel opgeofferd om dit lichaam, dit gezicht te behouden. Ze staarde naar dit ideaal van vrouwelijke perfectie waar vele fotografen en ontwerpers zoveel voor betaald hadden. Ze legde haar vlakke hand op haar buik. Plat. Stevig. Hij had nooit hoeven opbollen en uitrekken. Ze keek naar haar eigen perfectie en werd vervuld van afkeer en zelfhaat.

Laura liep naakt naar het zwembad. Ze had de hoofdverlichting uit gelaten en liet zich omhullen door het donker en de stilte. Laura ademde diep in en keek over het glanzende obsidiaan van het bad naar het grote raam dat het nachtelijke landschap van een bewolkte lucht omlijstte. Ze kon die lucht in zwemmen, vrij en helder van geest. Ze deed alleen de onderwaterverlichting aan. Een bleekblauw schijnsel bloeide op langs de randen van het bad. Laura stapte er aan de ondiepe kant in en liet toe hoe het koele, bijna koude water haar huid tintelend strak spande, kippenvel veroorzaakte en haar tepels tot harde punten kneep. Ze liep naar het diepere deel van het bad en het water rimpelde bleek elektrisch blauw om haar heen.

Op dat moment zag ze het.

Een vorm. Meer een grote, donkere schaduw in het bleekblauwe schijnsel van het zwembad. Er lag iets op de bodem. Er lag iets op de bodem van het zwembad en het sloeg absoluut nergens op. Laura waadde ernaartoe en fronste haar wenkbrauwen. Ze ging nog dichterbij en zag nog steeds niet wat het roerloze ding was. Ze was er een meter of twee vandaan toen de vorm zich in één enkele beweging openvouwde en uit het water naar boven schoot. Hij doemde massief op in het blauwe licht, bruiste op en torende boven haar uit en sloot toen het gat tussen zichzelf en haar binnen een seconde.

De tijd vertraagde. Haar brein probeerde te doorgronden wat er gebeurde. Een mannelijke gedaante? Nee. Veel te groot. Te snel. Zijn lichaam was donker. Donker van woorden. Hij – het – was overdekt met woorden. Duizenden woorden in het oude Duitse schrift. Dwars over de brede borst, slingerend en kronkelend rond de armen. Het was absurd. Een verhaal in de vorm van een reusachtige man schoot op haar af. Was nu bij haar. Een hand greep haar bij de keel terwijl de andere haar naar beneden duwde, in het blauw verlichte water. Ja. Een man. Een man – maar dan een reusachtige, donkere kolos van een man, overdekt met woorden in ouderwets schrift. Zijn greep was onwrikbaar maar niet verpletterend, alsof hij wist hoe hij juist voldoende kracht moest gebruiken zonder schade aan te richten. De handen waren breed en onmetelijk sterk. Haar hoofd was onder water. Nu kwam de angst. Ze probeerde te gillen en haar neus en mond stroomden vol licht chloorhoudend water en de angst sloeg om in de blinde paniek van haar overlevingsinstinct. Ze sloeg wild om zich heen, klauwde naar de armen en het lichaam van haar aanvaller, maar het was alsof hij van steen was gemaakt. Ze hapte naar adem en bij elke hap werd haar tengere lichaam nog verder ondergedompeld. Terwijl het water haar longen vulde, verflauwden de stuiptrekkingen, en de angst. Haar ledematen stopten met rondmaaien. De sereniteit en de schoonheid van haar gezicht keerden terug.

De stervende geest van Laura von Klosterstadt werd vervuld van een diepe vreugde. Dit was goed. Dit was wat moest gebeuren. Straf en vergeving. Haar moeder had altijd gelijk gehad: Laura was slecht. Waardeloos. Ongeschikt als moeder. Ongeschikt als bruid. Maar nu kreeg ze vergiffenis. Laura's vreugde in de dood kwam voort uit haar besef van twee feiten. Nu zou ze nooit ouder worden. Nu zou ze bij haar kind zijn.

29

Fabel keek op naar het gebouw dat oprees tussen de bomen eromheen en uit-
torende boven het grote open grasveld dat ervoor lag. De onmogelijk hoge
bogen van de rode bakstenen gevel leken uitgerekt, alsof het hele gebouw
door een onzichtbare hand hemelwaarts werd getrokken. De wolken joe-
gen over het enorme, koepelvormige dak. Fabel was altijd gefascineerd geweest door dit gebouw; als je niet wist waarvoor het oorspronkelijk was gebouwd en als de huidige functie er niet op had gestaan, boven de hoge bogen,
in metershoge letters, zou je urenlang kunnen raden naar de primaire bestemming. Fabel vond altijd dat het leek op een hoge tempel van een oeroude, verdwenen religie, deels Egyptisch, deels Grieks, deels buitenaards.

Het planetarium was oorspronkelijk gebouwd als doodgewone watertoren. Maar in de tijd dat deze gebouwd werd was het zelfvertrouwen van het
onlangs herenigde Duitsland toegenomen en was er een nieuwe eeuw aangebroken, gecombineerd met een bijna religieus vuur van civiele bouwkunde.
Nu, een eeuw later, stond het gebouw er nog steeds, nadat het de mislukking
van de afgelopen eeuw had gadegeslagen en getuige was geweest van het uit-
eenvallen en herenigen van Duitsland. De monumentale watertoren was nu
het planetarium en het beroemdste kenmerk van Winterhude.

Fabel overzag het uitgestrekte park dat voor het planetarium lag. Tweehonderd meter verder waaierde een tijdelijke afzetting van metalen stokken
met politietape uit; aan de ene kant een rij politieagenten, aan de andere een
aangroeiende menigte.

'Het publiek weet zo te zien al wie het slachtoffer is.' Maria Klee voegde
zich bij Fabel op de trap. 'De pers en de tv zullen er vast zó zijn.'

Fabel daalde af naar het grasveld. Er was een grote, witte tent voor het forensisch team opgesteld om de plaats delict te beschermen en Fabel en Maria
trokken de beschermende overschoenen aan die de forensisch onderzoeker
van de *SpuSi* hun overhandigde voordat ze de flap openden en naar binnen

gingen. Holger Brauner zat over het lichaam gebogen en stond op toen ze binnenkwamen. Een jonge vrouw lag, naakt, op het gras, haar benen bij elkaar en haar handen over haar borst gevouwen. Haar haar was opvallend goudblond en het was uitgeborsteld en om haar hoofd heen uitgewaaierd als een zonnekrans. Fabel merkte op dat een klein deel van het uitwaaierende haar met opzet was weggeknipt. Zelfs in de dood was de schoonheid van het gezicht en het perfect gevormde lichaam van de vrouw buitengewoon. Haar ogen waren gesloten, een rode roos lag tussen haar gevouwen handen en haar borst en ze zag eruit alsof ze sliep. Fabel keek naar haar, naar de volmaakte structuur van botten en vlees, een bouwsel dat weldra zou instorten en uiteen zou vallen tot stof. Maar op dit moment leek het alsof de bleekheid van de dood haar huid een porseleinen smetteloosheid verleende.

'Ik neem aan dat ik haar niet hoef voor te stellen?' zei Holger Brauner terwijl hij weer naast het lichaam neerhurkte.

Fabel slaakte een korte, wrange lach. Hij had moeite gehad om het eerste slachtoffer te identificeren; dat zou met dit tweede slachtoffer niet het geval zijn. Bijna iedereen in Hamburg zou haar herkennen. Zodra hij haar gezicht had gezien, wist hij dat hij naar Laura von Klosterstadt keek, het 'supermodel' dat op reclameborden en in tijdschriften in heel Duitsland te zien was. Fabel wist dat, zoals het 'von' al suggereerde, Laura van adellijke afkomst was. De vooraanstaande positie van de Von Klosterstadts was niet het gevolg van de vermoeide adeldom van de familie, maar van de uitermate hedendaagse commerciële en politieke macht. Er zou, wist Fabel, grote commotie ontstaan. Buiten deze tent stak nu al een mediastorm op en Fabels radar detecteerde op ditzelfde moment de hoge pieten die op topsnelheid in zijn richting kwamen.

'God,' zei hij ten slotte, 'ik heb de pest aan moord op beroemdheden.'

'Wat zeg je van een beroemdheid die vermoord is door de seriemoordenaar die je achternazit?' Brauner overhandigde Fabel een doorzichtig plastic zakje. Het bevatte een klein stukje geel papier.

'O god, nee,' zei Fabel. 'Zeg dat het niet waar is.'

'Ben bang van wel.' Brauner kwam overeind. 'Het stak uit haar handen. Daarom stelde ik het eerste team hier voor dat ze jou zouden oproepen. Dit is je man weer, Jan.'

Fabel bekeek het papier door het plastic heen. Zelfde papier. Hetzelfde kriebelige, obsessief nette handschrift in rode inkt. Ditmaal stond er slechts één woord op: *Dornröschen*.

'Doornroosje?' Maria was dichterbij gekomen om het briefje te onderzoeken.

'Een verhaal van de gebroeders Grimm. Ook wel bekend als *The Sleeping Beauty*, vanwege een Hollywood-verfilming.'

'Moet je dit zien...' Brauner wees naar de hand van de dode vrouw, waarin ze de roos hield. Een doorn was diep in de muis van de hand gedrukt. 'Geen bloed. Dit is opzettelijk gedaan, na de dood.'

'Zo werd Doornroosje, of de Sleeping Beauty, in slaap gebracht. Ze prikte haar duim.'

'Ik dacht dat dat aan een spinnewiel gebeurde, niet aan een roos,' zei Maria.

Fabel stond op. Laura von Klosterstadt lag onbeweeglijk, hoewel Fabel half verwachtte dat ze een vergenoegde, slaperige zucht zou slaken en zich op haar zij zou rollen. 'Hij husselt metaforen door elkaar... of dikt verhaalelementen in, het is maar hoe je het bekijkt. Doornroosje prikte zich inderdaad aan een spinnewiel, op haar vijftiende verjaardag, maar terwijl ze sliep werden zij en haar kasteel omringd door rozenstruiken – een mooie, maar ondoordringbare verdediging. Het planetarium zal wel het kasteel moeten voorstellen.' Hij wendde zich weer tot Brauner. 'Kun je een gok doen naar de doodsoorzaak?'

'Niet in dit stadium. Er is weinig wat op geweld wijst, afgezien van een oppervlakkige kneuzing in de hals, maar niet genoeg om op wurging te duiden. Möller zal het je wel kunnen vertellen na het postmortaal onderzoek.'

Fabel wees vaag naar de waaier van goudblond haar. 'Wat maak je op uit de haren? Het gedeeltelijk wegknippen ervan? Ik zie geen verband met het verhaal over Doornroosje.'

'Weet jij het, weet ik het,' zei Brauner. 'Misschien een trofee. Ze heeft in elk geval mooie haren; misschien beschouwt hij dat als iets wat haar kenmerkt.'

'Nee.... nee, dat denk ik niet. Waarom zou hij ineens beginnen met trofeeën? Van de andere drie lichamen heeft hij niets meegenomen.'

'Niet dat we weten,' zei Brauner. 'Maar misschien is dit met de haren iets anders. Een soort boodschap.'

De lucht was enigszins opgeklaard toen Fabel en Maria de tent uit kwamen. De rode bakstenen van het planetarium zagen er door de regen gewassen en scherp uit in het koele licht.

'Die smeerlap begint brutaal te worden, Maria. Er is inderdaad sprake van een boodschap.' Hij wuifde in de richting van de muur van bomen, maar zijn gebaar duidde erop dat hij verder keek. 'Je kunt deze plek net zien vanuit het hoofdbureau. We zijn precies ten zuiden daarvan. De top van het planetarium is in feite goed zichtbaar vanaf de hoogste verdiepingen van het bureau. Hij paradeert voor ons... Letterlijk.'

Maria vouwde haar armen over haar borst en hield haar hoofd scheef. 'Nou, onze belangrijkste verdachte is tot nu toe Olsen, en we zitten hem op de hielen. Misschien bevat de keus van deze locatie een boodschap. We zitten hem op de hielen, dus zit hij ons op de hielen. Zoals je zegt: praktisch in het zicht van het politiebureau.'

'Zou kunnen. Of misschien heeft de keus van de locatie iets met de geschiedenis te maken.'

'De geschiedenis van het Stadtpark?'

Fabel schudde zijn hoofd. 'Niet speciaal. Met deze plaats, Winterhude. Het is oude grond, Maria. Dit gaat terug tot vóór Hamburg eromheen werd gebouwd. Er was hier in het stenen tijdperk al een nederzetting. Ik denk dat een eventuele diepere betekenis minder belangrijk voor hem is dan het feit dat hij het zo vlak bij het hoofdbureau heeft gedaan, maar misschien is er iets in de geschiedenis van deze plek.' Fabel had in zijn studententijd heel wat zomers hier doorgebracht, in het Stadtpark, gewapend met een stapel boeken. Niemand wist met zekerheid waar de naam *Winterhude* vandaan kwam, maar *Hude* was een oud *Plattdeutsch* woord dat 'beschermde plaats' betekende. Hij had het altijd op een vreemde manier geruststellend gevonden op een plaats te zijn die al zesduizend jaar onafgebroken bewoond werd. Het was alsof het hem verbond met de geschiedenis die hij bestudeerde.

'Of,' zei Maria, 'misschien beantwoordde het gewoon aan de soort locatie die hij nodig had om zijn fantasie te botvieren.'

Fabel wilde juist antwoorden toen hij een grote Mercedes-terreinwagen over het gras zag rijden en naast het politiekordon zag stoppen. Er stapten twee mannen uit. Fabel herkende hen onmiddellijk.

'Stik...' Het schonk Fabel geen voldoening dat zijn 'hoge pieten'-radar zo nauwkeurig werkte. 'Dat kunnen we net gebruiken.'

De twee mannen kwamen op Fabel en Maria af. Een van hen zag eruit als halverwege de vijftig. Zijn kortgeknipte haren en baard waren bijna wit, al schemerde er hier en daar wat rossigs tussen. Hij was gekleed in een lichtgrijs kostuum dat hij, zoals altijd, wist te dragen alsof het een *SchuPo*-uniform was.

'Goedemorgen, hoofdcommissaris,' zei Fabel tegen zijn baas, Horst van Heiden. De andere man was kleiner en plomper, met een schoon geschrobde, roze huid; Fabel herkende de minister van Binnenlandse Zaken van de Hamburgse senaat en knikte kort. 'Senator Ganz...'

'Goedemorgen, hoofdinspecteur Fabel.' Van Heiden knikte in de richting van de tent. 'Is het waar?'

'Is wat waar, hoofdcommissaris?' Fabel wist precies wat Van Heiden bedoelde, maar hij voelde er niets voor om informatie over de zaak vrijwillig prijs te geven waar Ganz bij stond. Fabel had eerder met Ganz te maken gehad; hij was een carrièrepoliticus en als de minister die verantwoordelijk was voor misdaad en veiligheid in Hamburg scheen hij de politie persoonlijk verantwoordelijk te houden voor elke geruchtmakende zaak die het publiek bang maakte of het stadsbestuur in verlegenheid bracht.

Van Heidens gezicht, in het gunstigste geval al nooit opgewekt, betrok. 'Is het waar, hoofdinspecteur, dat het lichaam dat vanmorgen is gevonden dat van Laura von Klosterstadt is, het society-fotomodel?'

'Er is nog geen positieve identificatie verricht, hoofdcommissaris.' Fabel keek Ganz strak aan. 'En ik wil beslist niet dat er iets openbaar wordt gemaakt voordat dat gebeurd is.'

Ganz' toch al blozende gezicht werd nog roder. 'Ik ben hier evenzeer in een persoonlijke hoedanigheid als in een professionele, meneer Fabel. Ik ben al heel lang met de familie bevriend. Ik ben zelfs op Laura's verjaardagsfeest geweest, afgelopen zaterdag. Ik ken Helmut von Klosterstadt al jaren. Als dit inderdaad zijn dochter is, zou ik de familie het nieuws graag persoonlijk brengen.' Hij dacht even na. Er lag iets van onbehagen op zijn gezicht. 'Ik zou het lichaam kunnen identificeren, als u wilt.'

'Het spijt me, senator, maar dit is nog een beschermde plaats delict. U begrijpt het vast wel. Trouwens, uw aanwezigheid hier zou als... nou ja, ongepast kunnen worden beschouwd.'

'Fabel...' Van Heidens stem klonk eerder smekend dan dreigend.

Fabel zuchtte. 'Ja, het lichaam lijkt dat van Laura von Klosterstadt te zijn. We kennen geen exact tijdstip of exacte oorzaak van haar overlijden, maar het is in elk geval vuil spel.' Hij zweeg even. 'We zijn er zelfs nagenoeg zeker van dat ze het slachtoffer is geworden van een seriemoordenaar die al minstens drie, mogelijk vier moorden heeft gepleegd.'

Van Heidens gezocht werd nog somberder, Ganz schudde ongelovig zijn hoofd. 'Hoe heeft dit kunnen gebeuren? Hoe heeft dit met Laura kunnen gebeuren?'

'Ik weet niet of ik u begrijp, meneer Ganz. Bedoelt u: hoe heeft dit een zo bekend iemand kunnen gebeuren? In plaats van een willekeurig winkelmeisje?'

'Zo is het genoeg.' Fabel was erin geslaagd Van Heidens beruchte korte lontje te ontsteken. Ganz hief een hand op en hield de hoofdcommissaris tegen.

'Het is wel goed, Horst.' Er lag geen vijandigheid op het plompe, rode gezicht. 'Zo bedoel ik het niet, meneer Fabel. Ze bedoel ik het absoluut niet. Ik ben... ik was haar peetvader. Ik ken haar al vanaf dat ze een kind was.'

'Sorry, meneer Ganz. Ik ging te ver. U zegt dat u haar zaterdag hebt gezien?'

'Ja. Haar verjaardagsfeest. Haar eenendertigste. In haar villa in Blankenese.'

'Waren er veel gasten?'

'O jawel. Meer dan honderd, denk ik. Misschien wel honderdvijftig.'

'Is er iets bijzonders gebeurd. Incidenten?'

Ganz lachte even. 'Het was een societygebeurtenis, meneer Fabel. Dergelijke bijeenkomsten worden zorgvuldig voorbereid en georganiseerd. Iedereen daar heeft bijbedoelingen, van gezien worden met de juiste mensen tot zaken doen. Dus nee, er waren geen *incidenten*.'

'Had ze een partner. Een vriend?'

'Nee. Geen vriend. Geen partner. In elk geval geen speciale, voorzover ik weet. Ondanks al haar schoonheid en haar rijkdom was die arme Laura ontzettend eenzaam. Degene met wie ze de beste band had was denk ik Heinz. Heinz Schnauber. Haar agent.'

'Hadden ze iets?'

Ganz lachte kort. 'Nee. Niets van dien aard. Heinz is van de *club*.'

'Homo?'

'Fanatiek. Maar een trouwe vriend voor Laura. Hij zal er kapot van zijn als hij dit hoort.'

Er was een tv-ploeg aangekomen bij het politiekordon en Fabel zag dat verscheidene persfotografen hun lange zoomlenzen op hen gericht hadden, als sluipschutters die wachtten op een vrij schootsveld. 'Ik geloof dat we te veel aandacht beginnen te trekken, meneer Ganz; ik zou graag wat langer met u over juffrouw Von Klosterstadt praten, maar minder in het openbaar. Intussen zou ik het op prijs stellen als u met de familie zou willen praten. En als ik een voorstel mag doen, hoofdcommissaris: het zou een goed idee zijn als u erbij zou zijn.'

Van Heiden knikte. Fabel keek de twee mannen na terwijl ze terugliepen naar de Mercedes-terreinwagen. Het viel hem op dat de meestal pers-vriendelijke Ganz de reporters weg wuifde met dezelfde geïrriteerde overtuiging als Van Heiden. De laatste keer dat de wegen van Fabel en Ganz elkaar hadden gekruist was de wrijving niet gering geweest. De vorige keer had Ganz zich tijdens de jacht van Fabel op de seriemoordenaar ernstig zorgen gemaakt over pijnlijke krantenkoppen; ditmaal was de dood zo dichtbij gekomen dat Ganz zich geen zorgen maakte over negatieve berichtgeving.

Fabel keek op naar het enorme gebouw van de planetariumtoren. Die hield een boodschap in. En hij begreep hem niet.

30

MAANDAG 29 MAART, 10.10 UUR:
HOOFDBUREAU VAN POLITIE, HAMBURG

Fabel keek de vergadertafel rond en was zich scherp bewust van de afwezigheid van Werner en Anna. Alleen Maria en hijzelf herinnerden aan het kernteam en hij had twee brigadiers geronseld, Petra Maas en Hans Rödger, van de *Sonderkommission* voor zedendelicten van hoofdinspecteur Ute Walraf, die op dezelfde verdieping zat. Fabel kende beide rechercheurs goed en had waardering voor hun steun, maar ze hoorden niet bij zijn vaste Moordzaken-team en hij voelde zich kwetsbaar. Olsen, als het Olsen was die deze moorden pleegde, werd steeds brutaler en steeds productiever, hoewel hij op een haar na gepakt was. Fabel en zijn team zouden zo snel en efficiënt mogelijk moeten optreden om te voorkomen dat hij opnieuw zou toeslaan.

'Aha... brigadier Hermann,' Fabel maakte een weids gebaar naar een vrije stoel. 'Bedankt voor uw komst. Ik had het idee dat u bij deze briefing zou willen zijn.'

Hermann straalde toen hij plaatsnam aan de tafel. Hij legde zijn groen met witte kleppet op tafel, pakte een schrijfblok en legde het op het kersenhouten blad.

'Brigadier Hermann,' legde Fabel de anderen uit, 'is degene die de dubbele moord in het Naturpark Harburger Berge aanmerkte als een mogelijke seriemoord en de plaats delict zo goed heeft geconserveerd voor de technische recherche.'

Hermann bedankte knikkend. Fabel vroeg Maria verder te gaan. Ze vatte samen wat ze tot nu toe wisten, en niet wisten, over de laatste moord en nam ook de drie voorafgaande moorden door.

Toen Maria klaar was nam Fabel het over. 'We hebben te maken met een gewelddadige en onvoorspelbare voortvluchtige verdachte. Peter Olsen. Negenentwintig. Hij heeft een strafblad wegens gewelddadigheid en had iets met Hanna Grünn, die we samen met Markus Schiller in de Harburger Berge hebben gevonden. Er is dus een link en een mogelijk motief, maar we moeten nog vaststellen welke connectie er, eventueel, is met de andere slachtoffers. Verder denken we dat hij mogelijk een zogenoemd karotype XYY is... een genetische afwijking waardoor hij geneigd zou kunnen zijn tot gewelddadige razernij. Doctor Eckhardt?'

'We worden allemaal geboren met een combinatie van chromosomen,' legde Susanne uit. 'Mannen zijn XY, vrouwen zijn XX. Soms echter doen zich variaties daarop voor. Dat kan leiden tot het syndroom van Down, het syndroom van Turner of interseksualiteit zoals hermafroditisme, of we kunnen een extra mannelijk of vrouwelijk chromosoom hebben. Bij mannen wordt dit het XYY- of 'supermannelijk' syndroom genoemd. Zulke mannen kunnen extreem groot zijn, uitzonderlijk gespierd en ze zijn vaak uiterst agressief en opvliegend. Soms krijgen ze ernstige acne en hebben ze skelet- en spieraandoeningen. Recent onderzoek duidt erop dat ze een normaal IQ hebben, zij het ietsje lager dan gemiddeld. Ze kunnen echter opvoedingsproblemen hebben doordat ze zijn achtergebleven in hun ontwikkeling. Hoofdinspecteur Fabel heeft Olsen beschreven als iemand met een bijna puberale smaak voor muziek en inrichting.' Susanne zweeg even en leunde achterover. 'Ter wille van het klinisch evenwicht moet ik erop wijzen dat er veel discussie is over de vraag in hoeverre XYY precies bijdraagt tot criminaliteit. Die discussie begon met een seriemoordenaar in de Verenigde Staten... Chicago, geloof ik... een zekere Richard Speck. Hij vermoordde in de jaren zestig acht verpleegkundigen en vroeg toen om clementie op grond van zijn XYY-genotype. Later bleek dat er een verkeerde diagnose was gesteld en daardoor raakte het hele XYY-argument enige tijd in diskrediet. Bovendien zijn er heel wat XYY-mannen die hun aandoening goed in de hand houden. Ik heb een uitermate gerespecteerd psycholoog gekend die XYY was. Hij had een manier gevonden om met de problemen om te gaan, met name met zijn opvliegendheid.'

'En,' voegde Fabel eraan toe, 'we weten niet zeker of Olsen XYY is. Hij is voorzover we weten nooit op karotype getest. Maar ik moet erop wijzen dat we uit ervaring weten dat hij extreem gewelddadig kan zijn en er geen been in ziet politiefunctionarissen te verwonden. En als hij onze moordenaar is, is hij in staat een keel met één haal door te snijden.'

Fabel merkte dat Susanne haar bril had afgezet en er peinzend mee speelde. 'Doctor?'

'Sorry. Ik zat te denken dat dat nou net is wat niet klopt. Als Olsen XYY is, is hij maniakaal. De typische XYY in de gevangenis zit daar wegens vrouwenmishandeling of andere vormen van verlies van zelfbeheersing. Toen hij inspecteur Meyer aanviel, sloeg hij hem met onnodig, buitensporig geweld. Ik denk dat we, als hij de moordenaar zou zijn, diezelfde buitensporige, psychotische razernij zouden zien... herhaald steken, inclusief postmortale verwondingen omdat hij zijn slachtoffer zou zijn blijven steken, hoewel hij wist dat hij of zij dood was. Eén enkele haal over de keel lijkt niet te kloppen.'

'Maar het sluit hem niet uit?'

'Nee. Waarschijnlijk niet.'

Fabel sloeg het dossier open dat voor hem lag. Het waren niet alleen Susannes bedenkingen die ergens diep in hem een alarmsignaal deden overgaan. Als Olsen Hanna Grünn en Markus Schiller had vermoord, zou het een crime passionel zijn geweest – een jaloerse razernij. En dat klopte niet met de bizarre enscenering van de lichamen. Dan waren er nog het meisje op het strand van Blankenese en deze meest recente moord. In alle gevallen vergezeld van een briefje dat – op het eerste gezicht – door dezelfde hand geschreven was.

Het was alsof Maria Fabels gedachten had gelezen. 'Ik ben niet overtuigd van Olsen. Ik zou denken dat hij momenteel zou proberen zo min mogelijk op te vallen, in aanmerking genomen dat de halve Hamburgse politie naar hem uitkijkt.'

'Ik weet het niet, Maria. Hij is tot nu toe onze hoofdverdachte, maar ik schijn maar geen greep te kunnen krijgen op Olsen als persoon. Of misschien is het probleem dat ik dat wel heb. Ik verwacht voortdurend te ontdekken dat er meer achter Olsen steekt dan je zou zeggen. We hebben een verband gevonden tussen hem en de moorden in het Naturpark, dat is zeker. Hij lag op de loer, wachtte ze op. Het zijn de twee andere moorden waarin ik hem niet kan plaatsen. Net zomin als bij het hele gebroeders Grimm-thema.' Hij wendde zich tot Susanne. 'Waarom zou Olsen twee moorden plegen mét een motief, maar ook twee zónder?'

'Er bestaat niet zoiets als een moord zonder motief. Zelfs de meest willekeurige gewelddadigheden ontstaan vanuit een of ander verlangen of behoefte. Het is mogelijk dat er, in Olsens ogen, geen verband is met de twee andere moorden, behalve dan dat hij op de een of andere, door de gebroeders Grimm geïnspireerde kruistocht is en dat hij Grünn en Schiller erbij betrok omdat het hem goed uitkwam doelstellingen te combineren. Of het zakelijke te combineren met het aangename, als het ware.'

'"*To kill two birds with one stone*,"' zei Fabel in het Engels. De anderen staarden hem wezenloos aan. 'Laat maar.' Hij keek naar het dossier. Naar Olsens bijna knappe gezicht. 'Misschien zijn die andere slachtoffers niet zo willekeurig gekozen als we aanvankelijk dachten. Misschien selecteert Olsen ze om wie ze zijn of wat ze vertegenwoordigen. Het laatste slachtoffer was een fotomodel dat bekendstond om haar schoonheid en ze werd neergelegd in de pose van Doornroosje. Het eerste meisje kwam uit een gezin op het laagste sociale niveau: het ondergrondse volk dat zijn kinderen zou hebben achtergelaten in de plaats van die welke ze ontvoerden. De vraag blijft:

heeft Olsen het oorspronkelijke meisje, Paula Ehlers, drie jaar geleden ontvoerd?'

Klatt, de rechercheur uit Norderstedt, antwoordde: 'Daar ben ik van overtuigd. De uiterlijke gelijkenis tussen de twee meisjes is beangstigend groot. Ik ben er zeker van dat degene die Martha Schmidt heeft ontvoerd en gedood, ook Paula Ehlers heeft ontvoerd.'

Fabel knikte. Het was zelfs hem duidelijk, hoewel hij geen van beide meisjes in leven had gezien, dat ze te veel op elkaar leken om toeval te zijn. 'En de andere slachtoffers – Hans en Grietje? Als Olsen zijn seksuele jaloezie combineerde met zijn "moordthema", moet er een conflict zijn geweest. Hij wist maar al te goed dat zijn slachtoffers niet broer en zus waren.'

'Hij heeft waarschijnlijk het gevoel dat hij niet al te "letterlijk" hoeft te zijn...' Het was Petra Maas, de brigadier die Fabel bij het team had gehaald, die antwoordde. Ze was een lange, slanke vrouw van tegen de veertig met donkerblonde haren rondom een intelligent gezicht. 'Bijvoorbeeld, dit laatste slachtoffer paste bij Doornroosje vanwege haar befaamde schoonheid, maar ze was twee keer zo oud als het personage in het sprookje. De agenda van de meeste psychopaten is flexibel. Bij Zedendelicten zien we hetzelfde. Serieverkrachters en seriemoordenaars hebben soortgelijke psychoses. Als Olsen jullie "Sprookjes"-moordenaar is ziet hij de geschiktheid van zijn slachtoffers waarschijnlijk meer in algemene dan in specifieke termen.'

'Of misschien ziet hij iets specifieks in de twee Naturpark-slachtoffers wat wij niet zien,' opperde Susanne.

Fabel zweeg even en staarde naar het tafelblad, maar hij zag de weelderige villa van de Schillers weer, hun functionele kantoor, Vera Schillers kilheid. 'Oké, Hanna Grünn werkte dus bij het bedrijf van Markus Schiller. Of, beter gezegd: het bedrijf dat door Markus Schiller werd gerund voor zijn vrouw, Vera. Zij had het er voor het zeggen, ze had het tenslotte van haar vader geerfd. Zien we hier iets over het hoofd?'

'Misschien dat de moordenaar Vera Schiller de rol gaf, allegorisch gesproken, van de boze stiefmoeder, met Hanna en Markus als de onschuldige lammetjes?' opperde Hans Rödger, de andere rechercheur van Zedendelicten.

'Niet erg overtuigend,' zei Henk Hermann, de *SchuPo*-brigadier. 'Maar als het zo zou zijn, moet de moordenaar in elk geval iets over de achtergrond van de slachtoffers hebben geweten. Wat ons weer bij Olsen brengt.'

'De vraag is: wat wist de moordenaar over de andere slachtoffers?' zei Fabel. 'Wat was zijn connectie met hen?'

Susanne draaide zich op haar stoel naar Fabel toe. 'Dat hij iets van hun achtergrond weet betekent niet dat hij intensief contact met hen had. Als we Olsen even vergeten heeft de moordenaar misschien alleen maar op een willekeurig vrijend stel gewacht dat die plek als rendez-vous gebruikte en ze vervolgens hebben vermoord, min of meer zoals Son of Sam in de Verenigde Staten.'

Fabel staarde uit het raam naar het Stadtpark van Winterhude en de stad daarachter. 'Wat me de meeste zorgen baart is dat hij brutaler wordt.'

'Maar dat betekent dat hij mogelijk ook slordiger wordt.' De stem kwam uit de deuropening. Een jonge, knappe vrouw met kort zwart haar en te rode lippenstift en gekleed in een tamelijk gehavend leren jack liep naar de tafel toe. Ze bewoog zich overdreven soepel, maar Fabel merkte dat haar gezicht even vertrok toen ze ging zitten.

'Je hoort te herstellen,' zei hij.

'Ik voel me prima, chef...' zei Anna Wolff en in reactie op Fabels opgetrokken wenkbrauw: '... en fit genoeg om weer aan de slag te gaan.'

Na afloop van de vergadering vroeg Fabel Anna en Maria mee te gaan naar zijn kantoor. Fabel was er niet echt van overtuigd dat Anna fit genoeg was voor meer dan de lichtste taken, maar hij moest voor zichzelf bekennen dat hij blij was dat ze terug was. Het team dat hij had opgebouwd was meer dan de som van de delen: elke rechercheur had zijn of haar specifieke vaardigheden en individuele sterke punten die in combinatie werden versterkt. Als één van hen uitgeschakeld was, verzwakte dat het hele team, en niet alleen numeriek. Fabel wist, net als Anna, dat Werner waarschijnlijk eerder terug op zijn post zou zijn dan medisch raadzaam was. Zijn verwonding was echter ernstiger en zijn terugkeer zou nog even op zich laten wachten.

Hij keek de twee zo verschillende vrouwelijke leden van zijn team aan. Anna zat stijf op haar stoel en probeerde het ongemak dat haar ernstig geschaafde dij haar bezorgde te verbergen. Naast Anna zat Maria, zoals altijd in een beheerste houding, zoals altijd met precies passende kleren, hoewel een verwonding die ze, nog geen jaar geleden, tijdens een onderzoek had opgelopen haar leven in gevaar had gebracht. Eén herstelde rechercheur, één herstellend en één in het ziekenhuis. Het beviel Fabel niet. Absoluut niet. Het onderzoek leek een steeds gevaarlijker onderneming te worden. Hij wist dat hij zijn team moest versterken.

'Anna, je moet een nieuwe partner hebben. En jij ook, Maria, in elk geval tot Werner uit het ziekenhuis komt. Zoals jullie zien heb ik Petra Maas en Hans Rödger van Zedendelicten erbij gehaald. Ze zijn goed. Ik ben geneigd te vragen of hun detachering voor minstens de duur van dit onderzoek kan worden verlengd. Maar we hebben een nieuw, vast lid van het team nodig. Ik heb het uitgesteld omdat, nou ja, ik denk dat we allemaal tijd nodig hebben om de dood van Paul te verwerken, maar voornamelijk omdat ik niemand had gevonden van wie ik dacht dat hij binnen het team paste. Tot nu toe.'

'Klatt?' vroeg Anna.

Fabel antwoordde niet, maar stond op en liep naar de deur van zijn kantoor, opende die en riep naar de afdeling.

'Zou je binnen willen komen?'

Een lange agent in uniform kwam het kantoor binnen. Maria stond op en glimlachte. Anna bleef zitten, met een uitdrukking van gemelijke berusting op haar gezicht.

'Brigadier Hermann...' zei Fabel. 'Inspecteur Klee heb je al ontmoet. En dit is brigadier Wolff, met wie je gaat samenwerken...'

31

Fabel had met Maria afgesproken dat hij haar in de villa van Laura von Klosterstadt in Blankenese zou treffen. Het was, vanzelfsprekend, een kast van een huis. Het was later gebouwd dan zijn buren en de architectuur vertoonde beslist jugendstil-invloeden. Het deed Fabel in vele opzichten denken aan de weelderige art deco-landhuizen in Californië die de Hollywood-films noirs uit de jaren dertig en veertig leken te domineren.

Fabel had het gevoel dat hij eigenlijk moest komen aanrijden in een Oldsmobile en de kraag van zijn regenjas hoorde op te zetten toen hij op de oprijlaan parkeerde.

Het interieur van het huis was enorm ruim. Fabel en Maria betraden een grote, twee verdiepingen hoge ontvangsthal en recht tegenover hen was een hoog, sierlijk, gewelfd raam dat zich over de hele hoogte van de hal uitstrekte. De ruiten waren van gebrandschilderd glas in een modernistisch ontwerp en zorgden voor de enige kleur in de verder sneeuwwitte hal. 'Het enige minpunt van minimalisme is dat je er te veel van kunt hebben...' Fabels glimlach stierf weg onder Maria's niet-begrijpende blik.

Tot Fabels verbazing werden ze in de hal opgewacht door Hugo Ganz, de senator. Zijn huid was nog roder dan gewoonlijk. Naast hem stond een slanke jongeman die niet ouder kon zijn dan een jaar of zeven-, achtentwintig, maar die gekleed was in een overdreven conservatief pak, alsof hij daaraan de autoriteit wilde ontlenen die zijn leeftijd hem ontzegde. Hij had dezelfde verfijnde gelaatstrekken en hetzelfde lichtblonde haar als de dode vrouw, maar ze leken niet helemaal te passen bij een man.

'Hoofdinspecteur Fabel, dit is Hubert von Klosterstadt,' stelde Ganz hen aan elkaar voor. 'Laura's broer.'

'Gecondoleerd met uw verlies, meneer Von Klosterstadt,' zei Fabel terwijl hij hem een hand gaf. Von Klosterstadts hand was koel en slap. Hij knikte even als reactie op Fabels condoleance. Zijn lichtblauwe ogen waren helder en open. Ofwel hij had zijn verdriet opgesloten in ijzige kilte of dit was de grens tot waar de dood van zijn zus hem iets deed.

'Bent u iets verder gekomen met uw onderzoek, hoofdinspecteur?'

Ganz nam het woord voordat Fabel kans kreeg om te antwoorden. 'De hoofdverdachte is op de vlucht geslagen, Hubert. Een psychopaat, een zekere Olsen. Maar het is slechts een kwestie van tijd voordat hoofdinspecteur Fabel en zijn mensen hem opsporen en aanhouden.'

Fabel zweeg even. Het was duidelijk dat hoofdcommissaris Van Heiden Ganz gedetailleerd op de hoogte hield van het onderzoek en de senator op zijn beurt gaf die informatie naar eigen goeddunken door, aan iedereen die dat volgens hem wilde weten. Fabel besloot ter plekke zijn voortgangsrapporten aan Van Heiden te beperken.

'We houden enkele onderzoekslijnen open.' Fabel wierp Ganz een veelbetekenende blik toe. 'Woont u hier, meneer Von Klosterstadt?'

'Nee. God, nee. In het "IJspaleis"? Dit was Laura's plek om eenzaam te zijn. Ik heb een appartement aan de Alster. Ik ben hier alleen maar om te helpen waar ik kan.'

'En uw ouders... zijn ze op de hoogte gesteld?'

'Ze zijn onderweg vanuit New York,' zei Hubert. 'Ze waren daar voor een liefdadigheidsevenement... voor Duitse slachtoffers van 11 september.'

'We hebben ze door de politie van New York laten inlichten,' legde Maria uit.

Fabel knikte. 'Als u geen bezwaar hebt zou ik even rond willen kijken.'

Hubert lachte een kille, beleefde glimlach en wees naar een van de kamers die op de hal uitkwamen. 'Ik ben met meneer Ganz in het kantoor. Ik moet wat papieren van Laura uitzoeken.'

'Als u geen bezwaar hebt, meneer von Klosterstadt,' zei Maria, 'hebben we liever dat u voorlopig niets aanraakt. We moeten eerst alles controleren.'

'Natuurlijk.' De temperatuur van Huberts glimlach daalde nogmaals enkele graden. Ganz legde vaderlijk een hand om Huberts elleboog.

'We wachten bij mij thuis, Hubert.'

Fabel en Maria bewogen zich door de villa, van de ene kamer naar de andere, als een stel aspirant-kopers. Laura von Klosterstadt had duidelijk een uitstekende smaak qua meubels en inrichting. Een sobere smaak. Te sober. Het was alsof ze weloverwogen had geprobeerd weelderigheid te combineren met spartaansheid. Eén vertrek in het bijzonder zat Fabel dwars: een grote, luchtige kamer waar het licht door een raam op het zuiden naar binnen stroomde. Het was de soort kamer waarvan de meeste mensen de grote woonkamer zouden maken. Het enige meubilair was echter een buffet tegen de muur met daarop een cd-installatie en één enkele fauteuil met een hoge rugleuning die als een troon in het midden van de kamer stond, tegenover het raam. Ondanks de leegte voelde Fabel dat dit een kamer was die gebruikt werd. Er hing een sfeer van troosteloosheid, van eenzaamheid en Fabel wist dat Laura von Klosterstadt een gekweld mens was geweest. Hij liep naar de kast en opende een deur. Er lag een hand vol cd's in, allemaal hedendaagse klassieke muziek. Fabel zag tot zijn verrassing dat Laura von Klosterstadts muzikale smaak en de zijne tot op zekere hoogte overeenkwamen. De cd's waren van moderne Scandinavische of Baltische componisten, stukken van Arvo Pärt en Georg Pelecis en *Musica Dolorosa* van Peter Vasks. Fabel opende de cd-speler. Er zat een cd in, *Cantus Arcticus, opus 61* van de Finse componist Einojuhani Rautavaara.

Fabel drukte op de afspeeltoets en ging in de stoel zitten. Een fluit imiteerde het stijgen en dalen van een vogel. Toen begon het *Cantus*, niet met menselijke stemmen, maar die van arctische zeevogels. Het gezang zwol aan, de dissonerende kreten van sternen en meeuwen vermengden zich en de fluit en het koper maakten plaats voor brede, orkestrale golven en rimpelingen van een harp. Fabel kende dit stuk, sterker nog, hij had dezelfde cd en hij werd zoals altijd verplaatst naar een weids, wit arctisch ijslandschap, een gefantaseerd uitzicht dat even kaal was als mooi. Het IJspaleis. Fabel dacht weer aan het woord dat Hubert, Laura's broer, had gebruikt om dit huis te beschrijven, om haar ijzige afzondering hier te beschrijven.

Hij luisterde nog even naar de muziek en zette de cd toen af. Hij en Maria vervolgden hun weg door het huis, een rustige maar onstuitbare invasie in de meest persoonlijke ruimten in het leven van een ander. Ze snuffelden tussen Laura's boeken, in haar nachtkastjes en, in de kleedkamer die aan de slaapkamer grensde, tussen haar cosmetica in de grote toilettafel met verlichte spiegel uit de jaren dertig.

Fabel en Maria werkten zich naar de achterkant van het huis. Openslaande deuren gaven toegang tot een groot zwembad. Het bad liep aan de ene kant vlak langs de muur en aan de andere kant waren een kleedhokje en een sauna. De ramen aan de overkant van het zwembad besloegen de hele wand. Fabel zag alleen maar lucht. Het was alsof je naar een bewegend schilderij van wolken keek.

'Wauw...' hoorde Fabel Maria naast hem zeggen. 'Dit moet een kapitaal hebben gekost.'

Fabel stelde zich voor dat hij in het bad zwom, naar de hemel toe. Net als in de sober ingerichte kamer beneden had Laura von Klosterstadt hier iets van zichzelf achtergelaten. Ook dit was een plek voor eenzame overpeinzingen. Het idee van een zwembadfeestje in deze ruimte leek op de een of andere manier bespottelijk. Hij stak het vertrek over naar de raamkant. Bij het raam staand kon Fabel de terrassen van Blankenese steil zien afdalen, tot het landschap overging in het vlakke Elbestrand en daarachter in de vlakke, groene lappendeken van het Alte Land. Laura had zich boven alle anderen geplaatst. Buiten bereik.

De schrille beltoon van Fabels gsm, versterkt en galmend door de betegelde ruimte, maakte beide rechercheurs aan het schrikken.

'Hallo, chef. Ben je nog in het huis van Von Klosterstadt?'

'Ja. Maria en ik zijn alle twee hier. Waarom?'

'Is daar toevallig een zwembad?'

Fabel keek om zich heen, beduusd, alsof hij wilde bevestigen dat hij was waar hij dacht dat hij was. 'We staan zelfs op ditzelfde moment naast het bad.'

'Ik zou de locatie afzetten als ik jou was, chef. Ik zou Brauner en zijn mannen meteen laten komen.'

Fabel keek in het zijdezachte water. Hij wist het antwoord voordat hij de vraag stelde. 'Wat heb je ontdekt, Anna?'

'Doctor Möller heeft de doodsoorzaak van Laura von Klosterstadt zojuist bevestigd. Verdrinking. Het water in haar longen en luchtwegen was gechloreerd.'

32

Fabel verkeek zich op de huisnummers en parkeerde te ver in de Ernst-Man-tius-Strasse. Tijdens zijn korte wandeling kwam hij langs drie imposante vil-la's, elk met zijn eigen, subtiel verschillende uitingen van welvaart. Hij was hier in Bergedorf, helemaal aan de andere kant van de stad dan Blankenese, maar ook hier zag hij de duidelijke tekenen dat Hamburg de rijkste stad van Duitsland is, en dat dit toch echt buiten de grenzen van zijn salaris lag.

Hoewel het bij Hamburg hoort heeft Bergedorf een heel eigen identiteit en het staat bekend als de 'stad binnen een stad'. En dit was het *Bergedorfer Villenviertel* – de villawijk – waar elk van de huizen die Fabel passeerde ver-scheidene miljoenen euro's waard was. Fabel checkte het nummer van elke villa waar hij langs kwam tot hij het nummer vond dat hij zocht. Net als het buurhuis was het drie verdiepingen hoog. De muren waren discreet blauw-grijs geschilderd, waartegen het witte sierpleisterwerk schoon en fris afstak. Een van de vertrekken op de begane grond sprong een eind naar voren de tuin in en het dak ervan vormde een balkon voor de kamer erboven. Blauw met witte zonneschermen beschaduwden optimistisch de ramen, tegen een zon die zijn aanwezigheid nog echt voelbaar moest maken.

Toen Fabel aanbelde werd de deur geopend door een grote man met git-zwarte ogen. Zijn dichte, donkere haar was doorschoten met veel grijs en achterovergekamd vanaf een breed voorhoofd dat opdoemde boven dikke wenkbrauwen. De brede, zware kaak stak wat te ver naar voren onder de vlezige mond. Zonder het vuur van een donkere intelligentie dat in de ogen brandde zou hij er bijna als een neanderthaler uit hebben gezien.

'Hoofdinspecteur Fabel?' De man in de deuropening glimlachte.

Fabel glimlachte terug. 'Bedankt dat u me wilt ontvangen, meneer Weiss...'

Gerhard Weiss stapte achteruit, opende de deur verder en beduidde dat Fabel binnen kon komen. Fabel had een foto van Weiss op het stofomslag van *Die Märchenstrasse* gezien; de gelijkenis was goed, maar de foto had geen idee gegeven hoe lang de auteur was. Hij was net zo groot als Olsen; Fabel schatte dat Weiss minstens twee meter vijf was. Fabel was opgelucht dat hij uit de schaduw van Weiss was toen deze hem voorging naar een werkkamer die uitkwam op de hal en, nadat hij Fabel had gevraagd plaats te nemen, zelf ging zitten aan zijn bureau. De werkkamer was groot; Fabel vermoedde dat het het grootste vertrek op de begane grond was en het was in elk geval de kamer onder het balkon. De hele inrichting was uitgevoerd in luxueus, donker hout in verschillende tinten; het reusachtige bureau zag eruit alsof het een half regenwoud aan mahoniebomen had opgeslokt en alle muren op één na werden van de vloer tot het plafond in beslag genomen door tjokvolle notenhouten boekenplanken. Alleen op de vloer lag een lichtere houtsoort, waarschijnlijk Amerikaans eiken, gokte Fabel. De plafondverlichting brandde, evenals Weiss' bureaulamp, en wierp plassen licht op de verschillende houten oppervlakken. Deze extra verlichting was nodig, zelfs nu in de middag: het was alsof het donkere, gepolijste hout in de studeerkamer het daglicht opzoog van de openslaande ramen die uitkwamen op de tuin en de straat daarvoor. Het blad van Weiss' bureau was netjes opgeruimd. Aan de ene kant lag een oude uitgave van de sprookjes van Grimm en in het midden stond Weiss' laptop. Maar het bureau werd gedomineerd door een opvallende sculptuur. Ook deze was van hout, maar van een diepzwarte soort, waarschijnlijk ebbenhout. Weiss onderschepte Fabels blik.

'Heel bijzonder, niet?'

'Ja... ja, dat is het.' Fabel staarde naar de sculptuur. Het was een gestileerde wolf; het lichaam was gestrekt en enigszins gedraaid en de zware kop keek achterom, met grauwende kaken. Het was alsof de wolf iets achter zich had gehoord en zich plotseling had omgedraaid; hij leek in het kunstwerk gevangen, precies in het gespannen, buigzame overgangsmoment tussen verrassing en aanval. Het was een schitterend werk en Fabel kon niet besluiten of het mooi of afstotelijk was.

'Een bijzonder talentvol, bijzonder opmerkelijk man heeft dit voor me gemaakt,' legde Weiss uit. 'Een uniek begaafd kunstenaar. En een lykantroop.'

Fabel lachte. 'Een weerwolf? Die bestaan niet.'

'Toch wel, hoofdinspecteur. Lykantropie bestaat... niet als bovennatuurlijk verschijnsel of als verandering van mens in dier, maar als erkende psychiatrische aandoening. Mensen die gelóven dat ze in een wolf veranderen.' Weiss draaide zijn enorme hoofd en bekeek de sculptuur. 'De beeldhouwer was een goede vriend van me. Voor de rest was hij volkomen normaal, behalve wanneer het volle maan was. Dan kreeg hij een attaque.... een aanval... waarbij hij draaide en kronkelde, zijn kleren kapotscheurde en dan in slaap viel. Dat was alles wat er gebeurde. Het is door anderen geobserveerd, onder wie ikzelf. Alleen een aanval, als gevolg van subtiele drukveranderingen in het hersenvocht, veroorzaakt door de volle maan. Maar wat men zag was niet wat hij ervoer. Daarom vroeg ik hem het moment vast te leggen, als het ware.' Weiss' ogen wierpen een donker zoeklicht over de sculptuur. 'En dit is wat hij maakte.'

'Ik begrijp het.' Fabel bekeek het kunstwerk nogmaals. Hij had besloten: het was afstotelijk. 'Wat is er met hem gebeurd? Is hij met succes behandeld?'

'Jammer genoeg niet. Hij bracht steeds meer tijd door in instellingen. Uiteindelijk kon hij het niet meer aan en hing zichzelf op.'

'Het spijt me.'

Weiss' brede schouders bewogen onverschillig in een gebaar dat te klein was om een schouderophalen te noemen. 'U hebt een interessante naam, hoofdinspecteur. Fabel. Heel toepasselijk voor mijn werk – fabels, als het ware.'

'Ik geloof dat hij uit het Deens komt. Hij komt in Hamburg vaker voor dan in andere Duitse steden, hoewel ik van Friese afkomst ben.'

'Fascinerend. Wat kan ik voor u doen, meneer Fabel?' Weiss beklemtoonde Fabels naam, alsof hij er nog steeds mee speelde.

Fabel vertelde Weiss over de moorden die hij onderzocht en dat ze duidelijk een 'Grimm-sprookje'-thema hadden. En dat ze misschien geïnspireerd waren door Weiss' boek, *Die Märchenstrasse*. Het bleef even stil toen hij uitgepraat was en op dat moment meende Fabel een zweem van voldoening te bespeuren op Weiss' gezicht.

'Bovendien is duidelijk dat we met een seriemoordenaar te maken hebben,' besloot Fabel.

'Of moordenaars...' zei Weiss. 'Is het nooit in u opgekomen dat u misschien met twee personen te maken hebt? Als die moorden een op Grimm gebaseerd thema gemeen hebben, is het de moeite waard te bedenken dat er per slot van rekening twee gebroeders Grimm waren.'

'Dat hebben we uiteraard niet uitgesloten.' In werkelijkheid had Fabel er niet echt rekening mee gehouden dat het om een team kon gaan. Het was beslist niet ongewoon dat twee moordenaars samenwerkten, zoals hij maar al te goed wist uit een recent onderzoek, en het was vaker gebeurd. Dat kon tevens verklaren waarom Olsen wel een motief had voor de moorden in het Naturpark, maar niet voor de andere. Fabel gooide het over een andere boeg.

'Hebt u de laatste tijd, nou ja, vreemde brieven gekregen, meneer Weiss? Het is mogelijk dat onze moordenaar – of moordenaars – geprobeerd heeft met u in contact te komen.'

Weiss lachte. 'Vreemde brieven?' Hij stond op en torende hoog boven Fabel uit. Hij liep naar een houten secretaire die tegen de enige muur stond die niet met boeken was bedekt. Boven de secretaire hingen talloze ingelijste, oude illustraties. Weiss haalde een dikke map uit de secretaire en liet hem op het bureau ploffen voordat hij weer ging zitten. 'Dat is nog maar de laatste drie of vier maanden. Het zou me zeer verbazen als u er iets in zou vinden wat níet "vreemd" is.' Hij maakte een 'ga uw gang'-gebaar.

Fabel opende de map. Deze bevatte tientallen brieven, sommige met foto, sommige met een krantenknipsel waarvan de afzender dacht dat Weiss er iets aan zou hebben. De meeste schenen betrekking te hebben op Weiss' '*Wählwelt*'-fantasyboeken: mensen die een ongelukkig, leeg leven leidden zochten de troost van een alternatief, fictief bestaan door zich door Weiss in een van zijn verhalen te laten opnemen. Er was een seksueel zeer expliciete brief van een vrouw die Weiss vroeg haar 'grote boze wolf' te zijn. Deze ging vergezeld van een foto van de briefschrijfster, naakt, op een rood mutsjes en een rode mantel na. Het was een dikkige vrouw van een jaar of vijftig, wier lichaam kennelijk enige tijd geleden het onderspit had gedolven in de ongelijke strijd tegen de zwaartekracht.

'En die stapel is nog niets vergeleken met wat er elektronisch binnenkomt op mijn website en die van mijn uitgever,' legde Weiss uit.

'Beantwoordt u deze?'

'Niet meer, nee. Vroeger wel. Althans de brieven die enigszins normaal of fatsoenlijk waren. Maar ik heb er tegenwoordig gewoon geen tijd meer voor. Daarom ben ik ook begonnen geld te vragen om mensen als personage op te nemen in mijn *Wählwelt*-romans.'

Fabel lachte even. 'Hoeveel zou u ervoor vragen om me een rol te laten spelen in een van uw boeken?'

'Meneer Fabel, een van de belangrijkste lessen van het sprookje is dat je goed moet uitkijken met wat je wenst. Ik zou u in een van mijn werken kunnen opnemen gewoon omdat ik u een interessant persoon vind, met een ongebruikelijke naam. Anders dan de mensen die daarvoor betalen hebt u me ontmoet. Ik heb een idéé van u. En als u eenmaal in een van mijn verhalen zit, heb ik de volledige beheersing over u. Ik en alleen ik beslis over uw lot. Of u blijft leven of doodgaat.' Weiss zweeg even en de zwarte ogen fonkelden onder de zware brug van zijn voorhoofd. De weerwolfsculptuur bleef bevroren in zijn grauw. Buiten op straat reed een auto voorbij. 'Maar normaliter vraag ik vijfduizend euro voor een vermelding van een halve pagina.' Weiss glimlachte.

Fabel schudde zijn hoofd. 'De tol van de roem.' Hij klopte op de map op het bureau. 'Zou ik deze mogen meenemen?'

Weiss haalde zijn schouders op. 'Als u denkt dat u er iets aan hebt.'

'Dank u. Tussen haakjes, ik ben *Die Märchenstrasse* aan het lezen.'

'Vindt u het goed?'

'Laat ik het zo zeggen: ik vind het interessant,' zei Fabel. 'Ik ben te gefocust op een mogelijke connectie met deze moorden om de literaire verdienste te kunnen inschatten. En het lijkt me inderdaad mogelijk dat zo'n verband bestaat.'

Weiss leunde achterover op zijn stoel en strengelde zijn vingers door elkaar, zette de twee wijsvingers tegen elkaar en tikte tegen zijn kin. Het was een overdreven peinzend gebaar. 'Het zou me bijzonder spijten als dat zo zou zijn, hoofdinspecteur, maar het hoofdthema van al mijn werk is dat de kunst het leven imiteert en het leven de kunst. Ik kan niet iemand via mijn boeken tot een moord inspireren. Ze zijn al moordenaars of potentiële moordenaars. Ze proberen misschien een methode of een setting te imiteren... of zelfs een thema, maar ze zouden hoe dan ook moorden, of ze mijn boeken nu wel of niet lezen. Uiteindelijk inspireer ik ze niet. Zij inspireren mij. Zoals ze schrijvers altijd hebben geïnspireerd.' Weiss liet zijn vingers voorzichtig op de leren band van het sprookjesboek rusten dat op zijn bureau lag.

'Zoals de gebroeders Grimm?'

Weiss glimlachte opnieuw en er vonkte iets duisters in zijn ogen. 'De gebroeders Grimm waren wetenschappers. Ze zochten absolute kennis... de oorsprong van onze taal en onze cultuur. Zoals alle mannen van de wetenschap in die tijd, een tijd waarin de wetenschap opkwam als de nieuwe religie van West-Europa, wilden ze ons verleden onder een microscoop leggen en het ontleden. Maar een absolute waarheid bestaat niet. Er is geen definitief verleden. Het is een tijdsvorm, geen plaats. Wat de gebroeders Grimm ontdekten was dezelfde wereld als waarin zijzelf leefden, dezelfde wereld die wij nu bewonen. Wat de Grimms ontdekten was dat het slechts de referentiekaders zijn die verschillen.'

'Hoe bedoelt u dat?'

Weiss stond weer op van zijn leren stoel en beduidde Fabel hem te volgen naar de muur vol afbeeldingen. Het waren allemaal illustraties uit boeken uit de negentiende en de vroege twintigste eeuw.

'Het sprookje heeft tot meer geïnspireerd dan alleen literaire interpretatie,' legde Weiss uit. 'Enkele van de grootste kunstenaars hebben hun talent aangewend om de verhalen te illustreren. Dit is mijn verzameling... Gustave Doré, Hermann Vogel, Edmund Dulac, Arthur Rackham, Fernande Biegler, George Cruikshank, Eugen Neureuther... elk met een subtiel verschillende interpretatie.' Weiss richtte Fabels aandacht op een bepaalde illustratie: een vrouw ging een met plavuizen betegelde kamer binnen en terwijl ze dat deed liet ze van afgrijzen een sleutel uit haar hand vallen. Op de voorgrond waren een boomstronk die als hakblok diende en een bijl zichtbaar. Beide waren overdekt met bloed, net als de stenen vloer eromheen. Tegen de muren hingen de lijken van verscheidene vrouwen, allemaal in nachtkleding, alsof ze aan vleeshaken hingen.

'Ik vermoed,' zei Weiss, 'dat dergelijke taferelen, misschien minder extreem, u niet onbekend zijn, meneer Fabel. Het is een moordscène. Die arme vrouw daar...' hij tikte op het glas dat de illustratie beschermde, 'is blijkbaar op het hol van een seriemoordenaar gestuit...'

Fabel merkte dat de afbeelding hem fascineerde. Ze was gemaakt in de bekende stijl van een negentiende-eeuwse illustratie, maar raakte Fabel. 'Waar komt deze illustratie uit?'

'Ze is het werk van Hermann Vogel. Eind 1880. Het is, meneer Fabel, een illustratie bij "La Barbe bleue" – Blauwbaard – door Charles Perrault. Een Frans verhaal over een monsterlijke edelman die de nieuwsgierigheid van vrouwen afstraft door hen in een afgesloten kamer in zijn kasteel te vermoorden en te verminken. Het is een verhaal. Een fabel. Maar dat betekent niet dat het geen universele waarheid is. Toen Perrault zijn versie opschreef, waren de herinneringen aan werkelijke wreedheden door edelen nog bijzonder levendig in de Franse psyche. Gilles de Rais, Frans maarschalk en wapenbroeder van Jeanne d'Arc bijvoorbeeld, die honderden jongens verkrachtte en vermoordde om zijn perverse, onbedwingbare lusten te botvieren. Of Cunmar de Vervloekte, die in de zesde eeuw over Brittannië heerste. Cunmar – of Conomar, zo u wilt – staat misschien nog het dichtst bij Blauwbaard. Hij onthoofdde al zijn vrouwen en hakte uiteindelijk het hoofd af van de mooie, vrome en zwaar zwangere Triphine. Overigens, het verhaal bestaat in heel Europa: de gebroeders Grimm legden het vast als "Vleerkens vogel", de Italianen noemen het "Zilverneus" en de Engelse Blauwbaard heet "Mr. Fox". Ze hebben allemaal betrekking op de vrouwelijke nieuwsgierigheid, die leidt tot de ontdekking van een verborgen, bloederige kamer. Een moordkamer.'

Weiss zweeg even, alsof hij opnieuw van de illustratie genoot. 'Hermann Vogel, de maker van dit werk, was een Duitser. Hoewel hij een Franse fabel illustreerde, legde hij er onwillekeurig iets van zijn eigen achtergrond in... het hakblok en de bijl zijn ontleend aan "Vleerkens vogel" van de Grimms. Dit verhaal wordt door heel Europa verteld en de details zijn altijd in grote trekken gelijk. Er moeten waar gebeurde dingen zijn, of dat nu wel of niet de daden van Cunmar de Vervloekte waren, waardoor ze geïnspireerd zijn. Wat ik bedoel is: deze waarschuwende verhalen voor kinderen, deze oeroude fabels en legenden... Ze bewijzen allemaal dat de serieverkrachter of seriemoordenaar of kidnapper geen modern verschijnsel is. De grote boze wolf heeft niets met wolven te maken.' Weiss lachte. 'Het grappige is dat de vervloeking waardoor Cunmar de bijnaam "de vervloekte" kreeg, hierin bestaan zou hebben dat hij vanwege zijn zonden in een weerwolf werd veranderd... Alle geschiedenis vervaagt uiteindelijk tot mythen en legenden.'

Weiss pakte een boek van de boekenplank tegenover hem. In tegenstelling tot de andere was het nieuw, een modern gebonden boek met een glanzend stofomslag. Fabel zag dat het van een andere schrijver was. Hij herkende de naam niet, maar het was een Engelsman of een Amerikaan, geen Duitser. Weiss legde het op zijn correspondentiemap. 'Tegenwoordig vinden we die verhalen steeds opnieuw uit. Dezelfde verhalen, nieuwe personages. Dit is een bestseller – een verhaal over de jacht op een seriemoordenaar die zijn slachtoffers ritueel verminkt. Dit zijn onze hedendaagse sprookjes. Dit zijn onze fabels, onze *Märchen*. In plaats van elfen en kobolds en hongerige wolven die in de donkere hoeken van de wouden op de loer liggen, hebben we kannibalen en verminkers en ontvoerders die in de donkere hoeken van onze steden op de loer liggen. Het ligt in onze aard om ons kwaad te vermommen als iets buitengewoons of afwijkends: boeken en films over buitenaardse wezens, haaien, vampieren, geesten, heksen. De kern van de zaak is dat er één beest is dat gevaarlijker, roofzuchtiger is dan enig ander in de geschiedenis van de natuur. Wij. De mens is niet alleen het grootste roofdier ter wereld, hij is ook het enige schepsel dat doodt om het plezier van het doden, voor seksuele bevrediging of, in georganiseerde groepen, om abstracte religieuze, politieke of sociale ideeën te bevredigen. Niets is dodelijker of bedreigender dan de gewone man of vrouw. Maar dat weet u via uw werk natuurlijk maar al te goed. Heel de rest, alle gruwelverhalen en fabels en het geloof in een groter kwaad, is een sluier voor de spiegel waarin we elke dag moeten kijken.'

Weiss ging weer zitten en beduidde Fabel dat eveneens te doen. 'Wat we het meest moeten vrezen is onze buurman, onze ouder, de man of vrouw die in de metro naast ons zit... onszelf. En het moeilijkste wat we kunnen doen is de monsterlijke banaliteit van dat feit onder ogen zien.' Weiss draaide de zware sculptuur op zijn bureau enigszins, zodat de grauwende kaken naar Fabel wezen. 'Dit is wat in ons ligt, hoofdinspecteur. Wij zijn de grote boze wolven.'

Fabel staarde naar de sculptuur, aangetrokken door de afzichtelijke schoonheid. Hij wist dat Weiss gelijk had. Hij zag, zoals Weiss had gezegd, de bewijzen ervan in zijn werk. De monsterlijke creativiteit van de menselijke geest was onuitputtelijk als het ging om het kwellen van anderen. Het doden van anderen.

'Dus u zegt dat de seriemoordenaar geen modern verschijnsel is... Dat we er vroeger alleen maar niet die naam aan gaven?'

'Precies. We worden allemaal arrogant geboren, meneer Fabel. We geloven allemaal dat we de wereld opnieuw uitvinden wanneer we erin worden

geboren. De droeve waarheid is dat we slechts variaties op een thema zijn...
of in elk geval een gemeenschappelijke ervaring. Het goed en het kwaad in
de wereld zijn ontstaan met de allereerste mens. Het is met ons mee geëvolu-
eerd. Daarom hebben we die oude volksverhalen en mythen. De gebroeders
Grimm legden vast, ze creëerden niet. Geen van hun sprookjes was door
hen verzonnen, het waren oude volksverhalen die ze verzamelden in het kader van hun taalkundig onderzoek. Het bestaan van die verhalen, en de impliciete waarschuwing aan iedereen om "nooit ver van huis te gaan" en "op
te passen voor vreemdelingen" bewijst dat de seriemoordenaar geen neven-
effect is van het moderne leven, dat hij door de hele geschiedenis heen heeft
bestaan. En ze zijn ongetwijfeld geïnspireerd door waar gebeurde dingen.
De diepste oorsprong van deze sprookjes moet liggen in feitelijke ontvoerin-
gen en moorden. Precies zoals de waarheid van lykantropie, de mythe van
de weerwolf, ligt in het onvermogen van vorige generaties om psychopathie
te herkennen, definiëren of begrijpen. Het feit is, meneer Fabel, dat iedereen
aanvaardt dat we regelmatig fictie maken van feiten. Wat ik stel is dat we ook
feiten maken van fictie.'

Terwijl hij bladerde sloeg Fabel Weiss gade terwijl deze sprak. Hij probeerde erachter te komen wat het donkere vuur, de passie in zijn ogen, ontstak.
'Dus wanneer u schrijft dat Jakob Grimm een kindermoordenaar was, gelooft u dat uw daad van fictieve creatie dat verzinsel in waarheid verandert?'

'Wat is waarheid?' Weiss' veelzeggende glimlach had iets paternalistisch,
alsof Fabel onmogelijk kon beschikken over de intellectuele vaardigheden
om deze vraag te beantwoorden.

'De waarheid,' antwoordde Fabel, 'is een absoluut, onweerlegbaar feit. Ik
hou me bezig met de waarheid, de absolute waarheid, elke dag. Ik begrijp wat
u wilt zeggen... dat de waarheid soms abstract of subjectief is. Jakob Grimm
was geen moordenaar. De persoon die ik zoek is een moordenaar; dat is een
onweerlegbaar feit. De waarheid. Wat ik moest vaststellen is óf en zo ja, in
hoeverre uw boek hen heeft geïnspireerd.'

Weiss maakte een gebaar van overgave met zijn handen. Grote, sterke
handen. 'Stel uw vragen, hoofdinspecteur...'

Het gesprek duurde nog twintig minuten. Weiss' kennis van mythen en
fabels was onuitputtelijk en Fabel maakte aantekeningen terwijl de auteur
sprak. Maar er was iets aan Weiss wat Fabel niet beviel. Hij had iets drei-
gends, niet alleen vanwege zijn postuur, hoewel hij niet datzelfde gevoel van
opgekropte agressie uitstraalde als Olsen. Het was iets in de gitzwarte ogen.
Iets bijna onmenselijks.

Ten slotte vroeg Fabel: 'Maar op de keper beschouwd zijn het allemaal
maar sprookjes. U kunt toch niet geloven dat ze geïnspireerd zijn door werkelijke gebeurtenissen?'

'O, nee?' zei Weiss. 'Neem het Russische verhaal over de hut van Baba Jaga, waar alle meubels van botten zijn gemaakt. U hebt uiteraard gehoord over Ed Gien, de Amerikaanse seriemoordenaar die de inspiratiebron vormde voor het boek en de film *Pyscho* en *The Silence of the Lambs*. Toen de politie zijn boerderij binnenviel, vonden ze stoelen en krukken die van menselijke beenderen gemaakt waren, plus een bijna volledig kostuum gemaakt van de huid van dode vrouwen. Zoals ik zeg: niemand is uniek. Er zullen eerder talloze Ed Giens zijn geweest. Het is heel goed denkbaar dat een oude Russische versie inspireerde tot de fabel van Baba Jaga. En bedenk wel, meneer Fabel, dat vele van die verhalen gekuist zijn. Neem uw "Doornroosje"-slachtoffer. In het oorspronkelijke "Doornroosje"-verhaal werd ze niet gewekt met een kuise kus... Het was een verhaal over verkrachting, incest en kannibalisme.'

Toen Fabel, met Weiss' correspondentiemap onder zijn arm, weer in de Ernst-Mantius-Strasse stond, had hij behoefte om een diepe, reinigende teug lucht in te ademen. Hij wist niet waarom, maar hij had het gevoel dat hij uit een hol was ontsnapt, dat Weiss' werkkamer met zijn gepolijste, donkere hout, hem had ingesloten. De zon was doorgebroken en baadde de spierwitte villa's in een warm licht. Fabel bekeek ze stuk voor stuk terwijl hij weer naar zijn auto liep; hoeveel verborgen kamers, hoeveel duistere geheimen gingen er schuil achter de elegante façades? Hij klapte zijn gsm open.

'Maria. Met Fabel. Bezorg me alle achtergrondinformatie over Gerhard Weiss. Alles wat je kunt vinden...'

33

'Het spijt me, *Mutti*, ik kan vanavond niet heel lang blijven. Ik moet zoveel voorbereiden. Ik heb het de laatste tijd heel, heel druk, dat kan ik je wel vertellen.' Hij schoof zijn stoel nog dichter naar het bed en keek samenzweerderig in het rond voordat hij in haar oor fluisterde: 'Ik heb er weer een gedaan. Ik heb weer een verhaal tot leven gewekt. Ze was zo triest, deze. Ik zag het in haar mooie, mooie gezicht toen ze me in die grote, lege villa van haar binnenliet. Een prinses in een ivoren toren. Ik heb haar een enorme dienst bewezen, *Mutti*. Ik wilde echt niet dat ze pijn had. En nu moet ik natuurlijk alles voorbereiden voor je thuiskomst. Daar heb ik het ook druk mee gehad.'

Hij zweeg even en streelde de haren van de oude vrouw. 'Maar jij zult verschrikkelijk veel pijn hebben. Dat garandeer ik je.' Er klonken geluiden buiten de kamer, het klepperen van houten zolen toen een dienstdoende verpleegkundige door de gang liep. Hij leunde achterover en wachtte tot ze wegstierven. 'Het is geweldig wat ik doe, moeder. Ik maak weer kinderen van ze. In die kostbare momenten die ik met ze deel... voordat ze sterven, bedoel ik... gaat alles wat ze geworden zijn verloren... Jaren van volwassenheid worden uitgewist en ze worden weer kleine, bange kinderen. Kleine verloren zielen, doodsbang doordat ze nauwelijks begrijpen wat ze overkomt.' Hij zweeg even en het werd stil in de kamer, op het verre geluid van een door gelach onderbroken gesprek na wat verderop in de gang, in een ander universum. Na een poos ging hij verder: 'De politie is bij me geweest, *Mutti*. Weet je, het zijn heel, heel domme mensen. Ze denken dat ze alle antwoorden hebben en ze hebben niets. Ze hebben er geen enkel idee van met wie ze te maken hebben. Waarmee ze te maken hebben. Ze zullen me nooit pakken.' Hij lachte even. 'In elk geval niet voordat jij en ik samen plezier hebben gehad. Waarvoor ben je het bangst, moeder? Voor het feit dat je dood zult gaan of voor het feit dat je niet snel genoeg dood zult gaan? Ben je bang voor de pijn? Voor het idéé? Het zal fantastisch zijn. Dat verzeker ik je: je zult inderdaad heel veel pijn hebben. En het is bijna zover, *Mutti*... bijna...'

34

Fabel lag te luisteren naar Susanne's gelijkmatige, diepe ademhaling. Hij vond haar aanwezigheid steeds geruststellender, en ook dat de dromen minder vaak schenen te komen als ze naast hem lag. Het was alsof het feit dat ze er was hem in een diepe, betere slaap bracht. Maar deze nacht waren zijn gedachten een woeste maalstroom. Er was zoveel te doen. Deze zaak groeide, spreidde zich uit als een duister kwaad en wurmde zich in de kleine ruimte die Fabel had gereserveerd voor een privéleven. Zoveel dingen op zijn denkbeeldige "nog te doen"-lijst bleven onafgevinkt. Zijn moeder werd ouder. Zijn dochter groeide op. Geen van beiden kregen ze de tijd die ze verdienden, de tijd die Fabel hun wilde schenken. Zijn relatie met Susanne was goed, maar kreeg niet de duidelijke vorm die ze in dit stadium had moeten hebben en hij wist dat hij er niet voldoende aandacht aan schonk. Hij werd verrast door de venijnige steek van paniek in zijn borst bij de gedachte dat hij haar misschien zou verliezen.

Fabel had zijn moeder de afgelopen paar dagen verscheidene keren gebeld, maar hij moest tijd vinden om naar Norddeich te gaan en haar te bezoeken. Lex had zich gedwongen gezien toe te geven aan de commerciële druk van zijn bedrijf en was teruggekeerd naar Sylt om zijn restaurant te runnen. Zijn moeder had volgehouden dat ze meer dan in staat was voor zichzelf te zorgen, maar Fabel wilde haar zien en zich ervan vergewissen.

Hij kwam overeind en bleef een ogenblik op de rand van het bed zitten. Het was alsof er, hoe hij het ook wendde of keerde, te veel was dat om zijn aandacht schreeuwde. De leemte in zijn team had hij in elk geval gevuld, maar zelfs dat zorgde voor problemen. Anna maakte Henk Hermann wegwijs, maar Fabels onorthodoxe rekruteringsmethoden hadden de bureaucraten binnen het Hamburgse politieapparaat al tegen de haren in gestreken. Technisch gesproken had het makkelijk moeten zijn om Hermann uit de gelederen van de geüniformeerde *SchuPo* weg te halen – als brigadier had hij de vereiste opleiding aan de politieacademie naast het hoofdbureau al achter de rug. Maar de uniformafdeling van Hamburg kampte altijd met een tekort aan agenten en Fabel wist dat hij strijd zou moeten leveren om Hermann permanent overgeplaatst te krijgen naar de recherche. In de tussentijd had Fabel Hermann bij de afdeling Moordzaken 'gedetacheerd' tot deze zaak achter de rug was, waarna Hermann een gerichte cursus kon volgen. Een nieuw team dat samen een weg zoekt levert altijd spanningen op en Fabel maakte zich zorgen over hoe Anna Wolff zou reageren op een nieuwe partner. Ze was in hoge mate de vrije vogel binnen het team, met een impulsiviteit die zo duidelijk was gebleken uit haar razende motorachtervolging van Olsen. Het gaf Fabel ook wel hoop; Anna's intuïtieve en impulsieve aanpak van haar werk verleenden haar vaak een kijk op een zaak die de anderen misten. Maar ze had een tegenwicht nodig en daarvoor had Paul Lindemann, tot zijn dood, gezorgd. Zelfs in dat partnerschap waren er aanvankelijk wrijvingen geweest. Fabel hoopte dat, nu Anna ervarener was, rijper, de overgang met Henk Hermann makkelijker zou zijn. Maar gezien haar gemelijke reactie op het nieuws dat Hermann was gerekruteerd wist Fabel dat hij eens ernstig met haar zou moeten praten. Niemand was belangrijker dan het team.

Zoveel aspecten van deze zaak leken Fabel door de vingers te glippen. Olsen leek van de aardbodem verdwenen; hij had zich nu al een week aan arrestatie weten te onttrekken. De eerste drie moorden hadden de gebruikelijke mediabelangstelling gewekt, vooral de dubbele moord in het Naturpark. Maar na de moord op Laura van Klosterstadt was alles veranderd. Bij leven had Laura alle elementen bezeten van een hoge sociale status, beroemdheid en schoonheid. Nadat ze was vermoord hadden deze elementen zich verenigd tot een splijtstof en was Laura geëxplodeerd tot mediaverhaal nummer één van Hamburg. Vervolgens was de waterdichte beveiliging die Fabel rondom de zaak had willen leggen ondermijnd. Hij vermoedde dat zijn angst dat Van Heiden te veel informatie aan Ganz door zou geven terecht was geweest. Niet dat Ganz het vuur van de publiciteit had willen aanwakkeren, maar hij was weinig kritisch in de keus van zijn vertrouwelingen. In feite kon het lek bij elk van zo'n honderd mogelijke bronnen zitten. Maar welke het ook was, een paar dagen geleden had Fabel het tv-journaal aangezet en had horen verkondigen dat de Hamburgse politie jacht maakte op de 'Märchenmörder', de Sprookjesmoordenaar. Daags daarna had hij in het *Hamburger Journal* van de NDR een interview met Gerhard Weiss gezien. De verkoopcijfers van Weiss' boeken waren blijkbaar van de ene dag op de andere omhooggeschoten en nu vertelde hij het publiek dat de politie van Hamburg hem al om advies had gevraagd omtrent deze laatste moorden.

Fabel stond op en liep de slaapkamer uit naar de woonkamer. De ramen van zijn appartement vormden een lijst rondom het glinsterende nachtelijke landschap van de Aussenalster en de lichten van Uhlenhorst en Hohenfelde daarachter. Zelfs op dit uur kon hij de lichten van een kleine boot volgen die over de Alster voer. Dit uitzicht bracht hem altijd tot rust. Hij dacht aan Laura von Klosterstadt die naar haar uitzicht zwom. Maar waar Fabel van dit vergezicht hield vanwege het gevoel van verbondenheid dat het hem gaf met de stad om hem heen, had Laura een fortuin besteed aan een architectuur van afzondering. Ze had een panorama van lucht gecreëerd en zich afgesneden van het landschap, zich losgemaakt van mensen. Hoe kwam het dat een mooie, intelligente jonge vrouw zich zo isoleerde?

Fabel kon Laura zien zoals ze naar de lucht zwom, de nachtelijke lucht, omlijst door die enorme ramen. Maar hij zag alleen haar. In haar eentje. Alles aan haar huis duidde op isolement, op terugtrekking uit een leven voor de camera's en het oog van het publiek. Een eenzame, mooie vrouw die stille, kleine rimpelingen in het zijdezachte water veroorzaakte terwijl ze naar de oneindigheid zwom. Verder niemand. Maar er moest nog iemand zijn geweest, bij haar in het water. Uit de autopsie was gebleken dat ze in dat zwembad was verdronken en de vlak voor haar dood veroorzaakte kneuzing in haar hals duidde erop dat ze onder water was gehouden. Möller, de patholoog, had gesuggereerd dat het één hand was geweest, dat de kneuzingen overeenstemden met een gestrekte duim aan de ene kant en de afdruk van een vinger aan de andere. Maar, had Möller gezegd, de spanwijdte van de hand was enorm geweest.

Grote handen. Zoals die van Olsen. Maar ook zoals die van Gerhard Weiss.

Wie was het, Laura? Wie was er bij je in het zwembad? Waarom zou je het isolement dat je zo zorgvuldig voor jezelf had opgebouwd willen delen? Fabel staarde uit over het uitzicht vóór hem en stelde in gedachten vragen aan een dode vrouw; haar familie had ze niet kunnen beantwoorden. Fabel had een bezoek gebracht aan Laura's ouders op hun uitgestrekte landgoed in het Alte Land. Het was een verwarrende ervaring geweest. Hubert, Laura's broer, was er ook geweest en had Fabel aan zijn ouders voorgesteld. Peter von Klosterstadt en zijn vrouw, Margarethe, waren het toonbeeld van aristocratische onverstoorbaarheid. Peter echter leek uitgeput, een combinatie van jetlag en verdriet, zichtbaar in zijn ogen en zijn trage reacties. Margarethe von Klosterstadt daarentegen was kil en beheerst geweest. Haar gebrek aan emoties had Fabel doen denken aan zijn eerste indrukken van Hubert. Laura had haar schoonheid klaarblijkelijk van haar moeder geërfd, maar in Margarethes geval was het een harde, onbuigzame en wrede schoonheid. Ze was waarschijnlijk begin vijftig, maar een half zo oude vrouw zou jaloers geweest zijn op haar figuur en de stevigheid van haar huid. Fabel had het gevoel gehad dat ze hem en Maria met bestudeerde hooghartigheid bekeek, totdat hij zich had gerealiseerd dat haar trekken zelfs in rust dezelfde uitdrukking vertoonden als een masker. Fabel had haar vanaf het eerste moment niet gemogen. Hij was ook verontrust geweest omdat hij haar seksueel zo aantrekkelijk vond. De ontmoeting had weinig waardevols opgeleverd, behalve dan dat Fabel naar Heinz Schnauber was verwezen, Laura's agent, die waarschijnlijk haar intiemste vertrouweling was geweest en die kapot was van Laura's dood. Voorspelbaar, zoals Margarethe het had genoemd.

Fabel werd zich bewust van Susannes aanwezigheid achter hem. Ze sloeg haar armen om zijn middel en legde haar kin op zijn schouder terwijl ze zijn uitzicht over de Alster deelde en hij voelde de warmte van haar lichaam tegen zijn rug.

'Sorry,' zei hij met een slaperige stem. 'Ik wilde je niet wakker maken.'

'Geeft niet. Wat is er? Weer een nachtmerrie?'

Hij draaide zich om en kuste haar. 'Nee. Gewoon dingen aan mijn hoofd.'

'Wat?'

Hij draaide zich om, nam haar in zijn armen en kuste haar lang op haar mond. Toen zei hij: 'Ik zou graag hebben dat je met me naar naar Norddeich gaat. Ik zou je aan mijn moeder willen voorstellen.'

35

Henk Hermann had zijn best gedaan om een soort gesprek op gang te houden, maar na een heleboel eenlettergrepige antwoorden had hij het opgegeven en keek nu naar het voorbijglijdende stadslandschap terwijl Anna naar Norderstedt reed. Toen ze voor het huis van de familie Ehlers stopten, keerde Anna zich naar Hermann toe en vormde de eerste volzin sinds ze uit het hoofdbureau waren vertrokken.

'Dit is mijn ondervraging, oké? Je bent hier om te kijken en te leren, is dat duidelijk?'

Hermann knikte zuchtend. 'Weet Klatt dat we hier zijn? Die van de recherche van Norderstedt?' Anna antwoordde niet en ze was al uit de auto en halverwege het pad naar de voordeur voordat Hermann zijn veiligheidsriem los had.

Anna Wolff had mevrouw Ehlers gebeld voordat ze op weg waren gegaan. Ze wilde niet dat ze zouden denken dat ze Paula's lichaam hadden gevonden of dat er belangrijke ontwikkelingen waren in de zaak. Anna wilde alleen maar enkele details opnieuw doornemen. Wat ze niet had verteld was dat de centrale puzzel die ze probeerde op te lossen was waarom Paula's naam in de hand van het 'wisselkind'-slachtoffer was gelegd. Meer dan wat ook voelde ze een overweldigende aandrang om degene te zijn die Paula vond. Haar thuisbracht bij haar familie, zelfs als dat betekende dat ze een lijk thuis zou moeten brengen.

Anna was verbaasd toen ze zag dat meneer Ehlers eveneens thuis was. Een lichtblauwe overall, vaal door een laagje heel fijn steenstof of iets dergelijks, slobberde om zijn lange, magere lichaam. Hij haalde een keukenstoel en ging daarop zitten, liever dan de bekleding in de woonkamer vuil te maken. Anna vermoedde dat mevrouw Ehlers hem op zijn werk had gebeld en dat hij meteen was gekomen. Ook nu weer was er een intensiteit in de houding van de beide Ehlers die Anna verontrustend en irritant tegelijk vond; ze had heel duidelijk gemaakt dat ze geen nieuws hadden. Anna stelde Henk Hermann voor. Voordat mevrouw Ehlers plaatsnam ging ze naar de keuken en kwam terug met een dienblad met een koffiepot, kopjes en wat koekjes.

Anna kwam meteen ter zake. Het ging over Heinrich Fendrich, Paula's voormalige leraar Duits.

'We hebben het er al zo vaak over gehad.' Het gezicht van mevrouw Ehlers was vermoeid en afgetobd, als na drie jaar slaaptekort. 'We kunnen ons niet voorstellen dat meneer Fendrich ook maar iets met Paula's verdwijning te maken had.'

'Hoe kunt u daar zo zeker van zijn?' zei Henk Hermann vanuit de hoek waar hij zat, met een koffiekop op een knie. Anna vuurde een blik op hem af, wat hij niet scheen te merken. 'Ik bedoel, is er iets speciaals waardoor u er zo zeker van bent?'

Meneer Ehlers haalde zijn schouders op. 'Naderhand... Ik bedoel nadat Paula vermist werd, bood hij veel hulp en steun. Hij maakte zich echt heel erg veel zorgen over Paula. Op een manier die hij nooit had kunnen veinzen. Zelfs toen de politie hem maar blééf ondervragen wisten we dat ze in de verkeerde richting zochten.'

Anna knikte nadenkend. 'Luister, ik weet dat dit een pijnlijke vraag is, maar hebt u ooit gedacht dat de belangstelling van meneer Fendrich voor Anna... eh... ongepast was?'

Meneer en mevrouw Ehlers wisselden een blik uit die Anna niet kon peilen. Toen schudde meneer Ehlers zijn asblonde hoofd. 'Nee. Nee, dat niet.'

'Meneer Ehlers was schijnbaar de enige leraar die tijd had voor Paula, helaas,' zei mevrouw Ehlers. 'Hij kwam op bezoek... Het moet een maand of zes zijn geweest voordat Paula vermist werd. Ik vond het vreemd, een leraar die bij ons thuiskwam en zo, maar hij was er heel... ik weet niet hoe je het moet noemen... heel *uitgesproken* over dat Paula heel goed was, vooral in Duits, en dat we naar school moesten komen voor een gesprek met de rector. Maar geen van Paula's andere leraren vond haar blijkbaar speciaal en we wilden niet dat ze te hoog zou mikken, alleen maar om later teleurgesteld te worden.'

Anna en Hermann zaten in haar vw voor het huis van de Ehlers. Anna omklemde het stuur en staarde roerloos naar de voorruit.

'Voel ik het goed dat we op dood spoor zitten?' vroeg Hermann.

Anna keek hem een ogenblik nietszeggend aan voordat ze met een beslist gebaar de contactsleutel omdraaide. 'Nog niet. Ik moet eerst een omweg maken...'

Gezien Fendrichs overgevoeligheid voor opnieuw een politieonderzoek besloot Anna ook nu eerst te bellen, ditmaal met haar gsm terwijl ze van Norderstedt naar het zuiden reden. Ze had de school gebeld waar hij nu lesgaf, maar had er niet bij gezegd dat ze belde namens de politie van Hamburg. Fendrich was niet echt blij toen hij aan de telefoon kwam, maar stemde ermee in hen in het café aan het stationsplein in Rahlstedt te treffen.

Ze parkeerden op een parkeerterrein één huizenblok van het café en liepen afwisselend door schaduw en fel zonlicht naargelang de wolkenflarden de zon met tussenpozen verdrongen. Fendrich was er al toen ze arriveerden en roerde nadenkend in een cappuccino. Toen ze binnenkwamen keek hij op en staarde Hermann met ongeïnteresseerde achterdocht aan. Anna stelde haar nieuwe partner voor en ze gingen aan de ronde tafel zitten.

'Wat wilt u van me, brigadier Wolff?' Fendrichs toon was er een van lusteloos protest.

Anna zette haar zonnebril boven op haar hoofd. 'Ik wil Paula vinden, meneer Fendrich. Ofwel Paula leeft nog en is de afgelopen drie jaar onderworpen geweest aan god weet wat voor kwellingen of, en we weten alle twee dat dat waarschijnlijker is, ze ligt ergens dood. Verborgen voor de wereld en voor haar familie, die alleen maar om haar wil rouwen. Ik weet niet waarop uw relatie met haar gebaseerd was, maar ik geloof dat u in wezen oprecht om Paula gaf. Ik wil haar alleen maar vinden. En wat ik van u wil, meneer Fendrich, is alles wat u me kunt vertellen dat me misschien in de goede richting kan wijzen.'

Fendrich roerde opnieuw in zijn cappuccino en staarde naar het schuim. Toen hij opkeek zei hij: 'Kent u de toneelschrijver George Bernard Shaw?'

Anna haalde haar schouders op. 'Dat is meer iets voor mijn baas. Hoofdinspecteur Fabel dweept met alles wat Engels is.'

'Shaw was een Ier. Hij heeft eens gezegd: "Wie het kan, doet het; wie het niet kan onderwijst." Eigenlijk verklaarde het alle leraren tot mislukkelingen. Maar het ontkende ook dat je onderwijzen kunt "doen". Ik ben niet toevallig in dit vak verzeild geraakt, mevrouw Wolff. Ik werd ertoe geroepen. Ik hou ervan. Ik sta dag in dag uit tegenover de ene na de andere klas vol jonge geesten. Geesten die nog volledig gevormd en ontwikkeld moeten worden.' Hij leunde achterover en lachte wrang. Zijn hand rustte nog op het lepeltje en zijn aandacht was weer op het oppervlak van zijn koffie gericht. 'Natuurlijk, er is veel, nou ja, vervuiling, zou je het kunnen noemen. Culturele vervuiling... van tv, het internet en alle wegwerptechnologieën waarmee jonge mensen tegenwoordig worden overladen. Maar af en toe kom je een frisse, heldere geest tegen die slechts wacht tot zijn horizon zich verbreedt, explodeert.' Fendrichs ogen waren niet langer levenloos. 'Hebt u enig idee hoe het is om het voorwerp van een politieonderzoek te zijn voor een misdaad zoals deze? Nee. Nee, dat hebt u niet. En u kunt er ook geen idee van hebben hoe het is om in die positie te verkeren als je leraar bent. Iemand aan wie ouders hun dierbaarste bezit toevertrouwen. Uw collega, meneer Klatt, heeft mijn carrière bijna verwoest. Mij bijna verwoest. Leerlingen vermeden het met mij alleen te zijn. Ouders en zelfs mijn collega's bekeken me met openlijke vijandigheid.' Hij zweeg, alsof hij gerend had en nu niet meer wist waar hij naartoe ging. Hij keek de twee politiemensen aan. 'Ik ben geen pedofiel. Ik ben niet seksueel geïnteresseerd in jonge meisjes of jonge jongens. Niet fysiek geïnteresseerd. Het is hun geest waarin ik belang stel. En Paula's geest was een diamant. Een kristalhelder, angstwekkend scherp en doordringend intellect in ruwe vorm. Het moest verfijnd en geslepen worden, maar het was bijzonder.'

'Als dat zo is,' zei Anna, 'dan begrijp ik niet waarom u schijnbaar de enige was die dat zag. Alle andere leraren beschouwden Paula als een hooguit middelmatige leerling. Zelfs haar ouders leken te denken dat u aan het verkeerde adres was.'

'U hebt gelijk. Niemand anders zag het. Omdat ze niet keken. Paula werd vaak lui en dromerig gevonden in plaats van langzaam. Precies wat er gebeurt wanneer een begaafd kind gevangenzit in een schoolomgeving – of een huiselijke omgeving, wat dat betreft – die intellectueel niet uitdagend genoeg is. Het andere is dat Paula's begaafdheid zich manifesteerde in mijn vak... ze had een natuurlijk oor en talent voor de Duitse taal. En als ze schreef... als ze schreef was het als zingen. In elk geval, naast degenen die het niet zagen waren er degenen die het niet wílden zien.'

'Haar ouders?' zei Henk Hermann.

'Precies. Paula schreef als huiswerk een verhaal voor me. Het was, nou ja, bijna een sprookje. Ze danste door onze taal. Daar, in dat kleine opstel in kinderlijk handschrift, zag ik iemand die me het gevoel gaf dat ik een voetganger was. Ik nam het mee toen ik bij haar ouders op bezoek ging en liet het ze lezen. Niets. Het deed ze niets. Haar vader vroeg waar verhalen goed voor waren als het erom ging een baan te vinden.' Opeens zag Fendrich eruit alsof alle energie die hem even had bezield was weggeëbd. 'Maar Paula is dood. Zoals u zegt: u weet het, ik weet het.'

'Waarom weet u het? Wat maakt u er zo zeker van dat ze, als ze intellectueel zo verstikt werd, niet gewoon is weggelopen?' vroeg Hermann.

'Omdat ze me niet heeft geschreven. Of wie ook. Ik weet volstrekt zeker dat, als ze van huis was weggelopen, ze een brief, een boodschap zou hebben achtergelaten... iets geschrevens. Zoals ik zei, het was alsof het geschreven woord voor Paula was geschapen. Ze zou nooit zo'n grote stap hebben ondernomen zonder iets op papier te zetten om het te markeren. Ze zou me geschreven hebben.'

De drie verlieten tegelijkertijd het café. Hermann en Anna gaven Fendrich een hand en liepen terug naar de parkeerplaats. Fendrich was te voet naar het café gekomen en de school was in tegenovergestelde richting, maar hij scheen te aarzelen in de deuropening van het café. Anna en Hermann hadden pas enkele meters afgelegd toen ze Fendrich 'Brigadier Wolff!' hoorden roepen.

Er was iets met Fendrichs lichaamstaal, alsof er, behalve die van het café, een innerlijke drempel was, waar hij stond te talmen, dat Anna duidelijk maakte dat ze dit alleen moest afhandelen. Ze gaf Hermann de autosleutels.

'Als je het niet erg vindt...'

Hermann haalde zijn schouders op en liep door naar de auto. Fendrich kwam Anna tegemoet.

'Brigadier Wolff. Kan ik u iets vertellen? In vertrouwen?'

'Sorry. Ik weet niet of ik kan beloven...'

Fendrich viel haar in de rede, alsof hij geen uitvlucht wilde hebben om niet op te biechten wat hij op zijn lever had. 'Er was iets. Iets wat ik de politie indertijd niet heb verteld omdat... Nou ja, ik denk omdat het een slechte indruk zou hebben gemaakt.'

Anna probeerde niet ongeduldig te kijken, maar slaagde er niet in.

'Mijn verhouding tegenover Anna had niets opgepasts. Ik zweer het u. Maar kort voordat ze verdween gaf ik haar een cadeautje. Een boek. Ik heb er indertijd niets over gezegd omdat ik wist dat die rechercheur, Klatt, het zou verdraaien.'

'Wat voor een?' vroeg Anna. 'Wat voor boek hebt u Paula cadeau gegeven?'

'Ik wilde haar de grondslagen van de Duitse literaire traditie leren begrijpen. Ik gaf haar een exemplaar van *Kinder- und Hausmärchen*. Van de gebroeders Grimm.'

36

De lucht was nu blauwer en het was alsof Hamburg baadde in een minder steriele helderheid, hoewel de zon met tussenpozen schuilging achter verspreide melkwitte wolkenflarden.

In een mediastad zoals Hamburg moest Fabel altijd voorzichtig zijn met het bespreken van zaken in het openbaar, maar er waren twee plekken die hij graag gebruikte als officieuze plaats van bijeenkomst voor teamvergaderingen. De ene was de snackbar bij de haven, gerund door een bevriende oud-politieman en mede-Fries. De andere was het café tegenover het veerhuis van Winterhude.

Het café, verstopt achter de brug, had een terras waar je kon zitten. Het strekte zich uit langs de Alsterstreek en bood uitzicht op de spits van de St. Johanniskerk. Achter het witgeverfde ijzeren hek snuffelden twee zwanen ongeïnteresseerd aan het water waar een eerdere cafébezoeker twee korsten in het water had gegooid. Het buitendecor bestond uit witte plastic tafels en stoelen in de schaduw van parasols met sigarettenreclame, maar het café lag zowel gunstig ten opzichte van het hoofdbureau als ver genoeg ervandaan voor nieuwe energie en ideeën.

Ze waren met z'n zessen en Fabel haalde twee stoelen weg bij een lege tafel, zodat ze allemaal bij elkaar konden zitten. Anna en Maria waren gewend aan Fabels openluchtbriefings en de twee leden van de zedenpolitie, Petra Maas en Hans Rödger, leken zich niet te verbazen over de omgeving. Maar de uitdrukking op het gezicht van Henk Hermann wees erop dat hij het gevoel had dat hij zojuist was toegelaten tot een uiterst exclusieve en tamelijk geheimzinnige club.

De kelner kwam en nam hun bestelling, koffie, op. Hij noemde Fabel bij zijn naam en praatte even wat over het weer. Hij had er uiteraard geen idee van dat deze groep bestond uit leden van de afdeling Moordzaken en zag de rechercheurs van de moordbrigade waarschijnlijk aan voor een stel managers die even pauzeerden tijdens een seminar. Fabel wachtte tot de kelner weg was voordat hij zich tot zijn team richtte.

'We pakken dit verkeerd aan. Ik weet dat jullie allemaal al jullie energie in dit onderzoek stoppen, maar we schijnen meer warmte dan licht op te wekken. We hebben drie mogelijke verdachten: Fendrich, de leraar, de schrijver Weiss – een gok – en onze hoofdverdachte, Olsen. Maar als je ze afzonderlijk bekijkt, lijken ze geen van drieën echt te passen.'

Fabel zweeg toen de kelner met de koffie kwam.

'Wat we misschien over het hoofd zien,' ging Fabel verder, 'is dat we te maken kunnen hebben met twee samenwerkende moordenaars. Dan zou Henks theorie over het tweede stel voetsporen op de plaats delict in het Naturpark ook hout snijden. We hebben er misschien verkeerd aan gedaan ze als irrelevant af te doen.'

'Of zou het zo kunnen zijn dat we met een hoofddader en een imitator te maken hebben?' zei Hermann aarzelend.

Fabel schudde zijn hoofd. 'Niet alleen wordt het "thema" van de moorden consequent gevolgd, we hebben ook een rechtstreeks forensisch verband tussen alle moorden. De gele papiertjes die op alle plaatsen delict zijn gevonden zijn niet alleen identiek, ze zijn kennelijk van één vel papier geknipt. En ook het handschrift komt overeen. Een team van twee moordenaars zou misschien verklaren dat Olsen de moordenaar in het Naturpark is en dat iemand anders de andere twee heeft gepleegd, maar de briefjes zijn door één hand geschreven.'

'Maar...?' Maria Klee lachte even veelzeggend.

'Maar... Ik geloof gewoon niet dat hier een team aan het werk is. Dat hebben we bij een eerdere gelegenheid meegemaakt en dit voelt gewoon anders aan. Dit is één dader. Dus laten we eerst Olsen nemen; wat hebben we?'

'Hij lijkt een goede verdachte voor de Naturpark-moorden,' zei Maria. 'Hij heeft een motief voor de moord op Grünn en Schiller – seksuele jaloezie. Maar zoals je zegt, hoe klopt dit met de andere, blijkbaar willekeurige moorden?'

Fabel nam een slok van zijn espresso. 'Het past gewoon niet in het beeld dat we ons van Olsen vormen. Hij is één bonk woede. Onze man ziet poëzie in zijn geweld. Olsen blijft boven aan de lijst staan, maar om meer te weten zullen we hem eerst te pakken moeten krijgen. Intussen: hoe staat het met Fendrich, Anna?'

'Hij is niet onze man, daar ben ik van overtuigd. Áls hij al seksuele motieven had, wat hij ontkent, denk ik niet dat hij er iets mee deed. Ik heb zijn achtergrond gecheckt en nog eens gecheckt. Geen strafblad. Geen eerdere verdenkingen of zorgen over zijn gedrag als leraar. Hij schijnt de afgelopen drie jaar, sinds de breuk met zijn vaste vriendin, Rona Dorff, geen vaste relatie gehad te hebben. Ik heb met Rona gesproken. Ze is muzieklerares aan een andere school. Volgens haar was hun relatie op zijn best lauw en ze hebben gebroken nadat Paula was verdwenen.'

'Is er een verband?' vroeg Fabel.

'Nou ja, dat is er. Maar dat zou Fendrich eerder vrijspreken dan belasten. Rona zei dat Fendrich geobsedeerd raakte door het helpen van de Ehlers om Paula te vinden. Later, toen Klatt van de politie van Norderstedt, achter hem aan zat, werd hij boos en depressief.'

'Gewelddadig?'

'Nee. Afstandelijk. Zoals Rona het zei: hun relatie verflauwde eerder dan dat ze werd verbroken.'

'Het zou kunnen dat Fendrichs gedrag na de verdwijning van Paula gespeeld was,' zei Henk Hermann. Zijn stem had iets gretigs. 'Een heleboel moordenaars vermommen hun gevoelens van schuld en angst na de daad als verdriet of bezorgdheid.'

Fabel had het zelf meerdere malen gezien. En bij meer dan één gelegenheid had hij zich laten overtuigen door de krokodillentranen van een koelbloedige moordenaar.

'En dan is er nog de Grimm-analogie die de moordenaar gebruikt.' Hermann voelde zich blijkbaar aangemoedigd door de instemming van zijn baas met zijn vorige opmerking. 'We weten dat de dubbelgangster van Paula op het strand, Martha Schmidt, uit de zogenaamde onderklasse kwam en de moordenaar verruimde dat tot een analogie met het "ondergrondse volk". Het zou kunnen dat Fendrich vond dat ze gevangenzat in de verstikkende beperkingen van de lage verwachtingen die haar ouders hadden. Kan hij gedacht hebben dat hij, door haar te doden, haar "bevrijdde"?'

Fabel keek Hermann aan en glimlachte. 'Je hebt Weiss' boek ook gelezen, is het niet?' Hermann bloosde enigszins onder zijn sproeten, alsof hij betrapt was op spieken tijdens een proefwerk.

'Inderdaad, hoofdinspecteur. Ik dacht dat het een goede achtergrond zou zijn.'

'Dat is het ook. En noem me *chef*, dat spaart tijd. Wat denk jij, Anna?'

'Het zou kunnen, denk ik. Hij heeft de familie Ehlers weliswaar enorm gesteund, maar hij kon zijn minachting voor hun lage verwachtingen en aspiraties niet verhullen. Maar Fendrich wordt alleen in verband gebracht met de verdwijning van Paula Ehlers, die technisch gezien geen deel uitmaakt van dit moordonderzoek. Hij heeft geen alibi voor de andere, maar zoals ik al zei, hij woont alleen in dat grote huis dat hij vroeger met zijn moeder deelde. Als hij een alibi voor de andere zou hebben, zou ik achterdochtig worden. In elk geval, mijn intuïtie zegt dat hij niet onze man is. Al zit het me niet lekker dat hij de sprookjes van Grimm cadeau heeft gedaan. Hoewel hij daar zelf mee gekomen is.'

'Oké, we houden Fendrich op de lijst van verdachten. Blijft over Weiss, de schrijver...'

'Nou, chef,' zei Maria, 'hij is helemaal jouw ontdekking. Waarom zou hij verdacht zijn?'

'Nou, eerst en vooral, er zijn verontrustende parallellen tussen deze moorden en Weiss' *Märchenstrasse*-boek. Ze hebben allebei een "Grimm"-thema, bij allebei gaat het over een seriemoordenaar die sprookjes tot leven brengt. Dat verband levert Weiss media-aandacht en stijgende verkoopcijfers op.'

Anna lachte even. 'Je suggereert toch niet dat die moorden een soort bizarre reclamecampagne voor zijn boek zijn?'

'Niet specifiek. Maar misschien is Weiss in staat zijn theorieën in daden om te zetten. Hij is beslist een gewichtige, arrogante zak. Maar meer nog, hij is een verontrustende persoonlijkheid. En hij is groot. Heel groot en sterk. En de autopsie op Laura von Klosterstadt duidde erop dat ze werd vastgehouden door iemand met handen als kolenschoppen.'

'Dat zou Olsen kunnen zijn,' zei Anna. 'Of Fendrich, wat dat betreft.'

Fabel wendde zich tot Maria. 'Wat heb je gevonden over Weiss, Maria?'

'Geen strafblad. Hij is zevenenveertig, twee keer getrouwd geweest, twee keer gescheiden, geen kinderen. Hij is geboren in Kiel, Sleeswijk-Holstein. Zijn moeder was een buitenlandse. Een Italiaanse van aristocratische afkomst, en zijn vader had een aan de scheepvaart gerelateerd bedrijf in Kiel. Hij is opgevoed aan een dure privékostschool hier in Hamburg en in Engeland en Italië. Universiteit Hamburg... eerste boek gepubliceerd kort na zijn afstuderen, zonder veel succes... Zijn eerste *Wählwelt*-roman verscheen in eenentachtig en was een bestseller. Dat is het zo'n beetje. O, hij had een broer. Een jongere broer. Maar die is een jaar of tien geleden overleden.'

Fabel keek als door een bij gestoken. 'Een broer? Overleden? Waaraan?'

'Zelfmoord, blijkbaar. Een of andere geesteszieke.'

'Zeg eens, Maria, hij was toch niet toevallig beeldhouwer?'

Maria keek verbaasd. 'Dat was hij inderdaad. Hoe weet je dat?'

'Ik denk dat ik iets van zijn werk heb gezien,' zei Fabel en de grauwende snuit van een wolf, uit ebbenhout gesneden, flitste door zijn hoofd. Hij keek naar het water naast hen. De zwanen hadden het soppige brood in het water de rug toegekeerd en zwommen loom terug naar de brug. Hij richtte zich weer tot zijn team. 'Brigadier Hermann heeft gelijk. Ik vind dat we Weiss' *Die Märchenstrasse* allemaal als verplichte lectuur moeten beschouwen. Ik zal ervoor zorgen dat jullie tegen het eind van de dag allemaal een exemplaar hebben. En denk eraan dat je het leest.'

Fabel had Anna gevraagd even te blijven zitten en gezegd dat hij haar terug zou brengen naar het hoofdbureau. Henk Hermann was besluiteloos blijven rondhangen, tot Fabel hem opdracht had gegeven met Maria terug te gaan. Ze zaten met z'n tweeën aan de tafel. Fabel bestelde nog een kop koffie en trok vragend een wenkbrauw op. Anna schudde haar hoofd.

'Luister, Anna,' zei Fabel toen de kelner weg was. 'Je bent een bijzonder goede rechercheur. Volgens mij een enorme aanwinst voor het team. Maar er zijn, nou ja, kwesties waarover we moeten praten...'

'Zoals?'

Hij draaide zich naar haar toe. 'Zoals je assertiviteit. En je moet meer als lid van het team werken, niet als een individu.'

Anna's gezicht verhardde. 'Ik dacht dat je elk van ons daarom had uitgezocht... vanwege ons individualisme. Omdat we anders waren.'

'Dat is ook zo, Anna. Maar je individuele talenten zijn alleen maar van nut in combinatie met die van de andere teamleden.'

'Ik denk dat ik weet waar dit naartoe gaat... Henk Hermann?'

'Hij is intelligent, Anna. En hij is scherp. Hij is een goede politieman en ik denk dat jullie goed zullen samenwerken. Maar alleen als je hem toelaat en hem een kans geeft.'

Anna antwoordde even niet. Toen richtte ze haar gebruikelijke uitdagende blik op Fabel. 'Ligt het aan mij of is het verdomd toevallig dat hij zo op Paul Lindemann lijkt? Ik begon me al af te vragen of we ons eigen "wisselkind" hadden.'

Anna's grapje irriteerde Fabel en hij antwoordde niet onmiddellijk. Ze liepen terug naar Fabels BMW. Hij klikte het alarm uit en de sloten open met zijn afstandsbediening, legde een elleboog op het dak en keek Anna aan.

'Ik neem geen medewerkers aan uit sentimentele overwegingen, brigadier Wolff.' Fabel zweeg en lachte even; hij wist wat ze bedoelde. Hermann had hetzelfde slanke, slungelige, zandharige uiterlijk als Paul Lindemann, de rechercheur die ze verloren hadden. 'Hij lijkt inderdaad een beetje op Paul, niet? Maar hij is Paul niet. En ik heb hem aangenomen vanwege zijn eigen verdiensten en mogelijkheden. Ik wil dat je met samenwerkt. Het is net zo goed jouw taak als de mijne om die mogelijkheden te ontwikkelen... het beste in hem naar voren te brengen. En voordat je het zegt: ik vraag je niet zijn kindermeisje te zijn. Het is alleen maar dat hij snel zal moeten leren en ik wil dat je hem helpt, niet tegenwerkt. En ik moet zeggen, ik denk dat je al doende een en ander van hem kunt leren.'

Ze reden terug naar Winterhude en het hoofdbureau. De door de wolken verbleekte zon verduisterde en lichtte op, alsof hij niet goed wist wat hij met de dag aan moest. Anna zweeg het grootste deel van de rit en zei toen volkomen onverwacht: 'Oké, chef. Ik zal een bruggetje naar Hermann slaan. Ik weet dat ik soms een trut ben, maar dat hele gedoe vorig jaar, met Paul... en Maria die gewond raakte... Het raakte me. Paul was zo verdomd correct, zo volgens het boekje en precies in alles wat hij deed. Het werkte op mijn zenuwen. Maar hij was een goeie vent, een oprechte man en je wist altijd waar je met hem aan toe was.' Ze zweeg even. Fabel keek niet opzij, want hij wist dat de harde kleine Anna niet zou willen dat hij haar van streek zag. 'Hij beschermde me...' Haar stem klonk gespannen. 'Ik lig er 's nachts wakker van. Dat hij probeerde me uit de nesten te halen. Ik overleefde het en hij niet.'

'Anna...' begon Fabel, maar ze viel hem in de rede, met een geforceerd normale toon in haar stem.

'Ik zal Henk Hermann voorstellen dat we elkaar treffen voor een praatje. Iets drinken of zo. Elkaar leren kennen. Oké?'

'Oké, Anna.'

Ze parkeerden bij het hoofdbureau en Anna legde haar hand op de portierkruk, maar maakte geen aanstalten om uit te stappen.

'Waarom Klatt niet?' vroeg ze onomwonden en toen Fabel even beduusd keek voegde ze eraan toe: 'Ik was ervan overtuigd dat je Klatt zou vragen bij het team te komen. Ik denk dat het waarschijnlijk ook bij hem is opgekomen. Waarom heb je in plaats daarvan voor Henk Hermann gekozen?'

Fabel glimlachte. 'Klatt is een goede politieman, maar hij heeft niet datgene wat nodig is om rechercheur bij Moordzaken te worden. Hij was te gefixeerd op Fendrich. Ik weet het niet, misschien is Fendrich onze man, maar Klatt sloot zich te veel af voor alternatieven. Als de moordenaar niet Fendrich is, dan heeft Klatt misschien, in de eerste fase van het onderzoek indertijd, iets aan de rand van zijn blikveld gemist dat het gat tussen hem en de ontvoerder van Paula had kunnen dichten.'

'God, chef, dat is nogal hard. Er was weinig om mee te werken. Klatt concentreerde zich meer op Fendrich omdat er verder niets of niemand was om op te concentreren.'

'Voorzover hij het zag... Maar in elk geval, zoals ik zei, hij is een goede politieman. Maar je vroeg me waarom ik Henk Hermann heb gekozen en niet Robert Klatt. Het had meer te maken met wat er goed is aan Hermann dan met wat er mis is aan Klatt. Henk Hermann was de eerste die met de plaats delict in het Naturpark te maken kreeg. Hij stond daar te kijken naar twee slachtoffers op een kleine open plek, met opengesneden keel, en het eerste wat hij deed was verder kijken dan die plek. Snel. Hij deed het tegenovergestelde van Klatt. Hij verruimde zijn blik en werkte in twee richtingen tegelijk: hij werkte terug vanaf de plaats van de ontdekking naar het moment van de dood en hij werkte vooruit naar een straal waarbinnen de auto's waarschijnlijk gedumpt zouden zijn. En dat alles begon ermee dat hij onmiddellijk een in scène gezet tafereel herkende.' Fabel zweeg even, leunde naar voren en legde zijn onderarmen op het stuur. 'We lopen allemaal mee in een race, Anna. Wij allemaal van Moordzaken. En het begint allemaal zodra iemand een startpistool afschiet door een ander menselijk wezen dood achter te laten. Henk Hermann is sneller uit de startblokken. Zo simpel en zo ingewikkeld is het. En ik wil dat je zo goed mogelijk met hem samenwerkt.'

Ana keek Fabel een ogenblik aandachtig aan, alsof ze zijn woorden overwoog; toen knikte ze.

'Oké, chef.'

37

Max was een kunstenaar.

Hij gaf veel, heel veel om zijn kunst. Hij had haar bestudeerd, grondig, haar oorsprong onderzocht, haar geschiedenis, haar ontwikkeling. Max was er diep van doordrongen dat het een voorrecht was dat hij met het allerfijnste medium mocht werken, het nobelste en oudste. Hij werkte op hetzelfde doek waarop kunstenaars al duizenden jaren werkten, door de hele geschiedenis van de mensheid heen, waarschijnlijk zelfs al voordat ze waren begonnen grotschilderingen te maken. Ja, het was een grootse, nobele, verfijnde kunst. En dat was de reden waarom Max zo nijdig was dat hij, tijdens het werk, een enorme stijve had. Hij deed al het mogelijke om niet aan de erectie te denken die tegen het leer van zijn broek spande. Hij probeerde zelfs zich op de details van zijn werk te concentreren. Het was tenslotte een doodeenvoudig ontwerp, een hart in een krans van bloemen, en hij had het in zijn slaap gekund. Hij zou er zelfs niet mee hebben ingestemd het op dit tijdstip in de avond op de geschoren venusheuvel van de hoer te tatoeëren als hij niet gebeld was door een van zijn beste klanten ooit, die had gevraagd of hij om tien uur kon komen. Hij zou dus sowieso blijven hangen en toen de hoer op de stoep stond had hij gedacht dat hij net zo goed iets kon verdienen.

'Auwwwwww... Dat doet pijn.' De jonge, knappe prostituee kronkelde en Max moest de tatoeëernaald haastig verwijderen. Terwijl ze dat deed scheerden haar schaamlippen vlak langs Max' gezicht en hij voelde dat hij een nog stijvere kreeg.

'Het is zo gebeurd...' zei hij ongeduldig. 'Maar je moet stil blijven liggen, anders maak ik nog een fout.'

Het meisje giechelde. 'Het zal er zo chic uitzien!' zei ze en ze kreunde even toen Max de naald weer hanteerde. 'De andere meisjes laten van die smakeloze dingen doen, maar ze hebben me verteld dat jij echt goed bent. Een echte kunstenaar zogezegd.'

'Ik ben vereerd,' zei Max, weinig overtuigend. 'Laat me dit nou maar af-maken.' Hij veegde de inkt en het bloed van de tatoeage en zijn duim gleed over haar schaamlippen. Het meisje giechelde weer.

'Weet je, schatje, we zouden iets kunnen regelen met de betaling. Ik kan geweldig pijpen, weet je...'

Max keek op naar haar gezicht. Ze kon niet veel ouder zijn dan negentien. 'Nee, bedankt,' zei hij, zich weer over zijn werk buigend. 'Als je het niet erg vindt hou ik het op geld.'

'Oké,' zei ze. 'Je weet niet wat je mist.'

Toen het meisje vertrokken was haalde Max lang en diep adem en probeer-de het beeld van haar poes te verdringen. Zijn klant kon er elk moment zijn en Max huiverde van gespannen verwachting: die man was een ken-ner. Max beschouwde het werk dat hij op hem gedaan had als zijn mees-terstuk. Maar de klant had nee gezegd toen Max gevraagd had of hij er een foto van mocht maken. En Max had niet aangedrongen. Die vent was reus-achtig groot. Kolossaal. Je zou geen ruzie met hem willen krijgen. Maar zijn omvang was een meevaller voor Max. Het betekende meer huidoppervlak. En dat betekende weer dat die man het grootste doek had geleverd waarop Max ooit had gewerkt.

Het had weken, maanden geduurd voordat het werk af was. De pijn die zijn klant moest hebben gehad moest ongelooflijk zijn geweest – zoveel huid-oppervlak rauw en ontstoken. Maar hij bleef komen, één dag in de week, en hij stond erop dat Max zijn zaak sloot en alleen aan hem werkte, uur in uur uit. En die klant had echte waardering voor wat Max allemaal deed. Er was onderzoek aan te pas gekomen. Studie. Terwijl hij werkte praatte Max met zijn klant over het nobele van zijn werk, over hoe hij een bleek, klein, zie-kelijk joch met een kunstzinnige aanleg was geweest en dat niemand veel aandacht aan hem had geschonken. Max had zijn klant verteld hoe hij op twaalfjarige leeftijd, met een naald en wat Oost-Indische inkt, zijn eerste ta-toeage had gemaakt. Op zichzelf. Hij had verteld dat hij eerst alles had gele-zen over *moko*, de tatoeëerkunst van de Maori's in Nieuw-Zeeland. De Ma-ori's lagen urenlang als in trance terwijl de stamtatoeëerder, de *tohunga*, die dezelfde status had als de medicijnman, er met een naald en klein houten hamertje op los tikte. De *tohungas* waren voor Max de meesters van de ta-toeëerkunst; ze waren evenzeer beeldhouwers als schilders, gaven de huid niet alleen kleur, maar ook een nieuwe vorm. Ze maakten hun kunst driedi-mensionaal door plooien en richels in de huid aan te brengen. En elke *moko* was uniek, speciaal ontworpen en alleen gemaakt voor de drager.

Klokslag tien uur ging de zoemer in zijn atelier. Max deed de deur van het slot en zwaaide hem open voor de donkere, hoog op torenende gedaante van een reusachtige man. Hij vulde de deuropening en doemde boven Max uit voordat hij zwijgend langs hem heen naar het atelier liep.

'Fijn dat ik je weer zie,' zei Max. 'Het was een eer op je te mogen werken... Wat kan ik vanavond voor je doen?'

38

Henk Hermann was gretig ingegaan op de uitnodiging van Anna om na werktijd iets te gaan drinken, maar zijn blik had iets argwanends gehad.

'Wees maar niet bang,' had Anna gezegd. 'Ik zal je niet verkrachten. Maar laat je auto bij het hoofdbureau staan.'

Henk Hermann had nog ongemakkelijker gekeken toen Anna een taxi had besteld om hen naar Der Kiez te brengen en af te zetten bij café Der Weisse Maus. Meestal was het er dringen geblazen, maar op dit tijdstip op een doordeweekse dag hadden ze geen moeite om een tafel te vinden. Anna bestelde een *rye-and-dry* en keek Henk aan.

'Bier?'

Henk stak zijn handen op. 'Ik kan me beter tot...'

'Een *rye-and-dry* en een bier dan,' zei ze tegen de kelner.

Hermann lachte. Hij keek naar het tengere, knappe meisje dat tegenover hem aan de tafel zat; ze had bijna alles behalve een politieagent kunnen zijn. Ze had grote, donkere ogen die geaccentueerd werden door de lichtelijk overdreven oogschaduw. Haar volle, hartvormige lippen waren brandweerrood gestift. Haar zwarte haren waren kort en stonden stijf van de gel. Dit uiterlijk, in combinatie met haar gebruikelijke punkkledij van t-shirt, spijkerbroek en te groot leren jack leek bedoeld om de indruk te wekken dat ze geen gemakkelijke was. Het werkte niet: de elementen werkten en zwoeren samen om haar meisjesachtige vrouwelijkheid te benadrukken. Maar, had Henk gehoord, ze was hard. Keihard.

Anna kletste halfhartig over van alles en nog wat terwijl ze op hun consumpties wachtten: ze vroeg Henk wat hij van Moordzaken vond, in hoeverre het verschilde van zijn werk als *SchuPo* en meer van die ongeïnspireerde, loze vragen.

Hun consumpties arriveerden.

'Je hoeft dit niet te doen, weet je.' Henk nam een slok bier.

'Hoe bedoel je?' Anna trok haar wenkbrauwen op; als ze dat deed kreeg haar gezicht de onschuld van een schoolmeisje.

'Ik weet dat je de pest aan me hebt... nou ja, niet de pest, dat is te sterk uitgedrukt... Ik weet dat je het er niet echt mee eens bent dat meneer Fabel me in het team heeft opgenomen.'

'Gelul,' zei Anna. Ze trok haar leren jack uit en legde het over de rugleuning van haar stoel. Terwijl ze dat deed gleed haar halsketting onder haar t-shirt uit. Ze leunde achterover en stopte de ketting weer onder haar shirt. 'Hij is de baas. Hij weet wat hij doet. Als hij zegt dat je het aankunt, is dat voor mij voldoende.'

'Maar je bent er niet gelukkig mee.'

Anna zuchtte. Ze nam een grote slok van haar whisky met gemberbier. 'Sorry, Henk. Ik weet dat ik niet bepaald de rode loper voor je heb uitgelegd. Het is gewoon... Nou ja, het is gewoon zo dat ik het moeilijk heb gehad om over de dood van Paul heen te komen. Ik neem aan dat Fabel je daar alles over heeft verteld.'

Henk knikte.

'Nou, ik weet dat we iemand nodig hebben om zijn plaats in te nemen. Maar niet om zijn plaats in te nemen, als je begrijpt wat ik bedoel.'

'Ik begrijp het. Echt,' zei Henk. 'Maar in alle eerlijkheid: het is niet mijn probleem. Het is een verleden waar ik geen deel aan heb. Je moet accepteren dat ik bij het team ben gekomen om de best mogelijke bijdrage te leveren. Ik heb Paul Lindemann niet gekend en ik heb niet aan dat onderzoek meegewerkt.'

Anna nam opnieuw een slok en rimpelde haar neus terwijl ze slikte. 'Nee. Je hebt het mis. Je maakt deel uit van dat verleden. Als je een deel bent van het team, ben je een deel van wat er met het team is gebeurd. En die avond daar in het Alte Land zijn we allemaal veranderd. Ik, Maria... God weet dat Maria daar is veranderd... zelfs Werner en Fabel. En we verloren een van ons. We zitten er nog steeds mee.'

'Oké.' Henk boog zich naar voren en legde zijn ellebogen op tafel. 'Vertel op.'

39

Fabel hoefde niet naar het appartement van Heinz Schnauber te zoeken. Hij kende Eppendorf heel goed: het Instituut voor Gerechtelijke Geneeskunde was gevestigd in de universiteit Hamburg Eppendorf en Schnaubers appartement bevond zich in een van de elegante negentiende-eeuwse huizen aan de chique Eppendorfer Landstrasse.

Schnauber verwachtte hem, maar Fabel liet niettemin zijn ovale politiepenning en identiteitsbewijs zien toen Schnauber opendeed. Hij was midden vijftig, niet erg lang en slank, zonder mager te zijn. Hij liet Fabel in een elegante salon. Het meubilair was in overeenstemming met de bouwperiode, maar oneindig veel comfortabeler dan in Vera Schillers villa in Hausbruch. Fabel wist nooit hoe hij zich tegenover homo's moest opstellen. Hij zag zichzelf graag als een wereldwijze, moderne, rationele man en hij had absoluut niets tegen homo's, maar zijn lutherse Friese opvoeding maakte hem onzeker en opgelaten in hun gezelschap. Hij ergerde zich intens aan zijn eigen provincialisme, vooral toen hij merkte dat hij enigszins verbaasd was dat Schnaubers manier van doen en praten volstrekt mannelijk was. Eén ding dat Fabel opmerkte was de intense pijn in Schnaubers ogen wanneer hij het over Laura von Klosterstadt had. Of Schnauber nu wel of niet homo was, hij had overduidelijk van Laura gehouden. Een bijna vaderlijke liefde.

'Ze was mijn prinses,' legde Schnauber uit. 'Zo noemde ik haar: "mijn gebroken prinsesje". Ik kan oprecht zeggen dat ze bijna een dochter voor me was.'

'Waarom "gebroken"?'

Schnauber glimlachte wrang. 'U zult vast allerlei gestoorde gezinnen tegenkomen, hoofdinspecteur. Via uw werk, bedoel ik. Verslaafde ouders, criminele kinderen, misbruik, dat soort dingen. Maar er zijn gezinnen die er handig in zijn hun gestoordheid verborgen te houden. Hun lijken zijn veilig opgeborgen in de kast. Nou, en als je zo veel geld en invloed hebt als de Von Klosterstadts, kun je je een heleboel kasten veroorloven.'

Schnauber ging op de sofa zitten en nodigde Fabel uit plaats te nemen door naar een grote, leren fauteuil met een hoge rugleuning te wijzen.

'Ik wilde u iets vragen over het feest,' zei Fabel. 'Het verjaardagsfeest van juffrouw Von Klosterstadt, bedoel ik. Is er iets bijzonders gebeurd? Of waren er ongewenste gasten?'

Schnauber lachte. 'Er komen geen ongewenste gasten op mijn feesten, meneer Fabel.' Hij legde de nadruk op *geen*. 'En nee, er is niets ongewoons of onaangenaams gebeurd. Er was de voorspelbare koelheid tussen Laura en haar moeder. En Hubert was zoals gewoonlijk een over het paard getild ettertje. Maar afgezien daarvan liep het feest op rolletjes. Er was een stel Amerikanen overgekomen, van een exclusief zeilkledingbedrijf in New England. Ze hadden belangstelling om Laura als hun "gezicht" te contracteren... De Yanks zijn dol op haar aristocratische Europese uiterlijk.' De droefheid op Schnaubers gezicht werd intenser. 'Arme Laura; elk verjaardagsfeestje toen ze klein was werd zodanig georganiseerd dat het paste binnen haar moeders sociale agenda. Daarna, toen ze volwassen was, waren het excuses om haar te promoten bij potentiële klanten. Ik voelde me er rottig over. Maar het was mijn werk, als haar agent, om haar zo breed en effectief mogelijk te promoten.' Zijn ogen richtten zich op Fabel. Er lag iets ernstigs in die blik, alsof het belangrijk voor hem was dat Fabel hem geloofde. 'Ziet u, ik heb alles gedaan wat ik kon om iets meer van die feesten te maken dan opgeleukte reclamespots. Ik kocht altijd kleine cadeautjes voor haar verjaardag, liet een speciale taart bezorgen, dat soort dingen. Ik heb echt geprobeerd die feesten leuk voor haar te maken.'

'Ik weet het. Ik begrijp het, meneer Schnauber.' Fabel glimlachte. Hij liet Schnauber even alleen met zijn gedachten voordat hij de volgende vraag stelde. 'U zei dat de familie Von Klosterstadt heel wat lijken in de kast had. Wat voor lijken? Was er iets gaande binnen Laura's familie?'

Schnauber liep naar de drankkast en schonk zichzelf een in Fabels ogen ruime maat single malt whisky in. Hij hield de fles in Fabels richting en trok een vragend gezicht.

'Nee, dank u... Niet wanneer ik dienst heb.'

Schnauber ging weer zitten. Hij sloeg een aanzienlijke hoeveelheid van het overdreven volle glas scotch naar binnen. 'U hebt haar ouders ontmoet? En Hubert?'

'Ja,' zei Fabel. 'Ik heb ze ontmoet.'

'De vader is een lul. Hij is even arm aan hersens als rijk aan geld. En hij is indiscreet. Hij heeft de afgelopen vijftien jaar het hele secretaressenbestand van Hamburg geneukt. Let wel, dat kan ik billijken als je naar Margarethe kijkt, zijn vrouw.'

Fabel keek beduusd. 'Ik zou zeggen dat ze een heel aantrekkelijke vrouw was. Duidelijk een schoonheid in haar tijd, net als Laura in de hare.'

Schnauber glimlachte veelbetekenend. 'Er zijn tijden... meestal eigenlijk... dat ik zo verdomd blij ben dat ik homo ben. Het maakt me om te beginnen immuun voor Margarethes hekserij. Maar ik zie dat u al behekst bent, meneer Fabel. Denk geen moment dat al die seksuele chemie die Margarethe uitstraalt betekent dat ze goed neukt. Je kunt haar niet neuken als je geen ballen hebt en Margarethe heeft zich heel haar leven toegelegd op het castreren van mannen. Ik denk dat Laura's vader zijn snikkel overal in stopt wanneer hij de kans krijgt. Gewoon om te bewijzen dat hij er nog een heeft.' Hij nam opnieuw een slok en dronk zijn glas leeg. 'Maar dat is niet de reden waarom ik de pest heb aan Margarethe von Klosterstadt. Ik verafschuw haar vanwege de manier waarop ze Laura heeft behandeld. Alsof ze haar opsloot en honger liet lijden... honger naar liefde, naar genegenheid, naar de duizend kleine dingen die een goede moeder en dochter verbinden.'

Fabel knikte nadenkend. Niets van dit alles was van rechtstreeks nut voor het onderzoek, maar de whisky en het verdriet hadden Schnaubers woede ontketend over een oneerlijke dood die blijkbaar een eind had gemaakt aan een oneerlijk en ongelukkig leven. Nu werden de lege kamer en het lege uitzicht vanuit het zwembad begrijpelijk. Schnauber stond op, liep opnieuw naar het buffet en schonk zichzelf een glas in. Hij bleef even staan, fles in de ene hand, glas in de andere, en keek uit het raam over de Eppendorfer Landstrasse.

'Soms haat ik deze stad. Soms haat ik het dat ik verdomme een Noord-Duitser ben, met al onze benepen complexen en schuldgevoelens. Schuldgevoel is iets afschuwelijks, vind u ook niet?'

'Ik neem aan van wel,' zei Fabel. Schnaubers gezicht vertoonde een uitdrukking die Fabel zoveel keren eerder had gezien in zijn carrière, de rusteloze besluiteloosheid van iemand die aarzelt op de drempel van een vertrouwelijke mededeling. Fabel liet de stilte voortduren, gaf Schnauber tijd om te besluiten of hij zich bloot zou geven.

Schnauber keerde zich van het raam af naar Fabel toe. 'U maakt het voortdurend mee, neem ik aan. Als politieman, bedoel ik. Ik wed dat er mensen zijn die de verschrikkelijkste misdaden begaan – moord, verkrachting, kindermishandeling – en die toch geen schuldgevoel hebben.'

'Helaas, ja, die zijn er.'

'Dat is wat me zo nijdig maakt... Dat er zonder schuldgevoel ook geen straf is. Zoals sommige van die ouwe nazischoften, die weigerden in te zien dat het verkeerd was wat ze deden, terwijl de generatie na hen gebukt gaat onder schuldgevoelens over iets wat vóór hun geboorte gebeurd is. Maar er is een andere kant van de medaille.' Schnauber nam weer plaats op de sofa.

'Degenen die dingen doen die de meesten van ons pekelzonden zouden vinden – banale zonden zelfs – maar die de rest van hun leven door schuldgevoelens worden achtervolgd.'

Fabel boog zich naar voren. 'Werd Laura achtervolgd?'

'Door een van de vele lijken in de kasten van de Von Klosterstadts, ja. Een abortus. Jaren geleden. Ze was zelf nauwelijks meer dan een kind. Niemand weet ervan. Het werd de kop in gedrukt met veiligheidsmaatregelen waarmee vergeleken de Bondskanselarij de zoete inval lijkt. Margarethe regelde alles en zorgde ervoor dat het geheim bleef. Maar Laura heeft het me verteld. Het heeft jaren geduurd voordat ze dat deed en het brak haar kleine hart tóen ze het deed.'

'Wie was de vader van het kind?'

'Niemand. Dat was zijn zonde, dat hij een niemand was. Dus zorgde Margarethe ervoor dat hij van het toneel verdween. Dat is, meer dan wat ook, de reden waarom ik haar mijn "gebroken prinses" noemde. Een medische ingreep van een uur en een levenslang schuldgevoel.' Schnauber nam opnieuw een teug. Zijn ogen waren rood alsof ze prikten, maar niet door de malt. 'Weet u wat me verdrietiger maakt dan wat ook, hoofdinspecteur? Dat, toen dit monster Laura vermoordde, ze waarschijnlijk vond dat ze het verdiende.'

40

Henk Hermann leunde achterover. Hij had geluisterd naar Anna's relaas over de operatie waarbij Paul Lindemann was gedood, waarbij Maria was neergestoken en waarbij Anna zelf bijna om het leven was gekomen.

'Jezus, dat moet hard geweest zijn. Ik snap wat je bedoelt. Ik wist het natuurlijk, maar niet alle details. Ik snap wat je bedoelt met schokkend voor het team. De gevolgen voor jullie manier van werken, bedoel ik.'

'Ik weet dat het Fabel diep heeft geraakt. Heb je zijn gezicht gezien nadat Werner door Olsen was neergeslagen? Hij heeft ons sindsdien niet meer in riskante situaties gebracht vóórdat er een bijstandseenheid was. Ik denk dat hij... Ik denk dat we allemaal weer een beetje zelfvertrouwen moeten krijgen.'

Er viel een pijnlijke stilte. Het was alsof Henk iets wilde zeggen, maar zich bedacht had.

'Wat is er?' vroeg Anna. 'Zeg op. Wat wilde je vragen?'

'Iets persoonlijks. Je vindt het hopelijk niet erg?'

Anna keek hem nieuwsgierig aan. 'Oké...'

'Ik zag je ketting. De halsketting die je om hebt.'

De glimlach om Anna's lippen verdween, maar haar gezicht bleef ontspannen. Ze viste de davidster uit haar t-shirt. 'Wat... dit? Heb je er last van?'

'Nee... God nee...' Henk keek plotseling beduusd. 'Ik was alleen nieuwsgierig. Ik heb gehoord dat je in Israël bent geweest. In het leger. En dat je teruggekomen bent.'

'Is dat zo gek? Ik ben een Duitse. Hamburg is mijn stad. Hier hoor ik thuis.' Ze boog zich naar voren en fluisterde samenzweerderig: 'Niet verder vertellen... Maar we zijn met vijfduizend in Hamburg.'

Henk keek ongemakkelijk. 'Sorry. Ik had het niet moeten vragen.'

'Waarom niet? Vind je het gek dat ik ervoor kies om hier te wonen?'

'Nou, ja. Met zo'n afschuwelijk verleden. Ik bedoel, ik zou het je niet kwalijk nemen als je niet in Duitsland wilde wonen.'

'Zoals ik al zei, ik ben eerst en vooral Duitse. Daarna ben ik joods.' Ze zweeg even. 'Weet je dat Hamburg tot vlak voordat de nazi's aan de macht kwamen een van de minst antisemitische steden van Europa was? In heel Europa werden joden ingeperkt in wat voor beroep ze mochten uitoefenen en ook hun stemrechten waren beperkt. Maar niet in de Hanzestad Hamburg. Daarom had Hamburg tot de nazi's kwamen de grootste joodse gemeenschap van Duitsland; we vormden vijf procent van de bevolking. Zelfs tijdens het "donkere hoofdstuk" mochten mijn grootouders bij vrienden in Hamburg onderduiken. Daar was veel moed voor nodig. Meer moed, als ik eerlijk ben, dan ik denk dat ik zelf zou hebben gehad. In elk geval, tegenwoordig is het een stad waarin ik me op mijn gemak kan voelen. Thuis. Ik ben geen woestijnbloem, Henk. Ik moet regelmatig beregend worden.'

'Ik weet niet of ík zo vergevingsgezind zou kunnen zijn.'

'Het heeft niks met vergeven te maken, Henk, maar met alert blijven. Ik heb geen deel gehad aan wat er onder de nazi's gebeurde. Jij evenmin. Niemand van jouw leeftijd. Maar ik zal nooit vergeten dat het gebeurd is.' Ze zweeg even en liet het glas doelloos ronddraaien in haar handen. Toen lachte ze even. 'In elk geval, ik bén niet zo vergevingsgezind. Ik wed dat je gehoord hebt dat ik af en toe verzeild ben in... *controverses*, denk ik dat je het moet noemen.'

'Ik heb het gehoord,' lachte Henk. 'Iets over een rechts-radicale skinhead en gekneusde ballen?'

'Als ik sommige van die trieste rukkers zie, met hun kale kop en hun groene pilotenjacks, heb ik de neiging om een beetje verhit te raken, zullen we maar zeggen. Zoals ik zei, ik blijf alert. Intussen is mijn broer Julius een belangrijke figuur in de joodse gemeenschap in Hamburg. Hij is advocaat en een vooraanstaand lid van de Duits-joodse sociëteit. En hij werkt parttime aan de Talmud-Tora-Realschule in het Grindelviertel. Julius gelooft in culturele bruggenbouw. Ik geloof in waakzaamheid.'

'Dat klinkt alsof je vindt dat je broer het verkeerd doet.'

'We hebben geen cultuurbruggen nodig. Mijn cultuur is Duits. Mijn ouders, mijn grootouders en hun ouders... hun cultuur was Duits. We zijn niet anders. Als ik mezelf als anders beschouw... als jij me behandelt alsof ik anders ben... dan heeft Hitler gewonnen. Ik heb iets extra's in mijn afkomst, meer niet. Ik ben trots op die afkomst. Ik ben trots dat ik joods ben. Maar alles wat bepaalt wie ik ben is hier... is Duits.'

Henk bestelde nog iets te drinken en ze praatten over van alles en nog wat. Anna kwam erachter dat Henk twee zussen en een broer had. Hij was in Cuxhaven geboren, maar het gezin was toen hij nog een kind was naar Marmstorf verhuisd, waar zijn vader slager was geweest.

'De *Metzgerei Hermann*... de beste slager van Hamburg-Zuid,' zei Henk. Hij probeerde het quasi-spottend te zeggen, maar Anna glimlachte toen Henks oprechte trots erdoorheen schemerde. 'Zoals de meeste voorsteden van Hamburg doet Marmstorf meer aan als een dorp dan als een stadswijk. Ik weet niet of je het kent... Het centrum wemelt van de oude vakwerkhuizen en zo.' Henk keek opeens bedroefd. 'Ik voel me nog steeds schuldig dat ik de zaak van mijn vader niet heb overgenomen. Mijn broer studeert geneeskunde aan de universiteit van Hamburg. Mijn zussen hebben er ook geen belangstelling voor; de ene is accountant en de andere woont met haar man en kinderen in de buurt van Keulen. Mijn vader staat nog steeds in de zaak, maar hij is er te oud voor. Ik denk dat hij nog steeds hoopt dat ik de politie opgeef en het overneem.'

'Ik begrijp dat daar geen kans op is.'

'Nee, ik vrees van niet. Ik wilde als kind al politieman worden. Het was gewoon een van die dingen die je weet.' Hij zweeg even. 'Dus. Wat denk je? Kan ik ermee door?'

'Hoe bedoel je?'

'Nou, daar gaat het toch om? Om te kijken of je met me kunt werken?'

Anna grinnikte. 'Het gaat wel... Maar dat was eigenlijk niet de bedoeling. Het is alleen dat we zullen samenwerken en ik weet dat ik niet, nou ja, erg hartelijk ben geweest. Sorry. Maar ik denk dat je wel begrijpt dat het allemaal nog een beetje vers is. Na Paul, bedoel ik. In elk geval...' Ze hief haar glas. 'Welkom bij Moordzaken.'

41

De vorige keer dat hij op hem had gewerkt, bijna een jaar geleden, was Max gewend geraakt aan de lange stiltes van zijn klant. Max had zijn zwijgen opgevat als een blijk van belangstelling voor of zelfs gefascineerdheid door wat Max over zijn vak te vertellen had.

Deze avond echter had de man sinds zijn binnenkomst geen woord gezegd en nu stond hij gewoon zwijgend midden in Max' atelier. Domineerde het. Vulde het. En het enige wat te horen was was de ademhaling van de reusachtige man. Langzaam. Zwaar. Doelbewust.

'Is er iets? Is alles goed?' vroeg Max.

Een nieuwe stilte leek zich eeuwig uit te strekken tot de reusachtige man ten slotte sprak. 'De vorige keer dat je op me gewerkt hebt, heb ik je gevraagd niets vast te leggen. Het tegen niemand te vertellen. Ik heb je daar extra voor betaald. Heb je gedaan wat ik vroeg?'

'Ja, dat heb ik gedaan. Dat heb ik gedaan... en als iemand je iets anders heeft verteld, is dat gelogen!' protesteerde Max. Hij wou dat de grote man ging zitten. Zo dicht bij hem, in de kleine ruimte van het atelier, kreeg Max pijn in zijn nek doordat hij naar hem op moest kijken. De grote man hief een hand op. Hij trok zijn jas en het overhemd eronder uit en legde Max' eigen handwerk voor hem bloot. Zijn brede, gespierde torso was overdekt met woorden, met zinnen, met hele verhalen, allemaal in zwart, Oud-Gotisch schrift in zijn vlees getatoeëerd. De minste beweging, een trekken van een spier, en de woorden kronkelden alsof ze zelf leefden.

'Is dat de waarheid? Niemand weet van het werk dat je op me gedaan hebt?'

'Niemand. Ik zweer het. Het is een soort dokter-patiëntrelatie... Jij zegt dat je het stil wilt houden, dan hou ik het stil. Hoewel ik wou dat ik erover kon praten. Het is verdomme het beste wat ik ooit gemaakt heb. En dat zeg ik niet omdat jij de klant bent.'

De grote man zweeg weer. Ditmaal werd de stilte slechts onderbroken door het geluid van zijn ademhaling dat het kleine atelier weer vulde. Diep klinkende, resonerende ademstoten uit die hol klinkende borstkas. Zijn ademhaling werd sneller.

'Weet je zeker dat je je goed voelt?' vroeg Max met een nu hoge stem van iets tussen onbehagen en regelrechte angst.

Opnieuw geen antwoord. De grote man tastte naar zijn jas en haalde iets uit een van de zakken. Het was een klein, rubberen kindermasker. Een wolvenmasker. Hij zette het op zijn grote gezicht en de wolfachtige trekken rekten en vervormden.

'Wat moet je met dat masker?' vroeg Max, maar zijn mond was droog en zijn stem klonk vreemd. Hij voelde zijn hart bonzen in zijn borstkas. 'Luister. Ik heb het erg druk. Ik ben alleen voor jou opengebleven. Als je iets wilt...' Hij deed zijn best om iets gezaghebbends in zijn gespannen, bange stem te leggen.

'Slimme Hans...' De grote man glimlachte en hield zijn hoofd scheef. Het was een kinderlijke pose die bizar, surrealistisch aandeed bij een man van zijn omvang. Door het rekken van zijn nek rimpelden de woorden rondom zijn keel.

'Wat? Ik heet geen Hans. Dat weet je toch. Ik heet Max...'

'Slimme Hans...' herhaalde de grote man terwijl hij zijn hoofd de andere kant op legde.

'Max... Ik ben Max. Luister, grote man, ik weet niet wat je van plan bent. Heb je iets op? Ik geloof dat je beter terug kunt komen als...'

De grote man deed een stap naar voren en liet beide handen zwaar aan weerszijden van Max' hoofd neerkomen, omklemde het en kneep hard.

'O...' zei hij. 'Slimme Hans, Slimme Hans...'

'Ik heet geen Hans! Ik heet geen Hans!' Max schreeuwde nu. Zijn hele wereld had zich nu gevuld met een witte, zinderende angst. 'Ik ben Max? Weet je nog? Max! De taoëëerder!'

Achter het uitgerekte, groteske masker smolten de reusachtige trekken van de grote man opeens in droefheid en zijn stem klonk smekend, klaaglijk. 'Slimme Hans, Slimme Hans... Waarom werp je geen vriendelijke blikken op haar?'

Max voelde hoe zijn wangen tussen zijn tanden werden geduwd. De bankschroef om zijn hoofd verbrijzelde en verwrong zijn gelaatstrekken.

'Slimme Hans, Slimme Hans... waarom werp je geen vriendelijke blikken op haar?'

Max' kreet werd een hoog, dierlijk krijsen toen de reusachtige duimen van zijn aanvaller in het vlees onder zijn wenkbrauwen drukten, vlak boven de bolling van zijn oogleden. De druk nam toe en werd pijn van een onvoorstelbare intensiteit. De duimen drukten dieper. In de kassen. Max' gekrijs werd een snotterend rochelen toen zijn ogen uit zijn hoofd werden gedrukt en het kokhalzen opsteeg in zijn keel.

Blind nu hing Max slap in de onwrikbare greep van zijn immens sterke aanvaller. Zijn universum flitste en vonkte nu en hij dacht zelfs dat hij het silhouet van zijn aanvaller weer kon zien, als in neon geëtst, terwijl zijn gezichtszenuwen en hersens de plotselinge afwezigheid van zijn ogen probeerden te bevatten. Toen duisternis. De bankschroef liet los. Maar voordat Max op de grond in elkaar kon zakken voelde hij dat een hand hem bij zijn haren pakte en overeind trok. Er viel een ogenblik stilte in Max' duister. Het enige wat hij kon horen was opnieuw de gelijkmatige, diepe, resonerende ademhaling van de reus die hem blind had gemaakt. Toen hoorde hij het geluid van metaal dat ergens uit werd getrokken. Als uit een leren schede.

Max maakte een sprongetje van verbazing toen hij de klap tegen zijn hals en keel voelde. Een minuscule scherf van tijd, waarin hij zich afvroeg waarom de man hem niet harder had geslagen, dijde uit tot oneindigheid. Tegen de tijd dat hij zich realiseerde dat zijn keel was doorgesneden en dat de warmte die hij over zijn schouder en borst voelde gutsen zijn bloed was, gleed Max al weg in de dood.

Het laatste wat hij hoorde was de bizarre mix van de diepe bas en de kinderlijke klank in de stem van zijn aanvaller.

'Slimme Hans, Slimme Hans... Waarom werp je geen vriendelijke blikken op haar?'

42

Wat was dat voor een geur? Het was een vieze geur. Zwak, diffuus en onher-kenbaar, maar onaangenaam. Penetrant. Het leek op de geur die hij thuis soms rook. Maar hij was ook hier, alsof hij hem volgde. Hem achternazat.

Bernd had de metro genomen. Het was moeilijk parkeren in Der Kiez en hij genoot van de anonimiteit van het openbaar vervoer wanneer hij ging stappen. Trouwens, hij zou waarschijnlijk wel iets drinken. Na afloop.

Tegenover hem in de metro zat een jonge vrouw. Ze was begin twintig, met blond, jongensachtig kortgeknipt haar met een roze streep erin. Haar jas was in Afghaanse stijl en reikte tot halverwege haar kuiten, maar hing open. Haar figuur was vol, bijna plomp, en haar T-shirt spande over haar borsten. Hij richtte zijn blik op de blanke, gladde huid die onder de rand van haar T-shirt zichtbaar was en de lage tailleband van haar heupjeans. Het blo-te vlees werd geaccentueerd door het kuiltje van haar gepiercete navel.

Bernd staarde naar haar, naar haar jeugd en haar rijpheid, en voelde dat hij een stijve kreeg. Het meisje keek in zijn richting en hun blikken ontmoetten elkaar. Hij lachte een ondeugend bedoelde glimlach, maar die vormde zich op zijn lippen als niets anders dan een geile grijns. Het meis-je deed alsof ze rilde van afkeer, trok haar jas dicht en zette haar schouder-tas op haar schoot. Hij haalde zijn schouders op, maar bleef glimlachen. Na een paar minuten, waarin hij met zijn blik de verrukkelijke maar nu ver-borgen welvingen van haar jonge lichaam probeerde te volgen, stopte de metro bij het volgende station, Königstrasse. Het meisje stond op toen de automatische deuren opengingen. Terwijl ze dat deed keek ze hem drei-gend aan.

'Flikker op, griezel...'

Bernd bleef zitten tot de volgende halte. Zijn opwinding steeg terwijl hij het station via de trap verliet en in de nacht verdween. Hij haalde diep adem en was zich ervan bewust dat de geur er nog steeds was, niet doordringend nu, maar als een suggestie tussen de klamme avondlucht en de uitlaatgassen. En overal om hem heen glitterde St. Pauli.

Het metrostation lag aan het westelijke uiteinde van de *Sündige Meile* van Hamburg, de zondige mijl. De Reeperbahn strekt zich lang en breed uit door het hart van de wijk St. Pauli. Dit was vroeger de Hamburger Berg, in de tijd voordat ze de buurt de naam hadden gegeven van de plaatselijke Sint-Pauluskerk. Het was een niemandsland geweest tussen twee aangrenzende, concurrerende steden, het Duitse Hamburg en het Deense Altona. Het was een laaggelegen, zompig moerasgebied waar beide steden hun afval stortten. En hun ongewensten. De melaatsen werden hierheen gestuurd, om er, gemeden door beide gemeenten, bij de rivier te wonen, in het minst onherbergzame deel van een toch al onherbergzaam moeras. Vervolgens kregen degenen die geen toestemming hadden om zich als ambachtsman in Altona of Hamburg te vestigen te horen dat ze hun vak daar konden uitoefenen, met inbegrip van de touwslagers, die *Reep* maakten, zoals het in het Nederduits werd genoemd, en die de Reeperbahn, de Touwslagersweg, zijn naam gaven. Het stond al deze ambachtslieden vrij hun tevoren verboden beroep uit te oefenen en de op een na bekendste straat van het gebied kreeg de naam *Grosse Freiheit*, Grote Vrijheid.

Maar deze grote vrijheid had ook andere beroepen aangetrokken en deze waren neergestreken in het gebied, waar ze tot bloei waren gekomen. Het was de beroepensector van de prostitutie en de pornografie.

Nu waren de Denen allang weg en hoorde Altona bij Hamburg. Maar het gebied was een schemerachtige wereld van wellust en rauwe vulgariteit gebleven. De afgelopen jaren had St. Pauli geprobeerd haar onfatsoen toe te dekken onder trendy bars, nachtclubs, disco's en theaters, maar in de smalle straten die uitwaaierden vanaf de Reeperbahn werd nog steeds gehandeld in begeerte, vlees en geld.

En dit was de plek waar Bernd zijn eigen grote vrijheid had gevonden. Er was hem onlangs iets overkomen waarvoor hij geen verklaring had. Een bevrijding. Een vrijmaking van alle morele beperkingen die hem sinds zijn jeugd waren opgelegd. Nu sloop hij door de nacht en gaf toe aan elk duister verlangen.

Dit was zijn favoriete plaats – zijn vertrekpunt – staande voor de uitgang van het metrostation, met voor zich de Reeperbahn aan de ene kant en de schel en uitnodigend flitsende en twinkelende Grosse Freiheit aan de overkant. Dit was meer dan zomaar een plaats. Het was een tijd, het heldere, verrukkelijke moment tussen gespannen verwachting en vervulling. Maar vanavond was Bernds behoefte nog groter dan ooit en hij had geen tijd om van het ogenblik te genieten. De tinteling van donkere wellust die in de metro was begonnen, was zoals altijd een onprettig onbehagen geworden, als een druk die verlicht moest worden. Een steenpuist die doorgesneden moest worden.

Hij beende doelgericht over de Reeperbahn, negeerde de etalages met buitenproportionele seksspeeltjes en de opdringerige uitnodiging van de portier van een 'videolounge'. Hij sloeg af naar de Hans-Albers-Platz. De druk in zijn kruis en het draaierige gevoel in zijn borst bereikten een nieuw niveau van intensiteit en hij had durven zweren dat hij de geur nog duidelijker rook, alsof die twee dingen verband hielden, alsof de geur een lustopwekkend element combineerde met walging. Hij was bijna op zijn bestemming. Hij beende tussen de schotten door die de Herbertstrasse, de honderd meter lange bordeelstraat, afschermen van de rest van Hamburg.

Na afloop stak Bernd de Reeperbahn over en begaf zich naar een kleine pub in de Hein-Hoyer-Strasse. Het was een typische St. Pauli-kroeg. Schlagers brulden uit de jukebox en de muren waren versierd met visnetten, modelschepen, Prinz-Heinrich-petten en het obligate groepje foto's van bezoekers van uiteenlopende beroemdheid. Een foto van Jan Fedder, de in St. Pauli geboren ster van de langlopende tv-politieserie *Grossstadtrevier*, was uit een tijdschrift geknipt en op de muur geplakt, naast een vage foto van St. Pauli's beroemdste zoon, Hans Albers. Bernd baande zich een weg door de bar, bestelde een Astra-bier en leunde tegen de toog. De barmeid was te dik en had een slechte huid en haren die niet-overtuigend blond waren, maar desondanks merkte hij dat hij zijn kansen aan het inschatten was. Hij dacht opnieuw dezelfde geur te ruiken.

Op dat moment werd Bernd zich bewust van de reusachtige man die naast hem aan de bar opdoemde.

43

'Ik snap echt niet waarom je zo'n hekel hebt aan deze omgeving.' Susanne hief haar gezicht naar de zon en naar de wind die, niet belemmerd door schaduwen of obstakels, over de weidse vlakten van het Wattenmeer speelde die zich ononderbroken uitstrekten, van horizon tot horizon. Het natte, modderige zand drong tussen de tenen van Susannes blote voeten door terwijl ze liep. 'Ik vind het geweldig.'

'En het heeft zoveel te bieden.' Fabels glimlach en toon waren quasi-enthousiast. 'Misschien kunnen we vanmiddag met zijn allen naar het theemuseum gaan, of gaan zwemmen in het "Ocean-Wave Wellenpark".'

'Nou, het lijkt me allebei best leuk,' protesteerde ze. 'Je hoeft niet zo sarcastisch te doen. Ik denk dat je, diep in je hart, niet zo'n hekel hebt aan deze plaats als je doet voorkomen.'

Een andere groep *Wattwanderer* passeerde hen en ze wisselden *"Moin, Moin"*-begroetingen uit. Dit waren serieuzere wadlopers, onder leiding van een plaatselijke gids, en ze hadden een korte broek aan boven blote benen die glad en zwart waren van de vettige modder van het *Watt*. Susanne haakte haar arm door die van Fabel, trok hem dichter tegen zich aan en legde onder het lopen haar hoofd tegen zijn schouder.

'Nee,' antwoordde Fabel. 'Ik heb er geen hekel aan. Het is gewoon het gevoel dat we allemaal hebben over de omgeving waarin we zijn opgegroeid, denk ik. Een behoefte om te ontsnappen. In het bijzonder wanneer die omgeving provinciaals was. Ik heb Norddeich altijd zo provinciaals gevonden als je maar kunt bedenken.'

Susanne lachte. 'Heel Duitsland is provinciaals, Jan. Iedereen heeft een Norddeich. Iedereen heeft een *Heimat*.'

Hij schudde zijn hoofd en de strakke bries woelde door zijn blonde haren. Ook Fabel liep op blote voeten, gekleed in een oud denim hemd, een vaal geworden blauw windjack en een kaki broek die hij tot boven zijn enkels had opgerold. Zijn lichtblauwe ogen werden beschut door een zonnebril. Susanne had Fabel nooit zo losjes gekleed gezien. Het maakte hem jongensachtig. 'Misschien hebben sprookjes daarom in Duitsland langer standgehouden dan elders... omdat we gehoor hebben gegeven aan de waarschuwingen om niet ver van het bekende en gemakkelijke en comfortabele af te dwalen... van onze *Heimat*. Maar hoe dan ook, dit is niet mijn *Heimat*, Susanne. Dat is Hamburg. Hamburg is waar ik echt thuishoor.' Hij glimlachte en leidde haar bijna ongemerkt in een wijde boog rond tot ze tegenover de oever stonden, waar de kleur van het zand veranderde van glanzend bruin in lichtgoud en waar de horizon werd gevormd door het smalle groene lint van de dijken. 'Laten we teruggaan.'

Ze liepen enige tijd nadenkend en zwijgend door, tot Fabel naar de dijk vóór hen wees.

'Toen ik jong was bracht ik daar soms uren door, uitkijkend over zee. Het is niet te geloven hoe sterk de lucht en de zee hier veranderen, en hoe snel.'

'Ik kan het me voorstellen. Ik zie je als een heel ernstige kleine jongen.'

'Je hebt met mijn moeder gepraat.' Fabel lachte. Om redenen die hij niet kon omschrijven had hij ertegenop gezien Susanne hierheen te brengen, haar aan zijn moeder voor te stellen. Temeer omdat hij besloten had het te combineren met zijn weekend met zijn dochter. Maar net als op de avond met Otto en Else was Susanne met haar schoonheid, ongedwongenheid en charme even innemend geweest als altijd, zelfs toen Susanne tegenover zijn moeder had opgemerkt dat ze nog steeds een vaag maar charmant Brits accent had. Fabel was inwendig ineengekrompen; zijn moeder dacht graag dat ze perfect, accentloos Duits sprak en als kind hadden Fabel en zijn broer Lex geleerd hun moeder c.q. lerares niet te verbeteren wanneer ze een verkeerd lidwoord gebruikte. Maar Susanne was er op de een of andere manier in geslaagd zijn moeder het gevoel te geven dat ze een compliment had gekregen.

Ze waren samen vanuit Hamburg hierheen gereden. Susanne en Gabi hadden het grootste deel van de reis goedmoedige grappen over Fabel gemaakt. De rit en het weekend hier in Norddeich hadden Fabel zowel goed gedaan als in de war gebracht: voor het eerst sinds zijn scheiding van Renate had hij weer iets van een familiegevoel gehad.

Die ochtend was Fabel als eerste opgestaan en had Susanne laten slapen. Gabi was al vroeg naar Norden gegaan, de 'ouderstad' van Norddeich. Hij had samen met zijn moeder het ontbijt klaargemaakt en gekeken hoe ze dezelfde keukenhandelingen verrichtte als toen hij jong was, maar nu, hoewel ze snel en bijna volledig hersteld was, bewoog ze zich langzamer, bedachtzamer. En ze zag er brozer uit. Ze hadden over Fabels overleden vader gepraat, over zijn broer Lex en diens gezin en daarna over Susanne. Ze had haar hand op Fabels onderarm gelegd en gezegd: 'Ik wil alleen maar dat je weer gelukkig wordt, jongen.' Ze had Engels tegen hem gesproken, sinds zijn jeugd de taal van de intimiteit tussen hem en zijn moeder. Bijna alsof het hun geheimtaal was.

Fabel draaide zich naar Susanne toe en bevestigde haar opmerking. 'Je hebt gelijk, ik denk dat ik een ernstig jongetje was... Te ernstig. Te serieus, als jongen en als man. De vorige keer dat ik hier was zei mijn broer Lex precies hetzelfde... "altijd een serieus kind". Ik zat vaak ginds op de dijk achter het huis en keek uit over zee, stelde me de Vikingschepen van de Angelen en de Saksen voor die koers zetten naar de Keltische Britse kust. Voor mij wás dat deze plek, die kust. Ik ging met mijn gezicht naar de zee zitten en was me bewust van de uitgestrektheid van Europa achter me en de open zee voor me. Ik denk dat het feit dat ik een Britse moeder had ook meespeelde. Veel dingen zijn hier begonnen. Engeland werd hier geboren. Amerika. De hele Angelsaksische wereld van Canada tot Nieuw-Zeeland. Hier verzamelden ze zich, de Angelen, de Jutten, de Saksen... alle Ingweonen...' Hij zweeg, alsof hij verrast werd door zijn eigen woorden.

'Wat is er?' vroeg Susanne.

Hij lachte wrang. 'Alleen maar die zaak. Dat "Grimm"-geval. Ik schijn er niet aan te kunnen ontsnappen. Beter gezegd: ik schijn nooit ver van een of allebei de gebroeders Grimm verwijderd te zijn.'

'We beginnen hopelijk niet over ons werk.' Susanne overdreef de waarschuwende klank in haar stem.

'Het komt alleen door wat ik zei, over de Ingweonen, "het volk van de zee", de kinderen van Ing. Ik herinnerde me opeens waar ik voor het eerst over ze heb gelezen... in *Teutoonse mythologie* van Jakob Grimm. Schraap ergens over het oppervlak van de Duitse taalkunde of de Duitse geschiedenis en je legt een Grimm-verband bloot.'

Hij maakte een verontschuldigend gebaar. 'Sorry. Dit gaat niet echt over het werk. Het is alleen dat ik de auteur heb gesproken, Gerhard Weiss. Hij zegt dat we ons allemaal uniek wanen, maar allemaal slechts variaties op een thema zijn, en dat is de reden waarom fabels en sprookjes steeds opnieuw weerklank vinden en relevant zijn. Maar ik heb onwillekeurig het gevoel dat de Grimm-verhalen zo... zo *Duits* zijn. Zelfs al hebben sommige ervan wortels en parallellen buiten Duitsland. Misschien is het net zoiets als de smaak voor eten van de Fransen en de Italianen. Misschien hebben wij een instinct voor mythen en legenden. Het Nibelungenlied, de gebroeders Grimm, Wagner en zo.'

Susanne haalde haar schouders op en ze zwegen weer. Aangekomen op de brede strook goudblond zand en duinen liepen ze naar de dubbele rieten strandstoel waar ze hun handdoeken en schoenen hadden achtergelaten. Ze gingen in de luwte zitten en kusten elkaar.

'Nou,' zei Susanne, 'als je me niet meeneemt naar de wonderlijke water-wereld van het Wellenpark of om te genieten van de cultuurschatten van het theemuseum, moeten we misschien maar teruggaan en met je moeder en Gabi ergens gaan lunchen.'

44

Maria Klee leunde met haar rug tegen de deur van haar appartement, alsof ze haar gewicht wilde toevoegen aan de barricade tussen haar innerlijke ruimte en de buitenwereld. Het eten was heerlijk geweest, het afspraakje
een ramp. Ze hadden elkaar ontmoet voor een etentje in Restaurant Eisen-
stein, een stijlvol verbouwde voormalige fabriek van scheepsschroeven. Het
was een van Maria's favoriete eetgelegenheden en omdat ze toch in Ottensen was, kwam het goed uit. Ze had er afgesproken met Oskar, een advocaat
die ze via wederzijdse vrienden had ontmoet. Oskar was intelligent, attent,
charmant en aantrekkelijk. Hij had als toekomstige vriend geen betere papieren kunnen hebben.

Maar telkens wanneer ze het gevoel kreeg dat hij haar privéruimte bin-
nendrong, had ze zich teruggetrokken. Zo was het altijd al gegaan sinds ze
neergestoken was. Elke afspraak. Elke ontmoeting met een man. Haar baas,
Fabel, had er geen idee van, mocht er niets van weten. Ze wist zelf heel goed
dat het gevaar bestond dat het haar werk als politieagent kon beïnvloeden.
En wat de klootzak die haar had neergestoken haar ook mocht hebben ont-
nomen, haar carrière zou hij haar niet afpakken. Nu Werner met ziekteverlof
was om te herstellen van de aanval door Olsen was Maria Fabels enige nummer twee. En ze zou hem niet teleurstellen. Ze kon hem niet teleurstellen.

Maar diep in haar binnenste brandde een meedogenloos vuur: wat zou er
gebeuren als het erop aankwam? Wat zou er gebeuren als ze opnieuw tegenover een gevaarlijke crimineel zou staan, wat bijna zeker vroeg of laat zou
gebeuren? Zou ze eroverheen komen?

Intussen, bij elke nieuwe afspraak, moest Maria de paniek verdringen die
elke dreiging van intimiteit met een man met zich meebracht. Oskar was
tot het laatst toe beleefd gebleven, toen eindelijk het moment was gekomen
waarop ze een eind aan de avond konden maken zonder dat het overduidelijk en gênant voorbarig was. Hij had haar met de auto naar huis gebracht en

voor de deur van haar flat afgezet. Ze hadden elkaar vluchtig welterusten ge-kust; ze had hem niet gevraagd binnen te komen voor een kop koffie en hij had het duidelijk niet verwacht.

Maria trok haar jas uit en gooide haar sleutels in de houten schaal naast de deur. Haar hand speelde afwezig met het schouderbandje van haar jurk voordat hij verderging naar haar borst, vlak onder het borstbeen, en haar vingers over haar zijden jurk gleden. Ze voelde niets door de dunne zijde heen, maar ze wist dat het er was. Het litteken. Het merkteken dat hij op haar had achtergelaten toen hij het mes in haar buik had gestoken.

Maria schrok even toen er op de deur werd geklopt. Toen slaakte ze een geïrriteerde zucht. Oskar. Ze dacht dat hij het begrepen had. Ze deed de ket-ting op de deur voordat ze openmaakte. Ze was bijna teleurgesteld toen ze zag dat het niet haar date was. Ze haakte de ketting los en hield de deur wijd open om Anna Wolff en Henk Hermann binnen te laten.

'Wat is er?' vroeg ze, maar ze had haar hand al in de lade van de kast naast de deur, waar ze haar SIG-Sauer-dienstwapen bewaarde.

'Onze literaire vriend is weer bezig geweest. We hebben een mannelijk slacht-offer. Ditmaal in het Sternschanzen Park... aan de voet van de watertoren.'

'Hebben jullie Fabel gewaarschuwd?'

'Ja, maar hij is in Ostfriesland. Hij zei dat ik je onmiddellijk naar de plaats delict moest brengen om de boel op te starten. Hij vertrekt nu en treft ons later op het hoofdbureau.' Anna glimlachte toen ze naar Maria keek, haar SIG-Sauer in de ene hand terwijl ze naar haar zwarte avondjurk staarde, als-of haar plotseling te binnen zou schieten waar ze de holster kon bevestigen. 'Leuke jurk. We wachten wel terwijl je je verkleedt.'

Maria glimlachte dankbaar en liep naar de slaapkamer.

'O, en Maria,' zei Anna. 'Deze is helemaal mooi... De klootzak heeft zijn ogen uitgestoken.'

De *SchuPo* en de technische recherche hadden al een wit scherm geplaatst op een meter of vijftig van de plaats delict. Het lichaam zelf werd beschermd door een tweede ring van schermen. Het schouwspel werd verlicht door schijnwerpers en het diepe dreunen van de mobiele generator die ze van stroom voorzag klonk op de achtergrond. Het Sternschanzen Park was een voortdurend strijdtoneel tussen de jonge gezinnen, snel stijgend op de soci-ale ladder, die naar de steeds meer in trek komende buurt verhuisden en de drugsdealer en -gebruikers die na het donker door het park zwierven. Deze avond doemden de door de schijnwerpers verlichte bomen dreigend op bo-ven de plaats delict en de rode bakstenen *Wasserturm* achter de bomen to-rende hoog op in de nacht. Het was, merkte Maria op, een bijna identieke si-tuatie als de vorige keer, in het Winterhuder Stadtpark, in de schaduw van het Planetarium, oorspronkelijk eveneens een watertoren. De moordenaar probeerde hun iets duidelijk te maken. Maria vervloekte het feit dat ze niet Fabels vermogen had om het perverse vocabulaire van de psychopaat te interpreteren.

De dienstdoende leider van het forensisch team was niet Brauner, maar een jongere man die ze nog niet kende. Maria zette de gedachte dat dit de avond van de plaatsvervangers was van zich af. Toen ze de afgezette plaats delict betrad, haar handen in latex handschoenen gestoken en haar voeten in overschoenen, knikten zij en de leider van het forensisch team elkaar zakelijk toe en hij stelde zich voor als Grueber. Hij droeg een bril, waarachter grote, donkere ogen schitterden; hij zag er bijna jongensachtig uit, met een bleke huid en donkere haren die nonchalant over zijn hoge, brede voorhoofd hingen. Maria doopte hem in gedachten Harry Potter.

In het midden van de plaats delict lag een man, alsof hij er door een begrafenisondernemer was neergelegd, in een lichtgrijs kostuum, wit overhemd en goudkleurige das. Zijn handen waren voor zijn borst gevouwen, met een grote lok blond haar ertussen, precies zoals de roos die tussen de handen van Laura von Klosterstadt was achtergelaten.

De ogen waren verdwenen. De gekneusde oogleden zakten weg in de kassen en bedekten ze niet helemaal. Er zaten bloedkorsten rondom de plek waar de ogen hadden gezeten, maar minder dan Maria had verwacht. Ze merkte dat ze naar het gezicht zonder ogen toe werd getrokken. Het was alsof mét de ogen ook de menselijkheid was weggenomen. Zelfs als hij daar met gesloten ogen zou hebben gelegen zou het lichaam iets menselijks hebben behouden.

'Doodgeschoten?' vroeg ze Grueber, wijzend naar de bloedvlek onder de handen. Het lichaam vertoonde verder geen zichtbare verwondingen die wezen op een worsteling of een uitzinnige aanval met een mes.

'Ik heb het nog niet onderzocht,' zei Grueber. Hij liep om het lichaam heen en knielde erbij neer. 'Kan een kogel zijn of het kan één enkele steekwond zijn. Maar waarmee zijn ogen ook verwijderd zijn, het was niet iets scherps. Ik vermoed dat de moordenaar het met zijn duimen heeft gedaan. Een letterlijk "handtastelijke" moordenaar.' Hij stond op en draaide zich om naar Maria. 'Het slachtoffer is tussen de vijfendertig en de veertig, een man, een meter zeventig lang en ik schat hem op zo'n vijfenzeventig kilo. Ik zie gesprongen bloedvaten rond de neus en de lippen en duidelijke wurgsporen rond de nek, dus dat is waarschijnlijk de doodsoorzaak.'

'Dat met zijn ogen? Pre- of postmortaal?'

'Moeilijk te zeggen nu, maar de betrekkelijk geringe hoeveelheid bloed duidt erop dat het na of vlak vóór het overlijden is gebeurd. Al zou er sowieso niet veel bloed zijn.'

Anna Wolff kwam samen met Henk Hermann de tent binnen. Ze kromp ineen toen ze naar het gezicht zonder ogen keek. Hermann knielde naast het lijk.

'Ik wed dat na analyse zal blijken dat dit de ontbrekende haarlok van Laura von Klosterstadt is.' Hij wendde zich tot Grueber. 'Kan ik de handen verplaatsen? Ik vermoed dat we er een briefje van onze moordenaar onder zullen vinden.'

'Laat mij maar,' zei Grueber. 'Zoals ik al zei, ik wed dat de moordenaar heel "handtastelijk" is. Misschien dat het slachtoffer op zijn beurt de moordenaar heeft beetgepakt. Er zouden huidcellen onder de vingernagels kunnen zitten.' Voorzichtig tilde hij een van de handen op en legde hem enigszins opzij, waarna hij de haren verwijderde en in een plastic zakje deed. Hij tilde de andere hand op. Eronder lag een stukje geel notitiepapier.

'Dat is het,' zei Hermann. Grueber gebruikte een pincet om het papiertje op te pakken en in een doorschijnend plastic zakje te doen. Hij gaf het aan Hermann, die het naar het licht van de schijnwerpers draaide en ernaar tuurde.

'"Raponsje, Raponsje, laat je vlechten neer!"'

'Fantastisch,' zei Maria. 'Dus hij heeft nummer vier op zijn conto geschreven.'

'Nummer vijf,' zei Anna, 'als je Paula Ehlers meetelt.'

Grueber onderzocht de voorkant van het overhemd, maakte voorzichtig een knoop los en bekeek de wond eronder. Hij schudde zijn hoofd. 'Raar... Hij is niet neergeschoten. Eén enkele steekwond, zo te zien. Waarom heeft hij zich niet verzet?'

'En wat hebben die ogen te betekenen?' zei Henk Hermann. 'Het lijkt erop dat onze man nu trofeeën verzamelt.'

'Nee,' zei Maria, omhoogkijkend naar de watertoren. 'Hij neemt ze niet mee als trofeeën. Dit...' – ze wees met een lichte hoofdbeweging naar het lichaam – '... moet de prins voorstellen. In het sprookje van Raponsje is de prinses door haar stiefmoeder, een heks, opgesloten in een toren. Wanneer ze ontdekt dat Raponsje en de prins elkaar stiekem ontmoeten, lokt de heks de prins in de val en wanneer hij van de toren valt, worden zijn ogen doorboord door doornen en hij wordt blind.'

Anna en Henk keken geïmponeerd.

Maria glimlachte wrang. 'Fabel is niet de enige die zijn sprookjes heeft gelezen...'

Tegen de tijd dat Fabel op het hoofdbureau aankwam was de identiteit van de man in het Sternschanzen Park al vastgesteld – Bernd Ungerer, een vertegenwoordiger in cateringspullen uit Ottensen – en waren de foto's van het lijk en de plaats delict ontwikkeld en op het bord gehangen. Fabel had Maria mobiel gebeld en haar gevraagd het hele team bijeen te roepen, inclusief Petra Maas, Hans Rödger en Klatt, de rechercheur uit Norderstedt.

Het was twee uur in de nacht toen iedereen verzameld was in het grote kantoor van Moordzaken. Allemaal zagen ze eruit alsof ze onder de invloed waren van dezelfde cocktail van vermoeidheid, adrenaline en koffie. Met uitzondering van het nieuwste teamlid, Henk Hermann, die er niet frisser of gretiger uit had kunnen zien.

Nadat Maria alles had doorgenomen wat ze over het slachtoffer wisten en de forensische gegevens tot dusver, liet Fabel zijn blik over het informatiebord glijden. Zijn blik bewoog heen en weer tussen de plaats delict van de Von Klosterstadt-moord en de foto's van Sternschanzen, daarna naar de andere foto's van de plaatsen delict in het Harburger Berge Naturpark en het lichaam van Martha Schmidt op het strand van Blankenese. Er viel een schijnbaar eindeloze stilte en toen draaide hij zich om naar zijn team.

'Onze moordenaar probeert ons iets te vertellen,' zei hij ten slotte. 'Ik begreep maar niet wat het was, tot de watertorens het duidelijk maakten. Hij legt verband tussen de moorden. Niet alleen met het Grimm-thema. Hij vertelt ons wat hij nu gaat doen... of geeft in elk geval aanwijzingen.' Fabel liep naar de foto's van Martha Schmidt. Hij sloeg met zijn hand op het beeld van het dode meisje. 'We hebben altijd al vermoed dat hij Paula Ehlers heeft vermoord. Nou, ik ben er nu zeker van. Dat is de reden waarom hij het wisselkindverhaal voor Martha Schmidt gebruikte. Hij koos Martha uit omdat ze zo op Paula Ehlers leek en legde een verband met het Grimm-sprookje over het wisselkind... om ons onder de neus te wrijven dat er een lichaam is dat we niet hebben gevonden. Hij gebruikte Martha's gezicht om bekend te maken dat hij Paula had vermoord.' Fabel zweeg en legde zijn hand op een tweede foto, een overzichtsopname van het Elbstrand waar Martha was gevonden. 'Maar hij keek in zijn mededelingen niet alleen terug, hij voorspelde ook.' Fabel wees naar de achtergrond van de foto, waar de terrassen van Blankenese steil oprezen vanaf de oever. Boven de bomen en struiken was een stuk van een gebouw zichtbaar. 'Dit is het aangebouwde zwembad aan de villa van Laura von Klosterstadt. Hij had Laura al als slachtoffer gekozen en legde Martha's lichaam in het zicht van Laura's huis. Laura was al zijn Doornroosje, ver verwijderd van mensen zoals die arme Martha, het wisselkind van het "ondergrondse volkje" – boven haar verheven door haar rijkdom en sociale status.' Hij verplaatste zich naar het Von Klosterstadt-gedeelte van het bord. 'En hier hebben we een slachtoffer dat neergelegd is aan de voet van een icoon uit twee Grimm-sprookjes, de toren. Hij gooit zijn metaforen hier door elkaar, maar op een weloverwogen manier. Het planetarium in het Winterhuder Stadtpark fungeert als de toren van Raponsje én als het kasteel van Doornroosje...' Hij wees naar de close-up van het weggeknipte gedeelte van de haren van Laura von Klosterstadt. 'En daarna legt hij haar haren in de handen van zijn volgende slachtoffer en steekt zijn ogen uit om het te laten kloppen met het Raponsje-verhaal.'

'En de dubbele moord in het Naturpark Harburger Berge? Hoe houden die verband?' vroeg Anna.

Fabel wreef peinzend over zijn kin. 'Het is mogelijk dat het enige verband de locatie is. Twee moorden, één plaats; twee personages, één verhaal. De link is het verhaal, Hans en Grietje. Maar ik denk niet dat het zo zit. Om te beginnen: ik dacht aanvankelijk dat de moorden in het Naturpark losstonden van de andere, dat ze geïnspireerd waren door Olsens seksuele jaloezie. Maar dat is het evenmin. Ik denk dat de Naturpark-moorden één enkele daad zijn en verband houden met een of meer andere... maar niet met de moorden tot dusver. De link wordt gevormd door moorden die nog gepleegd moeten worden en ik denk dat er een verwijzing te vinden zal zijn – opnieuw een link uit een sprookjes – naar een of meer van de moorden die we al hebben meegemaakt. En ik heb het gevoel dat de link die we zullen zien iets te maken zal hebben met de ontbrekende ogen.'

Na de briefing zat Fabel alleen in zijn kantoor. De enige verlichting was zijn bureaulamp, die een heldere schijf op het bureaublad wierp. In deze plas van licht legde Fabel het schetsboek waarin hij het informatiebord al had gedupliceerd, met zijn eigen, subjectievere opmerkingen eraan toegevoegd.

Al het andere werd buitengesloten. Zijn hele bewustzijn concentreerde zich op dit kleine, heldere brandpunt. Fabel vulde het schetsboek aan met de details van de laatste moord. De komende dag zou er meer aan het licht komen over dit laatste slachtoffer, maar op dit ogenblik wisten ze dat Bernd Ungerer een vertegenwoordiger van tweeënveertig was van een in Frankfurt gevestigd bedrijf in cateringbenodigdheden. Ungerer was kennelijk de enige vertegenwoordiger van het bedrijf voor Hamburg en het noorden van Duitsland. Hij was getrouwd, had drie kinderen en woonde in Ottensen. Fabel staarde naar de nuchtere feiten die hij had vastgelegd: in wat voor wereld eindigde een vertegenwoordiger van middelbare leeftijd met een messteek in zijn hart en zijn ogen uit zijn hoofd gedrukt?

Fabel staarde lang en intens naar het helderwitte papier met de aantekeningen in zwarte viltstift en strepen tussen namen, locaties en commentaren in rode viltstift. Hij begon de bizarre formules van het onderzoek op te schrijven: Paula Ehlers + Martha Schmidt = *Het wisselkind*; Martha Schmidt 'laaggeplaatst' + Laura von Klosterstadt 'hooggeplaatst' = *Het wisselkind/ Doornroosje*. Hanna Grünn + Markus Schiller = *Hans en Grietje*; Bernd Ungerer + Laura von Klosterstadt = *Raponsje*.

Er ontbrak minstens één vergelijking. Hij staarde naar de bladzijde, probeerde haar te dwingen tevoorschijn te komen. Hij schreef: Grünn/Schiller + Bernd Ungerer? = ? Hij streepte het door en schreef: Grünn/Schiller + ? = ? Maar hoe hij er ook naar staarde, de pagina weigerde meer prijs te geven. Hij voelde een bezorgdheid als een strakke klem in zijn buik; de nog ontbrekende stukken zouden komen in de vorm van nog meer doden. Iemand anders zou moeten boeten met angst, met pijn en met zijn leven, voor Fabels onvermogen om het volledige beeld te zien.

Olsen. Fendrich. Weiss. Was daar nóg een vergelijking? Had Fabel het mis als hij dacht dat dit een solomoordenaar was? Was het Olsen plus Fendrich, Weiss of iemand anders? Hij opende zijn bureaulade en haalde er een exemplaar van Weiss' boek uit. Hij had *Die Märchenstrasse* van a tot z gelezen, maar nu zocht hij gericht. Weiss had een hoofdstuk de titel 'Raponsje' gegeven. Ook dit verhaal werd verteld door de fictieve, gedetailleerd uitgewerkte Jakob Grimm.

Raponsje bevat, net als elk van deze verhalen, een verwoording van elementair Goed en Kwaad, een begrip van de krachten van Schepping en Leven, van Vernietiging en Dood. Ik heb in deze oude fabels en verhalen zo veel gemeenschappelijke thema's aangetroffen, dat alles erop wijst dat hun oorsprong niet simpel in ons ongeletterde heidense verleden ligt, maar in de eerste verwoordingen van de meest elementaire krachten. De oorsprong van sommige van deze verhalen moet liggen in een of andere vroege menselijke gemeenschap, toen en waar ons aantal op de Aarde gering was. Hoe moeten we anders verklaren dat het verhaal over Assepoester in bijna identieke vorm bestaat niet alleen in heel Europa, maar ook in China?

Ik heb geconstateerd dat, van deze elementaire krachten, de Natuur in haar meest vrijgevige en meest vernietigende gedaante het vaakst een menselijke gedaante krijgt. De Moeder. De moederlijke en de natuurlijke krachten wordt vaak als parallel gezien en in de oude volksverhalen en fabels belichaamt de Moeder beide. De Natuur schenkt leven, voedt en steunt, maar Ze is ook in staat tot woede en wreedheid. Deze tweedeling in de aard van de Natuur wordt in deze verhalen opgelost door het tweevoudige (en soms drievoudige, als men het motief van de Grootmoeder meetelt) symbool van het Moederschap. Er is het beeld van de Moeder zelf, die gewoonlijk de haard en het huis symboliseert en al wat goed en heilzaam is; ze is Veiligheid en Bescherming, ze voedt en steunt, ze schenkt Leven. Het motief van de Stiefmoeder daarentegen wordt vaak gebruikt als symbool voor het negeren van moederlijke instincten. Het is de Stiefmoeder die haar man overhaalt Hans en Grietje achter te laten in het bos; het is de Stiefmoeder die, tot waanzin gedreven door afgunst en ijdelheid, Sneeuwwitje wil doden. En in de gedaante van de boze Heks zien we de Stiefmoeder als de ontvoerder en folteraar van Raponsje.

Er was eens, in de stad Lübeck, een mooie, rijke weduwe, die ik Frau X zal noemen. Frau X had zelf geen kind gebaard, maar was de voogdes van Imogen, de dochter uit een eerder huwelijk van haar overleden man. Imogen evenaarde in elk opzicht de schoonheid van haar stiefmoeder, maar bezat uiteraard een schat die bij haar stiefmoeder dagelijks slonk: jeugd. Nu moet duidelijk worden gemaakt dat ik noch iemand anders de geringste reden had om te denken dat Frau X jaloers was op Imogen of haar op enigerlei wijze slecht gezind was. Frau X leek zelfs uitermate bezorgd en vol genegenheid jegens haar pupil en behandelde haar alsof ze haar eigen kind was. Maar dat is van geen belang; het volstond dat ik een mooie stiefmoeder en dochter had gevonden, een van de vaakst terugkerende motieven in het sprookje. Aangezien Imogen niet donker van haar was, kon ik haar niet gebruiken als Sneeuwwitje, maar ze had glanzend goudblond haar, waarop ze denk ik tamelijk trots was. Ik had mijn Raponsje gevonden! Ik zorgde ervoor dat ik geen contact had met Frau X of Imogen dat in de toekomst belastend voor me zou kunnen zijn en begon plannen te maken voor het verwezenlijken van mijn heropvoering.

In de loop van de daaraan voorgaande maanden had ik grote hoeveelheden laudanum verkregen. Die had ik in kleine hoeveelheden verworven door tijdens mijn reizen uiteenlopende artsen te bezoeken met zogenaamde klachten over slapeloosheid. Ik volgde het doen en laten van mijn onderwerp en koos de beste gelegenheid om toe te slaan. Imogen maakte elke dag een wandeling in het beboste park ten noorden van de stad. Als jongedame van goede afkomst werd ze altijd vergezeld door een chaperonne. De identiteit van deze chaperonne was me onbekend en liet me onverschillig, maar ze was het type van de saaie, alledaagse metgezellin die mooie vrouwen gewoonlijk uitkiezen als contrast met hun eigen knapheid. Ik merkte dat ik de metgezellin minachtte wegens de potsierlijkheid van haar hoofddracht: een bespottelijk vrolijke muts die ze, kan men slechts aannemen, had uitgekozen in de op een vergissing berustende waan dat deze de alledaagsheid van haar gelaatstrekken zou verlichten.

Er was een gedeelte van het pad waar de twee wandelaars tijdelijk onzichtbaar waren voor anderen in het park (op deze speciale dag had de dreigende lucht menigeen afgehouden van een wandeling) en die het toevalligerwijs mogelijk maakte onder dekking van de bomen het park te verlaten. Ik naderde de vrouwen van achteren en liet, met enig ge-

noegen, een zware ijzeren staaf die ik onder mijn mantel had verborgen neerkomen op het bespottelijk getooide hoofd van de metgezellin. Ik had zo'n haast om Imogen te overmeesteren dat ik slechts uiterst vluchtig kon genieten van de manier waarom ik de ridicule muts van de metgezellin in haar verbrijzelde schedel had geslagen. Imogen echter begon te gillen en ik was gedwongen haar een harde kaakslag toe te dienen. Dat verontrustte me bijzonder, aangezien elke aantasting van haar schoonheid het welslagen van mijn heropvoering in gevaar zou brengen. Ik tilde haar op en droeg haar het bos in, net ver genoeg om uit het zicht te zijn. Daarna sleepte ik de dode metgezellin het bos in. Rondom haar hoofd had zich een plas bloed gevormd en het plaveisel besmeurd toen haar muts van haar verbrijzelde schedeldak was gevallen en de grijze smurrie zich had verspreid.

Ik schaam me diep te bekennen dat ik een erg lelijke vloek slaakte terwijl ik haar uit het zicht sleepte. Ik verzamelde enkele bladerrijke takken en keerde terug om te trachten de rotzooi weg te vegen, maar slaagde er slechts in de vlek verder te verspreiden. Ik besefte dat ik niet kon voorkomen dat het lichaam van de metgezellin zou worden ontdekt – naar alle waarschijnlijkheid weldra zou worden ontdekt – maar dat baarde me geen zorgen: wat ik moest bereiken was dat ik Imogen snel en onopgemerkt uit het park kon verwijderen. Ik had een Hansom-rijtuig achtergelaten aan de andere kant van het bos, legde Imogen over mijn schouder en vervoerde haar met alle haast die mijn last en het terrein toestonden. Tegen de tijd dat ik haar in mijn rijtuig legde begon Imogen te bewegen en ik bracht haar tot rust door haar wat laudanum te laten slikken.

Ik had me verkleed als koetsier en nadat ik Imogen in het rijtuig had opgesloten klom ik boven op de Hansom en verliet de plaats ongehaast. Ik was erin geslaagd haar onopgemerkt te ontvoeren. Ik had zelfs het grote geluk dat het lichaam van de metgezellin niet binnen enkele minuten werd gevonden, zoals ik had gevreesd, maar pas veel later die dag, toen de stedelingen die zich zorgen maakten om de veiligheid van de vermiste dames een zoektocht hadden ondernomen.

Tevoren wetend dat ik een schuilplaats nodig zou hebben had ik in Lübeck een ander onderkomen gezocht dan dat van mijn broer, een klein huis aan de rand van de stad. Na het invallen van de duisternis bracht ik Imogen, die ik vanaf nu 'Raponsje' zal noemen, het huis binnen en droeg haar naar de kelder. Daar bond ik haar stevig vast, gaf haar nog wat laudanum en knevelde haar voor het geval ze in mijn afwezigheid voldoende bij kennis zou komen om een voorbijganger met haar kreten te waarschuwen.

Vervolgens voegde ik me bij mijn broer voor een heerlijk maal met wildbraad 'direkt von der Jagd'. Ik stond me een ogenblik van geamuseerdheid toe bij de gedachte vlees te eten 'recht van de jacht' terwijl ik zelf 'recht van de jacht' kwam. Ik merkte echter dat ik, wanneer ik dacht aan de weelde aan vlees die mijn jacht had opgeleverd, een mannelijke beroering voelde en ik zette de gedachte uit mijn hoofd.

Teruggekeerd in mijn verblijf zag ik dat mijn mooie Raponsje uit haar sluimering was ontwaakt. Raponsje of Doornroosje? Het dilemma was al vaker in me opgekomen: die vertellingen zijn in wezen varianten in plaats van afzonderlijke verhalen. Bij beide had mijn broer erop aangedrongen het relaas wat te 'civiliseren' en Doornroosje te laten wekken met een kus. In het origineel dat we gevonden hadden wordt ze in feite diep in haar honderdjarige sluimering gevonden door een gehuwde Koning, niet een Prins, die vleselijke gemeenschap met haar heeft, terwijl ze slaapt. Pas nadat ze een tweeling heeft gebaard en een van hen, in een poging te zuigen, de splinter uit haar zuim zuigt, ontwaakt ze uit haar betoverde slaap. Ook in het Raponsje-verhaal is de jonge Prinses in haar toren niet zo kuis als in latere versies, met inbegrip van die welke we hebben vastgelegd, zouden doen denken. Er wordt opnieuw een sluier gelegd over hoe Raponsje aan twee kinderen komt na haar ontmoeting met de Prins. Daarin ligt een moraliteit uit een vroegere tijd, toen christelijke waarden weinig of geen invloed hadden. Zowel Raponsje als Doornroosje baart in haar oorspronkelijke gedaante kinderen uit een buitenechtelijke verbintenis...

Fabel legde het boek neer. Hij dacht terug aan wat Heinz Schnauber had gezegd over Laura von Klosterstadts geheime zwangerschap en abortus. Als de moordenaar een van beide authentieke, oorspronkelijke versies van de sprookjes in Weiss' boek volgde, droeg dat bij aan haar 'geschiktheid' als slachtoffer. Maar het was een angstvallig bewaard geheim geweest; als de moordenaar ervan wist, moest hij de familie Von Klosterstadt goed kennen. Of hij moest de vader zijn. Fabel las verder.

In het belang van de waarachtigheid van de fabel voelde ik me gedwongen mijn Raponsje te verkrachten, maar slechts één keer, terwijl ze sliep. Ze keek me aan, met smekende ogen die haar uitzonderlijk onaantrekkelijk maakten. Toen ik haar knevel verwijderde begon ze om haar leven te smeken. Ik vond het interessant dat ze, als vrouw van goede komaf, niet trachtte te smeken om haar deugdzaamheid, waarvan ik voelde dat ze er bereidwillig afstand van zou hebben gedaan als ze er haar leven mee had kunnen redden. Ik gaf haar nog wat laudanum te drinken

en de kalmte en schoonheid van haar gezicht en lichaam keerden terug.
Toen ik haar kleding eenmaal had verwijderd werd ik aangestoken door
de schoonheid van haar lichaam en ik beken dat ik verscheidene malen
van haar vlees heb genoten terwijl ze sliep. Daarna legde ik voorzichtig
een zijden kussen op haar gezicht. Er was geen verbitterd laatste gevecht
om haar leven en ze gaf de geest.

Fabel legde het boek opnieuw terzijde, ditmaal om het autopsieverslag van
Laura von Klosterstadt te pakken. Er waren geen sporen gevonden van een
seksueel trauma, integendeel, er waren aanwijzingen dat Laura al enige tijd
celibatair had geleefd. Hij keerde terug naar *Die Märchenstrasse.*

De avond daarna keerde ik terug naar het park en legde mijn Rapons-
je aan de voet van de sierlijke toren in het midden daarvan. De maan
scheen helder en verlichtte haar schoonheid. Ik borstelde haar prachtige
haren, die in het maanlicht glansden als wit goud. Ik liet haar daar ach-
ter, mijn Raponsje; anderen mochten haar vinden en zich de oude ver-
halen herinneren.

Ik dacht dat mijn heropvoering voltooid was en was er zeer tevreden
over. Het was een grote en welkome verrassing toen enkele dagen later
bleek dat Frau X het voorwerp was geworden van geruchten en gissin-
gen omtrent haar rol in de dood van haar stiefdochter. De verdenkin-
gen waren van dien aard – hoewel er niet officieel werd opgetreden – dat
haar sociale status te midden van de elite van Lübeck volledig teloorging,
maar ze ook op gejoel werd onthaald door het gemene volk wanneer ze
op straat verscheen. Onweerlegbaar bewijs niet slechts dat het vooroor-
deel van de simpele boer voortleeft in de zogenaamd beschaafde wereld,
maar ook van de intrinsieke waarheid van deze oude verhalen.

Fabel sloot het boek en liet zijn hand op de kaft liggen, alsof hij verwachtte dat
het via osmose meer zou opleveren. Hij keek voorbij het glimmende omslag,
het commerciële product van de uitgever onder zijn hand, naar het moment
van schrijven. Hij stelde zich Weiss' dreigende massieve gestalte voor, gebogen over zijn laptop, de te zwarte ogen glinsterend in die licht absorberende
werkkamer van hem. Hij haalde zich de wolf/weerwolfsculptuur voor ogen,
waarschijnlijk gemaakt door Weiss' psychisch gestoorde broer, gevangen in
zijn stille grauw terwijl Weiss zijn seriemoorden op papier pleegde.
   Fabel stond op, trok zijn Jaeger-jack aan en deed zijn bureaulamp uit.
Hamburg fonkelde naar hem door het raam van zijn kantoor. Daarginds slie-
pen anderhalf miljoen mensen terwijl anderen door de nacht dwaalden. Binnenkort. De volgende moord, wist Fabel, zou binnenkort gepleegd worden.

45

MAANDAG 19 APRIL, 11.00 UUR:
ALTES LAND, TEN ZUID-WESTEN VAN HAMBURG

Fabel wachtte.

Hij begon het bijna dronken gevoel te krijgen dat het gevolg is van slaap-gebrek. Hij had de rit in de vroege ochtend van Norddeich naar Hamburg kunnen missen als kiespijn. Susanne had besloten bij Gabi en zijn moeder te blijven en zo goed mogelijk van haar twee vrije dagen te profiteren voordat ze woensdag de trein terug zou nemen.

De moordenaar vergde het uiterste van hen. Ze hadden nu zo veel moor-den tegelijk te onderzoeken, technische gegevens te verwerken en verhoren af te nemen, dat Fabel Maria de algehele leiding over het onderzoek naar de moord op Ungerer had gegeven. Het besluit was hem niet makkelijk ge-vallen. Hij sloeg Maria hoger aan dan alle andere leden van zijn team, ho-ger misschien zelfs dan Werner. Ze was een uitermate intelligente vrouw die een methodische aanpak paarde aan een snel oog voor details. Maar hij was er nog steeds niet van overtuigd dat ze er klaar voor was. Fysiek was ze in orde. Ze had zelfs een verklaring van psychische gezondheid gekregen. Offi-cieel. Maar Fabel zag iets in Maria's ogen wat hij er nooit eerder had gezien. Hij kon het niet benoemen, maar het zat hem dwars.

Helaas had hij op dit moment geen andere keus dan het dossier-Ungerer aan Maria te geven. Hij moest een heleboel compromissen sluiten: Anna was weer aan het werk, maar ze kon niet meer verbergen dat ze ineenkromp van pijn wanneer er iets langs haar gewonde dijbeen schuurde; Hermann werk-te fulltime bij de afdeling Moordzaken, maar hij was geen volledig opgelei-de rechercheur, en hij had twee rechercheurs van de Zedenpolitie geronseld om zijn team te versterken.

Maar Fabel wachtte nog steeds. Er waren twee dingen die hij tijdens zijn rit door het Alte Land had kunnen voorspellen. Het eerste was dat de Von Klosterstadts niet het soort mensen was dat zelf de deur opendeed, ten twee-de zouden ze hem laten wachten. De laatste keer dat hij hier was had het wrede feit van Laura's dood ervoor gezorgd dat hij onmiddellijk was ontvangen. Ditmaal ging de in blauw kostuum geklede butler die had opengedaan hem voor naar een ontvangstruimte, waar hij nu al twintig minuten zat. Een halfuur was zijn limiet. Daarna zou hij hen gaan zoeken.

Margarethe von Klosterstadt kwam uit de salon waar Fabel tijdens zijn vorige bezoek was geweest. Ze deed de deuren achter zich dicht; het gesprek zou kennelijk in de hal plaatsvinden. Hij stond op en gaf haar een hand. Ze glimlachte beleefd en excuseerde zich dat ze hem had laten wachten; zowel de glimlach als het excuus ontbeerde oprechtheid. Mevrouw Von Klosterstadt droeg een marineblauw mantelpak dat haar slanke taille benadrukte. De dure, hooggehakte, roomkleurige pumps spanden haar kuitspieren en Fabel moest de gedachte hoe seksueel aantrekkelijk hij haar vond onderdrukken. Ze beduidde hem weer te gaan zitten en nam plaats op de stoel naast hem.

'Wat kan ik voor u doen, hoofdinspecteur?'

'Mevrouw Von Klosterstadt, ik moet open kaart met u spelen. Dit onderzoek bevat elementen die ons de overtuiging geven dat de dood van uw dochter het werk kan zijn van een seriemoordenaar. Iemand met een verwrongen, perverse kijk. Die kijk houdt deels in dat details van het leven van de slachtoffers – bijzonderheden die ons misschien vergezocht of onbelangrijk voorkomen – een speciale betekenis krijgen.'

Margarethe von Klosterstadt trok vragend een van haar volmaakt gevormde wenkbrauwen op, maar Fabel bespeurde slechts geduldige beleefdheid in de kille ogen. Hij zweeg een fractie van een seconde voordat hij verderging.

'Ik moet u vragen naar de zwangerschap en de daaropvolgende abortus van uw dochter, mevrouw Von Klosterstadt.'

De geduldige beleefdheid verdween uit de lichtblauwe ogen, een poolstorm stak ergens diep in ze op, maar brak niet door, nog niet.

'Wat, als ik vragen mag, brengt u ertoe zo'n kwetsende vraag te stellen, hoofdinspecteur?'

'U ontkent niet dat Laura een abortus heeft ondergaan?' vroeg Fabel. Ze antwoordde niet, maar bleef hem strak aankijken. 'Luister, mevrouw Von Klosterstadt, ik doe alle moeite om deze kwesties zo discreet mogelijk te behandelen en het zou veel makkelijker zijn als u open tegen me zou zijn. Als u me dwingt, zal ik allerlei machtigingen krijgen om in uw familiezaken te snuffelen tot ik de waarheid vind. Dat zou, eh... onaangenaam zijn. En met meer publiciteit gepaard kunnen gaan.'

De poolstorm raasde nu en rammelde aan de ramen van Margarethe van Klosterstadts ogen, maar brak nog steeds niet door. Toen ging hij liggen. Haar gezicht, haar volmaakte onverstoorbaarheid, haar stem bleven onveranderd, maar ze had zich overgegeven. Iets wat ze overduidelijk niet gewend was. 'Het was kort voor Laura's eenentwintigste verjaardag. We hebben haar naar de Hammond Clinic gestuurd. Een privékliniek in Londen.'

'Hoelang voor haar verjaardag?'

'Een week of zo ervoor.'

'Dus het was bijna precies tien jaar geleden?' Fabels vraag was meer aan zichzelf gericht. Een verjaardag. 'Wie was de vader?'

Ze verstrakte bijna onmerkbaar. Toen gleed er een glimlach om haar lippen.

'Is dit echt nodig, meneer Fabel? Moeten we hier echt op ingaan?'

'Ik vrees van wel, mevrouw Von Klosterstadt. Ik beloof dat ik discreet zal zijn.'

'Goed dan. Hij heette Kranz. Een fotograaf; beter gezegd, hij was assistent van Pietro Moldari, de modefotograaf die Laura's carrière op gang bracht. Hij was een nul toen, maar ik geloof dat hij het sindsdien ver heeft gebracht.'

'Leo Kranz?' Fabel herkende de naam onmiddellijk, maar associeerde hem niet met modefotografie. Kranz was een vooraanstaand fotojournalist die de afgelopen vijf jaar in enkele van de gevaarlijkste oorlogsgebieden ter wereld had gewerkt. Margarethe von Klosterstadt zag de verwarring op Fabels gezicht.

'Hij heeft modefotografie geruild voor persfotografie.'

'Had Laura contact met hem? Daarna, bedoel ik.'

'Nee. Ik geloof niet dat ze een speciale band hadden. Het was een onfortuinlijk... voorval... en ze hebben het alle twee achter zich gelaten.'

Zou het? dacht Fabel. Hij herinnerde zich Laura's sobere, eenzame villa in Blankenese. Hij betwijfelde sterk of Laura von Klosterstadt íets van haar verdriet achter zich had gelaten.

'Wie wisten van de abortus?' vroeg hij.

Margarethe von Klosterstadt antwoordde even niet. Ze keek Fabel zwijgend aan. Op de een of andere manier slaagde ze erin net genoeg neerbuigendheid in haar blik te leggen om Fabel een ongemakkelijk gevoel te geven, maar niet genoeg om haar met gelijke munt terug te betalen. Hij dacht even aan Möller, de patholoog-anatoom, die altijd dit niveau van arrogante hooghartigheid trachtte te bereiken. Hiermee vergeleken was hij een stuntelende amateur; mevrouw Von Klosterstadt was van wereldniveau. Fabel vroeg zich even af of ze oefende op de bedienden.

'We hebben niet de gewoonte bijzonderheden over onze familieaangelegenheden met de buitenwereld te delen, meneer Fabel. En ik ben ervan overtuigd dat meneer Kranz er geen enkel belang bij had zijn betrokkenheid rond te bazuinen. Zoals ik al zei, het was een familieaangelegenheid en het werd binnen de familie gehouden.'

'Dus Hubert wist ervan?'

Opnieuw een ijzige stilte, toen: 'Ik vond het niet nodig. Of Laura het hem verteld heeft weet ik niet, maar ik ben bang dat ze elkaar nooit erg na hebben gestaan. Laura was altijd afstandelijk. Moeilijk.'

Fabel trok een nietszeggend gezicht. Het was wel duidelijk wie het lievelingskind was geweest in dit gezin. Hij dacht aan de minachting waarmee Heinz Schnauber over Hubert had gesproken. Twee dingen waren hem duidelijk geworden: dat Heinz Schnauber inderdaad Laura's intiemste vertrouweling was geweest en dat dit gesprek niets zou opleveren. En het zou niets opleveren omdat hij opnieuw vragen stelde aan een kennis, niet aan een moeder. Hij keek Margarethe von Klosterstadt aan: ze was elegant, een klassieke schoonheid en een van die vrouwen wier leeftijd hen alleen maar sexyer maakt. In gedachte vergeleek hij haar met Ulrike Schmidt, de voortijdig oud geworden gelegenheidsprostituee en geregelde drugsgebruiker, wier huid en haren vaal waren geworden. Twee zo verschillende vrouwen dat ze van verschillende planeten hadden kunnen komen. In één opzicht waren ze gelijk: ze wisten absoluut niets.

Eer drukte een donkere en zware last op Fabel toen hij terugliep naar zijn auto, een loden, mistroostige droefheid. Hij keek om naar het enorme, onberispelijke huis en dacht aan een klein meisje dat daar opgroeide. Eenzaam. Zonder enig gevoel van echte familie. Hij bedacht hoe ze uit deze vergulde gevangenis was ontsnapt, enkel en alleen om er een voor zichzelf te bouwen, hoog op de oever van de Elbe in Blankenese.

Fabel moest toegeven dat haar moordenaar geen betere keus had kunnen maken voor zijn sprookjesprinses. En hij wist nu zeker dat haar moordenaar ooit contact met haar had gehad.

46

Fabel had Maria de taak gegeven om de vrouw van het laatste slachtoffer, Bernd Ungerer, te ondervragen. En ze zou nog steeds zijn vrouw zijn, niet zijn weduwe.

Maria wist dat ze dadelijk iemand zou ontmoeten wier verdriet rauw was als verbrand vlees, iemand die zou worstelen, voordat ze zich moest neerleggen bij een nieuwe, absurde maar blijvende realiteit.

De ogen van Ingrid Ungerer waren rood van de tranen die ze voor de komst van Maria had gestort. Maar er was nog iets. Een bitterheid. Ze ging Maria voor naar de zitkamer, waar ze alleen waren, maar Maria hoorde onderdrukte stemmen in een kamer boven.

'Mijn zus,' legde Ingrid uit. 'Ze helpt me met de kinderen. Neemt u plaats, alstublieft.'

Tegen een van de muren stond een grenenhouten boekenrek, gevuld met de gebruikelijke slordige mix van boeken, cd's, prullaria en foto's die een huisgezin kenmerken. Maria zag dat de meeste foto's van Ingrid en een man waren van wie ze aannam dat het haar echtgenoot was, Bernd, hoewel zijn haren lichter leken, grijzer, dan die van de dode man in het park. En uiteraard had de man op de foto, anders dan die in het park, ogen waarmee hij in de camera kon kijken. Op alle foto's stonden ook twee jongens, allebei met de donkere haren en ogen van hun moeder. Zoals altijd op zulke foto's zagen ze er allemaal gelukkig uit. Ingrids glimlach leek natuurlijk en ontspannen. Terwijl Maria de vrouw tegenover haar aankeek realiseerde ze zich echter dat geluk Ingrid Ungerer nu volkomen vreemd was en Maria had het gevoel dat dat al enige tijd zo was. Ook het gezicht van Bernd Ungerer glimlachte stralend naar de camera. En ook deze glimlach leek oprecht gelukkig. Tevreden.

'Wanneer kan ik hem zien?' Ingrid Ungerers gelaatsuitdrukking was er een van geforceerde, futloze zelfbeheersing.

'Mevrouw Ungerer...' Maria boog zich naar voren op haar stoel. 'Ik moet u waarschuwen dat uw man enkele... verwondingen... heeft opgelopen die pijnlijk om te zien zouden kunnen zijn. Het lijkt me beter...'

'Wat voor verwondingen?' viel Ingrid Maria in de rede. 'Hoe is hij vermoord?'

'Voorzover we dat kunnen zeggen is uw man neergestoken.' Maria zweeg even. 'Luister, mevrouw Ungerer, degene die uw man heeft vermoord is onmiskenbaar gestoord. Het spijt me te moeten zeggen dat hij de ogen van uw man heeft verwijderd. Het spijt me echt.'

Ingrid Ungerers gezicht bleef beheerst, maar Maria zag dat ze trilde toen ze sprak.

'Was het een echtgenoot? Of een vriend?'

'Ik vrees dat ik u niet begrijp, mevrouw Ungerer.'

'Is mijn man betrapt met een andere vrouw? Of was het een jaloerse echtgenoot die hem te grazen heeft genomen? Dan zou ik dat met zijn ogen kunnen begrijpen. Hij keek altijd naar andere vrouwen. Altijd.'

Maria staarde Ingrid Ungerer strak aan. Ze was op een onopvallende manier aantrekkelijk, van gemiddelde lengte en postuur, met kort, kastanjebruin haar. Een aangenaam gezicht, zij het niet een dat je zou opmerken, maar als je dat deed, zou je zien dat er achter haar gelaatsuitdrukking onafgebroken een droefheid schuilging. Maria zag dat het een blijvende droefheid was, een melancholie die tijdelijk plaats had gemaakt voor Ingrids nieuwe verdriet, maar van al veel langere en nu permanente duur was.

'Uw man ontmoette andere vrouwen?' vroeg Maria.

Ingrid lachte verbitterd. 'Houdt u van seks?' Ze stelde de vraag alsof ze vroeg hoe laat het was. Maria was onthutst, maar de vraag sneed dieper dan mevrouw Ungerer had bedoeld. Gelukkig wachtte ze niet tot Maria antwoordde. 'Ik vroeger wel. Ik ben heel lichamelijk ingesteld. Maar u weet hoe dat gaat, wanneer je een tijdje getrouwd bent, hoe de passie afneemt, hoe de kinderen je uitputten en je libido vernietigen...'

'Sorry, ik weet het niet. Ik ben niet getrouwd.'

'Maar u hebt een vriend?'

'Momenteel niet,' zei Maria op vlakke toon. Het was een deel van haar leven dat ze niet met een vreemde wilde bespreken, zelfs niet met een diepbedroefde vrouw.

'Het bekoelde een beetje nadat Bernd en ik getrouwd waren. Zoals dat gaat. Een beetje te koel voor mij, eerlijk gezegd, maar Bernd had een veeleisende baan en hij was vaak doodop als hij thuiskwam. Maar hij was een goede echtgenoot, mevrouw Klee. Trouw, ondersteunend, zorgzaam en een geweldige vader.' Ingrid stond op en haalde een sleutelbos uit haar tas. 'Ik wil u iets laten zien.' Ze ging Maria voor naar de hal, door een gang en een trap af. In het souterrain aangekomen deed ze het licht aan. Er was de gebruikelijke verzameling spullen die geen plaats vonden in het woongedeelte van een gezinswoning: fietsen, voorraadkisten, winterlaarzen. Ingrid bleef staan bij een grote kist en legde haar hand erop, maar maakte geen aanstalten om hem te openen.

'Het begon een maand of zes geleden. Bernd begon... laten we zeggen attenter te worden. In het begin was ik er blij om, maar het was alsof we van het ene uiterste naar het andere gingen. We vrijden elke avond. Soms twee keer op een avond. Het werd steeds... *heftiger*, vond ik. Toen was het niet meer alsof we de liefde bedreven. Hij deed het met me en het was alsof ik niet bestond. En toen, op een avond, toen ik zei dat ik niet in de stemming was...' Ingrid zweeg. Ze keek naar de sleutelbos en speelde ermee alsof het een rozenkrans was. 'Die avond maakte hij heel duidelijk dat het hem niet kon schelen of ik in de stemming was of niet.'

Maria legde haar hand op Ingrids arm, maar voelde dat ze hem even terugtrok. 'Rond die tijd begon ik erachter te komen dat er andere vrouwen waren. Hij werkte toen bij een ander bedrijf. Hij werkte er al jaren en opeens moest hij zo nodig overstappen naar het bedrijf waar hij nu werkt...' Ze schudde haar hoofd alsof ze zich ergerde aan zichzelf en corrigeerde zichzelf toen. 'Ik bedoel, het bedrijf waar hij tot dan toe werkte. Pas onlangs kwam ik erachter dat een paar vrouwen bij zijn oude bedrijf zich over hem hadden beklaagd.'

'Het spijt me, mevrouw Ungerer. Dus daarom denkt u dat het een jaloerse echtgenoot geweest kan zijn? Ik denk niet dat het dat is. We hebben redenen om aan te nemen dat uw man is vermoord door iemand die eerder een aantal mensen heeft vermoord die niets met elkaar te maken hadden.'

Ingrid Ungerer staarde Maria wezenloos aan en ging toen door alsof ze haar niet gehoord had. 'Er waren een stuk of zes vrouwen van wie ik weet, het afgelopen halfjaar. En een heleboel meer die hem afwezen. Hij schaamde zich nergens voor. Het leek hem niet uit te maken dat hij zichzelf in verlegenheid bracht... of mij en de kinderen, wat dat betreft.' Ze lachte opnieuw haar kleine, verbitterde lach. 'En het was niet zo dat hij mij met rust liet. Al die tijd dat hij andere vrouwen ontmoette moest ik het nog steeds met hem doen. Hij werd onverzadigbaar.'

Ze pakte de sleutels die ze uit haar tas had gehaald en deed de kist van het slot, klapte het deksel omhoog om de inhoud te tonen. De kist zat stampvol porno. Harde porno: tijdschriften, video's, dvd's. 'Hij verbood me hier ooit te komen. Ooit deze kist open te maken, als ik wist wat goed voor me was.' Ze keek Maria smekend aan. 'Waarom deed hij dat? Waarom dreigde hij me? Hij had me nog nooit bedreigd.' Ze knikte naar de inhoud van de kist. 'Er staat nog meer op zijn computer boven. Begrijpt u het? Hoe kan hij zo veranderd zijn? Hoe kan een zorgzame, liefhebbende man veranderen in een beest? Zo opeens. Iedereen wist het. Dat maakte het zo erg. Buren en vrienden glimlachten naar me, praatten met me en ik zag gewoon dat ze medelijden met me hadden of achter nog meer smerige details probeerden te komen. Niet dat we nog veel vrienden overhadden. Alle echtparen die we kenden kregen ruzie met ons omdat Bernd de vrouw altijd probeerde te pakken. Zelfs zijn collega's maakten er grappen over... Ze hadden hem een bijnaam gegeven. Zijn klanten blijkbaar ook. Ik zeg u, mevrouw Klee, ik kan me niet voorstellen dat de moord niets te maken heeft met zijn gedrag de laatste tijd.'

Ingrid deed de kist dicht en op slot en ze gingen terug naar de zitkamer. Maria probeerde zich te concentreren op het verkrijgen van meer informatie over het doen en laten van Ingrids man de afgelopen weken, maar hoe meer ze zich daarop probeerde te richten, hoe meer de afgesloten kist in het souterrain, het geheime leven haar dwarszat. Hoe dan ook, het was een moeilijke en ondankbare taak, want het was wel duidelijk dat Ungerer, afgezien van zijn plotselinge wellust, steeds stiekemer en defensiever was geworden. Hij ging 's avonds vaker de deur uit om 'klanten buiten hun werk te ontmoeten' en dat had hij ook gezegd dat hij ging doen op de avond dat hij vermoord was. Toen hij die nacht niet thuiskwam was Ingrid niet bezorgd geweest. Geïrriteerd, maar niet bezorgd; het was heel gewoon dat Bernd de hele nacht wegbleef. Er waren verstopte afrekeningen van zijn creditcard, die Ingrid had gevonden, maar ze had ze teruggelegd waar ze ze gevonden had, zonder commentaar. Ze waren allemaal afkomstig van escortbureaus, clubs en sauna's in St. Pauli.

'Het was duidelijk dat er iets mis was met Bernd,' legde Ingrid uit. 'Hij werd een ander mens. Er waren nog meer vreemde dingen. Soms, als hij thuiskwam, klaagde hij dat het stonk in huis. Dat was nooit zo, maar dan moest ik het hele huis van boven tot onder poetsen, ook al had ik dat die dag nog gedaan, alleen om hem rustig te houden. Daarna kreeg ik dan mijn "beloning", zoals hij het noemde. Ik dacht dat hij overspannen was en ik stelde voor dat we met de huisarts zouden gaan praten, maar Bernd wilde er niets van weten.'

'Dus u hebt nooit een deskundige mening gehoord over zijn gedrag?'

'Ja. Toch wel. Ik ben zelf naar dokter Gärten gegaan. Ik vertelde hem wat er aan de hand was. Hij zei dat er een aandoening bestaat die "satyriasis" wordt genoemd... een mannelijke vorm van nymfomanie. Hij zei dat hij zich grote zorgen maakte om Bernd en wilde dat hij een afspraak zou maken, maar toen ik Bernd vertelde dat ik zonder hem, achter zijn rug om, zoals hij het noemde, met de dokter had gesproken... Nou, toen werd het nóg onaangenamer.'

De twee vrouwen zwegen enige tijd. Toen begon Maria uit te leggen op wat voor hulp Ingrid een beroep kon doen en nam de procedures door die de komende dagen en weken zouden worden gevolgd. Toen stond ze op om te vertrekken. Ze was bijna bij de deur toen ze zich omdraaide om afscheid te nemen van Ingrid Ungerer en haar nogmaals te condoleren.

'Mag ik u nog één ding vragen, mevrouw Ungerer?'

Ingrid knikte lusteloos.

'U zei dat zijn collega's en klanten hem een bijnaam hadden gegeven. Wat voor bijnaam?'

Tranen welden op in Ingrid Ungerers ogen. 'Blauwbaard. Zo noemden ze mijn man... Blauwbaard.'

47

De verpleegkundigen waren er weg van. Wat een aardige gedachte – om een reusachtige doos vol met de heerlijkste gebakjes mee te brengen voor bij de koffie. Het was een klein bedankje, had hij uitgelegd, voor de hoofdverpleegkundige en al haar medewerksters voor de geweldige manier waarop ze voor zijn moeder hadden gezorgd. Zo lief. Zo attent.

Hij was nu al bijna een halfuur bij de hoofdarts, dokter Schnell. Dokter Schnell nam nogmaals de essentiële dingen met betrekking tot de verzorging van zijn moeder door als ze eenmaal thuis was. Schnell beschikte over het rapport van de sociale dienst over het appartement dat de zoon had ingericht om met zijn zieke moeder te delen. Volgens dat rapport voldeed het aan de strengste eisen en de hoofdarts had hem gecomplimenteerd met zijn betrokkenheid om zijn moeder de best mogelijke verzorging te geven.

Toen hij uit de spreekkamer van de dokter kwam glimlachte de man stralend naar de receptiebalie. Hij was zo duidelijk blij dat hij zijn moeder mee naar huis kon nemen. De hoofdverpleegkundige betwijfelde opnieuw of een van haar ondankbare koters zelfs maar een kwart zoveel moeite zou doen als zij eenmaal oud was.

Hij ging weer aan het bed van de oude vrouw zitten, schoof zijn stoel dichtbij, sloot hen beiden af binnen in hun gesloten, exclusieve, giftige universum.

'Weet je wat, *Mutti*? Eind deze week zullen we samen zijn. Wij met zijn tweetjes. Is dat niet geweldig? Ik hoef me alleen maar zorgen te maken om het bezoek af en toe van een wijkverpleegkundige, die komt kijken hoe het gaat. Maar daar red ik me wel uit. Nee, het zal geen enkel probleem zijn als de *Gemeindeschwester* langskomt. Zie je, ik heb die geweldige kleine flat voorzien van allerlei spullen die we nooit zullen gebruiken... omdat we er zelden zullen zijn, hè *Mutti*? Ik weet dat je veel liever in je oude huis bent, nietwaar?'

De oude vrouw lag er zoals altijd roerloos, hulpeloos bij.

'Weet je wat ik laatst vond, moeder? Je oude kostuum van de *Speeldeel*. Weet je nog hoe belangrijk dat voor je was? Duitse tradities van dansen en zingen? Ik denk dat ik er een toepassing voor kan vinden.' Hij zweeg even. 'Zal ik je voorlezen, *Mutti*? Zal ik je voorlezen uit de sprookjes van Grimm? Als we thuis zijn. De hele tijd. Net als vroeger. Weet je nog dat de enige boeken die je in huis wilde hebben de bijbel en de sprookjes van de gebroeders Grimm waren? God en Duitsland. Meer hadden we in ons gezin niet nodig...' Hij zweeg. Toen daalde zijn stem tot een zacht, samenzweerderig fluisteren. 'Je hebt me zo pijn gedaan, *Mutti*. Je hebt me zo pijn gedaan dat ik soms dacht dat ik doodging. Je sloeg me zo hard en zei steeds dat ik nergens voor deugde. Een nul. Je gíng maar door. Toen ik een tiener was en later volwassen, zei je dat ik nergens voor deugde. Geen liefde waard. Je zei dat ik daarom nooit een blijvende relatie zou kunnen hebben.' Het gefluister werd een gesis. 'Nou, je had het mis, ouwe heks. Je dacht dat we altijd alleen waren als je me beurs sloeg. Nou, dat was niet zo. Hij was er altijd. Mijn *Märchenbruder*. Onzichtbaar. Hij had heel, heel lang niets gezegd. Toen hoorde ik hem. Ik hoorde hem; jij kon dat niet. Hij redde me van je aframmelingen. Hij gaf me de woorden voor de verhalen. Hij opende een nieuwe wereld. Een geweldige, stralende wereld. Een waarachtige wereld. En toen vond ik mijn ware kunst, met zijn hulp. Drie jaar geleden, weet je nog? Het meisje. Het meisje dat je me hebt helpen begraven omdat je doodsbang was voor het schandaal, de schande van een zoon in de gevangenis. Je dacht dat je me in toom kon houden. Maar hij was sterker... ís sterker dan je je ooit kunt voorstellen.'

Hij leunde achterover en liet zijn blik van top tot teen over haar lichaam glijden. Toen hij sprak was zijn stem geen fluistering meer, maar vlak, koud, dreigend.

'Jij zult mijn meesterstuk zijn, moeder. Mijn meesterstuk. Het is om jou meer dan om al het andere wat ik heb gedaan, dat men zich mij zal herinneren.'

48

Het verband aan de zijkant van Werners hoofd was klein en zijn wang was niet dik meer, maar er zat nog steeds een blauwe plek rondom de wond. Fabel had er alleen mee ingestemd dat hij terugkwam als hij op de afdeling bleef en hielp met het verwerken en vergelijken van het bewijsmateriaal dat door het actieve team was vergaard. En alleen als hij zijn uren beperkte. Werners methodische aanpak was geknipt voor het schiften van de bizarre brieven en e-mails die op de theorieën van Weiss waren gevolgd. Het doorworstelen van deze troep had tot nu toe beslag gelegd op Hans Rödger en Petra Maas. En het had, wat te verwachten was, een reeks mafketels opgeleverd die nagetrokken moesten worden en de stapel achterstallige ondervragingen werd steeds hoger.

In werkelijkheid was Fabel even blij dat Werner weer van de partij was als hij was geweest toen Anna weer aan het werk ging. Hij had echter wel het gevoel dat hij onverantwoord bezig was door twee gewonde rechercheurs toestemming te geven voortijdig het werk te hervatten. Hij besloot het te compenseren door wat extra betaald verlof voor Werner en Anna te regelen wanneer deze zaak achter de rug was.

Hij nam het informatiebord met Werner door. Het was een frustrerende bezigheid om de vorderingen van het onderzoek, of het gebrek daaraan, op te sommen. Fabel had zich gedwongen gezien te profiteren van de media-aandacht die gevolgd was op de moord op Laura von Klosterstadt; Olsens foto verscheen nu in nieuwsbulletins en kranten als degene die de politie van Hamburg in verband met de moorden wilde spreken. Hij had Anna en Henk Hermann op het ondervragen van Leo Kranz gezet, de fotograaf die tien jaar geleden een relatie met Laura von Klosterstadt had gehad, maar Kranz volgde op dat moment de Engels-Amerikaanse bezetting van Irak. Zijn kantoor had bevestigd dat hij in de tijd van de moorden in het Midden-Oosten was geweest. Fabel nam zijn ontmoeting met Weiss door, waarop

Werner had aangedrongen, en legde uit dat Fendrich nog steeds bij het onderzoek betrokken was.

'Wat me het meest dwarszit aan Fendrich,' zei Fabel, 'is dat zijn moeder een halfjaar geleden is overleden. In haar daderprofiel van de moordenaar zegt Susanne dat de tijd tussen de eerste en de tweede moord erop zou kunnen wijzen dat de moordenaar op de een of andere manier in toom is gehouden door een dominante figuur, een vrouw of een moeder, die sindsdien overleden zou kunnen zijn.'

'Ik weet het niet, Jan.' Werner draaide een stoel aan een naburig bureau naar het informatiebord toe en liet zich erop zakken. Zijn gezicht was grauw, vermoeid. Fabel werd zich voor het eerst ervan bewust dat Werner ouder werd. 'Fendrich is minstens twee keer door de mangel gehaald. Hij past gewoon niet. Maar die Weiss zit me evenmin lekker. Denk je dat we opnieuw te maken hebben met een hogepriester en een acoliet? Weiss die aan de touwtjes trekt en Olsen die de moorden pleegt? Dat hebben we tenslotte vaker meegemaakt.'

'Zou kunnen.' Fabel staarde naar het informatiebord met alle foto's en tijdlijnen. 'Maar lijkt Olsen je iemand die zich door sprookjes of Weiss' halfgare literaire theorieën zou laten inspireren?'

Werner lachte. 'Misschien doen we te moeilijk. Misschien moeten we gewoon zoeken naar iemand die in een peperkoekhuisje woont.'

Fabel glimlachte wrang, maar zijn gedachten bleven haken. Een peperkoekhuisje. Hij haalde zijn schouders op. 'Je kunt gelijk hebben. Over dat we misschien te moeilijk doen, bedoel ik. Misschien is Olsen onze man. Laten we hopen dat we hem gauw te pakken krijgen.'

Het was een uur of drie toen Fabels wens werd verhoord. Een *SchuPo*-patrouille meldde dat iemand die aan de beschrijving van Olsen beantwoordde gesignaleerd was toen hij een kraakpand aan de haven binnenging. De geüniformeerde agenten waren zo verstandig geweest niet in te grijpen en een *Mobiles Einsatz Kommando* in burger op te roepen om het gebouw onder surveillance te houden. De melding sloeg bij Moordzaken in als een bom. Fabel moest iedereen kalmeren voordat hij de taken kon verdelen.

'Luister, mensen. Dit is ónze vangst. Ik heb de ME-commandant al verteld dat wíj hem arresteren. Wíj pakken hem op. Niemand anders.' Hij keek Maria aan; haar gezicht was zoals gewoonlijk moeilijk te doorgronden, maar ze knikte besluitvaardig. 'Als we daar aankomen stippelen we een arrestatieplan uit. Ik wil Olsen levend en in staat om te praten. Is dat duidelijk? Oké, eropaf.'

Fabel moest Werner tegenhouden toen deze zijn zwartleren jack aantrok en met de rest van het team naar buiten liep.

'Alleen als observant?' Werner glimlachte zachtmoedig. 'Alsjeblieft, Jan, die klootzak heeft me de hersens in geslagen. Ik wil erbij zijn als hij wordt opgepakt.'

'Oké, maar je blijft waar ik je neerzet. Ik heb Maria als mijn nummer twee.'

Het was ooit een arbeidersgemeenschap geweest. Een buurt waar havenarbeiders woonden, waar gezinnen woonden, waar hun kinderen speelden. Maar nu was hij verlaten, wachtte op de onvermijdelijke krachten van projectontwikkeling en wijkverbetering die alle voormalige arbeiderswijken van Hamburg in hun greep leken te krijgen. Zelfs Fabels geliefde Pöseldorf, waar de rijke, trendy *Schickeria* van Hamburg woonden, had ooit bekendgestaan als de *Arme Leute Gegend* – de armeluisbuurt – tot de jaren negentig, toen het was veranderd in het meest trendy gedeelte van Hamburg.

Maar dit havengebied moest die facelift nog krijgen. In architectonisch opzicht leek het gestold in de tijd, met zijn beklinkerde straten en enorme woonkazernes. De enige indringers uit de eenentwintigste eeuw waren de lelijke graffiti die de gebouwen ontsierden en het geruisloze, kolossale silhouet van een containerschip dat ze tussen de gebouwen door voorbij zagen glijden. Alle agenten waren gespannen.

Het gebouw waar Olsen was gesignaleerd stond aan de rand van de Hafenstrasse Genossenschaft, het gedeelte van Hamburg dat sinds december 1995 eigendom was van en bestuurd werd door een commune van huurders, *Alternativen am Elbufer*. Dit deel van de stad was een politiek en sociaal slagveld geweest. Letterlijk.

In het najaar van 1981 waren de appartementengebouwen aan de Hafenstrasse en de Bernhard-Nocht-Strasse systematisch bezet door krakers. De toenmalige *Innensenator*, Alfons Pawelczyck, had de politie opdracht gegeven ze te ontruimen. Met als resultaat volslagen anarchie en opstootjes, gevolgd door een tien jaar durende oorlog tussen de krakers en de politie van Hamburg. De Duitse tv-schermen waren gevuld geweest met beelden van brandende barricaden, keiharde straatgevechten en honderden gewonde politieagenten en krakers. Het had de toenmalige *Erster Bürgermeister*, Klaus von Dohnany, uiteindelijk de kop gekost. De onlusten waren pas ten einde gekomen na een compromis in 1995. Maar het gebied rondom de Hafenstrasse bleef een broeinest en het was geen plek waar de politie zomaar binnen kon gaan om haar werk te doen.

Het ME-peloton had zich dan ook verdekt opgesteld rondom het hele gebouw, dat op een hoek stond, waar Olsen was gezien. De ME-commandant was blij dat hij Fabel zag. In een buurt zoals deze zouden ze hun aanwezigheid onmogelijk nog veel langer geheim hebben kunnen houden. Hij vertelde Fabel dat men aannam dat Olsen in het kraakpand was, op de eerste verdieping van de woonkazerne. Het was in elk geval zíjn motor die buiten stond en een van de ME'ers was ernaartoe geslopen om hem onklaar te maken voor het geval Olsen zou proberen te vluchten. De begane grond was zo'n puinhoop dat hij niet meer bewoond werd. Dat maakte het gemakkelijker. In wezen was er één weg naar binnen en één naar buiten.

Fabel verdeelde zijn team in twee groepen. Maria kreeg de leiding over Anna en Henk Hermann. Zij zouden de buitenkant van het gebouw afsluiten. Fabel, Hans Rödger en Petra Maas zouden naar binnen gaan om Olsen aan te houden, in gezelschap van twee ME'ers, ingeval een van de andere bewoners van het kraakpand voor problemen zorgde. Hij vroeg de ME-commandant met de rest van zijn team Maria te assisteren bij het afsluiten van elke mogelijke vluchtroute.

Ze verdeelden zich over het ME-busje, Fabels BMW en de auto van Maria. Ze stopten tegelijkertijd voor het gebouw, met de neuzen naar elkaar toe. Maria en haar team hadden zich in een oogwenk opgesteld. Fabel en zijn groep namen de voordeur. De twee ME'ers beukten met een deurram tegen het midden van de dubbele deur, die versplinterde en openzwaaide. Fabel trok zijn pistool en ging zijn team voor naar binnen. In de hal hing de stank van urine en een andere vieze geur, die Fabel niet kon thuisbrengen. Boven aan de trap klonk geroezemoes en Fabel rende snel en stil de trap op, drukte zich tegen de afbladderende groene muur en hield zijn pistool gericht op het hoogste punt dat hij kon zien. De deur van het kraakpand stond open en Fabel wachtte tot de anderen hem dekking konden geven voordat hij naar binnen ging.

Hij liet zijn blik door het vertrek glijden. Het was groot en verbazingwekkend licht. Het was ook verlaten. Aan de straatkant waren drie ramen en het duurde even voordat Fabel de gedaante zag van een man die buiten op de vensterbank zat, klaar om te springen. Fabel had net 'Olsen!' geroepen toen de man verdween.

'Hij is gesprongen!' riep Fabel in zijn radio. 'Maria, hij is gesprongen!' Hij had het nog maar net gemeld toen hij besefte dat hij eerder in dezelfde situatie had verkeerd: hij binnen, Maria buiten en een verdachte die de benen nam.

'Stik!' schreeuwde hij en hij liep Petra Maas en een ME'er bijna omver toen hij het kraakpand uit en met drie treden tegelijk naar beneden stormde.

Buiten op straat kon Maria haar ogen nauwelijks geloven. Olsen had zich niet alleen een hele verdieping naar beneden laten vallen, hij was ook onmiddellijk weer overeind gekomen en sprintte in de richting van het water. Tegen de tijd dat ze Fabels kreten over de radio hoorde had ze het al op een rennen gezet. Dit was het. Dit was haar moment. Nu zou ze erachter komen of ze het nog steeds kon. Ze gilde in haar radio dat ze naar de haven rende en ze wist dat Anna en Henk niet ver achter haar zouden zijn, maar ze wist ook dat zij degene zou zijn die Olsen het eerst zou bereiken. En groter en ruiger dan Olsen vond je ze niet.

Voor haar uit sloeg Olsen plotseling af naar een ander leegstaand gebouw, een dat vroeger geen industriële maar een woonbestemming had gehad en Maria kwam terecht in een hoge, grote, van zuilen voorziene fabriekshal. De roestige kettingen en de katrollen aan het plafond waaraan ze hingen duidden erop dat er met zwaar metaal was gewerkt. Olsen was nergens te bekennen en de reusachtige werkbanken waarop vroeger zo te zien zwaar materieel had gestaan boden hem tientallen schuilplaatsen. Maria bleef abrupt staan, haalde haar SIG-Sauer uit de holster en strekte haar armen voor zich uit. Ze spitste haar oren in een poging iets te horen boven haar eigen hijgende ademhaling en het bonzen in haar borstkas uit.

'Olsen!' riep ze.

Stilte.

'Olsen! Geef je over. Nu!'

Ze voelde een snijdende pijn toen er iets langs haar gezicht flitste en tegen haar polsen sloeg. Het wapen vloog uit haar hand en ze sloeg dubbel, met haar rechtervuist om haar linkerpols. Ze draaide zich om en zag Olsen rechts van haar staan, een ijzeren staaf boven zijn hoofd, als een reusachtige middeleeuwse beul die met een bijl zwaaide, klaar om hem in haar nek te laten neerkomen. Maria verstarde. Een fractie van een seconde was ze ergens anders, met iemand anders, iemand die een groot mes had in plaats van een ijzeren staaf. Een gevoel dat dieper ging dan alle angst die ze ooit had gevoeld welde in haar op. Het stroomde als koude elektriciteit door haar heen en sloot haar op in haar gebukte houding. Olsen slaakte een diepe, dierlijke kreet terwijl hij met de ijzeren staaf zwaaide en plotseling veranderde Maria's angst in iets anders. Ze gooide zich naar voren alsof ze dook en rolde over de smerige vloer van de fabriek. Olsens razernij en de heftigheid waarmee hij uithaalde brachten hem uit zijn evenwicht. Maria was alweer overeind en ramde haar voet tegen de zijkant van Olsens hoofd.

'Vuile klootzak!' gilde ze. Olsen probeerde overeind te krabbelen. Haar gewonde pols omklemmend sprong Maria op en naar voren en ramde de zool van haar schoen in zijn nek. Olsen hoofd klapte naar voren en sloeg tegen de betonnen vloer. Hij kreunde en zijn bewegingen werden trager. Maria zocht de vloer af naar haar pistool, vond het en raapte het op met haar ongedeerde hand. Ze mikte op Olsens hoofd terwijl hij op zijn rug rolde. Hij hield zijn handen boven zijn hoofd.

Maria onderzocht haar pols. Hij was gekneusd, maar niet gebroken en de pijn begon al weg te trekken. Ze keek langs de loop van haar pistool naar

Olsen en siste: 'Grote vent. Grote, angstaanjagende xyy-vent. Je vindt het leuk om vrouwen te slaan, is het niet, smeerlap!' Ze schopte nogmaals tegen de zijkant van Olsens gezicht. Anna rende inmiddels door de fabriekshal in hun richting.

'Gaat het, Maria?'

'Prima.' Maria verloor Olsen niet uit het oog. Haar stem klonk gespannen. 'Vind je het leuk om vrouwen bang te maken? Is dat het? Vind je het leuk om ze pijn te doen?' Ze ramde de hak van haar schoen tegen Olsens wang. Die sprong open en er stroomde bloed uit de wond.

'Maria!' Anna stond nu naast haar en richtte haar sig-Sauer op Olsens bloedende gezicht. Ze keek Maria aan. 'Maria... We hebben hem. We hebben hem. Rustig maar.' Opeens was Henk Hermann er ook en Maria hoorde Fabel en de anderen naar hen toe rennen. Hermann liet zich naast Olsen vallen, rolde hem op zijn buik, trok zijn armen achter zijn rug en deed hem de handboeien om.

'Gaat het?' Fabel sloeg zijn armen om Maria's schouders en leidde haar weg van Olsen.

Maria lachte een brede, hartelijke glimlach. 'Ja, chef. Het gaat prima. Het gaat echt prima.'

Fabel kneep haar in haar schouder. 'Goed werk, Maria. Echt heel goed werk.' Toen Henk Hermann Olsen weer omrolde, zodat hij naar boven keek, zag Fabel de wond op zijn gezicht.

'Hij viel, chef,' zei Maria terwijl ze de glimlach van haar gezicht probeerde te vegen. Inmiddels waren Werner en de rest van het me-peloton binnengekomen. Werner wierp een blik op Olsens gehavende gezicht en betastte het verband op zijn eigen hoofd. Hij draaide zich om naar Maria en grijnsde.

'Hartstikke goed!'

49

Sommige aspecten van het politiewerk zijn voorspelbaar. Olsen weigerde bijvoorbeeld te praten voordat hij een advocaat had gesproken. Fabel had hem gevraagd of hij een klacht wilde indienen vanwege de verwondingen die hij bij zijn arrestatie had opgelopen.

Olsen had wrang gelachen. 'Zoals de dame zei: ik viel.'

Wat ze niet verwacht hadden was dat Olsens advocaat na een gesprek van twintig minuten met zijn cliënt naar buiten kwam en verklaarde dat Olsen volledig met de politie wilde meewerken en dat hij uitermate belangrijke informatie voor ze had.

Voordat hij naar binnen ging om het verhoor af te nemen riep Fabel zijn team bij elkaar. Anna Wolff, piekhaar en rode lippen, was gekleed in haar gebruikelijke leren jack en spijkerbroek, maar haar gewonde been bezorgde haar nog duidelijk ongemak. Werner zat aan zijn bureau, met zijn verwonding nog steeds zichtbaar rondom het verband op zijn hoofd. Maria leunde tegen haar bureau, in haar gewone pose van elegante zelfbeheersing, maar haar grijze broekpak was kaal en gescheurd en haar rechterpols en -hand hingen in de mitella die ze in het ziekenhuis hadden aangebracht.

'Wat is er, chef?' vroeg Anna.

Fabel grinnikte. 'Ik heb een van jullie nodig om Olsen samen met mij te verhoren... Ik probeer net te bedenken bij wie van jullie de kans het kleinst is dat ze van haar stoel valt en iets breekt.'

'Ik doe het wel,' zei Maria.

'De omstandigheden in aanmerking genomen, Maria, denk ik dat Olsen toeschietelijker zou kunnen zijn tegenover iemand die een minder *fysieke* relatie met hem heeft.'

'Dat sluit mij dan uit,' zei Werner wrang.

'Anna?' Fabel knikte brigadier Wolff toe.

'Met alle genoegen.'

Olsen zat gemelijk tegenover Anna en Fabel aan de tafel. Zijn advocaat was een door de staat toegewezen *Anwalt*, een kleine, muizige man die om de een of andere merkwaardige reden had besloten een smakeloos grijs kostuum aan te trekken, dat de kleurloosheid van zijn huid nog benadrukte. Hij was klein en zag er naast de reusachtige Olsen uit alsof hij tot een andere soort behoorde. Olsens gezicht was lelijk gekneusd en gezwollen. Het vlees leek opgeblazen rondom de plek waar de wond aan zijn gezicht gehecht en verbonden was. De muizige man nam het woord.

'Hoofdinspecteur, ik ben in de gelegenheid geweest lang en breed met meneer Olsen te praten over de zaak in verband waarmee u hem wilt verhoren. Laat me meteen ter zake komen. Mijn cliënt is onschuldig aan de moord op Laura von Klosterstadt of, wat dat betreft, welke moord ook. Hij geeft toe dat hij gevlucht is toen hij de politie informatie had moeten geven die essentieel is voor haar onderzoek, maar zoals duidelijk zal worden had hij gegronde redenen om te vrezen dat zijn verhaal niet geloofd zou worden. Tevens geeft hij toe dat hij inspecteur Meyer en inspecteur Klee heeft aangevallen tijdens de vervulling van hun plicht. Maar we zouden hierbij om enige consideratie willen vragen, in aanmerking genomen dat meneer Olsen geen klacht wenst in te dienen met betrekking tot, laten we zeggen, het *enthousiasme* waarmee mevrouw Klee hem heeft gearresteerd.'

'Dat is alles?' snoof Anna. 'Er zijn drie politiefunctionarissen gewond geraakt terwijl ze de *Incredible Hulk* daar probeerden op te pakken... We hebben sluitend forensisch bewijs dat hij aanwezig was op de plaats van de dubbele moord plus ervaring uit de eerste hand met zijn psychotische temperament... En u verwacht serieus dat we met u onderhandelen omdat hij een schrammetje heeft opgelopen doordat hij zich met geweld tegen zijn arrestatie verzette?'

Olsens advocaat antwoordde niet, maar keek Fabel vragend aan.

'Oké,' zei Fabel. 'Laat maar eens horen wat u te zeggen hebt, meneer Olsen.'

De advocaat knikte. Olsen boog zich naar voren en zette zijn ellebogen op de verhoortafel. Zijn polsen waren nog geboeid en hij maakte een open gebaar met zijn handen. Fabel zag hoe groot en sterk die waren. Net als die van Weiss. Maar ze deden hem ook denken aan iemand anders, die hij op dat moment niet kon plaatsen.

'Goed, om te beginnen: ik heb niemand vermoord.' Olsen wendde zich tot Anna Wolff. 'En mijn woedeaanvallen, daar kan ik niets aan doen. Het is een aandoening. Ik heb een of andere genetische afwijking. Daardoor vergeet ik mezelf soms. Heel erg.'

'xyy-syndroom?' vroeg Fabel.

'Het heeft me altijd een hoop ellende bezorgd. Iemand maakt me boos en ik ga door het lint. Ik kan er niets aan doen.'

'Is dat wat er bij Hanna Grünn gebeurde?' vroeg Anna. 'Vergat je jezelf "heel erg" bij haar en Markus Schiller?' Voordat Olsen kon antwoorden haalde Anna enkele foto's uit een *SpuSi*-envelop. Ze legde een reeks van vier voor Olsen op de tafel, alsof ze kaarten deelde. Ze toonden de lichamen van Hanna Grünn en Markus Schiller. Samen en afzonderlijk. Fabel hield Olsens gezicht in de gaten terwijl Anna de foto's uitspreidde. Hij kromp in elkaar en Fabel zag dat de enorme, geboeide handen begonnen te trillen.

'O, godver.' Olsens stem leek te beven. 'O, stik. Sorry. O god, sorry.' Zijn ogen glinsterden van tranen.

'Is er iets wat je ons wilt vertellen, Peter?' Fabels stem was kalm, bijna sussend. 'Waarom heb je het gedaan?'

Olsen schudde heftig zijn hoofd. Een traan ontsnapte uit zijn ooghoek en begaf zich op weg naar het verband op zijn wang. Olsen te zien huilen was een verwarrende ervaring. Het leek absoluut niet te passen bij zijn enorme gestalte en zware trekken. 'Ik heb het niet gedaan. Ik heb dit niet gedaan.'

Anna spreidde nog twee foto's uit. Het waren forensische vergelijkingen van een schoenafdruk en een bandenspoor. 'Jouw schoenen. Jouw motor. Je was daar. Je hebt het gedaan. Je kon het Hanna niet vergeven, is het niet? Ze wilde zich opwerken en dumpte de bovenmaatse spierbundel voor een bovenmaatse portemonnee. Dat kon je niet uitstaan, wel?'

'Ik werd stikjaloers. Ik hield van haar, maar ze gebruikte me alleen maar.'

Anna boog zich gretig naar voren. 'Je moet ze wekenlang hebben gestalkt. Ze hebben zien neuken in die dure auto van hem. Verborgen in de schaduwen, tussen de bomen. Kijkend en plannend en fantaserend over hoe je ze hun verdiende loon zou geven. Waar of niet?'

Olsens massieve schouders zakten. Hij knikte, zwijgend. Anna liet geen moment verloren gaan.

'Toen deed je het. Toen gaf je ze inderdaad hun verdiende loon. Dat begrijp ik. Echt waar, Peter. Maar waarom de anderen? Waarom het meisje op het strand? Het fotomodel? Waarom de vertegenwoordiger?'

Olsen droogde zijn tranen met de muis van zijn handen. Er gleed iets harders, iets vastberadeners over zijn gezicht. 'Ik weet niet waar u het over hebt. Ik heb niemand vermoord. Alles wat u zei over Hanna en die lul van een Schiller is waar. Ik wilde ze bang maken. Ze in elkaar tremmen. Maar meer ook niet.'

'Maar je liet je meeslepen, ja?' zei Anna. 'Je hebt toegegeven dat je jezelf niet in de hand hebt. Je kunt er niets aan doen. Je wilde ze de stuipen op het lijf jagen, maar het draaide erop uit dat je ze vermoordde. Is het zo niet ongeveer gegaan?'

Nee, dacht Fabel. Zo is het niet gegaan. De moorden gaven geen blijk van woede of verlies van zelfbeheersing, ze gaven blijk van opzet. Hij keek Anna aan. Ze begreep de hint en ging met tegenzin weer achterover op haar stoel zitten.

'Als je ze niet hebt vermoord of zelfs geen kans kreeg ze een pak slaag te geven,' zei Fabel, 'waar heb je dan precies spijt van?'

Olsen leek gefixeerd op de foto van Hanna Grünn, op haar opengesneden keel. Toen rukte hij zijn blik los en keek Fabel aan en zijn blik was gekweld en smekend. 'Ik heb het gezien. Ik heb het gezien. Ik heb hem gezien en ik heb hem niet tegengehouden.'

De huid in Fabels nek begon te tintelen. 'Wat heb je gezien, Peter? Over wie heb je het?'

'Ik heb ze niet vermoord. Echt niet. Jullie zullen me niet geloven. Daarom ben ik hem gesmeerd. Ik weet niet eens waar jullie het over hebben wat die andere moorden betreft. Maar inderdaad, ik was daar toen Hanna en Schiller werden vermoord. Ik heb alles gezien. Ik heb het gezien en ik heb niets gedaan.'

'Waarom, Peter? Wilde je ze zien doodgaan?'

'Nee. Jezus, nee.' Hij keek Fabel strak aan. 'Ik was bang. Ik was doodsbang. Ik kon geen vin verroeren. Ik wist dat hij, als hij wist dat ik er was, ook achter mij aan zou komen.'

Fabel keek naar Olsen. Naar de enorme handen. Naar zijn massieve schouders. Het was moeilijk voor te stellen dat iets of iemand hem bang maakte. Maar Fabel kon zien dat hij bang was geweest. Bang voor zijn leven. En dat hij die angst opnieuw beleefde, hier, tegenover hen. 'Wie was het, Peter? Wie heeft ze vermoord?'

'Ik weet het niet. Een grote vent. Even groot als ik, groter misschien.' Hij keek opnieuw naar Anna Wolff. 'U had gelijk. Alles wat u zei klopte. Ik keek naar ze. Ik wilde ze de stuipen op het lijf jagen en Schiller in elkaar tremmen. Maar ik wilde niemand vermoorden. Ik weet het niet, als ik door het lint was gegaan zou ik Schiller misschien vermoord kunnen hebben. Maar Hanna nooit. Wat ze me ook had aangedaan. Trouwens, ik had een beter plan. Ik wilde het tegen de vrouw van Schiller zeggen. Ze zou hem zijn vet hebben gegeven en Hanna zou gezien hebben hoe serieus hij het meende dat hij voor haar bij zijn vrouw zou weggaan. Ik wilde dat Hanna zich gebruikt voelde. Ik wilde haar hetzelfde gevoel geven als ze mij had gegeven.'

'Oké, Peter, vertel wat er gebeurd is.'

'Ik verstopte me in het bos en wachtte ze op. Zij kwam eerst en toen hij. Maar voordat ik iets kon doen zag ik iets uit het bos komen. Ik dacht eerst niet dat het een man was. Hij was echt verdomd groot. Helemaal in het zwart en met een of ander masker op. Een soort masker voor een kinderfeestje. Een of ander dier... een beer of een vos. Misschien een wolf. Het zag er heel klein uit op hem. Te klein. En helemaal uitgerekt en vervormd en dat maakte het nog griezeliger. Zelfs zoals hij zich bewoog was griezelig. Het was net alsof hij vorm aannam uit de schaduwen. Hij liep gewoon naar de auto toe – ze zaten intussen alle twee in Schillers auto – en klopte op het raam. Schiller opende het. Ik kon het niet zo goed verstaan, maar het klonk alsof Schiller boos werd en begon te tieren. Vond het blijkbaar niet leuk dat ze gestoord werden. Toen zag hij die grote vent, met zijn masker op en zo. Ik kon niet verstaan wat Schiller zei, maar hij klonk bang. Die grote vent in het zwart luisterde alleen maar. Hij zei niets. Toen gebeurde het. Ik kon mijn ogen niet geloven. De arm van die grote vent schoot omhoog en ik zag iets flitsen in het maanlicht. Een groot mes of zo. Toen bracht hij het naar beneden door het openstaande autoraam. Ik hoorde Hanna gillen, maar ik kon niets doen. Ik was bang. Ik scheet bagger. Ik kan zowat iedereen aan, maar ik wist dat, als ik daar naartoe ging, die grote vent ook mij zou hebben afgemaakt.' Hij zweeg. Zijn ogen glinsterden opnieuw van tranen. 'Hij was zo kalm. Traag zelfs. Wat is het woord? Methodisch. Hij was methodisch. Alsof hij alle tijd van de wereld had. Hij liep gewoon om de auto heen, zo rustig als maar kan, trok het portier open en sleurde Hanna naar buiten. Ze gilde. Arme Hanna. Ik deed niets. Ik stond aan de grond genageld. U moet het begrijpen, meneer Fabel, ik wist dat ik er geweest zou zijn. Ik wilde niet dood.'

Fabel knikte, alsof hij het begreep. Olsen was van niemand bang, maar er was iets meer dan menselijks, of minder dan menselijks, aan de figuur die hij beschreef.

'Hij pakte haar bij de keel.' Olsens onderlip trilde terwijl hij sprak. 'Met één hand. Ze huilde en smeekte en smeekte hem haar geen pijn te doen. Haar niet te vermoorden. Hij lachte haar gewoon uit. Een afschuwelijke lach. Toen zei hij: "Ik ga je nu doden", precies zo, "Ik ga je nu doden" – kalm, niet alsof hij kwaad was of alsof hij haar haatte of zo. Hij duwde haar op de motorkap, bijna voorzichtig. Toen haalde hij het mes over haar keel. Heel langzaam. Weloverwogen. Zorgvuldig. Daarna bleef hij even staan, keek naar de lichamen, opnieuw alsof hij geen haast had, alsof hij niet bang was dat er iemand langskwam. Hij keek alleen maar naar ze. Toen deed hij een stap opzij en keek nog een tijdje. Daarna droeg hij het lijk van Schiller het bos in.'

'Ben je niet gaan kijken of Hanna nog leefde?' vroeg Anna.

Olsen schudde zijn hoofd. 'Te bang. Trouwens, ik wist dat ze dood was. Ik wachtte tot die grote vent in het zwart met het lichaam van Schiller in het bos was verdwenen. Toen sloop ik terug naar de plek waar ik mijn motor had verstopt. Ik duwde hem een honderd meter of zo het pad af. Ik wilde niet dat hij me de motor hoorde starten. Toen ging ik er zo snel mogelijk vandoor. Ik wist niet wat ik moest doen. Ik wist dat jullie mijn verhaal niet zouden geloven, dus ik besloot te doen alsof er niets was gebeurd. Het klinkt belachelijk, maar het leek me de beste manier om erbuiten te blijven. Maar op de terugweg stopte ik bij een benzinestation en belde de politie. Ik dacht dat er misschien een kans was dat jullie hem daar nog zouden treffen – hij scheen geen haast te hebben. Ik dacht dat, als jullie hem daar pakten, ik dan vrijuit zou gaan.'

Anna stopte een bandje in de cassetterecorder en drukte op de afspeelknop. Het was de opname van het telefoontje dat bij de alarmcentrale van de politie was binnengekomen. De stem aan de andere kant van de lijn klonk gespannen door de schok, maar het was duidelijk die van Olsen. Hij vertelde de politie waar ze de lichamen konden vinden.

'Je bevestigt dat dit jouw stem is?' vroeg ze.

Olsen knikte. Hij keek Fabel smekend aan. 'Ik heb het niet gedaan. Ik zweer dat ik het niet gedaan heb. Wat ik jullie verteld heb is de waarheid. Maar ik verwacht geen moment dat jullie me geloven.'

'Misschien wel,' zei Fabel. 'Maar je hebt nog een heleboel andere vragen te beantwoorden en we hebben nog steeds aanklachten tegen je.' Hij keek naar Olsens muizige advocaat, die knikte. 'Brigadier Wolff zal je vragen naar de andere moorden. Waar je was, wat je van de slachtoffers weet.' Fabel stond op en leunde op de verhoortafel. 'Je zit nog steeds diep in de nesten, meneer Olsen. Je bent nog steeds de enige op de plaats delict die we kunnen identificeren en je hebt een motief. Ik stel voor dat je alle vragen van mevrouw Wolff openhartig en naar waarheid beantwoordt.'

Terwijl Fabel vertrok zei Anna 'Excuseer me even...' tegen Olsens advocaat en volgde Fabel naar de gang.

'Geloof je hem?' vroeg ze Fabel toen ze alleen op de gang waren.

'Ja. Ja, ik geloof hem. Er was altijd al iets met Olsen wat niet klopte. Die moorden waren geen crimes passionels. Iemand stippelt de moorden uit en voert vervolgens zijn afgrijselijke psychotische fantasieën nauwgezet uit.'

'Geloof je echt dat Olsen bang zou zijn voor een andere man? Hij nam het op tegen Werner, en Werner is geen lichtgewicht.'

'Klopt. Maar ook wat dat betreft denk ik dat Olsen meer te vrezen heeft van Maria dan van Werner.' Er lag een zweem van afkeuring in Fabels glimlach. 'Ik hoop dat ze zich niet aan jou spiegelt, Anna.'

Anna keek Fabel wezenloos aan, alsof ze het niet snapte. Het gaf haar, onder het korte, zwarte piekhaar en de make-up, iets meisjesachtigs onschuldigs. Fabel had haar al twee keer op haar agressieve gedrag gewezen. 'Maar goed,' ging ze verder, 'ik ben er niet zo zeker van dat Olsens verhaal over een grote, enge man genoeg is om hem vrijuit te laten gaan. We hebben alleen zijn woord.'

'Ik ben geneigd hem te geloven. Hij was bang, ginds in het Naturpark... doodsbang. Onze moordenaar wordt geobsedeerd door de sprookjes van Grimm... Nou, dáár was Olsen bang van... Niet van een man, niet van zomaar een potige rouwdouwer met wie Olsen het kon uitvechten. Olsen was alleen, in het donker, en hij zag iets uit het donker van het bos komen dat niet helemaal menselijk leek. Dáár was hij bang van – de boeman, de wildeman, de weerwolf. Ik begreep maar niet waarom Olsen te bang was om iets te doen, maar de waarheid is dat hij, ginds, niet de kolossale bruut was die in de verhoorruimte zit; hij was een jongetje dat een nachtmerrie heeft na het horen van een griezelverhaal. Dat is wat onze moordenaar wil. Dat is waarom hij slaagt: hij verandert zijn slachtoffers in bange kinderen.' Fabel zweeg. Hij knikte in de richting van de dichte deur van de verhoorkamer. 'In elk geval, we komen er gauw genoeg achter of hij de waarheid vertelt, Anna. Probeer intussen wat je verder nog uit hem kunt krijgen.'

Anna ging weer de verhoorruimte binnen en Fabel begaf zich naar het kantoor van Moordzaken. Er knaagde iets in zijn onderbewustzijn, in een schemerige hoek, net buiten zijn bereik.

Hij zat in zijn kantoor. Hij bleef stil en zwijgzaam en keek uit het raam naar het Winterhuder Stadtpark. Hamburg rekte zich laag en breed uit langs de horizon. Fabel probeerde alle opeengehoopte details uit zijn hoofd te verdrijven, de duizenden woorden over deze zaak die hij had gehoord en gelezen, de informatieborden en foto's van de plaats delict. Hij keek naar de blauw met witte zijdezachte lucht die over de stad gleed. Ergens, wist hij, wachtte een essentiële waarheid op onthulling. Iets eenvoudigs. Iets puurs en kristalhelders en afgebakend door scherpe, duidelijke randen.

Sprookjes. Dat was alles; over sprookjes en twee broers die ze hadden verzameld. Twee broers die taalkundig onderzoeksmateriaal vergaarden en zochten naar 'de ware en oorspronkelijke stem van de Duitssprekende volken'. Ze waren gedreven geweest door liefde voor de Duitse taal en een vurig verlangen de verteltraditie levend te houden. Maar meer dan dat waren ze patriotten, nationalisten. Ze begonnen aan hun onderzoek in een tijd dat Duitsland een idee was, geen natie, toen de Napoleontische heren lokale of regionale culturen trachtten uit te roeien.

Maar de Grimms hadden de richting veranderd. Toen de eerste reeks verhalen was gepubliceerd, waren het niet de Duitse academici geweest die overweldigend enthousiast hadden gereageerd en de bundel massaal hadden gekocht; het waren de gewone mensen geweest. Het waren dezelfde mensen geweest wier stem de broers hadden proberen vast te leggen. En het waren bovenal de kinderen geweest. Jakob, de zoeker naar taalkundige waarheid, had zich geschikt naar Wilhelms wensen en ze hadden de verhalen gekuist voor de tweede druk, ze vaak verfraaid tot ze twee keer zo lang waren. Weg was Domme Hans, die vrouwen zwanger kon maken door alleen maar naar ze te kijken. De zwangere maar naïeve Raponsje vroeg niet meer waarom haar kleren haar niet meer pasten. Doornroosje of de Schone Slaapster werd niet meer verkracht terwijl ze, niet wakker te krijgen, in haar behekste sluimering lag. En de lieve Sneeuwwitje, die aan het eind van het oorspronkelijke verhaal koningin werd, gaf niet langer bevel haar boze stiefmoeder gloeiend hete ijzeren schoenen aan te trekken om haar te dwingen zich dood te dansen.

De waarheid. De gebroeders Grimm hadden gezocht naar de ware stem van de Duitser en hadden hun eigen quasi-verzinsels geschapen. Was het trouwens wel een authentiek Duitse stem? Zoals Weiss had gezegd klonken in de verhalen en fabels die de Grimms hadden verzameld elementen uit Franse, Italiaanse, Scandinavische, Slavische en andere vertellingen door. Wat was het wat de moordenaar zocht? De waarheid? De verzinsels waar maken, net als Weiss' fictieve Jakob Grimm?

Fabel stond op, liep naar het raam en keek naar de wolken. Hij kon het niet vatten. De moordenaar probéérde niet slechts met Fabel te praten, hij schreeuwde in zijn gezicht. En Fabel kon hem niet horen.

Er werd geklopt en Werner kwam binnen met een map. Fabel merkte op dat hij latex handschoenen aan had. Hij wierp een vragende blik op het dossier.

'Behalve de spullen die je van Weiss hebt gekregen heb ik zakken vol fanmail van zijn uitgever doorgeploeterd. Het spul dat ze stuurden gaat tot bijna een jaar terug en ik heb het tot een maand of zes geleden doorgenomen. Ik ben heel wat mafketels tegengekomen met wie ik weleens een babbeltje zou willen maken,' zei Werner. 'Toen vond ik dit...' Hij haalde één vel briefpapier uit de map, het aan één hoek vasthoudend.

Fabel staarde ernaar. Strak. De brief die Werner ophield was geschreven in een klein handschrift en met rode inkt, op geel papier.

Holger Brauner had bevestigd dat het papier identiek was aan dat van de smalle strookjes, allemaal van één en hetzelfde vel geknipt, die in de handen van elk van de slachtoffers waren gevonden. Brauner had ook verklaard dat zijn eerste vermoeden juist was gebleken en dat het papier van een veelgebruikt merk was dat in supermarkten, kantoorboekhandels en computerwinkels in het hele land werd verkocht. Het was onmogelijk na te gaan waar en wanneer het was gekocht. Ook het handschrift kwam overeen en hij verwachtte dat een chemische analyse van de rode inkt geen verrassingen zou opleveren. Het meest opwindende aan Werners vondst vond Fabel wel dat het een brief was. Fanmail. Niets iets wat op een plaats delict was achtergebleven. En dat zou kunnen betekenen dat de moordenaar minder angstvallig had vermeden er sporen op achter te laten. Maar hij werd teleurgesteld: Brauner had bevestigd dat er geen DNA-sporen of vingerafdrukken op de brief zaten of iets anders waarmee ze de schrijver konden opsporen.

Toen hij Weiss had geschreven, had hij al geweten dat hij zou gaan doden. En hij had ook geweten dat de politie zijn brief uiteindelijk zou vinden.

Brauner had vier kopieën gestuurd van een foto van de brief, vergroot tot tweeënhalve keer de afmetingen van het origineel. Een ervan hing nu op het informatiebord.

Beste meneer Weiss,

Ik wil gewoon even contact met u opnemen om te zeggen hoe enthousiast ik ben over uw meest recente boek, Die Märchenstrasse. *Ik had er verlangend naar uitgekeken en ik werd niet teleurgesteld. Ik vind het een van de grootste, diepzinnigste werken van de moderne Duitse letterkunde.*

Toen ik uw boek las werd me heel duidelijk dat u spreekt met de authentieke stem van Jakob Grimm, precies zoals Jakob wilde spreken met de authentieke stem van Duitsland: onze verhalen, onze levens en onze angsten, ons goed en ons kwaad. Wist u dat W.H. Auden, de Britse dichter, in een tijd dat zijn land was verwikkeld in een gevecht op leven en dood met het onze, schreef dat de sprookjes van Grimm, naast de bijbel, de grondslagen van de westerse cultuur vertegenwoordigen? Zo groot is hun kracht, meneer Weiss. Zo groot is de kracht van die ware, heldere stem van ons volk. Ik heb die stem gehoord, vele, vele keren. Ik weet dat u dit begrijpt, ik weet dat u de stem eveneens hoort.

U hebt vaak gesproken over hoe mensen delen van verhalen kunnen worden; gelooft u dat verhalen mensen kunnen worden? Of dat we allemaal een verhaal zijn?

Ik ben, op mijn manier, een schepper van verhalen. Nee, ik overdrijf mijn rol: ik ben een vastlegger van verhalen. Ik leg ze anderen voor, opdat ze ze zullen lezen en de waarheid ervan zullen begrijpen. We zijn broers, u en ik. We zijn Jakob en Wilhelm. Maar waar u, net als Wilhelm, deze eenvoudige verhalen redigeert, verfraait en uitbreidt om uw lezers aan te spreken, probeer ik, net als Jakob, hun rauwe, stralende maagdelijkheid te tonen. Stelt u zich Jakob voor, zich verstoppend bij het huis in het bos van Dorothea Viehmann, luisterend naar de verhalen die ze alleen aan kinderen wilde vertellen. Stelt u zich het wonder daarvan voor: eeuwenoude, magische verhalen die van de ene generatie op de andere worden doorgegeven. Ik heb iets soortgelijks ervaren. Dat is wat ik mijn publiek zal voorleggen en ze zullen verbijsterd zijn.

Met de liefde van de ene broer voor de andere,
Dein Märchenbruder, Uw sprookjesbroer

Fabel las de brief nogmaals. Hij zei niets. De brief zou niet eens de argwaan van Weiss of diens uitgever hebben opgewekt. Hij leek geschreven door een of andere geschifte fan die over zijn eigen schrijfsels praatte, niet door een moordenaar die zijn plannen uiteenzet om sprookjes van Grimm opnieuw te ensceneren, met echte lijken.

'Wie is Dorothea Viehmann?' Werner kwam naast Fabel staan en keek naar de vergrote foto van de brief.

'Een oude vrouw die de Grimms vonden, beter gezegd, die Jakob vond,' antwoordde Fabel. 'Ze woonde in de buurt van Frankfurt. Ze was een beroemd vertelster, maar weigerde ook maar één van haar verhalen aan Jakob Grimm te vertellen. Dus ging hij onder een raam zitten en speelde voor luistervink wanneer ze de kinderen van het dorp verhalen vertelde.'

Werner keek geïmponeerd. Fabel keerde zich naar hem toe en glimlachte.

'Ik heb mijn kennis bijgespijkerd.'

De rest van het team had zich intussen verzameld en er klonk geroezemoes toen ze zich verdrongen rond het nieuwe bewijsstuk. Fabel vroeg om hun aandacht.

'Dit vertelt ons niets wat we niet al wisten. De enige extra informatie die dit zal opleveren is het eventuele psychologische inzicht dat mevrouw Eckhart uit de inhoud kan opmaken.' Susanne zou pas de volgende dag uit Norddeich terugkomen, maar Fabel had haar al een exemplaar laten sturen op het Instituut voor Gerechtelijke Geneeskunde en hij wilde haar later bij zijn moeder bellen om haar de brief voor te lezen en een eerste reactie te krijgen.

Henk Hermann stak zijn hand een eindje op, alsof hij in een leslokaal was. Fabel knikte glimlachend en Hermann liet hem een beetje verlegen weer zakken. 'Hij ondertekent met *Sprookjesbroer*,' zei Hermann. 'Wat bedoelt hij daarmee?'

'Hij voelt zich blijkbaar nauw verbonden met Weiss. Maar misschien zit er nog een betekenis achter. En ik ken de geknipte persoon om dat uit te zoeken.'

'De geknipte persoon,' zei Werner, 'zou de moordenaar zelf zijn.'

'En dat,' zei Fabel grimmig, 'kon weleens precies degene zijn aan wie ik het ga vragen.'

Weiss nam de telefoon op nadat deze twee keer was overgegaan. Fabel nam aan dat hij in zijn werkkamer bezig was. Hij vertelde dat ze een brief hadden gevonden die via de uitgever naar Weiss was gestuurd en dat die duidelijk afkomstig was van de moordenaar. Weiss kon zich de brief niet herinneren en luisterde zwijgend terwijl Fabel hem voorlas.

'En u bent ervan overtuigd dat hij het over deze moorden heeft?' vroeg Weiss toen Fabel klaar was.

'Ja. Het is één en dezelfde persoon. Zegt hij in zijn brief iets wat belangrijk zou kunnen zijn? De vermelding van Dorothea Viehmann bijvoorbeeld?'

'Dorothea Viehmann!' Weiss' stem klonk cynisch. 'De bron van Duitse folkloristische wijsheid aan wier voeten Jakob Grimm lag. En uw verblinde psychopaat blijkbaar ook.'

'En dat zou hij niet moeten doen?'

'Wat hebben wij Duitsers toch? We zijn voortdurend op zoek naar een identiteit, om erachter te komen wie we zijn en we komen verdomme steevast bij het verkeerde antwoord uit. De Grimms aanbaden Viehmann en beschouwden haar versies van Duitse sprookjes als het evangelie... letterlijk bijna. Maar Viehmann was de naam van haar man. Haar meisjesnaam was Pierson. Frans... De ouders van Dorothea Viehmann waren uit Frankrijk verdreven omdat ze protestants waren, hugenoten. De verhalen die ze vertelde waren, beweerde ze, Duitse verhalen die ze van reizigers op de weg van en naar Frankfurt had gehoord. In werkelijkheid waren de verhalen die ze de Grimms doorgaf van Franse oorsprong, uit haar eigen familieachtergrond. Dezelfde verhalen die Charles Perrrault een eeuw of langer geleden in Frankrijk vastlegde. En ze was niet de enige. Er was de mysterieuze "Marie", die Sneeuwwitje, Roodkapje en Doornroosje zou hebben doorverteld. De zoon van Wilhelm beweerde dat het een oude bediende van de familie was. Het bleek een rijke jongedame te zijn, Maria Hassenpflug, eveneens van Franse komaf, die de verhalen van haar Franse gouvernantes had gehoord.' Weiss lachte. 'De vraag is dus, meneer Fabel: is de Schone Slaapster *Dornröschen* of is ze *La belle au bois dormant*? En is Roodkapje *Rotkäppchen* of is ze *Le petit chaperon rouge*? Zoals ik al zei, we zoeken onafgebroken naar de waarheid omtrent onze identiteit en maken er zonder mankeren een potje van. En uiteindelijk vertrouwen we op buitenlandse waarnemers om te definiëren wie we zijn.'

'Ik denk niet dat deze psychopaat daar patriottische haarkloverijen op zal loslaten.' Fabel had geen tijd voor een zoveelste preek van Weiss. 'Ik wil alleen maar weten of u denkt dat het iets te betekenen heeft dat hij Viehmann noemt.'

Er viel een korte stilte aan de andere kant van de lijn. Fabel stelde zich de reusachtige schrijver voor in zijn werkkamer met het rijke, donkere, licht absorberende hout. 'Nee. Ik denk het niet. Zijn slachtoffers waren zowel mannen als vrouwen, of niet?'

'Ja. Hij is blijkbaar een gelijke-kansenmoordenaar.'

'De enige betekenis, voorzover ik het kan zien, in het noemen van Dorothea Viehmann is dat de Grimms haar echt zagen als een bijna unieke bron van oude wijsheid. En ze dachten blijkbaar dat vrouwen de fakkeldraagsters van de Duitse verteltraditie waren. Als uw moordenaar zich op vrouwen richtte, met name oude vrouwen, had ik misschien een verband gezien.' Er viel opnieuw een korte stilte aan de andere kant. 'Maar er is één ding aan die brief dat me zorgen baart. Ernstige zorgen. De ondertekening.'

'Wat... *Dein Märchenbruder?*'

'Ja...' Fabel voelde een onbehagen in Weiss' stem. '*Je sprookjesbroer.* Zoals u waarschijnlijk weet stierf Jakob vier jaar vóór Wilhelm. Wilhelm hield een hartstochtelijke grafrede tijdens Jakobs begrafenis. Hij noemde hem zijn *Märchenbruder...* Zijn *Sprookjesbroer.* Godver, Fabel, die maniak gelooft dat hij en ik dit samen doen.'

Fabel haalde diep adem. Er had al die tijd een partnerschap achter de moorden gezeten. En Weiss was de andere partner geweest. Het enige was dat Weiss het niet had geweten.

'Inderdaad, meneer Weiss. Ik denk dat hij dat doet.' Fabel zweeg even. 'U herinnert zich uw theorie over het realiseren van fictie? Over mensen die u in uw verhalen laat "leven"?'

'Ja... Wat is daarmee?'

'Nou, het ziet ernaar uit dat hij u in zijn verhaal geschreven heeft.'

50

Fabel had een hekel aan het mortuarium.

Hij had er een hekel aan om bij een lijkschouwing te zijn. Het was niet zozeer de natuurlijke fysieke afkeer van bloederigheid, al speelde ook die een rol door een misselijkmakende draaierigheid ergens tussen zijn maag en zijn borst; het was meer de onverklaarbaarheid van hoe een menselijk wezen, het middelpunt van zijn eigen weidse en complexe universum, opeens niet meer dan een homp vlees werd. Het was de levenloosheid van de dood – de abrupte, totale en onherroepelijke verwoesting van een persoonlijkheid – waarmee hij niet graag geconfronteerd werd. Bij elke moordzaak probeerde Fabel in gedachten iets van het slachtoffer levend te houden, alsof hij of zij nog steeds leefde, maar in een andere, afgelegen kamer. Voor hem waren het mensen wie onrecht was aangedaan en voor wie hij een vorm van gerechtigheid zocht, alsof het een schuld was aan de levenden. Zelfs een bezoek aan een plaats van overlijden of het bekijken van foto's van fatale verwondingen leek niet af te leiden van het persoonlijk meeleven. Maar voor Fabel werd een persoon een lijk, wanneer hij toe moest kijken hoe iemands maaginhoud in een weegschaal werd geschept.

Möller was op dreef. Toen Fabel de autopsiezaal binnenkwam keek de patholoog-anatoom hem met zijn geoefende misprijzende blik aan. Hij had zijn blauwe autopsieoverall nog aan en er zaten bloedvegen op zijn lichtgrijze plastic wegwerpschort.

De roestvrijstalen autopsietafel was leeg en Möller was hem bijna gedachteloos aan het schoonspoelen met de sproeikop. Maar er hing iets in de lucht. Fabel was er lang geleden al achter gekomen dat de doden je niet achtervolgen met hun geest, maar met hun geur. Möller had zijn reis door de materie van wat ooit een menselijk wezen, Bernd Ungerer genaamd, was geweest, klaarblijkelijk nog maar net afgesloten.

'Interessant,' zei Möller, doelloos toekijkend hoe het water roze werd terwijl het de bloedsporen naar de afvoer spoelde. 'Heel interessant, deze.'

'Hoezo?' vroeg Fabel.

'De ogen zijn postmortaal verwijderd. De doodsoorzaak was één enkele messteek in de borst. Klassiek... onder het borstbeen schuin naar boven en recht in het hart. Uw heer gaf het mes een draai, met de klok mee, bijna vijfenveertig graden. Dat verwoestte het hart en het slachtoffer moet binnen enkele seconden dood zijn geweest. Hij heeft in elk geval niet veel geleden en zal niet hebben geweten dat zijn ogen werden verwijderd. Wat met de hand is gebeurd, tussen haakjes. Geen aanwijzingen dat er een instrument is gebruikt.' Möller draaide de sproeikop dicht en leunde op de rand van de tafel. 'Er waren geen verdedigingswonden. Niet één. Geen insnijdingen of sneden op de handen of de onderarmen en er zijn geen andere sporen van geweld. Of van een worsteling of gevecht vóór de dood.'

'Wat betekent dat het slachtoffer werd overrompeld of dat hij de moordenaar kende, of allebei.'

Möller rechtte zijn rug weer. 'Dat is uw terrein, hoofdinspecteur. Ik rapporteer de feiten, u trekt de conclusies. Maar er zijn nog een paar dingen aan deze heer die u misschien interessant vindt.'

'O?' Fabel glimlachte geduldig en weerstond de verleiding tegen Möller te zeggen dat hij moest opschieten.

'Om te beginnen was de heer Ungerer vroeg grijs en verfde hij zijn haren donker... Maar wat ik onder de schedel vond interesseerde me nog het meest. Uw moordenaar heeft het leven van de heer Ungerer niet echt bekort. Hij is Magere Hein alleen een paar maanden te snel af geweest.'

'Ungerer was ziek?'

'Terminaal. Maar misschien wist hij het niet. Er zat een groot glioom in zijn grote hersenen. Een hersentumor. De omvang duidt erop dat die al enige tijd woekerde en de locatie doet me vermoeden dat de symptomen misleidend geweest kunnen zijn.'

'Kunt u zeggen of hij ervoor behandeld werd?'

'Nee, niet voorzover ik kan zien. Er waren geen sporen van kankerbestrijdende medicijnen in zijn lichaam – of van cortison, dat in dergelijke gevallen normaliter wordt voorgeschreven om de zwelling van het hersenweefsel te verlichten. En belangrijker nog, er waren geen sporen van operatief ingrijpen en dat is de eerste verdedigingslinie tegen dit type tumor. Ik moet nog een volledig weefselonderzoek van het glioom krijgen, maar het lijkt me een astrocytoom – een primaire tumor. En doordat het een primaire tumor was zal er nergens in het lichaam iets geweest zijn om zijn arts een seintje te geven dat er iets mis was. Hersentumoren zijn vaak het gevolg van kanker elders in het lichaam, maar niet in dit geval. En, een angstaanjagend idee voor u: hij had er de leeftijd voor. Mannen van middelbare leeftijd ontwikkelen het vaakst dergelijke hooggradige, agressieve, primaire tumoren.'

'Maar hij moet toch symptomen hebben gehad... Hoofdpijn?'

'Waarschijnlijk, maar niet noodzakelijk. Hersentumoren kunnen nergens heen. De hersenen zijn het enige deel van het lichaam dat volledig omsloten is door bot, dus wanneer de tumor groeit, neemt ook de druk in de schedel en op het gezonde hersenweefsel toe. Het kan ernstige hoofdpijn veroorzaken, die erger wordt als je gaat liggen, maar niet altijd. Maar zoals ik al zei: hoewel de tumor van de heer Ungerer tamelijk snel groeide, zat hij op een zodanige plek dat de schade geleidelijk werd toegebracht. En dat betekent dat de symptomen subtieler geweest kunnen zijn.'

'Zoals?'

'Persoonlijkheidsveranderingen. Gedragsveranderingen. Hij kan zijn reukvermogen verloren hebben – of opeens doordringende geuren hebben geroken die er niet waren. Hij kan het gevoel gehad hebben dat de ene kant van zijn lichaam sliep of vaak misselijk zijn geweest. Of, omgekeerd, een ander veelvoorkomend symptoom is plotseling braken zonder voorafgaande misselijkheid.'

Fabel dacht even na over wat Möller hem had verteld. Hij herinnerde zich wat Maria had verteld over haar gesprek met mevrouw Ungerer, haar beschrijving van Ungerers persoonlijkheidsverandering. Over hoe hij seksueel onverzadigbaar was geworden, hoe een trouwe, liefhebbende echtgenoot was veranderd in een geile bok en serie-echtbreker. Hoe hij 'Blauwbaard' was geworden. Toen Fabel dat gehoord had, plus Maria's beschrijving van het 'verboden' souterrain en de kist daar, had hij het gevoel gehad dat zich ijskristallen vormden in zijn bloed. Opnieuw een sprookjesverband, zij het dat 'Blauwbaard' een verhaal van Perrault was, Frans, maar een Duits, een Grimm-equivalent had in 'Vleerkens vogel'. Deze moordenaar had Ungerer gekend, of had in elk geval genoeg over hem geweten om hem te herkennen als een perfecte keus voor zijn krankzinnige, op Grimm-verhalen drijvende thema.

'Kan het tot uitdrukking zijn gekomen in het seksuele gedrag van het slachtoffer?' Hij schetste Möller wat ze wisten over Ungerers ingrijpende verandering.

'Het zou kunnen,' zei Möller. 'Als er sprake was van een zo ingrijpende verandering als u beschrijft, zou ik zeggen dat het niet toevallig samenviel met de tumor, maar er bijna zeker het gevolg van was. We denken dat seks iets fysieks is. Dat is niet zo. Bij het dier dat de mens is, zit het allemaal hier.' Möller tikte met zijn wijsvinger tegen zijn slaap. 'Verander de structuur of de chemische samenstelling van de hersenen – en de tumor van het slachtoffer zou dat hoogstwaarschijnlijk alle twee hebben gedaan – en er kunnen allerlei gedragsveranderingen plaatsvinden. Dus, ja, het is heel goed mogelijk dat uw zedige, getrouwde, op zijn gezin gerichte man een liederlijke wolf is geworden.'

Toen hij terugreed naar het hoofdbureau scheen de aprilzon opgewekt over Hamburg. De stad zag er helder en fris uit en verlangend naar de komende zomer. Maar Fabel zag het niet. Hij was zich enkel bewust van de duistere, dreigende aanwezigheid van een psychopaat die doodde en verminkte op zoek naar een verwrongen literaire of culturele waarheid. Hij was vlakbij. Zo vlakbij dat Fabel hem bijna kon ruiken.

51

Terwijl ze zich in haar kostuum worstelde besloot Lina Ritter dat ze hier te oud voor werd. Dat ze er te oud voor wás. Ze deed het al bijna vijftien jaar en nu, op haar vierendertigste, was het mooi geweest. Het was tenslotte iets voor jongere vrouwen. Ze had zich gedwongen gezien zich steeds verder te 'specialiseren', tegemoet te komen aan de meer bizarre en exotische smaak van bepaalde klanten en de rol van meesteres paste beter bij haar leeftijd. En er werd in elk geval zelden bij geneukt: je moest een of andere vette zakenman een halfuurtje rondcommanderen, op zijn kont slaan als hij je bevelen te traag opvolgde en hem zeggen hoe stout hij was en hoe boos jij was terwijl hij zich afrukte. Het betaalde redelijk, het gezondheidsrisico was kleiner en haar klanten, en hun straffen, namen haar vaak al het werk uit handen. Maar vanavond zou het harder werken worden. De kerel die haar gereserveerd had, had een smak geld vooruit betaald. Daarna had hij een afspraak gemaakt voor vanavond, met precieze instructies dat ze de outfit moest dragen die hij voor haar meebracht. Ze wist, gezien dit bespottelijke kostuum, dat ze ditmaal niet de dominante partner zou zijn en had erin berust dat ze met die grote vent zou moeten neuken

Hij was stipt op tijd geweest en wachtte nu op haar in de slaapkamer terwijl zij zich in het kostuum perste dat hij had meegebracht. Het was duidelijk bedoeld voor iemand die een maatje of twee kleiner was dan Lina. Wat een meisje allemaal moest doen om de kost te verdienen. Lina was vergeten hoe groot haar klant precies was. Groot, maar zwijgzaam. Verlegen bijna. Hij zou geen problemen opleveren.

Lina liep de slaapkamer in en maakte een pirouette. 'Mooi?' Ze stopte halverwege toen ze hem zag. 'O... Ik zie dat je zelf ook een speciaal kostuum hebt...'

Hij stond naast het bed. Hij had alle lampen uitgedaan, op het kleine nachtlampje achter hem na, en stond half naar haar toe gekeerd. Alles in de kamer leek nietig naast deze donkere kolos. Hij had een klein rubberen masker op, een soort kindermasker, in de vorm van een wolvensnuit. De trekken van de wolf waren misvormd doordat het kleine masker over het te grote gezicht was uitgerekt. Toen realiseerde Lina zich dat hij niet een of ander strak kostuum droeg, zoals ze aanvankelijk had gedacht, maar dat zijn hele lichaam, van zijn enkels tot zijn hals en over zijn armen tot aan zijn polsen, was bezaaid met tatoeages. Allemaal woorden. Allemaal in het oude, vooroorlogse schrift. Hij stond daar, kolossaal en zwijgend, met dat idiote masker en zijn met tatoeages overdekte lijf, in het tegenlicht. Lina realiseerde zich dat ze nu bang was. Toen sprak hij.

'Ik heb een cadeautje voor je gekocht, Grietje,' zei hij met een door het rubberen masker gesmoorde stem.

'Grietje?' Lina keek naar haar kostuum, het kostuum waar hij om gevraagd had. 'Dit is geen Grietje-kostuum. Heb ik iets verkeerd gedaan?'

Het hoofd achter het te kleine rubberen wolvenmasker schudde langzaam. Hij stak zijn hand uit en hield een lichtblauw doosje met een geel lint eromheen op.

'Ik heb een cadeautje voor je gekocht, Grietje,' herhaalde hij.

'O... o, bedankt. Ik hou van cadeaus.' Lina maakte wat ze voor een kokette kniebuiging aanzag en nam het doosje aan. Ze deed haar best om te verbergen dat haar vingers trilden terwijl ze het lint losmaakte. 'Zo... Wat hebben we hier?' zei ze terwijl ze het deksel van het doosje deed en erin keek.

Tegen de tijd dat Lina's kreet klonk was hij al bij haar.

52

Fabel stond voor het informatiebord en leunde op de tafel die ervoor stond. Hij keek naar het bord, maar hij zag niet wat hij er wilde, er moest zien. Werner was de enige andere aanwezige in het kantoor en hij zat op een punt van de tafel. Zijn brede schouders waren afgezakt en zijn gezicht was bleek, waardoor de kneuzing aan zijn hoofd zich nog scherper aftekende.

'Ik vind dat je er maar eens een punt achter moet zetten,' zei Fabel. 'Eerste dag terug en zo.'

'Ik voel me prima,' zei Werner, maar niet erg overtuigend.

'Tot morgen.' Fabel keek Werner na en draaide zich toen weer om naar het informatiebord. De moordenaar verwees ernaar dat Jakob Grimm folkloristische wijsheid had opgedaan van Dorothea Viehmann. Dat hijzelf een soortgelijke ervaring had gehad. Met wie? Wie had hem de verhalen doorgegeven?

Hij liet zijn blik over de foto's van Weiss, Olsen en Fendrich glijden die hij op het bord had gehangen. Oude vrouwen. Moeders. Weiss had een invloedrijke Italiaanse moeder. Over Olsens familie wist hij niets, maar Fendrich had blijkbaar tot haar dood een hechte band met zijn moeder gehad. En ze was gestorven kort voordat de moorden plaatsvonden. Weiss en Olsen leken Fabel niet langer verdacht, dus de enige die overbleef was Fendrich. Maar wanneer je hem nader bekeek sloeg het nergens op. Fabel keek naar de drie mannen. Drie mannen die zo sterk van elkaar verschilden als maar mogelijk was. En het leek erop dat geen van hen de juiste man was. Fabel werd zich ervan bewust dat Anna Wolff naast hem was komen staan.

'Hai, Anna. Klaar met Olsen?' vroeg hij. Anna schudde ongeduldig haar hoofd. Ze hield de foto van het laatste slachtoffer op, Bernd Ungerer.

'Er is een verband.' Anna's stem klonk gespannen van onderdrukte opwinding. 'Olsen herkende Ungerer. Hij kent hem.'

Nog steeds aan de tafel in de verhoorruimte gezeten was Olsens gedrag, zijn hele lichaamstaal veranderd. Het was gretig, bijna agressief. Zijn advocaat daarentegen keek heel wat minder vrolijk. Ze hadden tenslotte bijna vier uur opgescheept gezeten met de vasthoudende kleine Anna Wolff.

'U beseft toch, hoofdinspecteur, dat mijn cliënt door zijn pogingen u met uw onderzoek te helpen het risico loopt zichzelf nog meer te belasten.'

Fabel knikte ongeduldig. 'Laten we maar eens luisteren wat meneer Olsen over zijn relatie tot de heer Ungerer te vertellen heeft.'

'Ik had geen relatie met Ungerer,' zei Olsen. 'Ik heb hem alleen een paar keer gezien. Hij was vertegenwoordiger. Een slijmbal.'

'Waar heb je hem gezien?'

'Bij de Backstube Albertus. Hij verkocht van die peperdure Italiaanse bakkerijspullen. Het nieuwste van het nieuwste. Hij liep Markus Schiller al maanden achterna en probeerde hem over te halen nieuwe ovens te kopen. Hij en Schiller konden goed met elkaar opschieten – twee slijmballen bij elkaar. Ungerer trakteerde Schiller altijd op lunches en zo op kosten van de zaak. Maar hij was aan het verkeerde adres. Het was Schillers vrouw die het voor het zeggen had, het geld had en, voorzover ik begrepen heb, de broek aan.'

'Waar en wanneer precies heb je hem gezien?' vroeg Anna.

'Ik heb hem maar een paar keer gezien wanneer ik Hanna ophaalde bij de bakkerij.'

'Je schijnt heel wat over hem te weten te zijn gekomen, hoewel je hem alleen in het voorbijgaan hebt gezien.'

'Hanna heeft me alles over hem verteld. Hij kleedde haar met zijn ogen uit. Altijd als hij kwam. Hij was getrouwd en zo, maar hij was een rokkenjager. Een viespeuk, noemde Hanna hem.'

'Je hebt hem nooit persoonlijk gesproken?'

'Nee. Ik had het wel gewild... Een hartig woordje, als u begrijp wat ik bedoel. Maar Hanna zei dat ik het zo maar moest laten. Ze had zich trouwens bij haar baas al beklaagd over Ungerer.'

'Maar Hanna had niets met hem te maken, via haar werk of privé?'

'Nee. Ze zei dat ze iets van hem kréég, zoals hij haar altijd met grote ogen aankeek. Al zie ik het verschil niet tussen Ungerer en Markus Schiller. Alle twee gladjanussen. Maar Hanna zag iets, neem ik aan.'

Fabel, die Anna tot dusver het woord had laten doen, boog zich naar voren. 'Peter, je bent de link tussen drie van de vijf moordslachtoffers...' Hij zocht tussen de foto's op de tafel en legde die van Paula Ehlers, Martha Schmidt en Laura von Klosterstadt voor hem. 'Zegt een van deze mensen je iets?' Hij noemde namen en locaties bij de gezichten.

'Dat fotomodel. Haar ken ik. Ik bedoel, ik heb weleens van haar gehoord, beroemd en zo. Maar nee, verder ken ik ze geen van allen.'

Fabel observeerde Olsen terwijl deze sprak. Ofwel hij sprak de waarheid of hij was een doortrapte leugenaar. Maar Olsen was niet zo handig. Hij bedankte Olsen en diens advocaat en liet Olsen terugbrengen naar zijn cel.

Fabel bleef met Anna in de verhoorruimte achter. Ze hadden een link. Eindelijk hadden ze een spoor dat ze konden volgen. Het frustrerende was dat ze niet nóg een link konden vinden, een volgende connectie die hen dichter bij hun prooi zou brengen.

Fabel belde zijn moeder. Nadat hij een minuut met haar gepraat had vroeg hij Susanne aan de telefoon. Hij legde uit dat hij een kopie van de brief naar het Instituut voor Gerechtelijke Geneeskunde had gestuurd, maar hij nam hem telefonisch met haar door. Hij benadrukte de vermelding van Dorothea Viehmann en de *Märchenbruder*-ondertekening en vertelde wat Weiss daarover had gezegd.

'Er is een mogelijkheid, denk ik,' zei Susanne. 'Het zou kunnen dat een moeder of een andere oudere vrouw een dominante rol speelt of speelde in het leven van de moordenaar. Maar de verwijzing naar de *Märchenbruder* kan er evengoed op wijzen dat een broer een belangrijke rol heeft gespeeld in zijn leven en dat hij dat nu betrekt op Weiss. Als ik woensdag terugkom zal ik de brief eens goed bekijken, maar ik denk niet dat ik er veel meer uit zal kunnen opmaken.' Ze zweeg even. 'Alles goed? Je klinkt moe.'

'Gewoon het jachtige gedoe en het slaaptekort die me te veel worden,' zei hij. 'Amuseer je je een beetje?'

'Je moeder is een geweldig mens. En Gabi en ik leren elkaar echt kennen. Maar ik mis je.'

Fabel glimlachte. Het was fijn om gemist te worden. 'Ik jou ook Susanne. Ik zie je woensdag,' zei hij.

Fabel hing op en wendde zich weer tot Anna, die grinnikte op een manier die zei: Aaaach, wat lief. Fabel negeerde haar glimlach.

'Anna...' zijn stem klonk nadenkend, alsof de vraag pas half gevormd was toen hij begon te spreken. 'Je weet dat Fendrichs moeder dood is?'

'Ja.'

'Hoe weet je dat?'

'Nou... Doordat hij het me heeft verteld. Ik heb het niet officieel gecheckt... Ik bedoel, waarom zou hij liegen?' Anna zweeg, alsof ze het idee verwerkte. Toen glinsterde er iets scherps achter de vermoeidheid in haar ogen. 'Ik ga het na, chef.'

53

Fabel was de avond tevoren laat thuisgekomen van het hoofdbureau. Hij was moe geweest, die prikkelbare, rusteloze oververmoeidheid waardoor je de slaap niet meer kunt vatten. Hij was lang opgebleven en had tv gekeken, iets wat hij zelden deed. Hij had Ludger Abeln het nieuws zien lezen in vloeiend *Plattdeutsch* op de Laag-Duitse versie van *Hallo Niedersachsen*, in het kader van de promotie van de oude taal door de Norddeutsche Rundfunk. Abelns Emsländer-stem had Fabel tot rust gebracht; hij herinnerde hem aan thuis, aan zijn familie, aan de stemmen waarmee hij was opgegroeid. Hij dacht aan wat hij tegen Susanne had gezegd, dat Hamburg nu zijn *Heimat* was, dat hij hier thuishoorde. Maar nu, moedeloos en zo moe dat hij niet kon slapen, wikkelden de taal en het accent van zijn geboorteplaats zich als een donzen deken om hem heen.

Toen het journaal afgelopen was, had Fabel doelloos langs de kanalen gezapt. Op 3-SAT werd *Nosferatu* uitgezonden, de expressionistische, stomme horrorklassieker van F.W. Murnau. Fabel had zitten kijken terwijl het flikkerende zwart-wit van het scherm de muren van zijn appartement aftastte en Max Schrecks vampier, Orlok, dreigend op hem af kwam. Opnieuw een fabel. Opnieuw een griezelverhaal over Goed en Kwaad dat tot een Duits meesterwerk was gepromoveerd. Fabel herinnerde zich dat ook dit een geleend verhaal was dat de Duitsers hadden ingepalmd: Murnau had het verhaal van een Britse auteur, Bram Stoker, schaamteloos geplagieerd. Stokers verhaal heette Dracula en zijn weduwe was erin geslaagd Murnau een gerechtelijk verbod te laten opleggen. Alle kopieën waren op gerechtelijk bevel vernietigd. Op één na. En dat was een klassieker gebleven. Terwijl hij keek hoe de sinistere Orlok een complete Noord-Duitse stad infecteerde met zijn vampierplaag, herinnerde hij zich de tekst van een song van Rammstein die hij in Olsens appartement had gelezen. Grimm, Murnau, Rammstein: verschillende generaties, dezelfde fabels.

Weiss had gelijk. Alles bleef bij het oude. We hebben nog altijd sprookjes nodig om ons bang te maken, gefantaseerde gruwelen en echte angsten. Zoals altijd al het geval was geweest.

Fabel was rond een uur of twee naar bed gegaan.

Hij was zich ervan bewust dat hij de hele onrustige nacht had gedroomd. Zoals Susanne had gezegd was zijn constante dromen een teken van stress, van de fanatieke worsteling van zijn geest om problemen in zowel zijn privébestaan als zijn beroepsleven op te lossen. Maar wat Fabel het ergst vond was wanneer hij wist dat hij had gedroomd, maar zich de droom niet kon herinneren. En de dromen van die nacht hadden zich teruggetrokken op het moment dat hij om halfzes wakker werd om Anna's telefoontje aan te nemen.

'Goedemorgen, chef. Ik zou het ontbijt maar overslaan als ik jou was. Die klootzak heeft er alweer een te pakken genomen.' Anna had gesproken met haar gebruikelijke onomwondenheid die vaak aan oneerbiedigheid grensde. 'Tussen haakjes, ik denk dat ik Bernd Ungerers ogen heb gevonden. O... en ik heb een reservepaar, voor het geval dat...'

Meer dan de helft van het Hamburgse stadsdeel Ohlsdorf bestaat uit een park. Dat park is het grootste groene gebied in Hamburg: meer dan vierhonderd hectaren vol bomen, liefderijk onderhouden tuinen en schitterende staaltjes van beeldhouwkunst. Een plek waar veel inwoners en bezoekers van Hamburg naartoe gaan om de groene rust te absorberen. Maar het Friedhof Ohlsdorf is een park met een heel specifieke functie. Het is de grootste begraafplaats ter wereld. De prachtige sculpturen op het Friedhof Ohlsdorf staan daar ter versiering van de mausolea, tomben en zerken van de Hamburgse doden. Ruim een kwart miljoen graven betekent dat bijna elke Hamburgse familie een lid heeft dat op het uitgestrekte kerkhof begraven ligt.

De lichter wordende lucht was redelijk onbewolkt en werd al aangeraakt door de rode vingers van de naderende ochtend toen Fabel op de plaats delict aankwam. Een *SchuPo*-eenheid uit Ohlsdorf leidde Fabel over de Cordesallee, de doorgaande weg die de uitgestrekte begraafplaats doorsnijdt, en langs de watertoren naar een groot terrein dat een eigen soevereiniteit leek te hebben, alsof het een afzonderlijke begraafplaats was. Het werd omzoomd door loofbomen die al bijna hun hele lentebladerdek droegen. Witmarmeren, bronzen en roodgranieten figuren hielden zwijgend de wacht bij de graven terwijl Fabel naar de plek liep waar het lichaam was gevonden. Anna was er al, evenals Holger Brauner en zijn forensische team, die de plaats delict hadden afgezet. Ze wisselden een grimmige, lugubere ochtendgroet uit toen Fabel naderbij kwam.

Er lag een vrouw, op haar rug, alsof ze sliep, haar handen over haar borst gevouwen. Naast haar hoofd keek een groot beeld van een vrouwelijke engel omlaag, één hand uitgestrekt, alsof ze naar de dode vrouw keek en haar een hand toestak. Fabel keek om zich heen. Alle beelden waren vrouwelijk, evenals de namen op alle zerken.

'Dit is de *Garten der Frauen*,' legde Anna uit. Een begraafplaats uitsluitend voor vrouwen. Fabel wist dat de moordenaar hun iets probeerde te vertellen, zelfs met zijn keus van deze plaats. Hij keek opnieuw naar de dode vrouw. Ze lag in bijna precies dezelfde houding als Laura von Klosterstadt. Het verschil was dat deze vrouw donkerdere haren had en niet Laura's schoonheid bezat. En ze was niet naakt.

'Wat is dat voor een outfit?' vroeg Anna.

'Een traditioneel Noord-Duits vrouwenkostuum. De soort klederdracht die door vrouwen van een *Speeldeel* wordt gedragen,' zei Fabel, verwijzend naar de talrijke *Plattdeutsche* volksdansgroepen in Hamburg. 'Je weet wel, zoals de *Finkwarder Speeldeel*.'

Anne leek er niet wijzer door te worden. 'En daar zijn je ogen.' Ze wees naar de borst van de vrouw, waarop vier klompjes wit en rood weefsel lagen. 'Het kan blijkbaar niet op. Preciezer gezegd: we hebben een extra paar ogen.'

Fabel onderzocht het lichaam, vanaf het hoofd tot aan de voeten. Ze had een felrode traditionele muts op, afgezet met wit kant en met een strik onder haar kin. Om haar schouders lag een vrolijk gekleurde omslagdoek en over haar blouse met wijde mouwen droeg ze een zwart, met goudkleurig en rood borduursel versierd jak. Op het jak lagen de slijmerige klodders van de oogbollen. Verder droeg ze dikke, witte kousen en zwarte schoenen met lage hakken.

'Het ziet er authentiek uit,' zei Fabel. 'Deze kostuums worden meestal gemaakt door leden van *Speeldeel*-gezelschappen of van moeder op dochter doorgegeven. Hebben we een identiteit?'

Anna schudde haar hoofd.

'Dan denk ik dat we een foto van haar rond moeten laten gaan, met details van het kostuum. Iemand van zo'n folkloristisch gezelschap moet haar of het herkennen.'

'Zie je de kleur van de muts?' Anna gaf Fabel een doorzichtig plastic zakje. Er zat weer een stukje geel papier in. Fabel tuurde in het bleke ochtendlicht naar het kriebelige handschrift: '*Rotkäppchen*'.

'Stik, Roodkapje.' Fabel duwde Anna het zakje weer in handen. 'Als we hem niet gauw te pakken krijgen, werkt die klootzak de hele verzameling af. De tijd tussen de moorden wordt steeds korter, maar zijn verdomde tableaus worden niet minder bewerkelijk. Hij heeft dit alles al geruime tijd voorbereid.'

'De ogen, chef,' zei Anna. 'Hoe zit het met die ogen? We hebben één paar dat we niet kunnen verklaren. Dat betekent dat er een slachtoffer is waarvan we niets weten.'

'Tenzij het de ogen van Paula Ehlers zijn en hij ze bevroren heeft bewaard of zo.'

'Nee, dat denk ik niet.' Holger Brauner was naar hen toe gekomen. Twee paar ogen. Allebei van een mens, allebei met geweld verwijderd in plaats van door een chirurgische ingreep. Voorzover ik het kan zien zijn ze alle vier al enigszins uitgedroogd, maar één paar meer dan het andere. Dat wijst erop dat ze vóór het andere paar zijn verwijderd. Maar ik zie geen sporen van een poging om ze te conserveren, door pekelen of bevriezen.'

'Dus waarom hebben we niet nog een lijk gevonden?' vroeg Anna.

Fabel knipte met zijn vingers. 'Slimme Hans... Verdomme... Dat is het... Slimme Hans.'

Anna keek wazig.

'Ik heb dagenlang over die verrekte sprookjes lopen piekeren,' zei Fabel. 'Er zijn er zo veel dat hij ons met een paar honderd verhalen om de oren zou kunnen slaan om zijn moorden op te baseren, maar ik herinner me Slimme Hans. Ik weet niet of het dezelfde Hans is als in *Hans en Grietje*, maar het meisje in het "Slimme Hans"-verhaal heet Grietje. Maar goed, Slimme Hans wordt door zijn moeder een paar keer naar Grietje gestuurd, telkens met een simpel karweitje, meestal om Grietje een cadeau te geven. Hij verknalt het elke keer... Hij geeft Grietje haar cadeautje niet en komt terug met iets wat zij hem heeft gegeven. Bij de laatste keer geeft zijn moeder hem een doodeenvoudige opdracht. Ze zegt tegen hem: "Slimme Hans, waarom werp je geen vriendelijke blik op Grietje?" Met andere woorden: kijk haar vriendelijk aan. Wees lief voor haar. Maar Slimme Hans vat het letterlijk op: hij gaat naar het veld en naar de stal en steekt alle koeien en schapen de ogen uit. Dan gaat hij naar Grietje en gooit ze naar haar toe.'

'Stik...' Anna keek naar het lichaam. 'Dus dat is het verband waar je het over had. Zoals hij Doornroosje via Von Klosterstadt linkte met Raponsje, zo heeft hij Raponsje via Bernd Ungerer gelinkt aan Slimme Hans.'

'Precies. En nu hebben we Roodkapje.'

Fabel keek naar het gezicht van de dode vrouw. Het was zwaar opgemaakt. Een onnatuurlijke aanblik, die botste met het traditionele kostuum. Hij wendde zich tot Brauner, de chef van de technische recherche. Zijn stem klonk haast smekend. 'Holger, wat dan ook. Alsjeblieft. Geef me iets wat me houvast geeft aan die kerel.' Hij zuchtte. 'Anna, ik ga terug naar het hoofdbureau. Kom naar mijn kantoor zodra je hiermee klaar bent.'

'Oké, chef.'

Fabel liep terug naar de uitgang aan de Cordesallee. De vogels zongen nu uit volle borst. Hij herinnerde zich ergens gelezen te hebben dat het Friedhof Ohlsdorf een enorme variatie aan verder tamelijk zeldzame vogels had, evenals vleermuizenkolonies die de mausolea als nestelplaats gebruikten.

De begraafplaats was in feite beschermd natuurgebied. Zo veel leven op een plek die bedoeld was om de doden te ontvangen. De gedachte werd verjaagd door Anna's kreet achter hem.

'Chef! Chef... Kom eens kijken...' Ze wenkte heftig naar Fabel. Hij holde terug naar het lichaam. Ze hadden het van de plek waar het lag verplaatst naar een lijkzak. De vrouwelijke engel keek en wees nog steeds omlaag, maar nu niet meer naar een vermoorde vrouw in traditionele Noord-Duitse *Tracht*. De gestrekte vinger van de engel wees nu naar een witmarmeren plaat, waarin een naam was gegrift.

Emelia Fendrich. 1930-2003.

54

Maria, Werner, Henk Hermann en de twee rechercheurs van Zedendelicten verschenen een minuut of tien na Fabel en Anna in Dirk Stellamans *Schnell-Imbiss*-kraam in de haven. De hemel was betrokken en de lucht leek troebel en zwaar, alsof hij in een stemming was die alleen kon worden verlicht door de explosieve aanval van een storm. Rond de brandschoon gehouden snackbar met zijn handvol tafels met parasols doemde een woud van scheepskranen op in de staalgrijze lucht. Dirk, zelf een voormalige Hamburgse *SchuPo*, was net als Fabel een Fries en de twee maakten even een praatje in hun moedertaal voordat Fabel koffie bestelde voor zijn team.

Ze stonden bij elkaar rond enkele statafels en praatten even over de onheilspellende lucht en of ze hun koffie op zouden hebben voordat de storm losbarstte. Toen kwam Fabel ter zake.

'Wat betekent dit? We hebben opnieuw een slachtoffer, op dezelfde manier vermoord. Maar we vinden haar op het graf van de moeder van een van onze verdachten – zij het een lichte verdachte. Meningen graag.'

'Nou,' zei Anna. 'Hij heeft me in elk geval de moeite bespaard om bij de burgerlijke stand na te gaan of Fendrichs moeder echt dood is. Het bestuur van de begraafplaats bevestigde dat Emelia Fendrich inderdaad een halfjaar geleden ter aarde is besteld en het bijbehorende adres is dat van haar zoon, in Rahlstedt.'

Henk knikte. Rahlstedt was vlak bij de begraafplaats en grensde aan Ohlsdorf. 'Dus wat doen we?' vroeg hij. 'Halen we Fendrich hierheen om hem te ondervragen over deze laatste moord?'

'Op grond waarvan?' Anna trok een gezicht toen ze een slok te hete koffie nam. 'Dat zijn moeder echt dood is en hij niet tegen ons heeft gelogen?'

Henk deed Anna's sarcasme met een schouderophalen af. 'Nou ja, het zou toeval kunnen zijn, maar reken eens uit... Tweehonderdtachtigduizend graven waarop dat lijk kan worden gedumpt en het komt terecht op dat van de moeder van een van de verdachten. En we weten dat die knaap al zijn ensceneringen gebruikte om met ons te communiceren.'

'We moeten op zijn minst met Fendrich praten,' zei Maria. 'Als we het exacte tijdstip van overlijden eenmaal weten, moeten we zijn alibi natrekken.'

'Holger Brauner heeft onze hooggeachte patholoog, doctor Möller, een schatting ontfutseld toen hij op de plaats delict aankwam,' zei Fabel. 'Ergens tussen acht en twaalf uur gisteravond. En inderdaad, we moeten weten waar Fendrich in die tijd was. Maar we moeten het heel diplomatiek aanpakken. Ik wil niet dat hij opnieuw over intimidatie begint te roepen.'

'Ik regel het wel,' zei Anna. Iedereen staarde haar aan. 'Wat? Ik kan diplomatiek zijn.'

'Oké,' zei Fabel met opzettelijk weifelende stem. 'Maar wind hem niet op.'

'Waarom niet?' vroeg Henk. 'Fendrich hoort nu boven aan ons lijstje te staan. Ik bedoel, het lichaam is op het graf van zijn moeder gelegd...'

'Hij hoeft het niet gedaan te hebben,' zei Anna. 'De verdwijning van Paula Ehlers is overal rondgebazuind. Het was geen geheim dat Fendrich door de politie is gehoord. We moeten in gedachten houden dat onze moordenaar Paula vast en zeker heeft ontvoerd en vermoord. Hij zal de ontwikkelingen sindsdien gevolgd hebben. Hoe dan ook, ik kan nu al zeggen dat Fendrich geen alibi zal hebben.'

'Hoezo?' vroeg Fabel.

'Omdat hij niet weet dat hij er een nodig heeft. En omdat hij een eenling is.'

Fabel nam een slok koffie en keek naar de lucht. Het staalgrijs werd onderbroken door donkerdere wolken. Hij voelde, zoals altijd voor een storm, de luchtdruk als een doffe pijn in zijn sinussen. 'Je denkt echt dat Fendrich niet de dader is, is het niet, Anna?'

'Ik denk niet dat zijn relatie met Paula Ehlers helemaal in de haak was, maar nee, hij is niet onze man.'

Fabel masseerde zijn slapen met duim en wijsvinger. 'Ik denk dat je gelijk hebt. Ik denk dat we doelbewust worden misleid. Alles wat die knaap doet vertoont samenhang. Elke moord legt een verband tussen twee sprookjes. Hij danst met ons. Maar hij leidt. Er zit een systeem in wat hij doet. Hij is even systematisch als creatief en hij heeft dit alles lang tevoren uitgedokterd. Ik heb het gevoel dat we het einde naderen. Hij is begonnen met Paula Ehlers, waarbij hij ons niets gaf, maar hij gebruikte haar identiteit voor zijn tweede moord, drie jaar later. Daarna, bij Martha Schmidt, het meisje in Blankenese, gaf hij ons alleen de valse identiteit. Pas na de moord op Laura von Klosterstadt zagen we dat hij Martha Schmidt "onder" Laura had geplaatst. Hij heeft ons gaandeweg steeds meer gegeven. Hij wil ons laten raden wat hij vervolgens gaat doen, maar daar heeft hij tijd voor nodig. Daarom probeert hij ons naar Fendrich te leiden.'

'Stel dat je het mis hebt, chef?' Werner zette zijn ellebogen op de snackbartafel. 'Stel dat Fendrich wél onze man is en dat hij wil dat we hem tegenhouden? Stel dat hij ons duidelijk maakt dat hij de moordenaar is?'

'Dan zal Anna erachter komen wanneer zij en Hermann hem verhoren.'

'Ik ga liever alleen, chef,' zei Anna. Henk Hermann keek verbaasd noch geïrriteerd.

'Nee, Anna,' zei Fabel. 'Fendrich is nog steeds een verdachte en je gaat niet alleen zijn huis binnen.'

'Geen zorgen, Anna,' zei Henk. 'Ik laat jou het woord doen.'

'In de tussentijd,' ging Fabel verder, 'moeten we de boodschappen die die knaap ons stuurt analyseren.' De lucht flitste achter de wolken, ergens in het noorden. Het duurde enkele seconden voordat de rommelende golf van de donder over hen heen spoelde. 'Ik geloof dat we terug naar het hoofdbureau moeten.'

Het eerste wat Fabel wachtte toen hij op het hoofdbureau kwam was het verzoek om naar het kantoor van hoofdcommissaris Horst van Heiden te komen. Het kwam niet onverwacht. Er verschenen inmiddels krantenkoppen en hoofdartikelen over de 'Sprookjesmoordenaar' in de media en Fabel wist dat verslaggevers en fotografen de *Presseabteilung* begonnen te belegeren en Van Heiden rechtstreeks bestookten. Eén tv-ploeg was zelfs zo ver gegaan dat ze de hoofdcommissaris hadden opgewacht toen hij het hoofdbureau verliet, iets wat nog maar tien jaar geleden ondenkbaar zou zijn geweest. Het 'Angelsaksische model' scheen Duitsland steeds vaster in zijn greep te krijgen en leidde het weg van zijn tradities van hoffelijkheid en respect. En zoals altijd vormden de media de voorhoede van de verandering. Van Heiden was niet gelukkig en had een zondebok nodig. Fabel zette zich schrap toen hij het kantoor van de hoofdcommissaris betrad.

Het bleek dat Van Heiden niet zozeer boos was als wel naar nieuws snakte. Hij deed Fabel denken aan zichzelf op de vorige plaats delict, toen hij Holger Brauner bijna smeekte om met een aanwijzing te komen. Van Heiden was niet alleen in zijn kantoor toen Fabel binnenkwam. *Innensenator* Hugo Ganz was er ook, evenals *Leitender Oberstaatsanwalt* Heiner Goetz, de Hamburgse hoofdofficier van Justitie. Goetz stond op en glimlachte hartelijk toen Fabel binnenkwam en gaf hem een hand. Fabel had bij meer dan een gelegenheid de degens gekruist met Goetz, voornamelijk omdat Goetz een vasthoudende en methodische aanklager was die het vertikte om kort door de bocht te gaan. Hoewel Fabel zich af en toe aan hem ergerde, hadden ze samen heel wat veroordelingen voor elkaar gekregen. Ze hadden dan ook een groot wederzijds respect en iets wat grensde aan vriendschap opgebouwd.

Ook Ganz gaf Fabel een hand, maar beduidend minder hartelijk. Aha, dacht Fabel, de wittebroodsweken zijn voorbij. Hij vermoedde dat zijn bezoek aan Margarethe von Klosterstadt tegen enkele aristocratische haren in had gestreken en dat Ganz gebeld was. Hij had gelijk.

'Hoofdinspecteur,' begon Ganz nog voordat Van Heiden iets kon zeggen. 'Ik heb begrepen dat u gemeend hebt mevrouw Von Klosterstadt opnieuw te moeten ondervragen.'

Fabel antwoordde niet, maar wierp een vragende blik op Van Heiden, die niet reageerde.

'U begrijpt vast wel,' ging Ganz verder, 'dat dit een verdrietige tijd is voor de familie Von Klosterstadt.'

'Het is ook een verdrietige tijd voor de families Schmidt en Ehlers. Ik neem aan dat u er geen probleem mee hebt dat ik ook hen opnieuw heb ondervraagd?'

Ganz' schoongeboende roze gezicht werd nog wat rozer. 'Luister, meneer Fabel, ik heb u al verteld dat ik tamelijk goed bevriend ben met de familie Von Klosterstadt...'

Fabel viel hem in de rede. 'En ik moet u vertellen dat ik dat van geen enkel belang vind. Als u hier bent in uw hoedanigheid van *Innensenator* van Hamburg en deze zaak objectief en in zijn totaliteit met me wilt bespreken, dan graag. Maar als u hiernaartoe bent gestuurd omdat mevrouw Von Klosterstadt ontstemd is omdat ik enkele persoonlijke vragen over haar dochter moest stellen, stel ik voor dat u nu vertrekt.'

Ganz staarde Fabel aan met iets van woede in zijn ogen. Machteloze woede, want hij kon niet ontkennen wat Fabel had gezegd. Hij stond op, richtte zich tot Van Heiden en bulderde: 'Dit is schandalig. Ik laat me niet de les lezen door een van uw lagere officieren.'

'Hóófdinspecteur Fabel is niet bepaald een lagere officier,' was alles wat Van Heiden zei. Ganz griste zijn aktetas naar zich toe en stormde het kantoor uit.

'In godsnaam, Fabel,' zei Van Heiden toen Ganz weg was. 'Je zou minstens kunnen probéren me het leven ietsje gemakkelijker te maken. Het doet de politie van Hamburg geen goed als je de *Innensenator* tegen je in het harnas jaagt.'

'Sorry, hoofdcommissaris, maar het is waar wat ik zei. Ganz is door Laura's moeder gestuurd omdat ik ontdekt heb dat Laura von Klosterstadt tien jaar geleden een abortus heeft gehad, geregeld door haar ronduit gezegd kille trut van een moeder. Ze was zwanger van Leo Kranz, de fotograaf, maar vóórdat hij beroemd werd, dus hij verscheen niet op Margarethe von Klosterstadts sociale radar.'

'Denk je dat dat relevant is?' vroeg Heiner Goetz.

'Niet rechtstreeks, maar het zou erop kunnen wijzen dat de moordenaar de familie Von Klosterstadt goed kent, aangezien dat hele "Raponsje"-gedoe om zwangerschap en illegale handelingen draait. En ik behoud me het recht voor alle aanknopingspunten na te trekken.'

'Begrepen, Fabel,' zei Van Heiden somber. 'Maar zou je in je aanpak misschien kunnen proberen onderscheid te maken tussen verdachten en vooraanstaande Hamburgse politici? Maar goed, wat weten we over deze laatste moord? Het ontwikkelt zich in hoog tempo tot het grootste mediaspektakel van Hamburg.'

Fabel nam door wat ze tot dusver wisten, inclusief het graf waarop de moordenaar zijn keus had laten vallen en waarom hij dacht dat het een opzettelijk rookgordijn was.

'Ik denk dat je er goed aan doet Fendrich niet al te agressief te benaderen,' zei Heiner Goetz. 'Ik heb navraag gedaan bij de *Staatsanwaltschaft* van Sleeswijk-Holstein. Ze hebben nooit meer gehad dan de verdenking van één politieman jegens Fendrich. Ik wil niet dat het erop uit draait dat hij ons voor de rechter sleept wegens intimidatie.'

Van Heiden leunde achterover en legde zijn handen, de vingers gespreid en de armen over elkaar, op het grote kersenhouten blad van zijn bureau. Het was een gespannen houding, alsof hij klaar was voor wat dynamische actie. Hij keek Fabel aan, maar het was alsof hij ergens anders en in een andere tijd was.

'Ik was als kind gek op de sprookjes van Grimm. *Het zingende, springende leeuwerikje* en zo. Wat ik het mooist vond, geloof ik, was dat ze altijd veel sinisterder waren dan de gewone kinderverhalen. Gewelddadiger. Daarom hielden kinderen ervan.' Van Heiden boog zich naar voren. 'Je moet hem vinden, Jan. En gauw ook. Gezien het tempo waarmee deze maniak moordt, hebben we geen weken of maanden om hem op te sporen. Hij escaleert veel te snel.'

Fabel schudde zijn hoofd. 'Nee... Hij escaleert niet, hoofdcommissaris. Dit is geen razernij. Al deze moorden zijn tot in details uitgewerkt... Misschien wel jaren tevoren. Hij werkt volgens een uitgestippelde agenda.'

Fabel zweeg, maar zijn toon suggereerde dat hij niet alles had gezegd wat hij te zeggen had. Van Heiden pakte het op.

'Oké, Fabel... Voor de draad ermee.'

'Het is niet meer dan een gevoel. Een zoveelste reden om hem snel te pakken. Ik denk dat we tot dusver slechts een soort voorspel hebben gezien. Ik heb het gevoel dat hij naar iets groots toe werkt. Een finale. Iets spectaculairs.'

Eenmaal terug in zijn eigen kantoor haalde Fabel zijn schetsboek weer te-voorschijn. Hij sloeg de pagina om waarop hij het onderzoek tot dusver had samengevat en begon op een nieuw, blanco vel. Het keek hem aan, nodigde hem uit een nieuwe gedachtegang aan het papier toe te vertrouwen. Boven-aan schreef hij de namen van alle sprookjes die de moordenaar tot nu toe had nagedaan. Daaronder schreef hij woorden die hij met elk ervan asso-cieerde. Zoals hij verwacht had, hoe dichter hij bij de meest recente moord, Roodkapje, kwam, hoe meer hij noteerde: thema's, namen, relaties. Groot-moeder. Stiefmoeder. Moeder. Heks. Wolf. Hij was nog met de verhalen be-zig toen de telefoon op zijn bureau overging.

'Hallo, chef, met Maria. Zou je me kunnen treffen in het Instituut voor Gerechtelijke Geneeskunde? De waterpolitie heeft zojuist een lijk opgevist uit de Elbe. En, chef, ik zou eventuele lunchplannen maar afzeggen.'

Iedereen in Hamburg die zonder afspraak doodgaat eindigt in het mortua-rium van het Instituut voor Gerechtelijke Geneeskunde. Alle onverwachte sterfgevallen waarvoor een arts geen overlijdenscertificaat wil afgeven wor-den hierheen gebracht. Een lichaam dat verzwaard en in de Elbe gegooid was, was een geschikte kandidaat voor onderdak.

Zodra Fabel het mortuarium binnenkwam voelde hij de gebruikelijke loden opwelling van walging en angst. Er was altijd die geur. Niet alleen de geur van de dood, maar van desinfecterende middelen, van vloerreini-ger, een misselijkmakende cocktail die nooit overweldigend was, maar altijd aanwezig. Een assistent ging Fabel, Maria en de inspecteur van de waterpo-litiepatrouilleboot die het lijk had gevonden voor naar het kille mortuarium met de stalen kasten tegen de wanden. Fabel merkte bezorgd op dat de man van de waterpolitie niet bepaald enthousiast keek terwijl ze naar de plek lie-pen waar de assistent was blijven staan, met zijn ene hand op de greep van de desbetreffende deur. De waterpolitieman had het lichaam uiteraard al ge-zien toen het uit de rivier was gehaald en was er duidelijk niet gelukkig mee dat hij er opnieuw mee werd geconfronteerd.

'Deze stinkt een beetje.' De assistent gaf zijn waarschuwing even tijd om te bezinken, toen draaide hij de hendel om, opende de deur en trok de meta-len lade met daarin het lichaam naar buiten. Ze werden overspoeld door een misselijkmakende stankgolf.

'Stik!' Maria deinsde terug en Fabel merkte dat de inspecteur van de wa-terpolitie naast hem verstrakte. Fabel zelf vocht om zijn walging te bedwin-gen, evenals zijn maag, die in opstand kwam bij de aanblik en de geur van het lijk tegenover hem.

In de lade lag een naakte man. Hij moest ongeveer een meter vijfenzeven-tig lang zijn geweest. Het was moeilijk te zeggen wat zijn postuur, of zelfs zijn etnische afkomst was geweest, want zijn lichaam was opgezet en verkleurd door het water. Zijn gezwollen romp was grotendeels overdekt met ingewikkelde tatoeages, die enigszins waren verbleekt doordat de huid uitgerekt en vlekkerig geworden was. De tatoeages bestonden voornamelijk uit gecompliceerde patronen en designs in plaats van de gebruikelijke naakte vrouwen, harten, doodskoppen, dolken en draken. Een diepe kerf liep om de hele gezwollen romp heen als een diepe plooi en de te strak gespannen huid was gebarsten. De dode man had lang, grijzend haar dat naar achteren was getrokken en opgebonden tot een paardenstaart.

Zijn keel was doorgesneden. Fabel zag de sporen van de rechte, gladde snede, maar verderop waren de huid en het vlees opengereten.

Maar het gruwelijkst was de verwoesting van het gezicht. Het vlees rond de oogkassen en de mond was gescheurd en rauw. Bot blonk door lappen paarse huid en roze vlees heen. De tanden van het slachtoffer grijnsden een liploze grimas.

'Mijn god... Wat is er verdomme met zijn gezicht gebeurd?' vroeg Fabel.

'Palingen,' zei de inspecteur van de waterpolitie. 'Die gaan altijd eerst op de wonden af. Daarom denk ik dat zijn ogen al uitgestoken waren voordat hij werd gedumpt. De palingen hebben de rest gedaan. Zochten gewoon de gemakkelijkste manier het hoofd in en een uitstekende bron van eiwitten. Hetzelfde geldt voor de wond aan zijn hals.'

Fabel dacht aan *De blikken trommel* van Günter Grass. Daarin werd beschreven hoe een visser de kop van een dood paard gebruikte om op paling te vissen: de kop werd uit het water gehaald en de oogkassen krioelden van palingen. Fabel stelde zich voor hoe de dode man uit het water was gehaald, met de palingen die zich vastklampten aan hun kostbare voedselvoorraad; zijn misselijkheid werd erger. Hij sloot even zijn ogen en concentreerde zich op het terugdringen van de opstijgende walging in zijn borst voordat hij verder sprak.

'Die misvorming rondom de romp. Enig idee van de oorzaak?'

'Ja,' zei de haveninspecteur. 'Er was een touw strak rondom het lichaam gebonden. We hebben een groot stuk ervan gevonden. We vermoeden dat hij met een gewicht verzwaard werd voordat hij in het water werd gegooid. Het lijkt erop dat het touw is gebroken of dat het gewicht op de een of andere manier is losgeraakt. Daardoor is hij naar de oppervlakte gekomen.'

'En hij was zoals nu? Naakt?'

'Ja. Geen kleren, geen identiteitsbewijs, niets.'

Fabel knikte naar de mortuariumassistent, die het lijk weer in de kast schoof en de deur dichtgooide.

De geest ervan waarde nog door het mortuarium in de vorm van de geur van ontbinding.

'Als jullie geen bezwaar hebben,' zei hij tegen de twee anderen. 'Ik geloof dat we beter naar buiten kunnen gaan.'

Fabel ging Maria en de agent van de waterpolitie voor naar de frisse lucht van de parkeerplaats. Niemand sprak tot ze buiten waren en toen pas nadat ze elk een diepe teug schone lucht hadden ingeademd.

'God, wat erg,' zei Fabel ten slotte. Hij klapte zijn gsm open en belde Holger Brauner. Hij vertelde van hun vondst en vroeg of Brauner een DNA-onderzoek kon doen om te zien of het tweede paar ogen dat ze op de begraafplaats hadden gevonden afkomstig was van het lijk uit de rivier. Nadat hij de verbinding had verbroken bedankte hij de agent van de waterpolitie voor zijn tijd. Toen ze alleen waren wendde hij zich tot Maria.

'Je beseft wat het touw en het gewicht betekenen?'

'Ja,' antwoordde ze. 'Het was niet de bedoeling dat we deze zouden vinden.'

'Precies. Laten we er even van uitgaan dat we een match vinden tussen dit lijk en ons extra paar ogen. Dan is dit slachtoffer niets meer dan een donor... Dan is hij alleen maar vermoord om zijn ogen.'

'Dat zou kunnen, neem ik aan.'

'Misschien. Maar is het tableau er, door een tweede paar ogen om "op Grietje te werpen", er zo enorm op vooruitgegaan? Waarom niet alleen de ogen van Ungerer? Of, als je meer dan één paar ogen hebt, waarom dan maar één paar extra? Waarom geen half dozijn?'

Maria fronste haar wenkbrauwen. 'Waar wil je heen?'

'Gewoon dit. Ik ben terug op het punt waar ik was toen we Olsen als hoofdverdachte hadden... toen we dachten dat hij een motief had om Grünn en Schiller te vermoorden, maar geen motief voor de anderen.' Hij knikte in de richting van het Instituut voor Gerechtelijke Geneeskunde. 'Die man daar is niet alleen om zijn ogen gestorven. Er was een reden om hem te vermoorden. Een afleidingsmanoeuvre waartoe onze man zich gedwongen zag. Dat is de reden waarom hij niet wilde – of het niet nodig vond – dat we het lichaam vonden.'

'Waarom?' Maria's frons verdween niet. 'Waarom moest hij die man vermoorden?'

'Misschien wist hij wie die moorden pleegde. Of misschien had hij alleen maar informatie die de moordenaar voor ons verborgen wilde houden.' Fabel zette zijn handen in zijn zij en keerde zijn gezicht naar de grijze lucht. Hij sloot zijn ogen en masseerde opnieuw zijn slapen. 'Vraag de *SpuSi*-mensen of ze een redelijke vingerafdruk kunnen vinden en laat een paar foto's van zijn tatoeages maken. Al moeten we elke tatoeëerder in Hamburg bezoeken... we moeten zijn identiteit weten.'

Terwijl ze terugreden naar het hoofdbureau barstte de storm die al de hele dag in de lucht had gehangen eindelijk los.

55

Zoals Anna had voorspeld had Fendrich geen onweerlegbaar alibi kunnen geven voor de avond waarop de laatste moord was gepleegd. Hij had niet eens kunnen zeggen dat hij tv had gekeken en wat voor programma's er die avond waren uitgezonden. Hij had de hele avond gelezen en wat voorbereidingen getroffen voor de lessen van de volgende dag. Het was duidelijk dat Anna inmiddels medelijden had met Fendrich. Hij was kennelijk totaal van streek geweest door de schennis van zijn moeders graf. Fabel had vermoed dat Anna misschien verder was gegaan dan ze mocht: ze zou hem gerust hebben gesteld door hem op de hoogte te brengen van Fabels theorie dat hij als bliksemafleider werd gebruikt door de echte moordenaar.

Ze wisten in elk geval van wie de ogen waren. DNA-tests hadden bevestigd dat het ene paar van Bernd Ungerer was en dat het tweede paar overeenkwam met het lijk dat uit de Elbe was opgevist. Holger Brauner had tests gedaan met het haar van het rivierlijk. Die bevestigden dat de getatoeëerde dode man een drugsgebruiker was geweest, maar duidden niet op recent veelvuldig gebruik. Möller, de patholoog, bevestigde dat de dood was veroorzaakt door de ene, brede snede door de keel en dat er geen water in de longen had gezeten. Het slachtoffer was al dood geweest toen het in het water was gegooid.

En nu hadden ze een huiszoekingsbevel voor twee panden. Het eerste was het appartement van Lina Ritter, een bekende prostituee die door haar zus als vermist was aangegeven. Ritters dossier was onderzocht en daaruit was gebleken dat ze inderdaad de vrouw was wier lichaam, gekleed in traditioneel kostuum, in de *Garten der Frauen* van de begraafplaats in Ohlsdorf was gelegd.

Het tweede huiszoekingsbevel gold voor het pand waar ze nu waren, een tatoeage-atelier in een onguur gedeelte van St. Pauli. Ze hadden niet veel tijd nodig gehad om het te vinden. De *SchuPo* van alle stadsdelen van Hamburg had opdracht gekregen elk tatoeage-atelier in hun wijk te controleren en de foto's van de tatoeages rond te laten gaan, om te zien of iemand ze herkende. Een scherpzinnige jonge hoofdagent had besloten zich er niets van aan te trekken dat dit atelier altijd gesloten leek te zijn en had navraag gedaan in de buurt. Niemand wist waar Max Bartmann was, maar het was niet ongewoon dat hij niet open was. Zijn zaak was blijkbaar zijn leven en trouwens, hij woonde boven de zaak.

Het atelier was klein. Eén vertrek, met een raam dat uitzicht zou hebben geboden op de straat, als het niet overdekt was geweest met de foto's en illustraties die erop waren geplakt om de voorbijgangers attent te maken op het talent van de tatoeëerder binnen. Het zonlicht slaagde er nauwelijks in zich langs de collage van voorbeelden te persen en Fabel moest de kale peer aan het plafond aandoen om goed te kunnen zien. Hij bedankte de *Schu-Po* en vroeg hem buiten te wachten en hem en Werner in het krappe atelier achter te laten. Er stonden een paar oude, kale leren fauteuils aan weerszijden van een kleine bijzettafel met enkele tijdschriften. Een gehavende, gecapitonneerde fysiotherapietafel was tegen een van de muren geschoven en ernaast stond een draaistoel. Een verstelbare bureaulamp was aan de hoek van de tafel bevestigd. Een wirwar van snoeren hing aan een wandcontactdoos en leidde naar een metalen doos met een schakelaar en een draaischijf en van daaruit naar een aluminium tatoeëerapparaat. Op de tafel lagen nog drie apparaten. Een kast aan de muur bevatte rijen tatoeëerinkten in allerlei kleuren, tatoeëersjablonen, naalden, een doos operatiehandschoenen en steriele watten.

Voordat hij iets aanraakte haalde Fabel een paar forensische handschoenen uit zijn jaszak en trok ze aan. De muren waren, net als de ramen, behangen met tatoeagevoorbeelden en foto's van tevreden klanten. Een grote poster met een vergezicht met een berg en een zee, met in grote letters het opschrift NIEUW-ZEELAND, was een van de slechts twee muurdecoraties die niets met tatoeëren te maken hadden. De andere was een met een viltstift geschreven notitie met het reglement van het atelier: niet roken, geen kinderen, geen drank of drugs, geen gebrek aan respect.

Fabel bekeek de foto's nader. Het waren niet allemaal bij flitslicht genomen close-ups van kleurrijke nieuwe tatoeages; op enkele ervan stonden twee of meer mensen die naar de camera grijnsden en een heup of schouder naar de camera keerden om de kunstwerken op hun lichaam te tonen. Eén persoon stond op alle foto's: een magere man met donker, al grijzend haar dat tot een paardenstaart was gebonden. Zijn gezicht was schriel, de wangen ingevallen en hij zag eruit als een zware drinker. Fabel concentreerde zich op één foto in het bijzonder. Hij was in de zomer genomen en de man met de paardenstaart had een zwart vest aan en was gefotografeerd met een dikke vrouw, die blijkbaar net een bloemmotief had laten tatoeëren op de grote borst die ze voor de foto had ontbloot. Fabel zag dat de man op de foto zelf eveneens bedekt was met tatoeages. Maar die waren niet zo kleurrijk als die van zijn klanten. En ze bestonden uit designs en patronen.

'Werner...' Fabel riep hem erbij zonder zijn blik van de foto af te wenden. 'We zouden onze man weleens gevonden kunnen hebben. Geen klant; de tatoeëerder zelf.'

Er was een deuropening in het atelier. De deur was verwijderd, blijkbaar om de schaarse ruimte optimaal te benutten, en vervangen door een gordijn van kleurige plastic linten. Werner zette zijn inspectie van het atelier voort terwijl Fabel de rest van het pand doorzocht. Hij duwde de plastic linten opzij en stapte een kleine, vierkante hal binnen. Rechts was een ruimte zo groot als een kast, met daarin een toilet en een kleine wastafel. Recht tegenover Fabel was een steile trap die scherp naar rechts boog en opnieuw naar rechts en hem naar de bovenverdieping leidde. Daar waren drie kleine kamers. Een ervan was een combinatie van keuken en zitkamer en voorzien van een sofa en een leren fauteuil. De fauteuil paste bij die in het atelier, maar verkeerde in veel betere staat. Er stond ook een stokoude tv en een stereo-installatie. De tweede kamer was de slaapkamer. Deze was zo klein dat het enige meubilair bestond uit een bed, een boekenkast tegen een van de muren en een lamp die naast het bed op de grond stond.

Het nietige flatje deprimeerde Fabel. Het was armoedig maar schoon en Bartmann had het blijkbaar opgeruimd gehouden. Maar het was het soort functionele, zielloze ruimte van een alleenstaande man. Fabel dacht aan zijn eigen appartement, met zijn chique meubilair, beukenhouten vloeren en adembenemende uitzicht op de Alster. Het behoorde tot een andere klasse. Maar deze ruimte waarin Bartmanns leven ingekapseld was geweest was in zeker opzicht toch met de zijne te vergelijken, en dat ontmoedigde hem. Terwijl hij daar stond, in het dode appartement van een dode man, nam Jan Fabel een beslissing met betrekking tot zijn eigen leven.

Fabel keek onder het bed en vond een grote, platte portfoliokist. Hij trok hem tevoorschijn, legde hem op het bed en maakte hem open. Er zaten pen- en inkttekeningen in, houtskoolschetsen en enkele schilderstukken. Ze waren van niet-inspirerende onderwerpen, bomen, gebouwen, stillevens, en klaarblijkelijk studies om technische vaardigheden te testen en te vergroten in plaats van de fantasie van de kunstenaar. Elke studie was gesigneerd met 'MB'.

Fabel liet de portfolio op het bed liggen en ging over tot het onderzoek van de boekenkast. Deze bevatte blijkbaar Bartmanns bibliotheek van alles wat met de kunst van het tatoeëren te maken had. Er stonden wetenschappelijke boeken over de geschiedenis van de lichaamskunst, boeken over semipornografische 'fantasiekunst' en handboeken over tatoeage-instrumenten. Maar er waren drie boeken die niet pasten. En een ervan was er de oorzaak van dat Fabel een korte tinteling van opwinding door zijn hoofdhuid voelde stromen. *Gebrüder Grimm: Gesammelte Märchen.* De verzamelde sprookjes van de gebroeders Grimm. Naast de sprookjes vond Fabel twee boeken over het oude Duitse Gotische schrift: *Franktur, Kupferstich* en *Sütterlin.*

Oud-Duitse letters en schrift, een exemplaar van de sprookjes van Grimm: niet wat je zou verwachten in het appartement van een tatoeëerder. Opnieuw een moord met een Grimm-connectie en opnieuw een lijk, maar nu een dat ze niet hadden moeten vinden.

Fabel nam de drie boeken van de schappen en legde ze opzij om later in plastic zakjes te stoppen. Hij stond een ogenblik in het miezerige vertrek en staarde naar de boeken. Hij wist dat hij de exacte betekenis ervan nog moest achterhalen; hij wist ook dat hij zojuist een grote stap dichter bij de moordenaar was gekomen. Hij klapte zijn gsm open en toetste een voorkeurnummer in.

'Anna... met Fabel. Ik heb een vreemd verzoek. Ik wil dat je Fendrich belt en hem vraagt of hij tatoeages heeft.'

56

Weiss was beleefd en behulpzaam geweest toen Fabel hem thuis had opgebeld, maar hij was erin geslaagd een vage klank van op de proef gesteld geduld in zijn stem te leggen. Hij vertelde dat hij het grootste deel van de volgende dag vastzat aan het signeren van boeken en enig onderzoek voor een nieuw boek waarmee hij bezig was. Hij moest in de buurt van Neustadt zijn en stelde voor dat ze elkaar daar zouden treffen, rond halftwaalf.

'Zolang u er geen bezwaar tegen hebt uw verhoor in de open lucht te houden,' had Weiss gezegd.

Fabel arriveerde zoals gewoonlijk tien minuten te vroeg en ging op een bank in de alleen voor voetgangers toegankelijke Peterstrasse zitten. De lucht had de laatste wolkenstrepen van zijn gezicht geveegd en presenteerde zich in vlekkeloos lichtblauw en Fabel vervloekte het feit dat hij zijn dikke Jaeger-jack had aangetrokken. Gekleed zijn op het grillige weer was een probleem dat Fabel deelde met de rest van de Hamburgse bevolking. Hij kon zijn jack niet uitdoen omdat zijn dienstwapen aan zijn riem was bevestigd en koos daarom een bank in de schaduw van een bomenrij die de met klinkers bestrate weg omzoomde. De Peterstrasse werd geflankeerd door vijf of zes verdiepingen tellende barokke huizen, waarvan de gevels, met vele ramen, opstegen naar Nederlands aandoende frontons.

Even na halftwaalf verscheen Weiss' kolossale gestalte in de imposante deuropening van nummer zesendertig, op de hoek van de Peterstrasse en Hütten. Fabel kende het gebouw: hij was er als student vaak op bezoek geweest. Hij stond op toen Weiss naderde en de twee mannen gaven elkaar een hand. Weiss' gebaar suggereerde dat ze op de bank zouden plaatsnemen.

'Ik neem aan dat uw nieuwe boek een soortgelijk traditioneel literair thema heeft?' zei Fabel.

Weiss trok een van zijn borstelige wenkbrauwen vragend op en Fabel wees naar het gebouw dat Weiss zojuist had verlaten. 'De *Niederdeutsche Bi-*

bliothek... Ik neem aan dat u oude Neder-Duitse literatuur hebt onderzocht. Ik heb er vroeger zelf heel wat tijd doorgebracht...'

'Waarmee kan ik u van dienst zijn, hoofdinspecteur?' Weiss' intonatie verried nog steeds een zweem van ongeduldige toegeeflijkheid. Het irriteerde Fabel, maar hij liet het erbij.

'Deze zaak vertoont meer toevalligheden dan me lief is, meneer Weiss,' zei Fabel. 'Ik vermoed dat de moordenaar uw boek heeft gelezen en dat zijn handelen erdoor wordt beïnvloed.'

'Of het zou zo kunnen zijn dat uw moordenaar en ik gewoon dezelfde bronnen gebruiken, zij het op totaal verschillende manieren. Ik bedoel Grimms oorspronkelijke *Kinder- und Hausmärchen*.'

'Daar twijfel ik niet aan, maar ik heb ook het gevoel dat er een...' – Fabel zocht naar de beste bewoordingen – '... nou ja, een *freestyle*-element in zit. Een element van interpretatie, zo u wilt.'

'Waarmee u, neem ik aan, bedoelt dat hij zich niet strikt aan het boek houdt?'

'Ja.' Fabel zweeg. Er kwam een bejaarde vrouw langs met een hond aan de lijn. 'Waarom hebt u me niet verteld dat de beeldhouwer uw broer was? Dat hij de wolfsculptuur in uw werkkamer heeft gemaakt?'

'Omdat ik vond dat het u niets aanging. En dat het niets te maken had met waarover we spraken. Wat me leidt tot de vraag waarom u denkt dat het u iets aangaat. Word ik verdacht, meneer Fabel? Wilt u een volledig verslag van mijn doen en laten?' Weiss' ogen vernauwden zich en de borstelige wenkbrauwen overschaduwden de eerste vonken van een duister vuur. 'O, ik snap uw redenering. Misschien zit krankzinnigheid in de familie.' Hij boog zijn grote hoofd naar Fabel toe. 'Misschien ben ik ook maanziek.'

Fabel weerstond de neiging om terug te deinzen en hield Weiss' blik vast. 'Goed, laten we zeggen dat ik redenen voor verdenking heb. Uw boek verschijnt en opeens zitten we met een reeks moorden op dezelfde specifieke thema's als uw roman. Daar komt bij dat deze moorden u in de schijnwerpers van de publiciteit plaatsen en de belangstelling voor – en de verkoop van – uw boek vergroten. Dat rechtvaardigt op zijn minst mijn belangstelling voor u.'

'Juist... Dus ik sta in de schijnwerpers van de publiciteit én in die van de politie?' De glimlach om Weiss' lippen vertoonde geen enkele warmte. 'Als u me een lijst zou kunnen geven van de data en tijdstippen waarover ik rekenschap moet afleggen, zal ik u de benodigde informatie geven.'

'Die heb ik al.' Fabel haalde een opgevouwen stuk papier uit zijn binnenzak. 'Hier staan alle tijdstippen en data. En het zou nuttig zijn als u waar mogelijk iets meer zou kunnen zeggen over iedereen die uw doen en laten kan bevestigen.'

Weiss nam het papier aan en stopte het zonder te kijken in zijn jaszak. 'Komt voor elkaar. Dat was het?'

Fabel boog zich naar voren en zette zijn ellebogen op zijn knieën. Hij keek naar de vrouw en haar hond die de hoek omsloegen naar Hütten. 'Luister, meneer Weiss, u bent duidelijk een bijzonder intelligente man. De overeenkomsten tussen uw boek en deze moorden zijn niet de belangrijkste reden waarom ik hier zit. U bent denk ik de meest deskundige die ik kan bedenken over wat deze moordenaar drijft. Ik moet hem begrijpen. Ik moet begrijpen wat hij in die verhalen meent te zien.'

Weiss leunde achterover op de bank en spreidde zijn grote handen op zijn knieën. Hij keek een ogenblik naar de klinkers aan zijn voeten, alsof hij over Fabels woorden nadacht.

'Oké. Maar ik zie niet hoe ik u kan helpen. Ik durf niet te beweren dat ik een speciaal inzicht heb in zijn motieven. Het is zijn realiteit, niet de mijne. Maar als u het mij vraagt heeft het niets met de sprookjes van Grimm te maken. Wat hij doet heeft hij zelf verzonnen. Net als mijn boek... *Die Märchenstrasse* heeft in feite niets met Jakob Grimm te maken. Of met de sprookjes van Grimm. Het is alleen, nou ja, een achtergrond voor wat ik heb verzonnen.' Weiss zweeg. Hij wees naar de barokke *Bürgerhäuser* tegenover hen. 'Kijk dat daar. We worden hier omringd door geschiedenis. In het hoogseizoen krioelt het in de Peterstrasse – en Hütten en de Neanderstrasse om de hoek – van toeristen, voornamelijk Amerikanen, zich vergapen aan de laatmiddeleeuwse pracht van deze gebouwen. Maar u weet beslist maar al te goed dat het allemaal gelogen is. Die prachtige barokke huizen zijn eind jaren zestig en begin jaren zeventig gebouwd. Er hebben hier nooit zulke gebouwen gestaan. Het zijn niet eens reconstructies... Het zijn verzinsels, vervalsingen. Natuurlijk, ze zijn gebouwd naar echte historische plannen voor zulke gebouwen, maar ze horen hier niet, op deze plaats, in deze tijd. In welke tijd ook.'

'Waar wilt u naartoe, meneer Weiss?'

'Alleen dat u en ik en iedereen die iets van de geschiedenis van Hamburg weet zich daarvan bewust is. Maar de meeste mensen hebben er geen flauw benul van. Ze komen hierheen, ze gaan op deze banken zitten, net als wij nu, en nemen een gevoel van hun geschiedenis in zich op, van Duitse geschiedenis. En dat is wat ze ervaren. Wat ze voelen. Het is hún realiteit, want ze geloven erin. Ze zien geen bedrog, want het is niet te zien.'

Weiss wreef met de muis van zijn handen over zijn knieën, gefrustreerd, alsof hij nog steeds moeite had om zijn gedachten vorm te geven. 'U vroeg me naar mijn broer. De reden dat ik niet vertelde dat hij de maker is van dat stuk in mijn werkkamer was dat het nog steeds te reëel voor me is. Te vers. Ik was blij toen Daniel zelfmoord pleegde en toch heb ik er nog steeds moeite mee. Hij werd tegen het eind zo gekweld dat ik opgelucht was toen hij er een eind aan maakte. Ik heb uitgelegd dat Daniel geloofde dat hij een lykantroop was, een weerwolf. Het punt is dat hij het écht geloofde; het was een absolute, onbetwistbare, afschuwelijke realiteit voor hem. Hij was mijn oudere broer en ik hield van hem. Hij was alles wat ik wilde zijn. En toen, toen ik een jaar of twaalf was en hij zeventien, begon hij die aanvallen te krijgen. Ik zag het, hoofdinspecteur. Ik was er getuige van dat mijn broer in de greep was van een of andere onzichtbare kracht die hem verscheurde. Het was niet alleen geestelijke pijn die hem deed gillen en huilen, het was intense fysieke pijn. Wat wij zagen was een tiener die een aanval had. Maar wat Daniel doormaakte, wat hij echt lichamelijk voelde, was dat elke spier wrong en uitrekte, dat zijn botten bogen, dat zijn lichaam werd geteisterd door een onvoorstelbare pijn wanneer hij van gedaante veranderde. Wat ik wil zeggen is dat hij alles voelde. Het was allemaal realiteit voor hem. Ook al was dat voor ons niet zo.' Weiss verbrak de felle blik waarmee hij Fabel had aangekeken. 'Zo kwam ik op het idee voor mijn *Wählwelt*-boeken. In het eerste schreef ik over Daniel. Ik maakte een wolf van hem. Geen weerwolf, maar een wolvenkoning die heer en meester was over alle wolvenroedels ter wereld. Ik maakte hem gelukkig en vrij – vrij van pijn – in mijn verhaal. En zo maakte ik het tot mijn werkelijkheid.' Weiss zweeg opnieuw. Fabel kon de pijn in zijn donkere ogen zien. 'Daarom hebt u het mis als u zegt dat de moordenaar zich niet aan het boek houdt, aan de authentieke verhalen. Dat doet hij wel... omdat het zijn boek is. Het is zijn realiteit.'

'Maar de sprookjes van Grimm, en misschien zelfs uw boek, zijn zijn inspiratiebron?'

'Blijkbaar. Maar hóé hij ze interpreteert is moeilijk te zeggen. Luister... U herinnert zich dat ik u mijn verzameling illustraties liet zien?'

Fabel knikte.

'Nou, bedenk eens hoeveel uiterst individuele artistieke interpretaties van de verhalen van Grimm ze vertegenwoordigden. En ze vormen slechts een fractie van de schilderijen, tekeningen, boekillustraties en beelden waartoe de verhalen hebben geïnspireerd. Neem de opera van Humperdinck... Klaas Vaak komt en strooit magisch stof in de ogen van Hans en Grietje om ze in slaap te brengen. Iets wat absoluut niets met het oorspronkelijke verhaal te maken heeft. De interpretatie van de moordenaar – want hij ziet zichzelf duidelijk als een kunstenaar – is even subjectief en persoonlijk als die andere. En zulke interpretaties kunnen verwrongen zijn. De nazi's eigenden zich de sprookjes van Grimm toe zoals ze dat deden met alles in onze cultuur wat ze konden verdraaien en verbasteren tot het in hun straatje paste. Er bestaat een bijzonder abjecte, beruchte boekillustratie van een heel "Arische" Grietje die een oude heks in de oven duwt. En die oude heks heeft stereotiepe joodse trekken. Het is een afstotelijke prent en, als je erover nadenkt, een huiveringwekkende voorbode van de komende gruwelen.'

'Dus wat u zegt is dat we allemaal een thema hebben in plaats van een plan?'

Weiss haalde zijn schouders op. 'Wat ik zeg is dat niet te voorspellen is wat hij nu gaat doen of hoe hij zijn werk zich ziet ontwikkelen. Maar het materiaal waarmee hij werkt geeft hem een verschrikkelijk ruime keus aan verhalen die hij aan zijn eigen doelstellingen aan kan passen.'

'Moge God ons dan bijstaan,' zei Fabel.

57

De lucht boven Hamburg was helder gebleven na opnieuw een reinigende bui en gloeide nu van het late avondlicht. Fabels appartement baadde in het warme, zachte licht. Hij voelde zich volkomen uitgeput. Hij gooide zijn jack en zijn pistoolclip op de bank en nam zijn appartement een ogenblik in zich op. Zijn kleine domein. Hij had het goed ingericht, duur zelfs, en het was een belichaming van zijn persoonlijkheid geworden. Schoon, efficiënt, bijna té ordelijk. Hij nam het uitzicht en de inrichting in zich op, de boeken en schilderijen en de dure elektronica. Maar was het uiteindelijk ook maar iets minder eenzaam dan Max Bartmanns miezerige appartement boven zijn atelier in St. Pauli?

Voordat hij zich uitkleedde en onder de douche stapte belde hij Susanne. Ze hadden niets afgesproken voor vanavond en ze was verrast dat ze van hem hoorde, verrast maar blij.

'Susanne, ik moet je vanavond spreken. Bij jou, bij mij, in de stad... Maakt niet uit.'

'Oké,' zei ze. 'Is er iets?'

'Nee... helemaal niets. Ik moet gewoon met je praten.'

'O, ik snap het...' zei ze. Ze nam blijkbaar aan dat het over de zaak ging. 'Waarom kom je niet hierheen? Blijf slapen.'

'Ik ben er over een halfuur.'

Susannes appartement was in een imposant gebouw uit de *Wilhelminische* tijd in de wijk Övelgönne van het Hamburgse stadsdeel Othmarschen. Övelgönne ligt aan de Elbe, langs de Elbechaussee en aan de weg naar Blankenese, zowel geografisch als qua begeerlijkheid er dichtbij. Hij had vaak genoeg bij Susanne overnacht, maar op de een of andere manier hadden ze zich aangewend dat zij bij hem bleef slapen. Fabel vermoedde dat Susanne haar privéruimte bewuster probeerde af te schermen dan hij. Maar ze had hem een sleutel gegeven en nadat hij in een zijstraat had geparkeerd liet hij zichzelf binnen.

Susanne had hem zien aankomen en stond bij de deur van haar appartement op hem te wachten. Ze had het oversized t-shirt aan dat ze in bed droeg. Haar glanzende donkere haren vielen over haar schouders en ze had zich niet opgemaakt. Er waren momenten, onverwachte momenten, dat Fabel zich overweldigd voelde door haar schoonheid. Nu hij haar zag, op de drempel van haar appartement, was dit een van die ogenblikken.

Haar flat was veel groter dan die van Fabel en smaakvol ingericht, maar de stijl had iets vaag traditioneels dat ontbrak in het noordse minimalisme in Fabels appartement.

'Je ziet er moe uit,' zei Susanne en ze streelde zijn gezicht. Ze ging hem voor naar de woonkamer en liep zelf door naar de keuken, waaruit ze weer tevoorschijn kwam met een glas witte wijn en een fles bier.

'Alsjeblieft, een *Jever*.' Ze gaf hem het flesje. 'Ik heb een voorraad ingeslagen, speciaal voor jou.'

'Bedankt. Ik ben eraan toe.' Hij nam een slok van het koele, scherpe Friese bier. Susanne ging naast Fabel op de bank zitten en trok haar benen onder haar lichaam. Haar t-shirt kroop omhoog en onthulde de zijdezachte huid van haar dij.

'Waar wilde je me zo dringend over spreken?' Ze grinnikte. 'Niet dat ik het niet heerlijk vind je te zien, maar het klonk alsof je het over deze zaak wilde hebben en je kent mijn mening over praten over het werk...'

Fabel legde haar het zwijgen op door haar naar zich toe te trekken en haar lang en stevig op de mond te kussen. Toen hij haar losliet hield hij haar blik vast.

'Nee,' zei hij ten slotte. 'Ik ben niet gekomen om over de zaak te praten. Ik heb veel nagedacht. Over ons.'

'O...' zei Susanne. 'Dat klinkt onheilspellend.'

'We komen schijnbaar nergens met deze relatie. Ik neem aan dat dat komt doordat we allebei tevreden zijn, ieder op onze eigen manier. En misschien wil jij niet meer dan we hebben.' Hij zweeg even en zocht in haar ogen naar een reactie. Het enige wat hij erin zag was geduld. 'Ik heb een rottijd achter de rug vanwege mijn huwelijk. Ik weet niet wat ik verkeerd deed, maar misschien kwam het doordat ik gewoon niet genoeg deed om het in stand te houden. Ik wil niet dat dat ons ook overkomt. Ik hou echt van je, Susanne. Ik wil dat dit lukt.'

Ze glimlachte en streelde opnieuw zijn wang. Haar hand was koel van het wijnglas. 'Maar Jan, het gaat prima. Ik wil ook dat het lukt.'

'Ik wil dat we gaan samenwonen.' Zijn stem klonk vastbesloten, bijna kortaf. Toen glimlachte hij en zijn stem werd zachter. 'Ik zou het echt heel fijn vinden om samen te wonen, Susanne. Wat vind jij?'

Susanne trok haar wenkbrauwen op en slaakte een lange zucht. 'Wauw. Ik weet het niet. Ik weet het echt niet, Jan. We zijn allebei gesteld op onze eigen ruimte. We hebben alle twee een sterke wil. Nu is dat geen punt, maar als we samen zouden wonen... Ik weet het niet, Jan; zoals je zegt, we hebben het goed samen, ik wil het niet bederven.'

'Dat zou het denk ik niet doen. Ik denk dat het sterker zou worden.'

'Ik heb eerder een relatie gehad.' Susanne zwaaide haar benen van de bank. Ze boog zich naar voren, zette haar ellebogen op haar knieën en legde beide handen om haar glas. 'We hebben een tijdje samengewoond. Ik zag het aanvankelijk niet, maar hij was een erg overheersende man.' Ze lachte wrang. 'Ik... nota bene psycholoog, herkende een controlfreak niet wanneer ik er een zag. In elk geval, het was niet goed voor me. Ik voelde me gekleineerd. Later voelde ik me waardeloos. Ik geloofde niet meer in mezelf, vertrouwde niet meer op mijn eigen oordeel. Ik stopte ermee voordat hij mijn laatste beetje zelfachting had vernietigd.'

'Denk je dat ik zo ben?'

'Nee... natuurlijk niet.' Ze nam zijn hand. 'Het is alleen zo dat ik veel tijd heb besteed aan het creëren van een gevoel van, nou ja, onafhánkelijkheid voor mezelf.'

'God, Susanne, ik ben niet op zoek naar een soort *Hausfrau*. Ik zoek een partner. Ik zoek iemand om mijn leven mee te delen. En de enige reden waarom ik daarnaar zoek ben jij. Voordat ik jou leerde kennen had ik er zelfs nooit aan gedacht. Wil je er op zijn minst over nadenken?'

'Natuurlijk, Jan. Ik zeg geen nee. Dat zeg ik absoluut niet. Ik heb alleen tijd nodig om erover na te denken.' Ze glimlachte breed. 'Weet je wat... Je neemt me mee naar Sylt, zoals je al eeuwenlang belooft. We logeren in het hotel van je broer. Doe dat en ik zal je een antwoord geven.'

Fabel glimlachte. 'Afgesproken.'

Ze vrijden intens en heftig voordat ze in slaap vielen. Een gevoel van tevredenheid had Fabel in een diepe slaap gewiegd. Een diepere, gezondere slaap dan hij in weken had gehad.

Hij werd abrupt wakker. Iets had zijn hand naar hem uitgestoken om hem te vinden en had hem plotseling naar het oppervlak getrokken. Hij lag met wijdopen ogen en keek naar de schaduwen op het plafond. Susanne lag naast hem te slapen. Iets, ergens in een donkere, kleine ruimte in een afgelegen hoek van zijn geest, bonsde om naar buiten te komen. Hij zwaaide zijn benen over de rand van het bed en ging rechtop zitten. Wat was het? Iets wat gezegd was? Iets wat hij gezien had? Of beide? Wat het ook was, hij wist dat het met de moorden te maken had, een of ander verband dat in de marge was opgedoken. Hij stond op, liep naar de woonkamer en keek door Susannes ramen naar buiten. Het uitzicht vanuit haar appartement kon zich niet meten met dat van Fabel. Susannes appartement keek uit over het park en de Elbe, maar werd aan alle kanten ingesloten door gebouwen. Er passeerden enkele auto's die in de richting van de Liebermann Strasse reden. Een eenzame hond stak de straat over en Fabel keek hem na totdat hij uit het gezicht verdwenen was.

Iets wat hij gehoord had. Iets wat hij gezien had. Of allebei. Zijn uitgeputte, van slaap beroofde geest weigerde het op te geven.

Fabel liep door naar de keuken en kneep zijn ogen halfdicht tegen de schittering toen hij het licht aandeed. Hij zette een kop thee. Toen hij de melk uit de koelkast pakte zag hij drie flesjes *Jever* die lagen te koelen. Hij glimlachte bij de gedachte aan Susanne die ze voor hem kocht en in haar koelkast legde. Fabel beschouwde koelkasten altijd als privéterrein: de inhoud van iemands koelkast was even persoonlijk als die van hun portefeuille of portemonnee. Altijd als hij op een plaats delict kwam inspecteerde hij de koelkast om een indruk te krijgen van degene of degenen die daar woonden. En nu deelden zijn biertjes die privéruimte met Susannes yoghurt, met haar favoriete Zuid-Duitse kazen en de vruchtentaartjes waar ze een zwak voor had.

Hij nam zijn thee mee naar de ontbijtbar. Hij nam een slok. Hij was te heet en hij zette hem weg om af te koelen. Susanne kwam, in haar ogen wrijvend, de keuken binnen.

'Alles goed?' vroeg ze slaperig. 'Weer een nachtmerrie gehad?'

Hij stond op en kuste haar. 'Nee. Kon gewoon niet slapen... Sorry als ik je wakker heb gemaakt. Heb je zin in thee?'

'Geeft niks... en nee, bedankt.' Ze praatte door haar geeuw heen. 'Ik wilde alleen maar even weten of alles goed is.'

Fabel verstarde toen de donkere energie door hem heen stroomde. Zijn vermoeidheid was verdwenen en hij was nu zo klaarwakker als hij maar zijn kon. Elk zintuig, elke zenuw was tot leven gekomen. Hij staarde Susanne uitdrukkingsloos aan.

'Voel je je goed?' vroeg Susanne. 'Jan, wat is er?'

Fabel liep de keuken door en opende de koelkast. Hij staarde naar de gebakjes. Ze waren verrukkelijk: gebakken appel in een licht bladerdeeg. Hij sloot de deur en draaide zich om naar Susanne.

'Het peperkoekhuis,' zei hij, maar hij praatte niet tegen Susanne.

'Wat?'

'Het peperkoekhuis. Werner zei tegen me dat we moesten zoeken naar iemand die in een peperkoekhuis woont. Ik zag de gebakjes in de koelkast en daardoor moest ik eraan denken.'

'Jan, waar heb je het verdorie over?'

Hij pakte haar bij haar schouders en kuste haar wang. 'Ik moet me aankleden. Ik moet terug naar het hoofdbureau.'

'Waarom in godsnaam?' vroeg ze terwijl ze achter Fabel aan naar de slaap-kamer liep, waar hij zich haastig aankleedde.

'Ik heb hem gehoord, Susanne. Hij heeft al die tijd geprobeerd me iets te vertellen en nu heb ik hem gehoord.'

Hij belde Weiss vanuit zijn auto.

'Jezus, Fabel... Het is bijna vijf uur in de ochtend. Wat wilt u verdorie?'

'Waarom komen er in de sprookjes van Grimm zoveel gebakken dingen voor?'

'Wat? Wat is er verdomme...'

'Luister, meneer Weiss, ik weet dat het laat is... of vroeg... maar dit is be-langrijk. Van levensbelang. Waarom wordt er zo vaak gesproken over ge-bakken dingen... over brood en taarten, over peperkoekhuizen en zo, in de sprookjes van Grimm?'

'O god... ik weet het niet... het symboliseert zoveel.' Weiss klonk verward, alsof hij gedwongen werd in mentale dossiers te zoeken terwijl hij nog half sliep. 'Verschillende dingen in verschillende verhalen. Neem bijvoorbeeld *Rotkäppchen*: het versgebakken brood van Roodkapje voor haar grootmoe-der staat symbool voor haar onbedorven puurheid, terwijl de wolf verdor-venheid en vraatzucht symboliseert. Het is niet het brood dat hij wil, maar haar maagdelijkheid. Hans en Grietje daarentegen, onschuldige kinderen weliswaar die verdwaald zijn in het donkere bos, geven toe aan hun eet-lust en begeerte wanneer ze het peperkoekhuisje vinden. In dat geval sym-boliseert het de verleiding tot zonde. Gebakken dingen kunnen voor zoveel verschillende dingen staan. Eenvoud en zuiverheid. Of zelfs armoede... De schamele broodkruimels die Hans stiekem opspaart om hem en zijn zusje de weg terug te wijzen. Waarom?'

'Ik kan het nu niet uitleggen. Maar bedankt.' Fabel verbrak de verbinding en toetste onmiddellijk een ander nummer in. Het duurde even voordat er werd opgenomen.

'Werner, met Fabel... Ja, ik weet hoe laat het is. Kun je onmiddellijk naar het hoofdbureau komen? Probeer of je Anna ook te pakken kunt krijgen.' Fabel hield zich in. Hij had op het punt gestaan Werner te vragen of hij Paul Lindemann wilde bellen; het tijdstip en de macht der gewoonte had-den hem heel even doen vergeten dat Paul een jaar geleden in het harnas was gestorven. 'En zeg Anna dat ze contact opneemt met Henk Hermann.' Hij hing op.

Zo veel dood. Hoe had het ooit zo ver kunnen komen dat hij door zo-veel dood omringd werd? Geschiedenis was zijn allesoverheersende liefde geweest en hij had zich tot het leven als historicus aangetrokken gevoeld alsof zijn genen zijn weg hadden voorbestemd. Maar Fabel geloofde niet in voorbestemming. Hij geloofde in de wrede onvoorspelbaarheid van het leven, een leven waarin een toevallige ontmoeting tussen een jonge studente, Fabels toenmalige vriendin, en een zwaar gestoorde niksnut in een tragedie was uitgemond. En die tragedie had een reeks onvoorziene gebeurtenissen op gang gebracht die ermee eindigde dat Fabel rechercheur bij Moordzaken was geworden in plaats van historicus of archeoloog of leraar.

Zo veel dood. En nu kwam hij steeds dichter bij een andere moordenaar.

Het was bijna zes uur voordat iedereen op de afdeling bijeen was. Niemand klaagde erover dat ze uit bed waren getrommeld, maar iedereen had dikke ogen van de slaap. Maar Fabel niet. Fabels ogen brandden van een koele, duistere vastberadenheid. Hij stond met zijn rug naar hen toe en liet het zoeklicht van zijn blik over de foto's op het informatiebord glijden.

'Er zijn momenten geweest dat ik dacht dat we deze knaap nooit te pakken zouden krijgen.' Fabels stem klonk kalm, bedachtzaam. 'Dat we enkele weken intense activiteit en een stapel lijken zouden zien en daarna zou hij verdwijnen. Tot zijn volgende aanval...' Hij zweeg heel even en draaide zich om naar zijn gehoor. 'We hebben een drukke, heel drukke dag voor de boeg. Aan het eind ervan wil ik onze moordenaar in hechtenis hebben.'

Niemand zei iets, maar iedereen keek opeens alerter. 'Hij is slim. Gestoord... maar slim,' ging Fabel verder. 'Dit is zijn levenswerk en hij heeft het tot in het kleinste detail doordacht. Alles wat hij doet heeft een betekenis. Elk detail is een link naar een ander. Maar er was één link die we hebben gemist.' Hij sloeg met zijn vlakke hand op de eerste foto. 'Paula Ehlers... Dit is de foto die daags voordat ze verdween genomen is. Wat zien jullie?'

'Een blij meisje.' Werner keek ingespannen naar de foto, alsof de intensiteit van zijn blik er meer uit kon halen dan hij op dat moment zag. 'Een blij meisje op haar verjaardagsfeestje...'

'Nee.' Maria Klee kwam dichterbij. Haar blik gleed langs de reeks foto's, net als die van Fabel had gedaan. 'Nee... Dat is het niet.' Haar blik hield die van Fabel vast. 'De verjaardagstaart. Het is de verjaardagstaart.'

Fabel lachte grimmig, maar zei niets en nodigde Maria uit om door te gaan. Ze stapte naar voren en wees naar de tweede foto.

'Martha Schmidt... het meisje dat op het strand van Blankenese is gevonden. Met lege maag, op de resten van een schamele roggebroodmaaltijd na.' Ze ging door naar de volgende foto en haar stem werd gespannener. 'Hanna Grünn en Markus Schiller... De broodkruimels die op de zakdoek waren gestrooid... en Schiller was mede-eigenaar van een bakkerij...'

Terwijl Maria sprak knikte Fabel naar Anna. 'Verbind me door met detentiecentrum Vierlande. Zeg dat ik dringend Peter Olsen moet spreken...'

Maria ging door naar de volgende foto. 'Laura von Klosterstadt?'

'Opnieuw een verjaardagsfeest,' antwoordde Fabel. 'Een schitterend feest, georganiseerd door haar agent, Heinz Schnauber. Er zal catering geweest zijn. Schnauber vertelde dat hij Laura altijd het gevoel wilde geven dat het nog altijd haar persoonlijke verjaardagsfeest was en niet zomaar een promotie-aangelegenheid. Hij zei dat hij graag voor kleine verrassingen zorgde: cadeautjes... en een verjaardagstaart. We moeten weten wie de catering deed.'

'Bernd Ungerer.' Maria liep langs het informatiebord alsof ze er alleen mee in de zaal was. 'Natuurlijk, cateringspullen. Bakkersovens... En hier... Lina Ritter, in de pose van Roodkapje, met een vers gebakken brood in haar mandje.'

'Sprookjes,' zei Fabel. 'We hebben te maken met sprookjes. Een wereld waar niets is wat het lijkt. Alles heeft een betekenis, een symboliek. De grote boze wolf heeft niets met wolven te maken en alles met ons. Met mensen. De moeder is alles wat vrijgevig en goed is in de natuur, de stiefmoeder is de andere kant van dezelfde medaille, alles in de natuur wat boosaardig en destructief en slecht is. En gebakken waar: de eenvoudige, eerlijke heilzaamheid van brood; de wellustige verleiding van gebakken delicatessen. Het is een rode draad die door alle sprookjes van Grimm loopt.'

'Chef,' riep Anna naar Fabel met haar hand om het mondstuk van de telefoon. 'De bewaarder was er niet blij mee, maar ik heb Olsen aan de lijn.'

Fabel pakte de telefoon aan.

'Olsen, dit is je kans om jezelf volledig vrij te pleiten voor deze moorden. Je weet nog dat we het over Ungerer hadden, die vertegenwoordiger?'

'Ja...'

'Wat zei Hanna over de manier waarop hij naar haar keek?'

'Wat... ik weet het niet... O ja, dat hij haar altijd met zijn ogen uitkleedde.'

Ja, dacht Fabel, en die ogen werden uitgestoken en eindigden op iemand anders.

'Waren er nog anderen in de bakkerij die Hanna aantrekkelijk vonden?'

Olsen lachte. 'De meeste mannen, waarschijnlijk.'

'Maar was er iemand in het bijzonder.' Fabels stem klonk ongeduldig. 'Iemand die misschien lastig werd?'

Het bleef stil aan de andere kant van de lijn.

'Alstublieft, meneer Olsen. Dit is ontzettend belangrijk.'

'Nee... nee, ik geloof dat haar baas, Biedermeyer, daar heel streng in was. Ze heeft zich zelfs bij hem over Ungerer beklaagd. Hij zei dat hij met mevrouw Schiller zou praten.'

Nu was het Fabels beurt om te zwijgen.

'Is dat wat u wilde weten?' vroeg Olsen onzeker. 'Ga ik nu vrijuit?'

'Misschien... waarschijnlijk. Ik kom nog bij je terug.' Fabel hing op. 'Neem contact op met de recherche van Kassel,' zei hij tegen Anna. 'Zoek uit of Martha Schmidt in de weken vlak voordat ze werd ontvoerd naar een verjaardagsfeestje of zo is geweest.'

'Oké, chef, maar dat lijkt me gezien haar milieu onwaarschijnlijk. Ik zie haar junkie-ouders niet genoeg organisatietalent of belangstelling hebben om een uitnodiging aan te nemen en haar naar een feest te brengen.'

'Het trieste is, Anna, dat Martha zulke dingen misschien zelf regelde. Ze had waarschijnlijk nog het meeste verantwoordelijkheidsgevoel van heel dat gezin.' Fabel zuchtte. Het beeld van een haveloze Martha Schmidt die, alleen en zonder cadeautje, op een verjaardagsfeestje arriveerde deed hem pijn. 'Het andere wat ik je wil laten doen is contact opnemen met de familie Ehlers – jou kennen ze – en uitzoeken waar Paula's verjaardagstaart vandaan kwam.' Hij riep naar Maria Klee. 'Maria, ik wil dat je contact opneemt met Heinz Schnauber, de agent van Laura von Klosterstadt, en uitzoekt door wie hij de catering voor haar feest heeft laten doen. Ook van hem wil ik weten waar de taart vandaan kwam.'

58

Fabel had de antwoorden die hij zocht. Of genoeg antwoorden die hij zocht. De politie in Kassel had tot nu toe niet kunnen vaststellen of Martha Schmidt voor haar ontvoering naar een verjaardagsfeest was geweest. Anna had ook ontdekt dat Martha's moeder na haar bezoek om haar dochter te identificeren niet meer was thuisgekomen. Het irriteerde Fabel dat Moordzaken van een ver verwijderd politiekorps moest horen dat Ulrike Schmidt in Hamburg zelfmoord had gepleegd; hij had die informatie moeten krijgen van de desbetreffende politieleiding. Toen zijn ergernis over zo'n miscommunicatie binnen de Hamburgse politie eenmaal was weggeëbd herinnerde Fabel zich hoe hard Anna over Ulrike Schmidt had geoordeeld. Ze had haar voor een harteloze, egoïstische junkie aangezien. Ze was, op haar manier, dus toch een moeder geweest.

Anna had contact gehad met de Ehlers, die bevestigd hadden dat Paula's taart geleverd was door Backstube Albertus. Uit Maria's gesprek bleek dat Heinz Schnauber een enorme, bewerkelijke taart speciaal voor haar had laten maken. Hij had hem zelf besteld bij een gespecialiseerde bakkerij, die de taart rechtstreeks had bezorgd. Het was de Backstube Albertus geweest.

Het meisje achter de receptiebalie bij Backstube Albertus was duidelijk van streek door de plotselinge komst van zoveel politie. Toen Fabel zijn ovale politiepenning liet zien en vroeg of mevrouw Schiller aanwezig was, knikte ze slechts.

Fabel had geüniformeerde *SchuPo*-agenten bij de hoofdingang van de bakkerij geposteerd, evenals bij de branduitgangen en de magazijnuitgang. Anna Wolf en Henk Hermann wachtten op de werkvloer. De lucht was bezwangerd van de geur van deeg en warm brood, maar toen Fabel, Werner en Maria het kantoor van Vera Schiller betraden, hing daar nog steeds de harde, functionele sfeer van een directiekantoor. En het bureau van Markus Schiller bood nog steeds een aanblik van verlatenheid. Vera Schiller stond op met van woede fonkelende ogen.

'Wat heeft dit te betekenen? Ik wil weten waarom u mijn fabriek... mijn kantoor... binnenvalt.'

Fabel stak een hand op en toen hij sprak, was dat met rustig, kalm gezag. 'Mevrouw Schiller, we hebben enkele uiterst belangrijke vragen aan u en uw personeel. Ik weet dat u een verdrietige tijd doormaakt. Maak het alstublieft niet moeilijker dan nodig is.'

Vera Schiller ging weer zitten, maar haar houding bleef gespannen, strak. Het donkere vuur brandde nog steeds in haar ogen.

'Denk niet dat u ook maar íets over mij weet, hoofdinspecteur. U weet helemaal niets van me.'

Fabel ging tegenover haar zitten. 'Dat mag dan zo zijn, maar één ding weet ik wel: er zijn zeven moorden gepleegd... misschien zelfs acht. Stuk voor stuk gruwelijke moorden, inclusief die op uw man, en allemaal houden ze verband met de Backstube Albertus.'

'Op wat voor manier?' Vera Schiller keek alsof er een scherpe stroomstoot door haar heen was gegaan. 'Wat bedoelt u?'

'Laura von Klosterstadt. U hebt vast gelezen dat ze vermoord is. Toch hebt u er niet aan gedacht ons te vertellen dat u de taart voor haar verjaardagsfeest had geleverd.'

'Ik weet niet waar u het over hebt. We hebben haar geen taart geleverd. Dat zou ik me herinnerd hebben.'

Fabel gaf haar de data. Op haar bureau stond, enigszins opzijgeschoven, een computer. Ze sloeg enkele toetsen aan.

'Nee, niets. Kijkt u zelf maar.' Ze draaide het scherm naar hem toe.

'Die daar.' Fabel wees naar een regel in de tabel die op het scherm stond. 'Op naam van Heinz Schnauber. De agent van Laura von Klosterstadt.'

Vera Schiller tuurde naar de aantekening. 'O ja, een grote taart. Een speciale. Plus een grote bestelling broodjes en gebak. Ik herinner me die bestelling, maar hij heeft me niet verteld dat het voor de Von Klosterstadts was.'

'Wie niet?' vroeg Fabel, maar hij had al een beeld voor ogen van enorme handen die met ongerijmde verfijning werkten.

'Meneer Biedermeyer, natuurlijk. Onze chef-bakker.' Ze opende een bureaulade en haalde er een zwaar register uit. Ze bladerde het door, keek opnieuw op het scherm en liet een roodgelakte vingernagel langs een kolom glijden. 'Ja... Hier is het... Meneer Biedermeyer heeft de bestelling zelf afgeleverd. Hij is heel grondig.'

Fabel keek Werner en Maria over zijn schouder heen aan.

'Mag ik uw bestellingenboek eens zien?' vroeg hij mevrouw Schiller. Ze hield zijn blik een ogenblik vast, maar de woede was verdwenen. Ze draaide het boek zo dat Fabel het kon lezen. Hij haalde zijn notitieboekje uit zijn zak en zocht de datum waarop Martha Schmidt was verdwenen. Toen bladerde hij terug en vond de datum die hij zocht. Het moment leek zich uit te rekken en een elektrische stroom vonkte in zijn nek. 'Meneer Biedermeyer onderbreekt zijn leidinggevende werk om dergelijke bestellingen af te leveren?' Hij wees naar de regel in het register.

'Ja. Nou ja, in gevallen zoals dit. Konditorei Wunderlich is een goede klant. Meneer Biedermeyer zorgt ervoor dat ze het gevoel krijgen dat ze aandacht krijgen van de hogere leiding.'

'En de Konditorei Wunderlich is in Kassel?' Fabel hoorde dat Werner en Maria al naar de deur liepen voordat hij antwoord kreeg.

'Ja. Waarom?'

'Gebruikt meneer Biedermeyer een van uw busjes om zijn bestellingen te bezorgen?'

'Soms. Ja. Waarom vraagt u naar meneer Biedermeyer?'

Fabel negeerde de vraag. 'Is meneer Biedermeyer er op dit moment?'

'Hij is op de werkvloer...'

Voordat ze tijd had om haar antwoord af te maken was Fabel al overeind gekomen en volgde zijn medewerkers de trap af.

Precies zoals Fabel zich herinnerde van de eerste keer dat hij hem gezien had stond Biedermeyer over een taart gebogen om er een kleine bloemdecoratie op aan te brengen. Opnieuw leek het een onmogelijk delicate operatie voor zijn grote, zware handen en de bloemen van suikerglazuur leken nietig en fragiel tussen zijn dikke wijsvinger en duim. Toen hij de groep politieagenten op zich af zag komen rechtte hij zijn rug en er verscheen een brede grijns op zijn goedmoedige gezicht. Anna en Henk splitsten zich van de groep af en begonnen de overige arbeiders de productiehal uit te loodsen. Biedermeyer keek geamuseerd toe.

'Hallo, hoofdinspecteur. Excuseer me even, ik moet alleen nog de laatste twee bloemen op deze taart aanbrengen.' De wijsvinger en duim pakten opnieuw een decoratie van de palm van zijn andere hand en legden die op de taart. Hij herhaalde de handeling met de laatste bloem. Zijn enorme gestalte oprichtend deed Biedermeyer een stap naar achteren om zijn werk te inspecteren en zei: 'Ziezo!' Hij wendde zich weer tot Fabel. 'Sorry dat ik u liet wachten, maar dit moest af.' De glimlach op zijn grote gezicht bleef vriendelijk, bijna hartelijk, en de rimpeltjes rondom zijn ogen werden dieper. 'Ik hou ervan om dingen goed te doen. Ze naar behoren af te maken. Volmaakt. Bij zoiets als dit vind ik altijd dat het detail alles is.' Hij keek naar de andere rechercheurs en toen weer naar Fabel. 'Maar ja, dat heb ik, denk ik, al bewezen, nietwaar? Beviel mijn werk u, hoofdinspecteur? Heb ik u geamuseerd?'

Fabels hand ging naar zijn heup en hij haalde zijn pistool uit de holster. Hij richtte het niet, maar hield het gereed. Biedermeyer keek naar het wapen en schudde zijn hoofd, alsof hij teleurgesteld was.

'Dat is nergens voor nodig, meneer Fabel. Absoluut niet. Ik heb mijn werk voltooid. Ik heb alles gedaan wat ik me had voorgenomen.'

'Meneer Biedermeyer...' begon Fabel, maar Biedermeyer stak een hand op, als een verkeersagent die naderende voertuigen tegenhoudt. Hij bleef glimlachen, maar zijn omvang, zijn pure massa, was dreigender dan elke gelaatsuitdrukking.

'Meneer Fabel toch, u weet dat dat niet mijn echte naam is, Biedermeyer? Na alles wat u gezien hebt?'

'Hoe heet u dan?'

'Grimm...' Biedermeyer lachte alsof hij een kind iets volkomen vanzelfsprekends moest uitleggen. 'Ik ben Broeder Grimm.'

Fabel hoorde het geluid van vuurwapens die uit holsters werden getrokken.

'Franz Biedermeyer, ik arresteer u op verdenking van de moord op Paula Ehlers, Martha Schmidt, Hanna Grünn, Markus Schiller, Bernd Ungerer, Lina Ritter en Max Bartmann. Alles wat u zegt kan als bewijs tegen u worden gebruikt.' Fabel stopte zijn pistool weer in de holster, nadat hij eerst over zijn schouder had gekeken of Maria en Werner Biedermeyer onder schot hielden. Hij pakte de handboeien die aan zijn riem gingen, greep Biedermeyers pols en draaide die om om hem te boeien. Toen hij Biedermeyer vastpakte werd hij zich nog scherper bewust van zijn omvang en zijn potentiële kracht. De polsen waren dik en stevig. Maar tot zijn opluchting bood Biedermeyer geen verzet.

Toen ze de chef-bakker naar de gereedstaande auto's brachten passeerden ze Vera Schiller. Haar donkere ogen bleven op Biedermeyer gericht terwijl hij de trap op werd geleid en door de gang naar de uitgang. Hij bleef staan en Fabel en Werner werden zich ervan bewust dat ze een onwrikbaar voorwerp vasthielden. De glimlach verdween van Biedermeyers gezicht.

'Het spijt me,' zei hij zacht tegen haar. Ze snoof, alsof ze iets verachtelijks van tafel veegde. Biedermeyer liep door. Mevrouw Schiller legde een hand op Fabels arm en hij beduidde Henk en Anna zich bij Werner te voegen als Biedermeyers escorte. Toen hij zich omdraaide naar Vera Schiller, lag er iets van een uitdaging in haar ogen. Haar stem was koud en scherp.

'Ik hield van mijn man, meneer Fabel. Ik hield heel erg veel van Markus.' Haar gezicht bleef hard, maar een traan welde op in haar ooghoek en biggelde over haar wang. 'Dat wilde ik u laten weten.'

Ze zetten Biedermeyer achter in Fabels auto. Hij zat voorovergebogen op de achterbank en zag eruit alsof hij nonchalant was opgevouwen om in de te kleine ruimte te passen. Werner ging naast hem zitten en hij zag er ondanks zijn lengte klein uit vergeleken met de bakker.

Voordat hij de motor startte draaide Fabel zich om naar Biedermeyer.

'U zei dat uw werk af is. Waarom zei u dat? Ik weet dat u niet alles gedaan hebt wat u van plan was. Ik heb de links gevolgd... de verhalen... U hebt nog minstens één ding te doen...'

Biedermeyer grinnikte en de rimpeltjes rond zijn ogen werden weer plooien. En opnieuw deed het Fabel denken aan de manier waarop zijn broer, Lex, glimlachte en hij rilde bij de gedachte.

'Geduld, hoofdinspecteur. Geduld.'

59

Fabel, Maria en Werner wachtten in de verhoorruimte. Ze hadden tevoren hun verhoorstrategie besproken en zaten nu onwillig zwijgend te wachten. Allemaal probeerden ze iets te bedenken om te zeggen. Een grap desnoods, om de stilte te verbreken. Maar niemand kon het. In plaats daarvan zaten Fabel en Werner aan de tafel met de cassetterecorder en de microfoon in het midden en leunde Maria tegen de muur.

En ze wachtten tot het monster in hun midden werd gebracht.

Ze hoorden voetstappen naderen. Fabel wist dat het medisch gesproken onmogelijk was, maar hij had durven zweren dat hij zijn bloeddruk voelde stijgen. Er was een spanning in zijn borst: opwinding, afgrijzen en vastberadenheid versmolten tot een emotie zonder naam. De voetstappen stopten en toen zwaaide een *SchuPo*-agent de deur van de verhoorruimte open. Twee andere *SchuPo's* leidden de geboeide Biedermeyer de kamer binnen. Ze leken nietig naast zijn massieve gestalte.

Biedermeyer ging tegenover Fabel zitten. Alleen. Hij had afgezien van het recht op juridische bijstand. De twee *SchuPo's* stonden zwijgend op wacht achter hem, tegen de muur. Biedermeyers gezicht zag er nog even ontspannen, amicaal en vriendelijk uit. Een gezicht dat je zou vertrouwen, iemand met wie je in een bar zou kletsen. Hij stak zijn handen uit en draaide zijn polsen om de handboeien te laten zien. Hij hield zijn hoofd enigszins scheef.

'Alstublieft, meneer Fabel. Ik denk dat u weet dat ik geen gevaar vorm voor u of uw collega's. En ik wil me ook niet aan hechtenis onttrekken.'

Fabel gaf een teken aan een van de *SchuPo's*, die naar voren kwam en de boeien losmaakte en verwijderde en toen weer tegen de muur ging staan. Fabel schakelde de cassetterecorder in.

'Meneer Biedermeyer, hebt u Paula Ehlers ontvoerd en vermoord?'

'Ja.'

'Hebt u Martha Schmidt ontvoerd en vermoord?'

'Ja.'

'Hebt u...'

Biedermeyer hief zijn hand op en glimlachte op zijn ontwapenende, goedgemutste manier. 'Alstublieft. Ik denk dat het, om tijd te besparen, het beste is als ik de volgende verklaring afleg. Ik, Jakob Grimm, broer van Wilhelm Grimm, vastlegger van de taal en de ziel van de Duitse volkeren, heb Paula Ehlers, Martha Schmidt, Hanna Grünn, Markus Schiller, Bernd Ungerer, Laura von Klosterstadt, de hoer Lina... sorry, ik heb haar achternaam nooit geweten... en de tatoeëerder Max Bartmann van het leven beroofd. Ik heb ze allemaal gedood. En ik heb genoten van elke seconde van elke dood. Ik geef ronduit toe dat ik ze gedood heb, maar ik ben aan niets schuldig. Hun levens waren onbeduidend. De enige betekenis die elk van hen had was in de manier waarop hij of zij is gestorven... en in de universele, eeuwige waarheden die ze via hun dood uitdrukten. In leven waren ze waardeloos. Door ze te doden heb ik ze waardevol gemaakt.'

'Meneer Biedermeyer, voor de goede orde, we kunnen geen bekentenis aanvaarden op een andere naam dan uw werkelijke.'

'Maar ik heb u mijn werkelijke naam genoemd. Ik heb u de naam op mijn ziel genoemd, niet het verzinsel op mijn *Personalausweis*.' Biedermeyer zuchtte en glimlachte toen, opnieuw alsof hij geduld had met een kind. 'Als het u gelukkiger maakt: ik, Broeder Grimm, bij u bekend onder de naam Franz Biedermeyer, beken dat ik al deze mensen heb gedood.'

'Hebt u enige hulp gehad bij het plegen van deze moorden?'

'Maar natuurlijk! Uiteraard!'

'Van wie?'

'Van mijn broer... Wie anders?'

'Maar u hebt geen broer, meneer Biedermeyer,' zei Maria. 'U was enig kind.'

'Natuurlijk heb ik een broer.' Voor het eerst verdween de beminnelijkheid van Biedermeyers gezicht en maakte plaats voor iets oneindig dreigenders. Roofzuchtigs. 'Zonder mijn broer ben ik niets. Zonder mij is hij niets. Wij vullen elkaar aan.'

'Wie is uw broer?'

Biedermeyers toegeeflijke glimlach keerde terug. 'Maar u kent hem, uiteraard. U hebt hem al ontmoet.'

Fabels gebaar was er een van onbegrip.

'U kent mijn broer, Wilhelm Grimm, onder de naam Gerhard Weiss.'

'Weiss?' zei Maria achter Fabels rug. 'U beweert dat de schrijver Gerhard Weiss deze misdaden samen met u heeft gepleegd?'

'Om te beginnen: het zijn geen misdaden. Het zijn creatieve handelingen, er is niets destructiefs aan. Het zijn de belichamingen van waarheden die generaties teruggaan. Mijn broer en ik zijn de vastleggers van deze waarheden. Hij heeft niets met mij gepléégd. Hij werkte met me samen. Precies zoals we bijna tweehonderd jaar geleden deden.'

Fabel leunde achterover en keek Biedermeyer aan, het beminnelijke, eeuwig glimlachende gezicht dat contrasteerde met de impliciete dreiging van zijn gestalte. Daarom droeg je een masker, dacht Fabel. Daarom verborg je je gezicht. Hij stelde zich de angstaanjagende gedaante voor die de gemaskerde Biedermeyer moest hebben gevormd, de naakte angst die zijn slachtoffers gevoeld moesten hebben voordat ze stierven. 'Maar de waarheid is, nietwaar, meneer Biedermeyer, dat Gerhard Weiss hier niets van weet. Afgezien van de brief die u naar zijn uitgever hebt gestuurd, is er geen echt, tastbaar contact tussen u geweest.'

Opnieuw glimlachte Biedermeyer. 'Nee, u begrijpt het niet, toch, hoofdinspecteur?'

'Misschien niet. U moet me helpen het te begrijpen. Maar eerst moet ik u een belangrijke vraag stellen. Misschien de belangrijkste die ik vandaag zal stellen. Waar is het lichaam van Paula Ehlers?'

Biedermeyer boog zich naar voren en zette zijn ellebogen op tafel. 'U krijgt uw antwoord, meneer Fabel. Dat beloof ik u. Ik zal u vertellen waar u het lichaam van Paula Ehlers kunt vinden. En ik zal het u vandaag vertellen... maar nu nog niet. Eerst zal ik u vertellen hoe ik haar vond en waarom ik haar uitkoos. En ik zal u helpen de bijzondere band te begrijpen tussen mijn broer Wilhelm, die u kent als Gerhard Weiss, en mijzelf.' Hij zweeg even. 'Mag ik wat water?'

Fabel knikte weer naar een van de geüniformeerde agenten, die een papieren beker vulde met water uit de waterkoeler en hem voor Biedermeyer neerzette. Hij dronk hem in één keer leeg en het geluid van zijn slikken werd versterkt in de verder stille verhoorruimte.

'Daags voor haar verjaardag, twee dagen voordat ik haar meenam, bezorgde ik de taart bij de Ehlers aan huis. Haar moeder rende ermee weg omdat ze hem wilde verstoppen voordat Paula thuiskwam uit school. Ik reed net weg toen ik Paula de hoek om zag komen, in de richting van haar huis. Ik dacht bij mezelf: Dat is nog eens geluk hebben! Ik heb die taart precies op tijd bezorgd; ze had haar verrassing bijna gezien. Op dat moment sprak Wilhelm tegen me. Hij zei dat ik dat meisje moest meenemen en beëindigen.'

'Zat Wilhelm bij u in de auto?'

'Wilhelm is altijd bij me, waar ik ook ga. Hij had heel, heel lang gezwegen. Sinds ik een kind was. Maar ik wist altijd dat hij er was. Naar me kijkend. Mijn verhaal, mijn lot, plannend en schrijvend. Maar ik was zo blij dat ik zijn stem weer hoorde.'

'Wat zei Wilhelm tegen u?' vroeg Fabel.

'Hij zei dat Paula puur was. Onschuldig. Ze was nog niet aangetast door het bederf en het vuil van onze wereld. Wilhelm zei dat ik ervoor kon zorgen dat ze zo bleef, dat ik haar kon redden van bederf en vernietiging door haar in een slaap te brengen die eeuwig zou duren. Hij zei dat ik haar verhaal moest beëindigen.'

'Haar vermoorden bedoelt u?' vroeg Fabel.

Biedermeyer schokschouderde op een manier die duidelijk maakte dat de betekenis van het woord moord onbelangrijk voor hem was.

'Hoe hebt u haar vermoord?'

'Meestal ga ik 's morgens al vroeg aan het werk. Dat hoort erbij als je bakker bent, meneer Fabel. Mijn halve leven lang heb ik de wereld om me heen langzaam wakker zien worden terwijl ik brood maakte, het oudste en belangrijkste voedingsmiddel, voor de komende dag. Zelfs na al die tijd hou ik nog van de combinatie van het eerste daglicht en de geur van versgebakken brood.' Biedermeyer zweeg, tijdelijk verloren in de magie van een herinnerd moment. 'Maar goed, afhankelijk van mijn ploegendienst ben ik vaak vroeg klaar en heb ik een groot deel van de middag voor mezelf. Ik gebruikte die vrijheid en bestudeerde daags daarna het doen en laten van Paula, dat niet gewoon was, omdat ze jarig was en ik geen kans kreeg om haar mee te nemen. Maar de daaropvolgende dag was een schooldag en terwijl ik haar observeerde deed zich plotseling een gelegenheid voor toen ze onderweg naar huis de grote weg overstak. Ik moest een beslissing nemen. Ik was doodsbang dat ik zou worden betrapt, maar Wilhelm praatte tegen me. Hij zei: "Neem haar nu mee. Het is in orde, je zult veilig zijn. Neem haar mee en beëindig haar verhaal nu." Ik was bang. Ik zei tegen Wilhelm dat ik bang was dat het verkeerd was wat ik zou gaan doen en dat ik ervoor gestraft zou worden. Maar hij zei dat hij me een teken zou geven. Iets wat zou bewijzen dat ik er goed aan deed en dat alles in orde zou komen. En dat deed hij ook, meneer Fabel. Hij gaf me een echt teken dat hij mijn lot, en het hare en dat van ons allemaal, in de hand had. Ze had het in haar hand, ziet u. Ze had het in haar hand toen ze daar liep, een voorbeeld voor onze eerste verzameling sprookjes. Dus deed ik het. Het ging zo snel. En zo makkelijk. Ik ontvoerde haar van de straat en daarna ontvoerde ik haar uit de wereld en haar verhaal was ten einde.' Er gleed een weemoedige uitdrukking over het grote gezicht. Hij keerde terug naar het hier en nu. 'Ik zal niet in onaangename details treden, maar Paula heeft er weinig van gemerkt. U weet hopelijk, meneer Fabel, dat ik niet pervers ben. Ik heb haar verhaal beëindigd omdat Wilhelm me dat opdroeg. Hij gaf me opdracht haar tegen het kwaad van de wereld te beschermen door haar er vandaan te halen. En dat heb ik zo snel en zo pijnloos mogelijk gedaan. Ik denk dat, zelfs na zo lange tijd, de details u wel duidelijk zullen worden wanneer u haar lichaam hebt gevonden. En ik zal mijn belofte dat ik u precies zal vertellen waar u haar kunt vinden gestand doen. Maar nu nog niet.'

'De stem van Wilhelm. U zei dat u die al heel lang niet meer had gehoord. Wanneer had u hem eerder gehoord? Had u eerder al gedood? Of iemand pijn gedaan?'

De glimlach verdween weer. Ditmaal werd Biedermeyers gezicht vervuld van een gekwelde droefheid. 'Ik hield van mijn moeder, meneer Fabel. Ze was mooi en intelligent en had weelderig, roodblond haar. Dat is ongeveer alles wat ik me van haar herinner. Dat en haar stem wanneer ze voor me zong als ik in bed lag. Niet zoals ze praatte. Ik kan me haar spreekstem niet herinneren, maar ik herinner me dat ze zong. En haar prachtige lange haar, dat naar appels rook. Toen hield ze op met zingen. Ik was te jong om het te begrijpen, maar ze werd ziek en ik zag haar steeds minder vaak. Ze zong steeds minder voor me. Toen was ze weg. Ze stierf aan kanker toen zij dertig was en ik vier.'

Hij zweeg, alsof hij op commentaar wachtte, op medeleven, op begrip.

'Ga door,' zei Fabel.

'U kent het verhaal, meneer Fabel. U moet de verhalen gelezen hebben terwijl u achter me aan zat. Mijn vader hertrouwde. Een harde vrouw. Een onechte moeder. Een wrede, slechte vrouw die ik *Mutti* moest noemen. Mijn vader trouwde niet uit liefde met haar, maar uit praktische overwegingen. Mijn vader was een heel praktisch man. Hij was eerste officier op een koopvaardijschip en was altijd maanden van huis en hij wist dat hij niet alleen voor me kon zorgen. Zo verloor ik een mooie moeder en kreeg een boze stiefmoeder. Zie je het? Ziet u het al? Het was mijn stiefmoeder die me opvoedde en naarmate ik groeide, groeide ook haar wreedheid. En toen *Vati* een hartinfarct kreeg bleef ik alleen met haar achter.'

Fabel knikte en nodigde Biedermeyer uit verder te gaan. Hij was zich al bewust van de mate van Biedermeyers krankzinnigheid. Kolossaal. Een enorm maar ingewikkeld bouwsel van een ingewikkeld geconstrueerde psychose. Terwijl hij daar zat, in de schaduw van een reusachtige man met een reusachtige waanzin, voelde Fabel iets wat dicht bij ontzag kwam.

'Ze was een angstaanjagende, verschrikkelijke vrouw, meneer Fabel.' Biedermeyers gezicht verraadde iets van ontzag. 'God en Duitsland, dat was alles wat haar interesseerde. Onze religie en onze natie. De enige twee boeken die ze in huis toeliet waren de bijbel en de Sprookjes van Grimm. De rest was vuiligheid. Pornografie. Ze pakte me ook al mijn speelgoed af. Dat maakte me maar lui, zei ze. Maar één ding hield ik verstopt, een cadeautje dat mijn vader voor me had gekocht voordat hij stierf... een masker. Een wolvenmasker. Dat kleine masker werd mijn enige, geheime verzet. Toen, op een dag, toen ik een jaar of tien was, mocht ik van een vriendje een stripboek lenen. Ik smokkelde het het huis in en verstopte het, maar ze vond het. Gelukkig had ik het niet op dezelfde plaats verstopt als mijn wolvenmasker. Maar dat was het begin. Toen begon ze. Ze zei dat, als ik wilde lezen, ik zou lezen. Ik zou iets zuivers en nobels en waarachtigs lezen. Ze gaf me het exemplaar van de Sprookjes van Grimm dat ze al had sinds ze een meisje was. Ze gaf me opdracht eerst *Hans en Grietje* vanbuiten te leren. Daarna moest ik het opzeggen. Ik moest rechtop staan, met haar naast me, en dat hele verhaal opzeggen... Letterlijk.' Hij keek Fabel smekend aan en er was iets van het kind in zijn grote gezicht. 'Ik was nog maar een kind, meneer Fabel. Nog maar een kind. Ik deed dingen verkeerd. Uiteraard. Toen moest ik elke week een nieuw verhaal vanbuiten leren. En elke week kreeg ik een pak slaag. Soms zo erg dat ik flauwviel. En behalve dat ze me sloeg praatte ze ook met me. Nooit schreeuwend, altijd kalm. Ze zei dat ik nergens voor deugde. Dat ik een monster was, dat ik zo groot en zo lelijk werd doordat er een grote slechtheid in me was. Ik leerde haten. Ik haatte haar. Maar veel, veel meer dan haar haatte ik mezelf.' Biedermeyer zweeg. Zijn gezicht was bedroefd. Hij hield zijn waterbeker vragend op. Die werd opnieuw volgeschonken en hij nam een slok voordat hij verderging.

'Maar ik begon te leren van de verhalen. Ik begon ze te begrijpen terwijl ik ze opzei. Ik leerde een waardevolle truc om ze makkelijker te onthouden... Ik keek achter de woorden. Ik probeerde de boodschap erin te begrijpen en te zien dat de personages geen echte mensen waren, maar symbolen, tekens. Krachten van goed en kwaad. Ik zag dat Sneeuwwitje en Hans en Grietje net als ik waren, hopeloos gevangen in hetzelfde kwaad dat mijn eigen stiefmoeder vertegenwoordigde. Dat hielp me de verhalen te onthouden en ik maakte steeds minder fouten. Met als gevolg dat mijn stiefmoeder minder excuses had om me te slaan. Maar hoe minder ze me sloeg, des te wreder werd ze...

Toen, op een dag, zei ik iets verkeerd. Eén woord. Een zin in de verkeerde volgorde. Ik weet nog steeds niet wat het was, maar ze sloeg me en sloeg me. Toen was het alsof de hele wereld schudde. Het was als een aardbeving in mijn hoofd en alles trilde heen en weer. Ik weet nog dat ik dacht dat ik doodging. En ik was blij. Kunt u zich dat voorstellen, meneer Fabel? Elf jaar en blij dat je doodgaat. Ik viel op de grond en ze hield op met slaan. Ze zei dat ik op moest staan en ik voelde dat ze bang was dat ze ditmaal te ver was gegaan. Maar ik probeerde een brave jongen te zijn. Heus waar. Ik wilde doen wat me werd opgedragen en ik probeerde op te staan, maar ik kon het niet. Ik kon het gewoon niet. Ik proefde bloed. Het was in mijn mond en in mijn neus en ik voelde het warm in mijn oren. Nu, dacht ik. Nu ga ik dood.' Hij boog zich naar voren. Zijn ogen waren gretig en intens. 'Op dat moment hoorde ik hem. Op dat moment hoorde ik voor het eerst zijn stem. Eerst was ik bang. Dat kunt u zich vast wel voorstellen. Maar zijn stem was krachtig en vriendelijk en zachtmoedig. Hij vertelde me dat hij Wilhelm Grimm was en dat hij de verhalen had geschreven, samen met zijn broer. "Je bent niet alleen nu," zei hij tegen me. "Ik ben er. Ik ben de verhalenverteller en ik zal je helpen." En dat deed hij, meneer Fabel. Hij hielp me met de verhalen die ik voor straf voor mijn *Mutti* moest opzeggen. Daarna, na de eerste keer dat ik hem hoorde, zei ik nooit meer één woord verkeerd, want hij zei wat ik moest zeggen.'

Biedermeyer lachte even, alsof hij een grap kende die niemand in het vertrek ooit zou begrijpen.

'Ik werd te groot voor *Mutti* om me te slaan. Ik denk dat ze misschien zelfs bang voor me werd. Maar haar wreedheid bleef, al gebruikte ze nu woorden in plaats van een stok. Ze vertelde me elke dag hoe waardeloos ik was. Dat geen enkele vrouw me ooit zou nemen, ooit zou willen, omdat ik een groot, lelijk gedrocht was en omdat ik zo slecht was. Maar al die tijd troostte Wilhelms stem me, hielp hij me. Bij elke belediging die ze me toewierp stelde hij me gerust. Toen stopte hij. Ik wist dat hij er was, maar hij hield gewoon op met tegen me te praten en ik bleef alleen achter met het gemene, kwaadwaardige gif van mijn stiefmoeder.'

'En toen kwam hij terug om u te zeggen dat u Paula Ehlers moest doden?' vroeg Fabel.

'Ja... ja, precies. En ik wist dat hij tegen me zou blijven praten als ik deed wat hij me opdroeg. Maar ze was te sterk. Mijn stiefmoeder. Ze ontdekte het van Paula. Ze zei dat ze me zouden opsluiten. Dat ze met de schande zou moeten leven. Dus dwong ze me Paula weg te doen voordat ik haar kon gebruiken... voordat ik een verhaal via haar tot leven kon wekken.'

'Stik...' Werner schudde ongelovig zijn hoofd. 'Uw stiefmoeder wist dat u een schoolmeisje had ontvoerd en vermoord?'

'Ze hielp me zelfs om het lichaam te verstoppen... Maar zoals ik al zei, daar komen we later op terug. Voor dit moment wil ik dat u begrijpt dat ik een roeping had en dat zij die dwarsboomde. Ze weerhield me ervan te doen wat Wilhelm zei. Toen hield hij opnieuw op met praten. Bijna drie jaar. Toen werd mijn stiefmoeder voorgoed het zwijgen opgelegd, een maand of drie geleden.'

'Stierf ze?' vroeg Fabel.

Biedermeyer schudde zijn hoofd. 'Een beroerte. Die snoerde het ouwe wijf de mond. Snoerde haar de mond en verlamde haar en ze kwam in het ziekenhuis terecht. Het was afgelopen. Ze kon me niet langer pijn doen of beledigen of me ervan weerhouden te doen wat ik hoorde te doen. Wat ik moest doen.'

'Laat me raden,' zei Fabel. 'De stem in uw hoofd kwam terug en zei dat u opnieuw iemand moest vermoorden?'

'Nee. Niet toen. Wilhelm bleef zwijgen. Toen zag ik het boek van Gerhard Weiss. Meteen toen ik het las wist ik dat hij Wilhelm was. Dat hij niet in mijn hoofd tegen me hoefde te praten. Het stond er allemaal in, in het boek. In *Die Märchenstrasse*. Het was de weg die we samen anderhalve eeuw geleden hadden gevolgd. Het was de weg die we opnieuw zouden volgen. En op dezelfde avond dat ik begon te lezen hoorde ik Wilhelms zachte, melodieuze stem weer, maar nu via die mooie pagina's. Ik wist wat me te doen stond. Maar ik wist ook dat ik de rol moest spelen die ik eerder had gespeeld: de stem van de waarheid, van de nauwgezetheid. Wilhelm, of Gerhard Weiss, zo u wilt, was gedwongen dingen te veranderen om zijn publiek te behagen. Maar ik niet.'

'Dus toen vermoordde u Martha. U beëindigde haar verhaal,' zei Fabel.

'Ik was bevrijd van mijn stiefmoeder en ik was herenigd met mijn *Märchenbruder*, met Wilhelm. Ik wist dat mijn tijd gekomen was. Ik had mijn meesterwerk helemaal gepland: een reeks verhalen die leidde naar de vervulling van mijn lot. Naar de gelukkige afloop van mijn verhaal. Maar eerst moesten andere verhalen eindigen. En het meisje uit Kassel, Martha, was de eerste. Ik bezorgde er een bestelling en ik zag haar. Ik dacht dat het Paula was... dat ze wakker was geworden uit een betoverde slaap. Toen realiseerde ik me wat ze was. Ze was een teken van Wilhelm. Net als het exemplaar van het sprookjesboek dat Paula bij zich had. Het was een teken aan mij dat ze beëindigd moest worden om haar rol in het volgende verhaal te spelen.'

'U hield haar in leven. U verborg haar een paar dagen voordat u "haar verhaal beëindigde". Waarom?'

Biedermeyer keek Fabel teleurgesteld aan, alsof hij naar de bekende weg had gevraagd. 'Omdat ze een *ondergrondpersoon* moest zijn. Ze moest onder de grond worden gehouden. Ze was erg bang, maar ik verzekerde haar dat ik haar niets zou doen. Het had geen zin dat ze bang was. Ze vertelde me alles over haar ouders. Ik had medelijden met haar. Ze was net als ik. Ze zat gevangen in een verhaal van ouders die haar in het donker hadden achtergelaten. In het bos. Ze wist niet wat liefde was, dus beëindigde ik haar verhaal door een wisselkind van haar te maken en haar aan ouders te geven die van haar zouden houden en voor haar zouden zorgen.'

Werner schudde zijn nog altijd pijnlijke hoofd. 'U bent gek. Krankzinnig. Dat weet u, nietwaar? Al die onschuldige mensen die u vermoord hebt. Alle pijn en angst die u hebt veroorzaakt.'

Biedermeyers gezicht betrok plotseling en zijn gezicht vertrok van minachting. Het was alsof er plotseling en onverhoeds een storm opstak en Fabel keek de twee *SchuPo's* die tegen de muur stonden waarschuwend aan. Ze richtten zich op.

'U snapt het gewoon niet, is het wel? U bent te stom om het te snappen.' Biedermeyer verhief zijn stem nauwelijks, maar hij kreeg een diepe, dreigende klank. 'Waarom kunt u het niet begrijpen?' Hij gebaarde om zich heen, omvatte zijn hele omgeving met zijn blik. 'Dit alles... dit alles... u denkt toch niet dat het écht is, wel? Jezus, het is maar een verhaal. Ziet u dat dan niet? Het is maar een mythe... een sprookje... een fabel.' Hij keek Fabel, Werner en Maria verwilderd aan en zijn ogen zochten gefrustreerd de hunne af naar begrip. 'We geloven er alleen maar in omdat we erin zitten. Omdat we in het verhaal zitten... Ik heb niet echt iemand gedood. Ik besefte dat alles niet meer dan een verhaal is toen ik een kind was. Niemand kon werkelijk zo ongelukkig zijn als ik. Niemand kon zo verdrietig en eenzaam zijn. Het is idioot. Die dag, de dag dat mijn stiefmoeder me sloeg en mijn hele wereld begon te schudden, hielp Wilhelm me niet alleen om me de verhalen te herinneren – hij legde ook uit dat het me niet echt overkwam. Niets ervan. Dat het allemaal een verhaal was en dat hij het verzon. Weet u nog? Dat hij me vertelde dat hij de verhalenverteller was? Ziet u, ik ben zijn broer omdat hij me in zijn verhaal schreef als zijn broer. Dit alles is slechts een *Märchen*.'

Biedermeyer knikte veelzeggend, alsof iedereen aan de tafel zich enorm veel wijzer moest voelen. Fabel dacht aan wat Otto had gezegd over de vooronderstelling waarvan de schrijver, Gerhard Weiss, uitging, het pseudo-wetenschappelijke geklets over fictie die realiteit werd in een ander universum. Gelul. Volstrekt gelul, maar dit trieste, meelijwekkende monster van een man had elk woord ervan geloofd. Hij had het tot leven gewekt.

'En de anderen?' vroeg Fabel. 'Vertel over de andere doden. Laten we beginnen met Hanna Grünn en Markus Schiller.'

'Zoals Paula alles vertegenwoordigde wat goed en heilzaam is in de wereld, als versgebakken brood, nog warm van de oven, zo vertegenwoordigde Hanna alles wat oudbakken en bedorven was... Ze was een lichtzinnige, ontuchtige, ijdele en veile vrouw.' Biedermeyers glimlach verraadde trots, de trots van een vakman die zijn beste werk toont. 'Ik zag dat ze naar meer hunkerde. Altijd meer. Een door wellust en inhaligheid gedreven vrouw. Ze gebruikte haar lichaam als middel om te krijgen wat ze wilde, maar beklaagde zich bij mij over de vertegenwoordiger, Ungerer, dat hij haar met zijn ogen uitkleedde en schuine opmerkingen maakte. Ik wist dat haar verhaal beëindigd moest worden en hield haar in de gaten. Ik volgde haar, zoals ik Paula had gevolgd, maar langer, en ik hield een nauwkeurig dagboek bij van haar doen en laten.'

'En zo kwam u achter haar verhouding met Markus Schiller?' vroeg Fabel.

Biedermeyer knikte. 'Ik volgde ze een aantal keren naar het bos. Toen werd het duidelijk. Ik las *Die Märchenstrasse* nogmaals... en de oorspronkelijke teksten. Wilhelm had me opnieuw een teken gegeven, snapt u? Het bos. Ze moesten Hans en Grietje worden...'

Fabel luisterde terwijl Biedermeyer de rest van zijn misdaden schetste. Hij zette uiteen hoe hij van plan was geweest eerst de vertegenwoordiger, Ungerer, te pakken, maar er was een misverstand ontstaan over de taart voor Schnauber en Biedermeyer had hem persoonlijk bezorgd. Toen had hij Laura von Klosterstadt gezien. Hij zag haar verheven schoonheid en haar lange blonde haren. Hij wist dat hij een prinses zag. Niet zomaar een prinses, maar *Dornröschen* – Doornroosje. Dus had hij haar in een eeuwige slaap gebracht en haar haren genomen.

'Daarna beëindigde ik Ungerer. Hij was een wellustig, smerig varken. Hij stond altijd naar Hanna te loeren en zelfs naar Vera Schiller. Ik volgde hem een paar dagen. Ik zag de vuiligheid en de hoeren waarin hij zwelgde. Ik legde het zo aan dat ik hem in St. Pauli tegen het lijf liep. Ik lachte om zijn schuine, smerige moppen en zijn geile praatjes. Hij wilde iets gaan drinken, maar ik wilde niet in het openbaar met hem gezien worden, dus deed ik alsof ik een paar vrouwen kende die we konden bezoeken. Als de verhalen ons iets duidelijk maken, dan is het hoe makkelijk het is anderen van het pad te lokken, het donkere bos in. Hij was makkelijk. Ik nam hem mee... nou ja, ik nam hem mee naar een huis dat u binnenkort zelf zult bezoeken, en ik zei dat de vrouwen daar waren. Toen pakte ik een mes en draaide het om in zijn zwarte, verdorven hart. Hij was er niet op bedacht en het was makkelijk en in een tel gebeurd.'

'En u nam zijn ogen?'

'Ja. Ik gaf Ungerer de rol van de koningszoon in Raponsje en rukte die loerende, geile ogen uit.'

'En Max Bartmann, de tatoeëerder?' vroeg Fabel. 'U doodde hem vóór Ungerer en hij speelde geen rol in een van uw verhalen. En u probeerde het lichaam voorgoed te verbergen. Waarom hebt u hem gedood? Alleen vanwege zijn ogen?'

'In zekere zin wel, ja. Vanwege wat zijn ogen gezien hadden. Hij wist wie ik was. Ik wist dat, nu ik de vrijheid had om met mijn werk te beginnen, hij de berichten op tv of in de kranten zou zien. Uiteindelijk zou hij het verband hebben gelegd. Dus moest ik ook zijn verhaal beëindigen.'

'Waar hebt u het over?' Werners stem klonk ongeduldig. 'Hoe wist hij wie u was?'

Biedermeyer bewoog zo snel dat geen van de agenten in het vertrek tijd had om te reageren. Hij schoot overeind, zodat de stoel waarop hij zat achterover tegen de muur viel en de twee *SchuPo's* achter hem opzij moesten springen. Zijn grote handen vlogen omhoog en rukten aan zijn brede borstkas. De knopen sprongen van zijn overhemd en de stof scheurde toen hij rukte om zich ervan te bevrijden. Toen stond hij, een kolos, zijn lichaam gigantisch groot in de verhoorruimte. Fabel stak een hand op en de twee *Schu-*

Po's die naar voren waren gesprongen hielden zich in. Werner en Fabel waren allebei opgestaan en Maria was naar voren gestormd. Ze stonden in de schaduw van Biedermeyers enorme gestalte. Iedereen staarde naar het lichaam van de reus.

'Godverde...' zei Werner zacht.

Biedermeyers torso was volledig bedekt met woorden. Duizenden woorden. Zijn lichaam zag er zwart van. Verhalen waren in zwarte gotische letters op zijn huid getatoeëerd, zo klein als de menselijke huid en de vaardigheid van de tatoëerder toestonden. De titels waren duidelijk: *Dornröschen, Schneewittchen, Die Bremer Stadtmusikanten...*

'Mijn god...' Fabel kon zijn blik niet losrukken van de tatoeages. De woorden leken te bewegen, de zinnen te kronkelen met elke beweging, elke ademhaling van Biedermeyer. Fabel herinnerde zich de boeken in het flatje van de tatoeëerder, de boeken over Oud-Duits gotisch schrift, over Fraktur en Kupferstich. Biedermeyer bleef een ogenblik zwijgend staan. Toen hij sprak had zijn stem dezelfde diepe, dreigende klank als even tevoren.

'Ziet u het nu? Begrijpt u het nu? Ik bén Broeder Grimm. Ik bén de som van de verhalen en de *Märchen* in onze taal, van ons land, van ons volk. Hij moest sterven. Hij had dit gezien. Max Bartmann had geholpen om dit te creëren en hij had het gezien. Ik kon niet toestaan dat hij het door zou vertellen. Dus beëindigde ik hem en ik nam zijn ogen, zodat hij een rol kon spelen in het volgende verhaal.'

Iedereen bleef staan, gespannen, afwachtend. 'Nu is het tijd,' zei Fabel. 'Nu moet u ons vertellen waar het lichaam van Paula Ehlers is. Het klopt niet. Het enige andere lichaam dat u verborg was dat van Max Bartmann en dat was omdat het niet echt deel uitmaakte van uw kleine tableaus. Waarom hebben we Paula's lichaam nog niet gevonden?'

'Omdat de cirkel nu rond is. Paula is mijn Grietje. Ik ben haar Hans. Ze moet haar rol nog spelen.' Er verscheen een glimlach op zijn gezicht, maar het was er een die niet leek op elke andere die Fabel eerder op Biedermeyers gewoonlijk goedmoedige, vriendelijke gezicht had gezien. Het was een angstaanjagend kille glimlach, die Fabel vasthield in zijn ijzige zoeklicht. 'Het was Hans en Grietje dat ik van mijn moeder vaker moest opzeggen dan elk ander verhaal. Het was lang en het was moeilijk en ik deed het altijd verkeerd. En dan sloeg ze me. Ze deed mijn lichaam en mijn geest pijn tot ik dacht dat ze voorgoed gebroken waren. Maar Wilhelm redde me. Wilhelm bracht me terug naar het licht met zijn stem, met zijn tekenen en toen met zijn nieuwe geschriften. De allereerste keer dat ik hem hoorde zei hij dat ik op een goede dag wraak zou kunnen nemen op mijn gemene heks van een stiefmoeder, dat ik uit haar greep zou worden bevrijd, precies zoals Hans en Grietje wraak namen op de oude heks en zichzelf bevrijdden.' Biedermeyer boog zijn enorme gestalte naar voren en de woorden rekten zich uit en vervormden op zijn huid. Fabel verzette zich tegen de instinctieve neiging om terug te deinzen. 'Ik bakte Paula's taart zelf,' vervolgde Biedermeyer met donkere, koude, diepe stem. 'Ik bakte en bereidde Paula's taart zelf. Ik werk weleens freelance voor kleine evenementen en partijen en ik heb een volledig ingerichte bakkerij in de kelder, inclusief een professionele oven. De oven is heel erg groot en moet op een betonnen vloer staan.'

Fabels verwarring was zichtbaar op zijn gezicht. Ze hadden een *SchuPo*-eenheid naar Biedermeyers huis gestuurd, een appartement op de begane grond in Heimfeld-Nord en de geüniformeerde agenten hadden bevestigd dat het leegstond en dat er niets bijzonders te vinden was, behalve dat een van de twee slaapkamers eruitzag alsof hij was ingericht voor een bejaard of gehandicapt persoon.

'Ik snap het niet,' zei Fabel. 'Uw appartement heeft geen kelder.'

Biedermeyers kille grijns verbreedde zich. 'Dat is mijn huis niet, idioot. Dat is niet meer dan een plek die ik heb gehuurd om het ziekenhuis over te halen om de verzorging van *Mutti* aan mij over te laten. Mijn echte huis is waar ik ben opgegroeid. Het huis dat ik deelde met dat giftige oude wijf. In de Rilke Strasse in Heimfeld. Vlak bij de autosnelweg. Daar zult u haar vinden... Daar zult u Paula Ehlers vinden. Onder de vloer, waar Mutti en ik haar hebben begraven. Haal haar eruit, meneer Fabel. Haal mijn Grietje uit het donker en we zullen alle twee vrij zijn.'

Fabel gaf een teken aan de *SchuPo's*, die de armen van de gedweeë Biedermeyer pakten en achter zijn rug boeiden.

'Daar zult u haar vinden...' riep Biedermeyer tegen Fabel terwijl die met zijn team de kamer verliet. Toen lachte hij. 'En als u daar toch bent, zou u de oven dan uit kunnen zetten? Ik heb hem vanmorgen laten branden.'

60

Het huis lag aan de rand van het Staatsforst, vlak bij het punt waar de A7 het doorsnijdt. Het was groot en oud en bood een troosteloze aanblik. Fabel schatte dat het in de jaren twintig was gebouwd, maar het had geen enkel karakter. Het werd omgeven door een grote, verwilderde tuin. Het huis zelf zag eruit alsof het al geruime tijd verwaarloosd was; het schilderwerk aan de buitenkant was grauw en vlekkerig en bladderde af, alsof het een huidaandoening had.

Het had iets wat Fabel deed denken aan de villa waarin Fendrich en wijlen zijn moeder hadden gewoond. Ook dit huis zag er verloren, ontheemd uit, alsof het in een omgeving en een tijd stond die er niet meer bij pasten. Zelfs de ligging, met het stuk bos erachter en de autosnelweg vlak ernaast, leek ongerijmd.

Ze waren met twee auto's gegaan en vergezeld door een *SchuPo*-patrouille. Fabel, Werner en Maria liepen regelrecht naar de voordeur en belden aan. Niets. Anna en Henk Hermann kwamen achter hen aan en ze wenkten de *SchuPo's*, die een deurram uit de kofferbak van hun groen met witte patrouillewagen haalden. De deur was stevig, gemaakt van eikenhout dat in de loop der jaren bijna zwart was geworden. Ze moesten drie keer uithalen voordat het hout rondom het slot versplinterde en de deur tegen de muur van de vestibule knalde.

Fabel en de anderen keken elkaar aan voordat ze Biedermeyers huis binnengingen. Ze beseften allemaal dat ze op de drempel van een uitzonderlijke waanzin stonden en bereidden zich voor op wat ze binnen zouden aantreffen.

Het begon in de gang.

Het huis was donker en somber en een glazen deur scheidde de vestibule van de gang daarachter. Fabel duwde de deur open, voorzichtig, hoewel hem geen gevaar wachtte. Biedermeyer zat veilig opgesloten in zijn cel, en toch ook weer niet: zijn kolossale aanwezigheid was ook hier. Het was een lange, smalle gang met een hoog plafond waaraan een kroonluchter met drie lampen hing. Fabel deed het licht aan en de gang werd gevuld met een somber, gelig licht.

De muren waren bezaaid met een lappendeken van foto's en gedrukte en met de hand geschreven pagina's. Vellen geel papier waren op het pleisterwerk geplakt, stuk voor stuk beschreven in een kriebelig handschrift in rode inkt. Fabel bekeek ze; het waren alle sprookjes van Grimm. Allemaal opgeschreven in hetzelfde, geobsedeerde handschrift en allemaal volmaakt foutloos. Een volmaakte waanzin. Tussen de bladzijden hingen gedrukte pagina's uit edities van de geschriften van de gebroeders Grimm. En afbeeldingen. Honderden illustraties bij de verhalen. Fabel herkende vele ervan van de originelen die Gerhard Weiss had verzameld. En er waren andere, uit de nazitijd, zoals die welke de auteur had beschreven. Fabel zag dat Anna Wolff was blijven staan om een ervan te bekijken. Het was er een uit de jaren dertig en de oude heks was afgebeeld met karikaturale joodse trekken, met een kromme rug en het vuur onder de oven opstokend terwijl ze een begerige, bijziende blik wierp op de blonde Arische Hans. Achter de heks stond een even Arische Grietje klaar om de heks in haar eigen oven te duwen. Het was een van de walgelijkste afbeeldingen die Fabel ooit had gezien. Hij kon zich er zelf geen voorstelling van maken hoe Anna zich erbij voelde.

Ze liepen verder de gang in. Er kwamen enkele kamers op uit en aan één kant was een trap. Alle kamers waren ongemeubileerd, maar Biedermeyers waanzinnige collages hingen ook hier en tegen de zijkant van de trap, spreidden zich als vocht of verrotting uit over de muur. Er hing een geur. Fabel kon niet precies zeggen wat het was, maar ze doordrenkte het hele huis, hechtte zich aan de muren, aan de kleren van de politieagenten.

Fabel nam de eerste kamer aan zijn linkerhand en beduidde Werner die aan de overkant te nemen. Maria liep verder de gang in en Anna en Henk gingen naar boven. Fabel onderzocht de kamer waarin hij zich bevond. De donkere houten vloer was stoffig en net als in de andere kamers was er geen meubilair of een gevoel van bewoning.

'Chef...' riep Anna. 'Kom eens kijken.' Fabel liep de trap op, gevolgd door Werner. Anna stond naast een geopende deur die naar een slaapkamer leidde. In tegenstelling tot de andere kamers was deze blijkbaar bewoond geweest. De muren waren net als die in de gang bezaaid met met de hand beschreven pagina's, afbeeldingen en uittreksels van boeken. Midden in de kamer stonden een kampeerbed en een kleine tafel. Maar dat waren niet de dingen die Fabels aandacht trokken. Twee muren van de kamer waren overdekt met boekenplanken. En de boekenplanken waren gevuld met boeken. Fabel stapte dichterbij. Nee. Niet boeken. Eén boek.

Biedermeyer moest jaren en bijna al zijn geld hebben besteed aan het kopen van edities van *De sprookjes van Grimm*. Antiquarische exemplaren stonden naast splinternieuwe paperbacks, ruggen met goudopdruk naast goedkope uitgaven en naast de honderden Duitse uitgaven uit meer dan tweehonderd jaar stonden Franse, Engelse en Italiaanse uitgaven. Cyrillische, Griekse, Chinese en Japanse titels werden afgewisseld door het Romeinse alfabet.

Fabel, Werner, Anna en Henk waren een ogenblik met stomheid geslagen. Toen zei Fabel: 'Ik denk dat we beter op zoek kunnen gaan naar de kelder.'

'Ik denk dat ik hem gevonden heb, of in elk geval de ingang.' Maria stond achter hen in de deuropening. Ze ging hen voor naar beneden en de gang door. Het vertrek aan het eind daarvan was de keuken van het huis, of was dat geweest. Het was een groot vertrek met een fornuis tegen een van de muren. De betrekkelijke properheid en het zachte elektrische zoemen van de grote, nieuw uitziende koelkast duidden erop dat het, naast de slaapkamer annex bibliotheek boven, de enige andere gebruikte woonruimte was. Er waren twee deuren, naast elkaar. Een ervan stond open en kwam uit in een bijkeuken. De andere was afgesloten met een hangslot.

'Ik wed dat deze naar de kelder leidt,' zei Maria.

'En naar Paula...' Anna staarde strak naar de deur.

Werner liep de keuken uit en naar de voordeur, waar de twee *SchuPo's* op wacht stonden. Een minuut later kwam hij terug met een koevoet.

'Oké.' Fabel knikte naar de afgesloten deur.

Zodra het slot geforceerd was en de deur werd geopend, merkte Fabel dat de geur die hij eerder had geroken aanzienlijk sterker werd. Een trap daalde af in het duister. Werner vond een schakelaar. Toen hij hem omdraaide klonk onder hen het geluid van tl-lampen die aansprongen. Fabel ging zijn team voor de kelder in.

Het was een bakkerij. Een echte, werkende bakkerij. Zoals Biedermeyer had gezegd had hij er een grote, Italiaanse oven geïnstalleerd. De trolley met bakblikken ernaast was groot genoeg voor tientallen broden. Een tafel met een blad van geborsteld roestvij staal blonk in het licht van de tl-lampen, evenals de deegmachine ernaast. Fabel keek naar de betonnen vloer. Daaronder lag Paula.

Die geur. De geur van verbranding. Fabel herinnerde zich dat Biedermeyer hem gevraagd had de oven uit te schakelen, omdat hij hem die ochtend aan had laten staan. Fabel had gedacht dat hij een grapje maakte, maar hij had blijkbaar iets in de oven gezet voordat hij naar zijn werk bij Backstube Albertus ging, in de veronderstelling dat hij halverwege de middag thuis zou zijn.

Fabel dacht dat de wereld opgehouden was.

De adrenaline die door hem heen stroomde rekte elke seconde uit en hij legde op dat moment een grotere afstand af dan gedurende het hele onderzoek. Hij draaide zich om en keek zijn collega's aan. Ze keken omlaag naar de betonnen vloer, alsof ze erdoorheen probeerden te kijken naar waar Paula lag. Niet Paula, Grietje. Hij keek om naar de trolley, die in de oven had moeten staan, niet ervoor. En niets hoeft een hele dag te bakken.

'O jezus...' zei hij terwijl hij de doek pakte die op de tafel lag. 'O, christus, nee...'

Hij wikkelde de doek om de knop van de oven en draaide hem om. Toen trok hij de deur open.

Een golf van warmte en een walgelijke stank sloegen over Fabel heen de bakkerij in. Het was de doordringende, verstikkende stank van verbrand vlees. Fabel deinsde terug en hield de doek voor zijn neus en mond. Zijn universum vouwde zich duizend keer op, tot er niets meer in was dan hijzelf en de gruwel vóór hem. Hij hoorde niet dat Henk Hermann kokhalsde, Maria een gesmoorde kreet slaakte en Anna Wolff snikte. Hij was zich slechts bewust van wat er voor hem lag, in de oven.

Onder in de oven stond een groot metalen bakblik. Op het blik, in foetushouding vastgebonden, lag het naakte en half gebakken lichaam van een bejaarde vrouw. Haar haren waren bijna verdwenen en slechts een paar rafelige klitten kleefden nog aan de verschroeide hoofdhuid. De huid was zwart en opengebarsten. De hitte had de spieren uitgedroogd en gespannen en het lichaam was nog dieper in elkaar gedoken.

Fabel staarde naar het lijk. Dit was Biedermeyers meesterwerk, het laatste verhaal van Broeder Grimm dat de cirkel rondmaakte.

Het besluit van Hans en Grietje: de oude heks in haar eigen oven gegooid.

Lees ook van Craig Russell:

ADELAARSBLOED

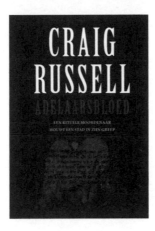

Het e-mailbericht was gericht aan inspecteur Fabel.

'Tijd is een vreemd begrip, vindt u niet? Ik schrijf dit en u leest dit en we delen hetzelfde moment. Toch, als ik dit schrijf, hoofdinspecteur, slaapt u en leeft mijn volgende slachtoffer nog, en als u dit leest, is ze allang dood. Zo duurt onze dans voort.'

Bij het eerste slachtoffer waren de longen eruit gerukt. Wanneer dezelfde gruwelijke, rituele methode ook gebruikt wordt bij de tweede moord, is het duidelijk dat er een seriemoordenaar aan het werk is. Maar er is geen enkel direct en overtuigend bewijs dat de twee moordzaken met elkaar verbindt. Behalve de uitdagende e-mailtjes aan hoofdinspecteur Jan Fabel.

ADELAARSBLOED IS DE EERSTE VAN EEN REEKS SPANNENDE EN ORIGINELE THRILLERS MET JAN FABEL IN DE HOOFDROL.

Fabel doet wanhopige pogingen om de zaak op te lossen voordat er meer slachtoffers vallen. Maar hij ontdekt tijdens het onderzoek eerder tegenstrijdigheden dan verbanden, en hoe dieper hij graaft, hoe meer vragen dat oproept.

Hoe kan hij een moordenaar opsporen die geen enkel spoor achterlaat, wiens slachtoffers bijna opzettelijk willekeurig uitgekozen lijken te zijn en wiens motieven teruggrijpen naar de diepste en donkerste kanten van de menselijke ziel?

ISBN 90 261 2196 2
Paperback, 334 blz.